DONGSUH MYSTERY BOOKS 96

THE NINE MILE WALK

9마일은 너무 멀다

해리 케멜먼/이정태 옮김

동서문화사

옮긴이 이정태(李鼎泰)

서울대 문리대를 거쳐 서울대 대학원에서 영문학 전공. 서울대 강사를 거쳐 인하대 교수 역임. 한국문인협회 소설분과위원 역임. 지은책 창작집 《피묻은 낙엽》《나상》, 장편 《밤마다의 통곡》 등이 있다.

DONGSUH MYSTERY BOOKS 96

9마일은 너무 멀다

해리 케멜먼 지음/이정태 옮김

초판 발행/1977년 12월 1일

중판 1쇄/2003년 8월 1일

중판 4쇄/2007년 9월 1일

발행인 고정일/발행처 동서문화사

창업 1956. 12. 12. 등록 16-345(윤)

서울강남구신사동540-22 ☎546-0331~6 (FAX) 545-0331

www.epascal.co.kr

*

사업자등록번호 211-87-75330

ISBN 978-89-497-0181-3 04840

ISBN 978-89-497-0081-6 (세트)

9마일은 너무 멀다

차례

아더 필즈와 도리스 부부에게

머리글

니콜라스(닉) 웰트는 교실에서 태어났다. 그때 나는 상급 영작문 클라스를 가르치고 있었는데, '말'이란 진공 속에 있는 것이 아니라 여러 가지 함축성을 갖는 것으로써 쓰기에 따라서는 아주 짧은 단어의 배합으로도 몇 가지나 되는 해석을 얻을 수 있다고 학생들에게 설명하려고 했다. 그때 문득 교탁 위에 놓여 있는 신문의 표제가 눈에 띄었다. 분명히 그 지방 보이 스카우트 본부가 계획한 소풍에 관한 기사였다. 나는 분필을 집어들어 칠판에 이렇게 썼다.

'9마일이나 되는 길을 걷는 것은 쉽지 않다. 그리고 빗속이라면 더욱 힘들다.'

그런 다음 이 문장에서 가능한 추론을 끌어내보라고 학생들에게 말했다. 그런데 이러한 교육학에 따른 새로운 실험에서 가끔 일어나는 일이지만, 이 시도는 별성과를 거두지 못했다. 학생들은 이것을 면밀하게 짠 함정이 아닐까 생각하여 잠자코 있는 것이 상책이라고 판단한 모양이었다. 그래서 나는 열심히 부추기고 힌트며 조언을 하기도 했는데, 그러다 보니 어느 틈에 나 자신부터 그 함정에 끌려들어가고 말았다. 나는 추론에 추론을 거듭하고, 실험에 실험을 거듭하며 차츰 깊이 빠져들어갔다……

그때 문득 이것이 이야기의 자료가 될 수 있지 않을까 하는 생각이 들었다. 그래서 집으로 돌아오자 곧 그것을 쓰기 시작했는데, 도무지 윤곽이 잡히지 않았다. 결국 나는 단념했다. 그리고 이 안(案)을 옆으로 밀어놓고 2년쯤 내버려두었는데, 어떤 기회에 문득 생각이 나서 다시 해보았다. 맨 처음보다 잘되었다고는 도저히 생각할 수 없었다. 나는 몇 년 뒤에 다시 해보고, 또 몇 년 뒤에 해보았다.

이리하여 맨 처음 시작한 지 14년 뒤 다시 한 번 그것을 해보았더니 이번에는 잘되었다. 이야기는 저절로 자연스럽게 흘러나와, 그 날이 끝날 무렵 다 완성해냈을 때 이 원고는 거의 추고할 필요가 없겠다는 생각이 들었다.

작가는 이따금 이야기 한 편을 써내는 데 얼마나 걸리느냐는 질문을 받게 된다. 여기에는 하나의 답이 있다. 그것은 하루에 끝날지도 모르고 14년이 걸릴지도 모르나, 어느 쪽으로 보는가 하는 것은 사람들이 저마다 갖고 있는 견해에 달려 있다는 것이다.

나는 완성된 작품을 '엘러리 퀸즈 미스터리 매거진'에 보냈다. 그들은 그 자리에서 이 작품을 사주었을 뿐 아니라, 같은 인물이 나오는 같은 형의 작품이라면 얼마든지 소화해 주겠다는 편지를 보내왔다. 그렇지만 내가 다음 작품을 생각해낸 것은 거의 1년이나 지난 뒤였다.

닉 웰트 시리즈가 독자들의 주목을 끈 것은, 그것이 미스터리소설 세계에서 말하는 '안락의자 탐정'의 축도였기 때문일 것이다. 수수께끼는 순수한 논리에 따라 해결되며 독자들에게도 주인공인 탐정이 얻을 수 있는 것과 같은 단서를 준다. 그뿐 아니라 닉 웰트에게는 특별히 유리한 점도 없고, 특별한 직관력이 있는 것도 아니며, 범죄학에

조예가 깊은 것도 아니다. 이것은 솔직히 말해서 선택의 문제라기보다 필연의 결과이다. 나 자신 그러한 지식을 아무것도 갖고 있지 않기 때문이다.

《9마일은 너무 멀다》가 활자화된 뒤 곧 여러 출판사에서 닉 웰트가 등장하는 장편원고를 보고 싶다는 제의를 해왔다. 물론 나는 기분이 좋았으나, 한편 모처럼 생긴 일이지만 이 제의를 거절해야 한다고 느꼈다. 나는 고전 미스터리소설이란 본래 단편이어야 한다고 생각했던 것이다. 우선 사건의 수수께끼에 대한 관심이 있으면 인물이나 배경설정은 자연히 부수하여 나타나는 것이다. 따라서 그와 같은 이야기를 장편소설의 길이로 잡아늘인다면 주인공이 해결할 때까지 더듬어가는 과정의 길고 지루한 묘사——더욱이 거기에 이르는 과정은 거의 다 반드시 잘못된 방향으로 이루어지게 마련이다——에 독자들이 말려들 뿐 아니라 하나의 복잡한 수수께끼를 제출해야 할 필요가 있다. 너무도 복잡하여 이야기를 끝까지 다 읽은 뒤에도 처음과 마찬가지로 독자의 머리가 혼란된 채 있게 되는 그러한 수수께끼를. 그렇기는 하지만 장편소설을 쓴다는 생각에는 나도 흥미를 느꼈다.

그 해답은 닉 웰트가 생각해낸 모든 해답과 마찬가지로 의표를 찌른, 그리고 논리에 따른 것이었다.

그로부터 몇 년 뒤 교외로 옮겨 살 때 나는 교외주택지에 사는 유대인들의 사회학적 상태에 대해 관심을 갖게 되었다. 이것을 다루는 데는 소설이라는 형식이 가장 좋을 것이라는 생각이 들었으므로 나는 《교회의 건물》이라는 장편소설을 써서 원고를 여기저기 편집자들에게 보냈다. 그러나 유감스럽게도 모두 거절할 수밖에 없다는 정중한 편지와 함께 되돌려 보내왔다.

그런데 이 작품을 출판할 희망을 거의 잃어갈 무렵, 다행스럽게도 그 원고가 어떤 편집자의 눈에 띄었다. 그는 이대로는 팔리지 않을 것이라고 인정하면서, 다룬 제재 자체가 흥미있는 것이니까 조금만 더 일반 대중에게 맞도록 고쳐 써 보면 어떻겠느냐고 권했다. 그뿐 아니라 이즈음 적지 않은 작품들로 성장해 있던 닉 웰트 시리즈도 알고 있다면서 찬사를 보내주었다.

그와 함께 이 책에 대해 이야기를 나누고 있는 동안에 또다시 함축이라는 말이 그 일반 의미를 초월하기 시작했다. 추론에 추론이 거듭되고, 주제며 인물이며 그리고 사건이 서로 섞이기 시작했다. 그리하여 거기에서 나온 것은 《9마일은 너무 멀다》에서와 마찬가지로 하나의 전혀 새로운 개념, 그러나 본디 재료를 충실하게 형상으로 만든 것이었다.

어째서 나의 미스터리소설을 교외 유대인 사회에 관한 소설과 결합시켜서는 안 되는가? 그리스도교의 목사나 불교의 승려와 비슷한 유대교 랍비(선생)는 전통에 따라 종교의 지도자라기보다 재판관 및 법의 해석자로서의 역할을 한다. 이것을 제시해 보이려면 그를 살인사건의 소용돌이 속에 집어넣어 거기에서 빠져나갈 길을 생각하게 하는 것보다 더 좋은 방법이 어디 있겠는가?

이 해답은 오랫동안 해결이 안된 채 남아 있던 장편 미스터리소설을 쓰는 문제까지도 해결하는 이점을 가지고 있었다. 아무리 긴 장편소설도 거기에 그리는 살인사건의 이야기를 잇는 실은, 아주 중요한 것이라 하더라도 단 한 가닥밖에 없다. 그것은 살인이 일어나는 지역사회 전체를, 그리고 거기에 사는 주민 모두를 끌어넣는 이야기가 될 것이다. 이 결과는 유대교의 랍비 데이비드 스몰을 주인공으로 하는 '특별히 다른' 장편 미스터리소설 《금요일에 랍비는 늦잠을 잤다》《토요일에 랍비는 배가 고팠다》가 되어 나타났다.

이런 까닭으로 랍비 데이비드 스몰은 어떤 의미에서 나콜라스 웰트 교수의 아들로 볼 수도 있을 것이다.

이제 닉도 단행본으로 나오게 되어 나는 기쁘다. 왜냐하면 그 사람 이야말로 언제나 나의 애정 속에서 특별한 위치를 차지해 왔기 때문이다. 나는 고전 미스터리소설을 읽고 또 쓰기를 사랑한다. 이 책에 수록된 맨 끝의 한 편《사다리 위의 카메라맨》은 최근 작품이다. 그리고 또 한 가지, 나는 이 장르를 매우 중요하게 여기고 있다. 왜냐하면 이것은 오로지 독자에게 기쁨을 주는 데 온 힘을 다 기울이는 현대의 표현 양식이기 때문이다. 오늘날 우리는 문학의 주된 목적이 독자에게 기쁨을 주는 것이라는 사실을 자칫하면 잊기 쉽다.

매사추세츠 주 마블헤드에서

H K

The Nine Mile Walk
9마일은 너무 멀다

　나는 선정협회(善政協會)의 만찬회에서 한 연설 때문에 굉장한 웃음거리가 되었다. 때문에 니콜라스 웰트와 함께 이따금 아침을 먹으러 가는 '블루 문'에서도 닉에게서 싫은 소리를 듣고 말았다. 나는 예정된 연설의 내용에서 빗나가 군(郡)검사로 있었던 전임자가 신문에 낸 성명을 비판하는 실수를 저지르고 말았던 것이다. 그의 성명에 대해서 여러 가지 추론을 시도했기 때문에 곧 본인에게서 반격을 받았으며, 참석자들에게는 내가 지적인 면에서 그다지 신뢰할 수 없는 사람이라는 인상을 주고 만 것이다. 아무튼 나는 몇 달 전에 대학의 법학부 교수직을 그만두고 군검사가 뽑는 개혁당 후보자가 된 지 얼마 안되었으므로, 이런 따위의 정치적 권모술수에는 익숙지 못했다. 나는 그 점을 참작해 주어야 한다고 주장했으나, 언제나 몸에 익은 교수 근성에서 벗어나지 못하는 닉――그는 스노든 기금 명예 영어영문학 교수이다――은 마치 대학 2학년생이 학기말 시험 점수를 올려달라고 부탁할 때 거절하는 것 같은 말투로 대답했다.

　"여보게, 그런 것은 변명이 되지 않네."

그는 나보다 겨우 두서너 살 위로 아직 40대 후반이지만, 교장이 성적 나쁜 학생을 야단치는 것 같은 태도로 나를 대하는 버릇이 있었다. 그러나 나는——아마도 그의 흰 머리와 주름살투성이의 난쟁이 같은 얼굴이 실제보다 훨씬 늙어보이기 때문이겠지만——그의 그러한 태도를 기꺼이 견뎌내고 있다.

"그러나 그것은 완전히 줄거리가 선 추론이었네."

나는 미련을 떨쳐버리지 못하고 주장했다.

"알겠나, 여보게." 그는 쥐를 가지고 노는 고양이처럼 목을 울렸다. "사람이 서로 의견을 나누는 데 추론이 없어선 안된다는 것을 나도 부정하지 않네. 그러나 추론은 흔히 잘못되는 일이 많거든. 특히 상대가 말하지 않고 감추려는 것을 알아내야만 하는 법률가라는 직업을 가지고 있다면 잘못된 추론을 펼칠 확률이 다른 경우보다 훨씬 큰 걸세."

나는 내 계산서를 집어들고 의자에서 일어났다.

"자네는 지금 법정에서의 증인 반대 신문을 말하는 것이겠지. 그러나 그 추론이 이치에 맞지 않는다면 상대편 변호사가 잠자코 보고 있지만은 않을걸세."

"누가 이치 따위를 말했나? 추론이란 이치에 맞는다 하더라도 반드시 사실과 일치하지는 않는다고 말했을 뿐이네."

그는 내 뒤를 따라 카운터까지 왔다. 나는 내 계산을 끝내고 조급한 마음으로 기다렸다. 그는 옛날식 잔돈 지갑을 뒤져 카운터의 계산서 옆에 동전을 하나씩 늘어놓았는데, 결국 그것만으로는 모자랐다. 그러자 그는 잔돈을 지갑에 다시 넣고 가벼운 한숨을 쉬면서 지폐를 한 장 꺼내어 카운터 위에 올려놓았다.

"여보게, 열 마디 또는 열 두 마디로 된 한 문장을 지어보게."

그는 아까 하던 이야기를 계속했다.

"그러면 나는 자네가 그 문장을 짓는 동안 전혀 생각지도 못했던 일련의 논리에 따른 추론을 끌어내 보이지."

새로운 손님이 들어와서 카운터 앞이 비좁았기 때문에 나는 먼저 밖으로 나가 닉이 계산을 끝내고 나오기를 기다렸다. 나는 아직 내가 곁에 있는 줄 알고 그가 혼자 이야기를 계속하는 게 아닐까 싶어 문득 우스워졌던 것을 기억하고 있다.

그가 길에 서 있는 내 곁으로 다가왔을 때 나는 불쑥 말했다.

"9마일이나 되는 길을 걷는 것은 쉽지 않다. 그리고 빗속이라면 더욱 힘들다."

"그렇고 말고." 그는 아무렇지도 않은 듯 맞장구를 쳤으나 다음 순간 갑자기 걸음을 멈추고 내 얼굴을 들여다보았다. "그게 대체 무슨 뜻인가?"

"제대로 문장이 되어 있네. 모두 열 한 마디일세."

나는 한 마디 한 마디 손가락을 꼽아 세면서 다시 한 번 그 문장을 되풀이했다.

"그게 어쨌다는 건가?"

"자네가 아까 말하지 않았나, 열 마디나 열 두 마디로 된 하나의 문장을 만들면."

"과연, 그랬지!" 그는 귀찮은 듯한 눈으로 나를 쏘아보았다.

"그런데 그 문장을 어디서 장만했나?"

"지금 문득 머리에 떠올랐네. 자네의 추론을 들어볼까?"

"여보게, 진심으로 그렇게 말하는 건가?" 그는 작고 파란 눈을 장난스럽게 빛내며 말했다. "정말로 추론을 끌어내보라는 건가?"

이처럼 자기가 먼저 꺼내놓고 내가 덩달아 따라가면 순간 매우 재미있는 듯한 표정을 짓는 것이 그의 버릇이다. 그래서 나는 늘 자신도 모르는 사이에 불끈 화가 치미는 것이었다.

"그처럼 하기 싫다면 제발 잘난 체하지 말았으면 좋겠네!"

"알았네." 그는 차분한 목소리로 말했다. "그렇게 화낼 것까지는 없지 않나. 어디 한번 해보세. 자, 어떤 문장이었지? '9마일이나 되는 길을 걷는 것은 쉽지 않다. 그리고 빗속이라면 더욱 힘들다.' 과연 단서가 별로 없는 것 같군."

"열 마디가 넘네."

"그럼, 맨 처음 추론일세." 문제에 맞서자 그의 목소리가 갑자기 날카로워졌다. "우선 이야기하는 사람이 넌더리를 내고 있군."

"확실히 그렇네. 물론 그것을 추론이라고 할 수 있다면 말일세. 추측할 것까지도 없이 문장에 잘 나타나 있으니까."

그는 조급하게 고개를 끄덕였다.

"두 번째 추론, 그는 비가 오리라는 것을 예상하고 있지 않았네. 그렇지 않았다면 '그리고'라는 말을 덧붙이지 않고 다만 '빗속이라면 더욱 힘들다'고 했을 걸세."

"뻔한 일이지만, 뭐 아무래도 좋겠지."

"추론의 처음 몇 가지는 언제나 뻔히 아는 것뿐이라네."

닉도 지지 않고 말했다.

나는 잠자코 듣고 흘려버렸다. 열심히 머리를 쓰고 있는 것 같았으므로 구태여 싫은 말을 하고 싶지 않았던 것이다.

"다음 추론인데, 이야기하는 사람은 운동 선수나 집 밖에서 활동하는 사람이 아닐세."

"그건 설명이 필요하네."

"그 열쇠 역시 이 '그리고'라는 말일세. 그는 처음부터 '빗속을 9마일이나……' 하지 않고 다만 '9마일이나 되는 길을 걷는 것은 쉽지 않다'고 했네. 그러나 9마일이라면 그다지 먼 거리가 아니거든. 골프의 18홀도 그 절반보다 멀고, 게다가 골프는 노인의 운동이니까 말일세. ”

그는 내가 골프를 한다는 것을 알고 매우 장난스러운 표정을 지었다.

나는 말했다.

“보통 경우라면 그것으로 좋겠지. 그러나 이렇게 생각해 볼 수도 있지 않을까? 이 말을 한 사람은 정글 속을 행군하는 군인일지도 모른다고 말일세. 그렇다면 날씨가 맑든 비가 오든 관계없이 9마일은 상당한 거리로 생각되겠지. ”

“하긴 그렇겠군. ” 닉은 빈정거리는 투로 대답했다. “어쩌면 이야기하는 사람은 한쪽 다리가 없는지도 모르겠네. 이러한 논법으로 나간다면 이 사람은 유머에 대해 박사 논문을 쓰기 시작한 대학원 학생인데, 그 준비를 위해 우선 재미도 없고 이상할 것도 없는 문장을 닥치는 대로 늘어놓고 있는 참이라고 생각할 수도 있겠지. 아무튼 먼저 여기서 두 가지 일을 가정하고 시작할 필요가 있네. ”

“그게 무슨 말인가? ” 나는 경계하면서 물었다.

“나는 이 문장을 일종의 진공 상태에서 있는 그대로 받아들였네. 누가 한 말인지도 모르고, 어떤 상황에서 한 말인지도 몰라. 그러나 일반적으로는 어떤 문장이든 상황의 테두리에 묶이게 마련이거든. ”

“그렇지. 그런데 그 가정이란 뭔가? ”

“하나는 이야기하는 사람의 의도가 장난스럽지 않다는 것, 다시 말해서 그는 실제로 자기가 걸어본 체험을 이야기하는 것이며, 더욱이 그 목적이 내기에 이기기 위해서 한 장난은 아니라는 것일세. ”

“좋겠지. ”

“또 하나, 나는 걸었던 장소가 여기라고 가정하고 싶네. ”

“여기라니? 페어필드를 말하는 건가? ”

"꼭 페어필드라고 한정할 수는 없지. 이 부근이라는 뜻일세."

"좋겠지."

"자네가 이 두 가지 가정을 인정한다면, 아까 말했듯이 그 이야기하는 사람이 운동선수도 아니고 집 밖에서 활동하는 사람도 아니라는 나의 추론을 당연히 받아들이지 않을 수 없을 걸세."

"알겠네. 그 다음을 계속하게나."

"그 다음 추론인데, 이야기한 사람이 걸었던 시간은 밤중이거나 아니면 이른 새벽, 밤 12시에서 아침 5시나 6시까지일 걸세."

"어떤 이유에서이지?"

"9마일이라는 거리를 생각해 보게. 이 부근은 집들이 가득 들어차 있네. 어느 길을 지나더라도 9마일 이내에 도시며 마을이 없는 곳이 없어. 허들리까지는 여기서부터 5마일일세. 허들리 폴즈는 7마일 반, 고어튼까지는 11마일인데, 8마일 되는 곳에 이스트 고어튼이 있어 고어튼으로 통하는 길이 되어 있네. 고어튼 거리를 따라 로컬 철도가 달리고 있고 다른 길은 모두 버스가 다니지. 게다가 어느 길이나 자동차의 왕래가 굉장히 많아. 그렇다면 열차나 버스가 끊어지고, 그런 시간에 달리는 얼마 되지 않는 차들이 하이웨이에서 낯선 사람을 태워주기 망설이는 그런 한밤중이 아닌 다음에야 뭐가 좋아서 9마일이나 걷겠는가?"

"남의 눈에 띄고 싶지 않았는지도 모르지."

닉은 딱하다는 듯 미소지었다.

"승객들이 모두 신문을 읽는 데 열중해 있는 열차나 버스 안보다 하이웨이를 터덜터덜 걷는 편이 더 남의 눈에 띄지 않는다고 생각하나?"

"아무래도 괜찮네, 그 점에는 구애받지 않으니까."

나는 퉁명스럽게 대답했다.

"그럼, 이건 어떻겠나, 그는 어느 도시에서 밖으로 나간 것이 아니라 도시를 향해 걸어들어왔다고 하면?"

나는 고개를 끄덕였다.

"그쪽이 낫겠네. 출발하기 전에 도시에 있었다면 뭔가 탈것을 마련할 수 있었을 테니까. 자네 추론의 근거도 그것일 테지?"

"그것도 있지만, 거리에서 끌어낼 수 있는 추론이 또 한 가지 있네. 그것은 '9마일'이라고 정확한 숫자를 말하고 있는 점일세."

"글쎄, 그게 무슨 뜻인가?"

언제나 교수가 학생을 야단치듯이 짓는 그 표정이 닉의 얼굴에 떠올랐다.

"만일 10마일 걸었다든가 차로 1백 마일 달렸다는 표현이라면, 사실 8마일에서 12마일쯤 걸었거나 90마일에서 1백 10마일쯤 달렸다는 뜻으로 해석해도 좋네. 다시 말하면 '10'이라든가 '100'이라는 것은 대강 말한 숫자일세. 정확하게 10마일 걸었는지도 모르지만 약 10마일 걸었다는 뜻으로 해석되지. 그러나 9마일이라고 할 때는 정확한 숫자로 생각해도 틀림없을 걸세. 그런데 우리는 도시에서 어떤 지점까지보다 어떤 지점에서 도시까지 이르는 거리를 더 정확하게 알고 있는 경우가 많네. 다시 말해서 이런 걸세. 도시에 사는 어떤 사람에게 브라운 농장까지 몇 마일이나 되느냐고 물어보네. 만일 그가 브라운 농장을 알고 있다면 '3, 4마일 정도'라고 대답할 거야. 그러나 반대로 브라운에게 그의 집에서 도시까지 몇 마일이나 되느냐고 물으면 그는 '3.6마일입니다. 여러 번 속도계로 재보았으므로 틀림없습니다'고 대답할 걸세."

"그건 좀 근거가 약한데, 닉."

"그러나 그것과 함께 자네가 조금 전에 말했듯이 도시에 있었다면 뭔가 탈것을 마련할 수 있었을 거라는 생각을 해보면."

"그렇다면 알겠네. 뭐, 그것으로 좋겠지. 그 밖에 또 있나?"

"이제 겨우 본론으로 들어간 참일세." 그는 자랑스럽게 말했다.

"다음 추론은 그가 어떤 확실한 목적지를 향해 가고 있었다는 것, 더욱이 일정한 시간까지 그곳에 도착해야만 했다는 것일세. 차가 고장이 나서 도움을 청하러 갔다거나, 부인의 출산이 가까웠다거나, 누군가 그의 집에 침입하려고 한다거나 하는 경우가 아닌 것만은 확실하네."

"잠깐만! 가장 있음직한 일은 자동차가 고장난 경우가 아닐까? 도시를 떠날 때 목적지까지 마일 수를 확인해 보았을 테니까 차가 멈춘 지점부터 거리를 정확하게 알 수 있었겠지."

닉이 고개를 저었다.

"빗속을 9마일이나 걸을 정도라면 뒷좌석에 누워서 자거나 차 옆에 서서 다른 자동차가 지나가기를 기다릴 걸세. 어찌되었든 9마일이니까 말일세. 그 정도의 거리를 걷자면 최소한 얼마쯤 걸리겠나?"

"네 시간쯤 걸리겠지."

그는 고개를 끄덕였다.

"그래, 비가 왔다는 것을 생각하면 아무리 빨라도 그 정도는 걸리겠지. 시간은 아까 밤중이나 이른 새벽이라고 정해졌었네. 그러면 만일 차가 오전 1시에 고장났다면 도착은 5시라는 말이 되네. 5시라면 날이 밝을 시간이야. 하이웨이를 달리는 자동차의 수가 많아질 무렵이지. 이제 곧 버스도 다니기 시작하네. 첫 버스가 페어필드에 닿는 건 오전 5시 30분이니까 말일세. 게다가 다만 도움을 청하러 갈 뿐이라면 구태여 도시까지 걸어갈 필요는 없겠지. 가장 가까이에 있는 전화까지만 가면 충분할 테니까. 따라서 그는 무슨 일이 있어도 5시 30분 전에 도시까지 가야 할 볼일이 있었다고 생각해도 되겠지."

"그렇다면 조금 일찌감치 도시에 닿아 그 시간까지 기다려도 좋지 않을까? 전날 밤 마지막 버스로 오전 1시쯤 도착하여 그 시간까지 기다리면 되네. 그런데 자네가 말했듯이 운동선수도 아닌 그가 빗속을 9마일이나 걸었단 말일세."

그럭저럭 하는 동안에 나의 사무실이 있는 시청 앞까지 왔다. 다른 때라면 이런 종류의 토론은 '블루 문'에서 시작되어 시청 입구에서 끝나는데, 오늘은 닉의 추리에 상당히 흥미를 느꼈으므로 나는 잠깐 안에 들렀다 가지 않겠느냐고 말해 보았다.

의자에 앉자 나는 조금 전의 의문을 다시 한 번 제기했다.

"어떻게 생각하나, 닉? 그는 어째서 전날 밤 버스가 있을 시간에 도착하여 아침까지 기다리지 않았을까?"

"그렇게 하려고 생각했다면 그럴 수도 있었겠지. 그러나 실제로 그렇게 하지 않은 것을 보니 마지막 버스를 놓쳐버렸거나 아니면 어떤 신호, 이를테면 전화 연락 같은 걸 기다려야 했는지도 모르네."

"그렇다면 그는 12시에서 5시 반 사이에 어떤 사람과 약속이 있어."

"좀더 자세히 추리해 보세. 9마일을 걸으려면 네 시간은 걸리네. 막차는 12시 30분에 있는데 그 버스를 타지 않았네. 만일 그때 출발했다면 목적지에 도착하는 것은 4시 30분 이후가 되네. 한편 새벽 첫 버스를 탔다고 하면 도착은 5시 30분쯤이 될 걸세. 다시 말해서 약속 시간은 4시 30분에서 5시 30분 사이였다고 생각해도 된다는 말일세."

"그러니까 약속이 4시 30분 전이었다면 마지막 버스를, 5시 30분 이후였다면 첫 버스를 탔을 거라는 말이로군?"

"그렇지. 그리고 또 한가지, 그가 어떤 신호나 전화 연락을 기다리고 있었다면, 그것은 늦어도 오전 1시까지였을 게 틀림없네."

"과연 그렇겠군. 약속이 5시쯤이고, 9마일을 걷는 데 네 시간이 걸린다면 1시쯤에는 떠나 있어야 할 테니까. "

닉은 말없이 무엇인가 골똘히 생각하며 고개를 끄덕였다. 왠지 알 수 없지만 나로서도 그의 생각을 방해할 수 없었다. 벽에 큼직한 군지도가 걸려 있으므로, 나는 가까이 가서 그것을 들여다보았다.

"자네 말이 맞네, 닉" 하고 나는 어깨 너머로 말했다.

"페어필드에서 9마일 이상 떨어져 있는 곳으로 도중에 도시가 없는 곳은 하나도 없군. 다시 말해서 페어필드는 작은 도시들로 에워싸여 있는 모양일세. "

닉은 일어나서 지도 앞으로 왔다.

"아니지, 아니야. 아직 페어필드라고 결정된 것은 아닐세. 그보다는 이 둘레에 있는 도시 가운데 어느 하나일 거라고 생각하네. 이를테면 허들리는 어떤가? "

"허들리? 아침 5시에 그런 곳에 무슨 볼일이 있겠나? "

"그 시간에 '워싱턴 플레이어'가 급수 때문에 허들리에 멈춰서거든. "

"아아, 그래, 그렇게 말하니 잠들지 못하는 밤에 여러 번 열차 소리를 들은 적이 있네. 멈춰서고 1, 2분 지난 뒤 메서디스트 교회의 시계가 5시를 친 기억이 나네. " 나는 책상 쪽으로 돌아와 열차시간표를 조사해 보았다. "보게나, '워싱턴 플레이어'는 12시 47분에 워싱턴을 떠나 아침 8시에 보스턴에 도착하네. "

닉은 여전히 지도 앞에 서서 연필로 거리를 재고 있었다.

"허들리에서 정확하게 9마일 되는 지점에 올드 섬터 인이 있네. "

"올드 섬터 인이라고? 그렇다면 자네의 추론은 밑바닥부터 허물어지겠군. 거기라면 도시와 마찬가지로 탈것을 마련할 수 있을 테니까. "

닉은 고개를 저었다.

"그곳에서는 자동차를 모두 집 안에 들여놓기 때문에 문을 지날 때 경비원의 눈에 띄게 마련이네. 그런 시간에 자동차로 떠나는 사람이라면 틀림없이 수상하게 생각하여 경비원이 얼굴을 기억할 걸세. 아무튼 그곳은 경비가 아주 엄중하니까. 따라서 그 사나이는 방에 있으면서 워싱턴에서 걸려올 전화를 기다렸다가, '워싱턴 플레이어'의 어떤 승객에 대해 아마도 차칸 번호와 침대 번호를 통지받았겠지. 그런 다음 호텔 방에서 살그머니 빠져나와 허들리까지 걸었을 걸세."

나는 멍하니 그의 얼굴을 지켜보았다.

"급수 중인 열차를 타는 것은 간단한 일이고, 차칸과 침대 번호만 알고 있으면."

"닉!" 하고 나는 가슴이 두근거리는 것을 느끼면서 말했다. "경비 절약을 공약으로 내걸고 개혁당에서 군검사 선거에 나선 나로서는 조금 모순되는 행동일지도 모르지만, 세금이 헛되이 낭비되어도 좋으니 보스턴에 장거리 전화를 걸어보겠네. 우스꽝스러운 질문이라서 미친 사람의 짓이라고 여길지도 모르지만, 괜찮네, 해보겠어!"

"해보게나."

닉은 파란 눈을 빛내고 혀 끝으로 입술을 축이며 소리쳤다.

나는 수화기를 놓았다.

"닉, 이것은 아마도 범죄 수사 역사에 나타나 있는 바 가장 주목할 우연의 일치일 걸세. '어젯밤 12시 47분 워싱턴 발 열차 안에서 타살된 시체가 발견되었다네!' 사망 추정 시간은 보스턴에 도착하기 세 시간 전, 다시 말해서 허들리에서 멈춰선 시각과 일치하네."

"틀림없이 그럴 거라고 생각했네. 그러나 우연의 일치라고 생각하는 것은 잘못일세. 절대로 그럴 리가 없어. 자네는 그 문장을 어디서 들었나?"

"그것 말인가? 그냥 문득 머릿속에 떠올랐을 뿐일세."

"아니, 그럴 리가 없어! 아무 생각없이 머릿속에서 떠오르는 말이라면 그런 문장이 아닐 걸세. 나는 오랫동안 작문을 가르치고 있는 사람이니까 알 수 있는데, 어떤 사람에게 열 개 안팎의 낱말로 문장을 만들어 보라고 하면 보통 '나는 우유가 좋다. 그것은 건강에 좋으니까' 같이 흔해빠진 대답이 나오기 마련이지. 따라서 자네의 문장은 '어떤 특정한 상황'을 가리키는 것임에 틀림없네."

"그러나 오늘 아침에는 아무와도 이야기하지 않았네. '블루 문'에서부터 줄곧 자네와 함께 있지 않았나."

"내가 계산하는 동안 자네는 내 곁에 있지 않았어. '블루 문' 앞에서 나를 기다리는 동안 누구와 만나지 않았나?"

나는 고개를 저으며 대답했다.

"내가 밖으로 나오고 1분도 안되어 자네가 나왔네. 그러고 보니 자네가 잔돈을 찾는 동안 두 남자가 들어왔었어. 그 가운데 한 사나이와 몸이 서로 부딪쳤기 때문에 나는 가게가 좁아서 방해가 되리라고 생각했었네."

"본 적이 있는 얼굴이었나?"

"누구?"

"둘이서 함께 들어왔다는 그 사나이들 말일세."

닉은 안타까운 듯이 말했다.

"아니, 전혀 알지 못하는 얼굴이었어."

"그들이 뭐라고 이야기를 하고 있던가?"

"그런 것 같네. 그렇지, 확실히 이야기를 하고 있었네. 뭔지는 모르지만 아주 열심히 이야기하고 있었어. 그렇지 않았다면 나와 부덮칠 리가 없지."

"'블루 문'에서는 낯선 손님을 보게 되는 일이 별로 없는데……"

"그렇다면 그들이 범인이란 말인가? 얼굴을 보면 곧 알겠는데……"

닉의 눈이 가늘어졌다.

"있을 수 있는 일일세. 범인은 2인조임에 틀림없네. 한 사람은 워싱턴에서 피해자의 뒤를 밟아 차칸 번호와 침대 번호를 확인하고, 또 한 사람은 여기서 기다렸다가 범행을 저지르는 거지. 워싱턴에 있는 사나이는 나중에 이리로 왔을 걸세. 돈을 목적으로 하는 살인이었다면 얻은 물건을 둘이 나누어 가질 것이고, 단순한 살인이었다면 아마도 고용한 살인 청부업자에게 보수를 지불하기 위해서 말일세."

나는 전화에 손을 뻗쳤다.

"그로부터 아직 30분도 안됐네." 닉은 계속 말했다. "그들은 우리가 나오는 것과 동시에 들어갔고, '블루 문'의 서비스는 늦거든. 허들리까지 9마일이나 걸어간 남자라면 배가 몹시 고플 것이고, 다른 한 사람도 워싱턴에서 밤새워 차를 달려왔을 게 틀림없으므로……"

"체포하거든 꼭 연락 바라네" 하고 말하고 나서 나는 전화를 끊었다.

우리는 입을 다문 채 전화를 기다렸다. 다른 사람에게 알려지면 부끄러운 일이라도 저지른 듯 서로 얼굴을 마주보지 않도록 애쓰며 방 안을 천천히 왔다갔다하고 있었다.

이윽고 전화가 울렸다. 나는 수화기를 들어 보고를 듣고 난 다음 "좋아" 하고 대답하며 닉 쪽을 돌아보았다.

"한 사람은 주방 창문으로 달아나려고 했는데, 윈이 가게 뒤꼍에도 지키도록 해두었기 때문에 둘 다 붙잡았다는군."

"달아나려고 한 것을 보니 아무래도 그들이 범인인 것 같군."

닉은 희미하게 미소지었다.

나도 고개를 끄덕여 동감이라는 뜻을 나타냈다.

그는 손목시계를 흘끗 보더니 소리쳤다.

"큰일났군! 오늘 아침에는 일찍부터 일을 시작할 생각이었는데, 쓸데없는 이야기 덕분에 그만 시간이 늦어져버렸네."

나는 문 앞에서 그를 불러세웠다.

"닉, 자네는 무엇을 증명하려고 했었나?"

"추론이란 이치에 맞는다 하더라도 반드시 사실과 일치하지는 않는 다는 것이지."

"그런가?"

"아니, 뭐가 우스워?"

그는 화를 냈으나, 이윽고 그 자신도 웃어버리고 말았다.

The Straw Man
지푸라기 사나이

그날 밤에는 내가 군검사 클럽의 주인 노릇을 할 차례였다. 이것은 단순한 사교 모임으로, 풍족한 저녁식사와 하루 저녁 이야기를 하며 즐기는 것 외에 이렇다 할 목적은 없다. 오가는 화제는 대개 직업에 관한 것으로 한정되어 있어, 마지막에는 으레 지난번 만난 뒤로 저마다 다룬 재미있는 사건에 대한 분별없는 자랑 이야기가 되는 것이 보통이었다.

페어필드는 평온하고 질서 있는 도시로서 좀처럼 물의를 일으킬 만한 사건이 없다. 그러므로 그날 밤 나의 훌륭한 변론의 예며 악인들의 사악한 계획을 분쇄할 수 있었던 심원한 법의 오묘함을 모든 사람에게 들려줄 차례가 되었을 때, 나는 재미있게 해줄 만한 화제가 없어 하는 수 없이 《9마일은 너무 멀다》는 사건에서 추론한 닉 웰트의 논리에 따른 범죄 재구성과 내가 한 하찮은 역할을 이야기함으로써 난처한 입장을 모면할 수 있었다.

모두 내 이야기에 정중하게 귀를 기울여 주었으나, 그들의 태도로 보아 내가 이야기를 재미있게 하기 위해 사실을 얼마쯤 과장하고 있다고 생각하는 것이 분명했다.

내가 이야기를 끝내자 엘리스 존스턴 씨——이 주(州)에서 가장 인구가 많은 서포크 군의 검사로서, 우리들의 작은 모임에서 자연히 장로격으로 추대되고 있는——가 건성으로 고개를 끄덕이며 말했다.

"이야기는 매우 좋았소. 확실히 경우에 따라서는 그런 직감이 작용하여 문제를 해결하는 데 도움이 되는 일도 있을 것이오. 그러나 1년에 백 가지나 되는 사건이 밀어닥치는 데서 직감에 의지하다가는 그 절반도 해결할 수 없지요. 아무래도 정해진 착실한 수사법으로 손에 들어오는 세세한 사실을 차근차근 꾸준히 조사해 가지 않으면 사실을 찾아낼 수가 없소. 범죄사건 해결은 인스피레이션(영감)이 아니라 퍼스피레이션(땀 흘리는 노력)의 결과요."

다른 사람들도 찬성하는 것처럼 고개를 끄덕였다.

"그런데 마침 여기에 내가 말하려고 하는 점을 실증하는 것이 있소."

그는 앞가슴의 불룩한 포켓에서 돈지갑을 꺼내더니 안에서 광택있는 종이 한 장을 꺼냈다. 그가 종이를 탁자 위로 던졌으므로 우리는 모두 자리에서 일어나 그것을 보려고 모여들었다. 그것은 몸값을 요구한 청구서를 복사한 사진으로, 편지는 오늘날 매우 낯익은 양식으로 써 있었다. 곧 백지 위에 작은 활자를 오려내어 붙여서 하나의 문장을 만드는 방법을 썼다.

오래 써서 낡은 '소액권'으로 5만 달러. 그렇지 않으면 두 번 다시 글로리아의 얼굴을 볼 수 없을 줄 알라. '경찰'에 연락하는 경우도 마찬가지이다. '자세한 지시'는 '전화'를 기다려라.

아무리 보아도 흔히 볼 수 있는 협박장이었다. 단 한가지 점을 빼놓고는. 오려서 붙여놓은 한 조각 한 조각의 글씨에 경찰 사진반이 검은 가루를 사용하여 뚜렷하게 보이도록 한 지문이 나타나 있었던 것이다.

존스턴 씨는 다시 자세를 바로하며 종이를 들여다보고 있는 우리를 바라보았다. 그는 떡 벌어진 튼튼한 체격의 사나이로, 두툼한 입술과 턱이 고집스러워 보였다. 현재의 지위를 얻는 데는 법률상의 능력보다도 정치 수완에 힘입은 바가 컸으나, 그래도 일하는 데에는 일급 인물로 인정받고 있었다. 그가 말하기 시작했다.

"지문을 검출하는 것도 정석 수사법의 하나지요. 그러나 검은 가루 따위를 뿌리지 않아도 그 지문은 분명하게 알아볼 수 있었소. 이 오려낸 종이는 여느 목재 펄프로 만든 신문용지가 아니오. 지문이 깨끗하게 남는 아트지로 된 잡지, 예를 들면 〈라이트〉라든가 〈새터데이 이브닝 포스트〉같은 데서 오려낸 것이오.

내가 말하고 싶은 것은 바로 이 점이오. 우리는 안락의자에 편안히 앉아서, 자신의 신분을 감추는 데 이만큼 꼼꼼하게 수고한 범인이 어째서 마지막으로 지문을 남겨 모조리 헛수고로 돌아가게 했는가 따위를 생각하고 캐낼 시간이 없소. 우리에게 밀어닥치는 수백 건의 사건에서 범죄자가 곧잘 이런 실수를 하는 것을 우리는 알고 있소. 이 사건의 경우 지문을 남긴 것은 범인이 잘못 실수한 것인지도 모르고, 그렇지 않으면 단순한 허세인지도 모르오. 그런 예라면 얼마든지 있으니까.

자신의 범죄를 과시하고 싶어하는 욕구는 범죄자 심리에 공통된 특징이오. 그러나 어찌되었든 우리는 거기에 속을 수 없소. 우리에게는 정해진 범죄 수사 방법이 있지요. 그렇지 않소? 사건을 해결하는 것은 이 정해진 방법과 그리고 서로 힘을 합해 뭉친 경찰진의 팀워이지, 결코 직감이나 달밤의 영감 같은 것이 아니오. 당신 친구인 대학교수가 사용한 것 같은 그런 것은 아니란 말이오, 알겠소?"

존스턴 씨는 나에게 말하듯이 그 이야기를 덧붙였다.

"우리는 이와 같은 사건을 많이 다루고 있소. 일반 대중이 상상하는 것보다 많이. 대중은 유괴사건 같은 것은 아주 드문 일로, 신문에 커다랗게 나왔을 때에만 일어난 것으로 생각하고 있소. 그러나 사실은 드물게 일어나는 범죄가 아니오. 협박과 마찬가지로 범죄자 측이 온갖 잇점을 갖고 있어, 이것이 유괴를 아주 흔해 빠진 범죄로 만드는 경향이 있소. 대개의 경우 피해자는 하루나 이틀 안에 요구하는 돈을 지불하고, 그것으로 모든 일이 해결되는 것이오. 아주 적은 예를 제외하고는 피해자가 사건 해결 뒤 경찰에 신고하는 일조차도 없소. 보복을 두려워하기 때문이지요.

이 사건의 경우도 마찬가지였소. 존 리건 박사는 이 협박장을 받고 이틀 뒤 몸값을 지불하고 딸 글로리아를 찾아왔소. 범인들은 그동안 줄곧 그녀에게 마약을 투여했기 때문에, 그녀에게서는 단서가 될 만한 증언을 아무것도 얻을 수가 없었소. 사건의 경위는 이렇소.

그날 밤 글로리아는 아버지 존 리건 박사와 '은구두'에 갔었소. 나이트클럽 겸 도박장이지요. 도중에 리건 박사는 전화를 받으러 갔었소. 그가 다시 돌아와 보니 급사가 다가와 아가씨께서는 방금 친구분들을 만나 다른 클럽으로 갔다고 말했소. 이것은 조금도 이상한 일이 아니지요. 리건 박사는 그 뒤 그곳의 도박실에서 두 시간쯤 지낸 다음 혼자 집으로 돌아갔소. 편지는 이튿날 아침의 우편으로 배달되었소. 그리고 그날 밤 늦게 범인이 전화를 하여 몸값을 놓아둘 곳과 딸을 내줄 곳을 알려주었지요. 범인들은 약속을 어기지 않아 이튿날 그는 딸을 다시 찾았소."

"그런데 그 뒤 리건 박사가 당신 사무실로 전화를 걸어왔다는 말씀이시군요."

내가 말했다.

존스턴 씨는 설레설레 머리를 내저었다.

"실은 그렇지 않았소. 이 사건 역시 여느 경우라면 우리도 끝내 알지 못했을 거요. 우리가 수사에 착수한 뒤에도 리건 박사는 협조를 잘 하지 않았소. 그의 말에 따르면, 자신은 범인과 흥정을 한 것이므로 그것을 지키지 않으면 도의에 어긋난다는 것이었소. 물론 이런 일은 그야말로 이치에 맞지 않는 것이지만, 아마도 그는 보복을 두려워하고 있다고 말하고 싶지는 않았을 것이오. 게다가 우리로서는 그에게 압력을 넣을 수도 없었소. 그는 우리 시의 유력자였소. 두서너 군데 자선 단체의 이사를 지내기도 하고 시민위원회에도 얼굴을 내놓고 있지요. 말하자면 명망있는 사람이오. 게다가 돈도 많지요. 인기 있는 의사는 대개 부자이지만, 내가 말하는 건 그런 뜻이 아니오. 사실 그는 몇 년 전부터 환자를 보고 있지 않으니까요. 환자라면 오직 심장이 나빠서 그와 함께 살고 있는 형 필립뿐이오. 그의 수입은 부동산에서 들어오고 있었소. 시내에 세를 준 집이 많거든요. 어쨌든 그러한 사람을 이리저리 괴롭힐 수는 없는 일이오.

그런데 정보를 가지고 온 사람은 전미탐정사(全美探偵社)의 지방 지부를 맡고 있는 심즈라는 사나이였소. 이 편지도 그 사나이가 가지고 왔지요."

존스턴 씨는 손짓으로 테이블 위의 복사 사진을 가리켰다.

"필립 리건, 다시 말해서 지금 말한 리건 박사의 형이 그를 부른 것이오. 그러나 범인을 찾아내는 것이 아니라 몸값을 주고받는 중개자 역할을 맡아달라고 부탁받았을 뿐이었지요. 아마 이런 일에 경험도 상식도 전혀 없는 박사가 직접 나서게 되면 이중으로 속을

지도 모른다, 돈만 빼앗기고 딸은 찾아오지 못할지도 모른다, 또 어쩌면 좀더 많은 돈을 요구받게 될지도 모른다고 생각한 모양이오. 이러한 일을 막기 위해 조심한 셈인데, 결국 이것은 필요하지 않은 일이었음이 밝혀졌소.

범인은 직접 리건 박사에게 전화를 했고, 박사는 그 지시에 따랐으며, 아무 일 없이 딸을 다시 찾아왔으니까요. 어째서 심즈를 시키지 않았느냐고 물었더니 박사는 이렇게 대답했소. 처음부터 그에게 의뢰할 생각은 조금도 없었지만, 형님이 너무 걱정하기에 안심시키기 위해서 고용했을 뿐이라고 말이오.

이렇게 해서 딸은 무사히 돌아왔고, 존 리건 박사는 이 일을 모두 잊어버리려고 했지요. 그런데 바로 이튿날 형 필립에게 지병인 심장 발작이 덮쳐 갑자기 세상을 떠났소. 심즈는 왠지 모르게 이 일이 자꾸만 마음에 걸렸소. 미리 말해 두겠는데, 필립의 죽음에는 미심쩍은 점이 전혀 없었소.

필립 리건 씨는 60살이 가까웠으며, 오랫동안 관상동맥 이상으로 시달려왔지요. 언제 세상을 떠나게 될지 알 수 없는 상태였소. 아마도 유괴 소동이 일어나고, 조카딸이 무사히 돌아온 일 따위로 흥분이 겹쳐서 발작을 일으킨 것이라고 생각되었지요.

그러나 심즈는 유괴사건에 대한 것을 감추어두기가 걱정스러웠던 참에, 그 일을 부탁했던 의뢰인이 갑자기 세상을 떠나자 더욱 불안해졌소. 아마도 단순한 우연이었겠지 하고 생각하기는 했었소. 그러나 한편 두 가지 사건 사이에 무언가 관계가 있을 것 같이 생각되기도 했소. 그리하여 그는 뉴욕의 본사에 연락했고 본사는 우리에게 신고하도록 지시한 것이오. 그의 의뢰인이 박사가 아니라 필립 리건 씨라는 것이 그의 입장을 조금은 편하게 해주었지요. 엄밀히 말해서 그는 박사에게 고용된 게 아니니까 이 일에 관해 박사의 요망에 따를 의무는 없었던 거요.

물론 우리는 필립 리건 씨의 죽음에 대해 조사했소. 그러나 수상하거나 이상한 점은 하나도 발견되지 않았소. 그는 오랫동안 심장병으로 시달려왔소. 그는 아무 일도 하지 않았소. 하루 종일 집 안에 틀어박혀 다 헐어빠진 옷을 입고서 뜰을 돌아다니기도 하고 담장 너머로 지나가는 사람과 세상 이야기를 하기도 하며 지냈지요. 여름이 되면 이따금 근처에 사는 개구쟁이들을 데리고 낚시질을 가기도 했다더군요. 말하자면 고집스러우나 해롭지 않은 영감이라고 할 만한 사람이었소."

존스턴 씨는 조급하게 손을 저어 그 생각을 떨쳐버리려는 듯한 손짓을 했다. 그는 빈틈없고 독선에 찬 미소를 지었다.

"그렇지만 물론 우리는 유괴에 대해서 철저하게 조사해야만 했소."

그는 팔걸이의자에 기대앉아 두 팔을 크게 벌렸다.

"자, 이것으로 여러분도 사건의 전말을 알 수 있었을 것이오. 여기에서 우리는 무엇을 했는가? 그렇소, 우리가 '하지 않은' 유일한 일은, 어째서 유괴범이 협박장에 지문을 남겼는가를 깊이 파고들어 알아내려고 하는 거였소. 아까도 말했듯이 범죄자란 곧잘 이러한 실수를 저지르지요. 만일 그들이 어떤 실수도 해주지 않는다면 우리는 결코 그들을 잡을 수 없을 거요. 이 사건에서도 우리는 다만 여느 때 하던 수사 방법에 따라 조사를 진행했을 뿐이오.

그 지문을 복사하여 워싱턴으로 보내, 그것이 그들의 자료에 실려 있는지 어떤지 조사해 보도록 의뢰했소. 물론 거기에는 실려 있지 않았지요. 처음부터 기대하지도 않았지만. 따라서 우리는 실망하지도 않았소. 정해진 방법에 따라 수사를 계속하다 보면 단서는 대부분 아무런 결과도 낳지 않은 것을 알게 되지요. 그것은 문제가 아니오. 다만 이처럼 참을성 있게 조사해 나가면 그 동안에 늦건

이르건 그 하나가 해결의 단서와 연결되지요. 그럼, 우리는 유력한 증거를 잡게 되는 것이오.

우리는 종이 전문가를 찾아가 그 편지를 조사해 줄 것을 부탁하고, 그 오려낸 조각들이 어느 잡지에서 나온 것인지 알아내 달라고 했소. 사진으로 보아서는 모르겠지만, 전문가가 원본을 보면 다 똑같은 광택지라도 하나씩 저마다 다른 잡지에서 오려낸 것이라는 사실을 한눈에 알 수 있지요. 다음에 우리는 사람을 써서 그 여러 잡지의 어느 호가 사용되었는가를 조사하도록 했소. 이것은 그다지 어려운 일이 아니었소. 이들 단어는 모두 기사의 표제에서 오려낸 것이어서 끈기만 있으면 반드시 찾아낼 수 있는 것이었고, 게다가 모든 조각의 뒷면에 인쇄된 글씨를 어디에서 오려낸 것인가를 알아내는 데 도움이 되었소. 그 결과 모두 네 종류의 잡지──모두 최신호였소──가 사용되었음을 알았지요. 우리는 이 편지가 투함된 우체국 관내에 있는 모든 서점과 잡지 파는 가게에 수사원을 보냈소. 어느 서점의 판매원이 이 네 가지 잡지를 한꺼번에 사간 손님을 기억하고 있을는지도 모른다고 생각하고 말이오.

한편 우리는 '은구두'의 경영자인 블랙 베누티를 불러들여 엄중히 신문했소. 그가 이 사건에서 중요한 역할을 했다 하더라도 전혀 뜻밖으로 생각되지는 않았을 것이오. 지금까지 매우 떳떳하지 못한 일에 손을 대고 있던 악당인데다, 우리가 평소부터 눈독을 들여 살피던 사나이였으니까요. 그러나 결국 그에게서 아무것도 끌어낼 수가 없었소. 우리에게는 입을 열게 할 확실한 단서가 전혀 없었기 때문이오. 그래도 간신히 그 녀석에게 예약 손님의 리스트를 실토하게 하여 거기에서 사건이 있었던 날 밤 클럽에 왔던 손님의 이름을 알 수 있었지요.

말할 나위도 없이 글로리아가 우연히 친구를 만나 함께 다른 집으로 갔다는 이야기는 완전히 거짓말이었소. 아마도 아버지와 같은 방법, 다시 말해서 전화를 구실 삼아 불려 나갔거나 했을 것이오. 급사의 증언에 따르면 그녀는 다만 돌아간다고 말했으며 자기도 리건 박사에게 그렇게 전했을 거라고 하더군요. 아마 박사는 그 말을 듣고 딸이 누군가를 만나 함께 다른 클럽에 갔나 보다고 마음대로 상상한 모양이오. 급사가 정확하게 뭐라고 말했는지에 대해 우리가 다시 한 번 박사에게 묻자, 그의 증언은 애매해지고 말았소. 이 점에 대해서는 좀더 그를 조사해 보려고 생각하오. 그리고 또한 그날 밤 클럽에 있었던 사람을 모두 신문해 볼 생각이오. 그녀가 자리를 뜬 것은 마침 플로어 쇼가 한창 무르익을 때였으므로 홀은 상당히 어두웠겠지만, 그래도 누군가가 그녀를 보았을지도 모르니까요. 아무튼.”

존스턴 씨는 둘째 손가락을 하나 세우고 거드름스럽게 모두를 둘러보았다.

“꼭 한 가지는 확실한 것이 있소. 곧 과거의 경험으로 판단해 보건대, 이처럼 수사를 계속해 나가는 동안 반드시 무언가를 목격한 사람 또는 어떤 단서를 제공해 주는 사람이 나타나면 우리는 그 단서를 쫓아 사건을 해결할 실마리를 잡게 된다는 일이오.”

존스턴 씨는 코를 벌름거리며 의자 등받이에 기대앉았다. 나는 아무 말도 못할 만큼 굴복당한 것 같은 기분이었다. 그리하여 조금 전의 이야기는 어떤 경우에나 통용되는 실제로 쓸모 있는 방법으로서 한 말이 아니라고 설명하려 하는데, 이때 갑자기 벨이 울렸다. 문득 나는 오늘이 금요일로서 언제나 밤에 닉과 체스를 하기로 되어 있는 것, 그리고 주의를 하지 않아 그 약속을 취소하는 것을 잊었다는 것이 생각났다.

나는 급히 현관으로 나갔다. 과연 찾아온 손님은 닉이었다. 그가 약속을 잊는 일은 있을 수 없다. 그는 곧 먼저 와 있는 손님을 알아차리고 차디찬 눈으로 힐끔 나를 쳐다보았다. 나는 당황하여 어찌할 바를 몰라 변명 비슷한 말을 중얼거리고 나서 그를 달래기 위해 덧붙여 말했다.

"마침 지금 자네 이야기를 하던 참일세, 닉. 괜찮다면 자리를 함께 하세나."

닉, 다시 말해서 대학의 스노든 기금 명예 영어영문학 교수인 니콜라스 웰트 교수는 언제나 나를 성적이 좋지 못한 초등학생처럼 다룬다. 그리고 이상하게도 나 역시 그와 함께 있으면 옛날부터 언제나 그런 기분이 되어버리고 마는 것이었다.

그는 예의바르게 내 말을 끝까지 다 듣고 나자 조그맣고 파란 눈을 어딘지 수상하다는 듯이 빛내며 그 자리에 있는 사람들을 둘러보았다. 그러나 소개하는 말에 대답하여 한 사람 한 사람과 악수를 하면서 그는 신기하게도 점잖은 태도를 허물어뜨리지 않아 나는 마음을 놓았다. 한 차례 소개가 끝나자 존스턴 씨가 장난스럽게 모두를 둘러보며 말을 꺼냈다.

"저, 니콜라스 웰트 교수님, 지금 여기에 있는 당신 친구가 어떤 사건을 해결하는 밑바탕이 된 당신의 기막힌 직감에 대해 이야기해 주던 참이었습니다. 그래서 어디 다시 한 번 우리에게 힘을 빌려주지 않겠느냐고 부탁드리고 싶습니다. 저 테이블 위에 있는 편지를 당신께서는 어떻게 생각하십니까?"

나는 닉이 직감에 따라 사건을 해결했다는 말에 대해 이의를 제기하리라고 생각했다. 아마도 그는 그렇게 하고 싶었을 것이다. 왜냐하면 평소에도 얄팍한 입술을 몹시 신 레몬이라도 씹은 것처럼 한층 더 꼭 다물고 있었기 때문이다. 그러나 그는 아무 말도 하지 않고 탁자 쪽으로 걸어갔다.

"그것은 원본이 아니라 복사한 사진입니다." 존스턴 씨가 설명했다. "원본은 이틀 전에 우리에게 보내왔지요. 이것은 장난이 아닙니다. 실제로 유괴사건이 있었습니다."

"보내왔을 때부터 이 지문이 묻어 있었다는 말씀이지요?"

"그렇습니다. 사진에 뚜렷이 나오도록 가루를 뿌렸습니다. 그것은 그다지 어려운 일이 아니었습니다. 그 오려낸 종이조각들은 신문지가 아니라 두껍고 광택 있는 잡지 용지였으니까요."

"그래요? 그렇다면 이 지문들은 우연히 여기에 묻은 것이 아니라는 말이군요."

존스턴 씨는 그 자리에 있는 다른 사람들에게 한쪽 눈을 찡긋 감아 보였다. 나는 닉이 딱하게 여겨졌다.

"여보게, 닉, 자네도 알겠지만 범죄자란 가끔."

존스턴 씨가 손을 내저어 내 말을 가로막으면서 목구멍이 울릴 듯한 커다란 목소리로 물었다.

"어째서 그것이 우연히 묻었다고 볼 수 없는 걸까요?"

닉은 여느 때에는 오로지 나를 위하여 특별히 준비해 두고 있는, 언제나 안타까워 하는 듯한 그 눈길을 그에게 돌리더니 순교자 같은 말투로 설명하기 시작했다.

"어느 신문에는 기사의 표제가 많아 그것만으로 하나의 문장을 만드는 것이 잡지로 만드는 경우보다 훨씬 간단하지요. 따라서 이 오려낸 잡지 조각들은 '일부러' 골라냈다고밖에 생각할 수 없습니다. 이쪽이 훨씬 더 뚜렷한 지문이 남기 때문입니다. 그 증거로써 편지를 보낸 사람은 큰 활자를 쓰고 싶었기 때문에 이들 단어를 모두 기사의 표제에서 따왔는데, 개중에는 보통 활자도 몇 개 섞여 있습니다. 활자의 모양이 다른 것을 보니 몇 종류의 다른 잡지를 사용한 모양이군요. 협박장의 문면에 필요한 만큼 단어를 손에 넣기 위해서는 이렇게 할 수밖에 없었으리라고 생각됩니다.

그렇다면 단 한 장의 신문지로 충분히 해결할 수 있었을 텐데도 범인이 일부러 여러 종류의 잡지를 뒤적인 데에는 특별히 이런 종류의 종이가 필요한 이유가 있었다고밖에 생각할 수 없습니다. 그리고 또 한 가지, 여기에는 이것이 잘못되어 묻은 지문도 아니고 범인이 실수한 것도 아니라는 증거가 있습니다.

나는 결코 이 방면의 전문가가 아닙니다만 여기에는 적어도 다섯 개의 저마다 다른 지문이 있으며, 더욱이 그것이 차례차례 나타나 있는 것쯤은 한눈에 알 수 있습니다."

그는 가늘고 긴 손가락으로 테이블 위의 협박장을 가리켰다.

"이것은 엄지손가락의 지문입니다. 그리고 저마다 다른 지문 뒤에 네 개의 지문이 나란히 있는데, 이것들은 나머지의 네 손가락의 지문으로 생각됩니다. 그리고 전문가가 아닌 내 눈으로 보아도 이 지문들은 같은 사람의 것이며, 더욱이 엄지손가락에서 새끼손가락에 이르기까지 거듭거듭 되풀이해서 종이에 남는 곳이 없어질 때까지 찍은 것이 틀림없다고 생각됩니다."

닉은 언제나 내가 참아내기 매우 어렵다고 느끼는 그 재미있어하는 표정으로 모두를 차례차례 둘러보았다.

"그렇기 때문에 이 지문들이 아무 이유도 없이 우연히 묻었을 가능성은 전혀 없습니다. 이 지문이 여기에 찍혀 있는 데는 그럴 듯한 이유가 있는 것입니다."

"그럼, 그 '이유'를 말해 주십시오." 존스턴 씨가 말했다. "알아차리지 못하도록 활자를 오려내어 협박장을 만들 만큼 조심스러운 범인이 나중에 그 협박장에 부정할 여지가 없는 흔적을 남긴 이유를 말입니다."

닉은 숱 많은 눈썹을 치켜세우며 그를 쳐다보았다.

"당신은 어떻게 생각하십니까? 한 가지 그 이유쯤은 생각해낼 수가 있지 않겠습니까?"

존스턴 씨가 마치 떠보려는 듯이 말했다.

"글쎄요, 나로서는 우리 눈을 속이기 위해서였다고 생각됩니다. 하지만 이것은 전혀 관계 없는 사람의 지문일지도 모릅니다."

그리고 나서 그는 자신의 논거를 보충하기 위해 덧붙였다.

"아시는 바와 같이 지문의 주인을 찾아내는 것은 곤란한 일이니까요."

"그래서 여러분께서는 속으셨습니까?" 닉이 되물었다. "일정한 규칙에 따라 다섯 손가락의 지문이 나란히 거듭되어 찍혔는데도 속으셨습니까? 만일 당신께서 이 지문의 주인을 알아내어 체포한다 하더라도, 자기는 억울하게 무고한 죄를 뒤집어 쓴 것이라고 주장한다면 그의 주장을 의심할 배심원이 과연 있을까요? 또한 협박장을 만든 사람은 어떻게 해서 자기가 훔친 지문의 주인에게 완벽한 알리바이가 없다는 사실을 확인할 수 있겠습니까? 또 만일 그 사람에게 알리바이가 없다 하더라도, 여러분께서는 억울하다고 울부짖는 그의 주장을 믿고 싶은 심정이 되지 않을까요? 적어도 그를 함정에 빠뜨리려고 하는 사람으로 마음에 짚이는 사람이 없느냐고 물음으로써, 거기에서 뜻밖에 진범을 찾아낼 수 있을지도 모른다고 생각하지 않을까요?"

곳(매사추세츠 주의 코드 곳을 말함) 끄트머리에 있는 번스티블 군의 파커 씨가 힘있게 손을 흔들자 닉은 그에게 고개를 끄덕여 보였다. 파커 씨가 말했다.

"당신께서 말씀하신 것과 같은 이유로 유괴자가 그렇게 했다고 볼 수는 없을까요? 다시 말해서 만일 붙잡히면 그는 이렇게 말하는 겁니다. '나는 그런 짓을 하지 않았습니다. 일부러 몸값 청구서에 자기 지문을 남길 정도로 내가 얼빠진 사람이라고 생각하십니까?'

그리고 보기좋게 무죄 판결을 받습니다. 만약 내가 하는 말의 뜻을 아신다면……."

파커 씨의 목소리는 자신이 없는 듯 가늘어지며 끊겼다.

그러자 닉은 기운을 북돋아주려는 듯 그에게 고개를 끄덕이며 다정하게 말했다.

"그렇게 되지 않으리라는 것을 당신도 잘 아실 텐데요. 왜냐하면 마음 속으로 아무리 이 사나이는 죄가 없는지 모른다고 생각하더라도 여러분들은 직업 관계상 그를 조사하여 되도록 기소해야만 할 것입니다. 그리고 일단 여러분의 관심이 그에게 쏠리면, 어떻게 수사 과정에서 그에게 불리한 증거가 하나도 발견되지 않는다고 단언할 수 있겠습니까?"

내가 공격을 시도했다.

"어쩌면 유괴범은 누군가의 약점을 쥐고 있어 그 사람을 협박하여 편지에 지문을 찍게 했을지도 모르잖나?"

닉이 고개를 설레설레 저었다. 나는 그것이 당연하다고 생각했다.

"이것은 유괴일세. 범죄 가운데에서 살인 다음으로 무거운 죄이지. 지문의 주인을 찾아내어 경찰에서 체포했을 경우, 그가 그런 중대한 범죄를 혼자 뒤집어쓸 것 같은가? 또 만일 혼자 뒤집어쓴다 하더라도 일은 그것만으로 끝나지 않네. 어떻게 범행을 실행했으며, 어디에 딸을 감추었고, 돈을 어떻게 했는가 하는 이 모든 것을 밝혀야만 하네. 그러나 그로서는 설명할 수가 없겠지. 그뿐 아니라 그가 범인에게 약점을 잡혀서 협박장에 지문을 찍도록 강요당했다고 한다면 거꾸로 이번에는 그가 협박자의 약점을 쥐게 되지 않을까?"

"그가 죽지 않는 한 그렇겠지요."

존스턴 씨가 말참견을 했다.

닉이 대답했다.

"그렇소. 어떤 사나이에게 강제로 몸값 청구서에다 지문을 남기게 하고는 그의 머리에 총을 쏘아 죽인 다음, 무거운 추를 달아 시체를 강물에 집어던진다. 참으로 그럴 듯한 생각이군요. 맨 처음의 반론이 여기서도 통용되는 사실을 제외하면 말입니다. 그러나 경찰은 그런 지문에 속지는 않을 겁니다. 또한 범인이 일을 꾸며 경찰이 속아 넘어가도록 했다면 단 한 개의 지문, 좀더 자세히 말해서 아주 한 부분에만 한정되는 지문을 슬쩍 남겨두는 것만으로도 충분했을 것이오. 어쩌다 실수로 거기에 찍혔으리라는 가능성을 더 저항하지 않고 받아들일 수 있도록 말이지요.

그렇습니다, '두 사람'이 사건에 관계되었다는 점에서는 당신의 가정이 옳습니다. 다만 그것은 완전한 공범 관계, 공범자 가운데 한 사람이 모든 것을 다 알고 자진해서 자기의 지문을 찍을 만한 공범 관계라야만 합니다. 이것은 특히 공범자 가운데 한쪽이 다른 한쪽의 성실을 의심할 이유가 있을 경우 논리법칙에 꼭 들어맞는 방법이라고 생각할 수 있습니다. 일단 이 계획이 실행되고 난 뒤 공범자가 그것을 경찰에 밀고하지나 않을까 두려워한다면 이렇게 함으로써 상대의 침묵을 확보할 수 있을 테니까요."

우리는 모두 얼마쯤 낙담하게 되었다. 닉이 너무나도 여지없이 우리들의 반론을 때려부쉈기 때문에, 그는 사건의 진상을 파악한 것이 아닐까 믿고 싶은 심정마저 들 정도였다. 이것은 완전한 굴욕이었다. 그러나 그의 이론에도 얼마든지 반박할 여지는 있었다. 존스턴 씨가 그 가운데 한 가지를 지적했다.

"그렇다면 어째서 그 공범자가 지문을 찍는 그런 바보 같을 일을 승낙했을까요?"

"왜냐하면 그는 안전하기 때문입니다." 닉은 울려퍼지는 목소리로 대답했다. "그는 범죄를 직업으로 삼는 사람이 아닙니다. 그의 지문은 어느 대장을 뒤져보아도 나올 염려가 없을 것입니다."

"그것만으로는 충분하지 않습니다." 존스턴 씨가 말했다. "우리는 수사에 착수하여 뭔가를 발견합니다. 겨우 이름뿐인 하찮은 것이라 할지라도 아무튼 단서인 듯한 것을 끌어냅니다. 그때 이 지문이 나오게 되면, 그것은 움직일 수 없는 증거가 됩니다. 그렇다면 너무 위험하지 않을까요?"

"물론 그 협박장이 절대로 경찰의 손에 넘어가지 않는다고 믿을만한 이유가 없다면 위험하겠지요." 닉이 침착하게 대답했다.

"어떻게 그것이 경찰에 넘어가지 않는다고 확신할 수 있을까요?" 존스턴 씨가 덤벼들 듯이 물었다.

"편지를 자기 집으로 보내면 안심이지요." 닉이 말했다.

이때에는 아무도 닉이 말하려 하는 뜻을 파악하지 못했으리라 생각한다.

이윽고 닉이 말을 이었다.

"이렇게 생각해 보십시오. 이를테면 여기에 돈 많은 아버지나 형제나 아니면 마음씨 좋은 큰어머니를 가진 사람이 있다고 하고, 그 사람이 매우 돈이 궁했다고 합시다. 자기의 자력이 허락하는 이상으로 노름을 했는지도 모르고, 신분에 어울리지 않는 화려한 생활을 했는지도 모릅니다. 또는 다만 거금을 갖고 싶었을 뿐이었는지도 모릅니다. 만일 이런 거금을 돈줄인 아버지나 큰어머니에게서 빌리려고 하면 거절당하거나 일정한 기한 안에 갚아달라고 요구할 게 뻔하지요. 하지만 만약 이 사람이 부자 친척에게 가서 '큰일났습니다. 애거서 큰어머니, 글로리아가 유괴되었습니다. 범인은 몸값으로 5만달러를 요구해 왔습니다'고 했다면 어떻겠습니까? 또 협박장이 그와 함께 살고 있는 애거서 큰어머니에게 직접 우송되었다면 어떻겠습니까? 틀림없이 큰어머니는 그에게 편지를 보여주고 십중팔구 그를 이 사건에서 대리인으로 삼을 것입니다. 그럼, 어떻게 해서 그는 모든 것을 준비할까요?

아마도 누군가 범죄자를 찾아가 자신의 계획을 대충 이야기하고 음모에 협력하는 대신 듬뿍 이익을 나누어주겠다고 제의할 것입니다. 아니면 그 범죄자가 처음부터 그에게 이 계획을 권한 장본인인지도 모릅니다. 그 범죄자에 대해 내가 머릿속에 그리고 있는 것은 스웨터를 입고 야구 모자를 쓴 차림의 좀도둑이 아닙니다. 그보다도 좀더 뒤에 숨어앉아 갖가지 범죄를 조종하는 사람——통속의 표현으로 뭐라고 하던가요? 아아, 그렇지. '거물'입니다——은 존경할 만한 시민인 공범자가 범행이 끝난 뒤 자기를 경찰에 팔아넘기지 못하도록 온갖 손을 써둘 필요가 있습니다. 따라서 그는 존경할 공범자가 틀림없이 사건에 가담하고 있음을 보여주는 증거를 요구할 것입니다. 거기에서 지문을 찍어두는 방법이 자연히 머릿속에 떠올랐을 것입니다.”

“그렇다면 그 존경할 공범자에게 자신이 그 범죄에 관계되어 있다는 내용의 증서를 쓰게 하고 서명을 받아두는 것만으로도 충분하지 않겠습니까?”

“그거야말로 바보스러운 행위입니다.” 닉은 야무지게 대답했다. “그런 증서를 만들어주면 그 사나이는 한평생 협박에 시달릴 것입니다.”

“그러나 이것도 협박의 자료가 되지 않나? 몸값을 요구한 청구서에 자기 지문이 찍혀 있으니까 말일세.” 내가 말했다.

닉은 화난 듯한 표정으로 나를 쳐다보았다.

“자네는 그 사람 자신이 협박장을 받게 된다는 사실을 잊고 있군. 아마도 자기 자신이 봉해서 우체통에 넣었을 걸세. 받을 사람의 이름은 그 자신이나, 그의 아버지나, 돈 많은 큰어머니겠지. 그것은 다른 우편물과 마찬가지로 그의 집에 배달되네. 몸값이 청구서대로 지불되면 그는 즉시 그것을 찢어버리겠지."

"그런 다음 경찰에 가서 공모자를 밀고할 수는 없단 말인가?"

"밀고하여 어떻게 증명하겠나? 몸값을 요구했다는 사실을 무엇으로 증명하겠느냔 말일세." 닉은 무뚝뚝하게 대답했다.

우리는 모두 자세를 바로하고 저마다 마음 속으로 사건의 전모를 대충 종합해 보았다. 지금으로서는 맨 처음 들은 존스턴 씨의 이야기와, 몸값을 요구한 청구서에 대해 닉이 분석하여 추리한 것을 비교하며 저마다 그것을 조립해 볼 수 있을 뿐이었다.

생각하면 생각할수록 닉이 옳다는 확신이 강해졌다. 큰 저택에 함께 살고 있는 두 형제. 형 필립은 빈털터리로 앓는 몸, 부유하고 성공한 동생에게 의지하여 그 보호를 받아 근근히 살아간다. 사귀는 사람들은 하나같이 색다른 인물들 뿐으로, 맨 처음 이런 계획을 생각해내고 그를 부추긴 것은 그 가운데 한 사람이 아닐까? 어쩌면 그는 의사인 동생이 주장하는 것만큼 자신의 건강이 나쁘다고는 생각하지 않았는지도 모른다. 거금이 손에 들어오면 동생 곁을 떠나 독립된 생활을 할 수 있으리라고 기대했을 것이다.

그러나 존 리건 박사는 자기에게서 거금을 뜯어내려는 이 음모에 형이 관련된 것을 알아차리지 못했을까? 알아차렸다면, 그것이 지금 존 리건 박사가 경찰에게 협조하지 않는 이유일까? 그러나 그렇다면 어째서 필립 리건 씨는 사립탐정을 불렀을까? 이러한 문제가 나를 괴롭혔다. 그러다가 뜻밖에 모든 수수께끼가 풀렸다. 시민위원회에도 이름이 올라 있는 건실한 시민인 존 리건 박사가 협박장의 위협을 무릅쓰고 경찰에 알리자고 주장한 것이다. 한참 동안 필립 리건 씨는 그때문에 골치를 앓다가 마침내 동생을 설득하여 경찰에 알리는 대신 사립탐정을 부를 것을 승낙하게 했다. 그러자 곧 리건 박사는 의혹을 품기 시작했다. 어쩌면 필립 리건 씨가 죽기 직전에 모든 것을 고백했을는지도 모른다. 그래서 지금 리건 박사는 경찰의 수사가 이 사건에서 고인의 역할을 파헤쳐 폭로하는 것을 두려워하여 협조하지 않는 태도를 취하고 있는지도 모르는 것이다.

"한가지 작은 문제가 있네." 닉은 마치 내 마음 속을 헤아려본 것처럼 말했다. "협박장을 받은 공범자가 스스로 그것을 경찰에 신고하는 것은 생각할 수 없네. 그렇다면 어떻게 해서 이것이 경찰의 손에 전달되었는지, 그것이 알고 싶군."

"우리가 협박장을 손에 넣게 된 경위도 결코 당신의 이론을 허물어 뜨리지는 않을 것입니다."

존스턴 박사는 조금 전 우리에게 이야기했던 것을 다시 한 번 되풀이하기 시작했다. 그리고 그는 덧붙여 말했다.

"상황을 종합해 보건대 그 범죄의 공범자는 블랙 베누티일 것입니다."

닉은 고개를 끄덕였다.

"그렇습니다. 그것이 절대로 명백한 일이라고 생각합니다. 글로리아 양이 맨 마지막으로 모습을 보였던 것은 그의 클럽이었으니까요. 베누티로서는 불똥이 자기에게 떨어지리라고는 조금도 걱정하지 않았을 것입니다. 유괴 사건 그 자체는 어떤 의미에서 허위로 만든 것 같았으니까요. 어쩌면 그녀는 줄곧 그 클럽에 갇혀 있었는지도 모릅니다."

"베누티를 잡아다 자백하도록 해야겠군요." 존스턴 씨가 분한 듯이 말했다. "그건 그렇고 그 존경할 만한 공범자를 함께 혼내줄 수 없어서 유감스럽습니다."

"어째서 그렇게 해줄 수 없습니까?" 닉이 물었다.

"왜냐하면 지금도 이야기했지만, 필립 리건 씨는 어제 죽었기 때문이지요."

"그렇지 않으면 살해되었거나" 하고 닉이 말했다. "그를 해치우는 것은 어렵지 않았을 겁니다. 그는 심장이 나빴습니다. 명치 끝을 한 대 세게 때리기만 해도 발작을 일으키게 할 수 있었을 것입니다. 비록 맞은 흔적이 남더라도 발작을 일으켰을 때 괴로워서 몸부림치다가 어디에 부딪친 모양이라고 말하면 간단히 빠져나올 수 있지요."

"말씀하시는 뜻을 잘 모르겠군요."

닉은 어깨를 움츠렸다.

"여기에 두 형제가 있습니다. 존 리건 박사는 늠름한 몸집에 버젓한 옷차림으로 나이트클럽에 드나들며, 시민위원회인지 뭔지에 관계하고 있습니다. 거기에 비해 형 필립 리건 씨는 늘 앓기가 일쑤이며, 수염도 제대로 깎지 않고 실내복을 걸친 채 슬리퍼를 질질 끌며 뜰 안을 돌아다닙니다. 이렇게 되면 누구나 돈이 많은 부자는 리건 박사이고, 형 필립 리건 씨는 빈털터리일 것이라고 상상하겠지요."

닉은 말을 끊고 몇몇 사람들을 둘러보더니, 이윽고 그 눈길이 노퍽 군의 군검사로서 후리후리하게 키가 크고 여위었으며 햇볕에 갈색으로 그을린 65살의 사나이 에클즈 씨에게서 멈추었다. 그는 에클즈 씨를 보며 말했다.

"만약 당신에게 백만 달러가 있다면 무엇을 하시겠습니까?"

에클즈 씨는 빙그레 웃었다.

"거의 날마다 낚시질을 가겠지요."

닉은 바로 그것이라는 듯 고개를 크게 끄덕였다.

"그렇겠지요. 나는 필립 리건 씨 역시 같은 심정이었으리라고 생각합니다. 그는 많은 돈을 가지고 있어서 무엇이든 하고 싶은 대로 할 수 있는 신분이었습니다. 그래서 자기 마음대로 하고 싶은 일을 했던 것입니다. 마음내킬 때에만 옷을 갈아입었고, 마음내키지 않으면 면도도 하지 않았습니다. 게다가 동생에게 병원을 그만두게 하고 오로지 자기의 전속의사로 있게 할 수도 있었습니다. 그리고 존 리건 박사는 사치스러운 것을 좋아하여 값비싼 옷이며 용돈과 유력자로서 체면을 유지하기 위해 돈이 필요했기 때문에 아무 군말 없이 형의 '간호원' 노릇을 기꺼이 하고 있었던 것입니다.

형이 다루기 쉬운 주인이었다고는 생각되지 않습니다. 그 한 가지 이유로서 그는 환자였습니다. 따라서 그때그때 기분에 따라 너 같은 것은 한푼도 주지 않고 내쫓겠다고 동생을 위협하는 버릇이 있었으리라고 쉽게 상상할 수 있습니다. 그리하여 존 리건 박사는 조그마한 독립을 획득하기 위해 큰 도박을 했습니다. 그리고 졌습니다."

"그러나 우리가 알고 있는 바에 따르면 돈을 갖고 있는 사람은 존 리건 박사였습니다." 존스턴 씨가 반박했다. "그는 보스턴에 부동산을 많이 가지고 있습니다. 그것들은 모두 그의 것입니다. 이것은 조사해 보았으므로 틀림없습니다. 등기 증서에 싯가 2백만 달러가 넘는 부동산 소유자로 기록되어 있습니다."

닉이 인정하며 말했다.

"그렇겠지요. 그러나 내기를 해도 좋습니다만, 아마 저택 안의 튼튼한 금고 속이나 어딘가에 필립 리건 씨야말로 명의로는 존 리건 박사의 것인 모든 부동산의 실제 권리자임을 증명하는 서류가 들어 있을 것입니다.

우리 나라의 부동산법은 구제하기 어려울 만큼 시대에 뒤떨어져 있지요. 그리고 여러 가지 훌륭한 이유로 자기 재산을 다른 사람 이름으로 등록해 두는 것은 충분히 가치 있는 일입니다.

존 리건 박사는 형의 부동산 거래에서 지푸라기 인형, 다시 말해서 허수아비였습니다. 그리고 당신도 아시겠지만 존스턴 씨, 허수아비가 될 첫째 조건은 차압의 대상이 될 자기의 개인 재산을 일체 갖지 않아야만 합니다. 리건 박사를 자백하게 할 수 없는 한, 정확하게 무슨 일이 있었는가는 알 수 없을 것입니다. 그러나 얼마든지 추측해 볼 수 있겠지요.

　박사는 베누티의 도박장에서 너무 많이 져서 거액의 빚에 허덕이고 있었습니다. 베누티가 그에게 돈을 갚아달라고 독촉했을까요? 베누티가 그에게 이러한 계획을 슬쩍 가르쳐 주었을까요?"

닉은 어깨를 으쓱해 보였다.

"어떻게 했거나 별로 다를 것은 없습니다. 협박장이 준비되고, 필립 리건 씨는 이튿날 그것을 받았습니다. 글로리아는 동생의 딸이며, 그에게는 조카딸이므로 동생의 반대를 무릅쓰고까지 경찰에 호소할 수는 없었겠지요. 그러나 사립탐정을 부르자는 것만은 승낙시킬 수 있었습니다. 아마도 필립 리건 씨는 무언가 의심하기 시작했겠지요. 그렇지 않으면 협박장에 찍혀 있는 지문을 알아차리고, 자신이 직접 그것을 동생 존 리건 박사의 지문과 비교해 보았을지 모릅니다. 동생의 지문이라면 집 안의 가구에서도 간단히 채취할 수 있으니까요. 아마도 그는 동생에게 진상을 알았다며 경찰에 알리겠다고 말하는 실수를 저질렀을 게 틀림없습니다."

"그러나 그 반대로 생각할 수는 없을까, 닉?" 내가 반론했다. "어째서 필립 리건 씨가 두 형제 가운데에서 가난한 쪽이고, 사건의 범인이라고 생각해선 안된단 말인가? 어째서 모든 것을 표면에 나타난 그대로 존 리건 박사가 부자이고 형이 가난하다고 받아들여서는 안된단 말인가? 어째서 존 리건 박사가 경찰에 알리겠다고 한 것을 형이 못하게 했다고 생각하면 안된단 말인가? 어째서 지금 존 리건 박사가 경찰에 협조하지 않는 것은 형이 유괴 사건에서 한 역할을 알았기 때문이라고 생각해서는 안된단 말인가?"

닉의 활짝 웃는 얼굴이 내 입을 다물게 했다. 그가 말하기 시작했다.

"왜냐하면 탐정을 고용하여 이 편지를 내준 것이 형이었기 때문일세. 만약 그가 범인이라면 절대로 편지를 내놓지 않았을 걸세. 적어도 먼저 자기의 지문을 닦아버린 다음이 아니고서는 말일세."

순간 침묵이 흘렀다. 이윽고 존스턴 씨가 모든 사람의 의견을 대신하여 말했다.

"확실히 딱 들어맞는 빈틈없는 논의인 것처럼 들리는군요. 그러나 그것을 증명하는 방법이 있습니까?"

"살인을 증명하는 데에는 약간 어려움이 있을지도 모르겠습니다. 그러나 유괴에 대해서는 간단히 증명할 수 있을 것입니다. 필립 리건 씨의 변호사에게 물으면 누가 부동산의 소유주인지 알 수 있겠지요. 은행에도 누구의 계좌에서 5만 달러가 인출되었는지 기록이 남아 있을 것입니다.

그리고 존 리건 박사는 협박장에 찍힌 '자신의' 지문에 대해 설명해야만 할 것입니다. 베누티는 군검사인 당신께서 모든 사실을 알고 있으며, 잘못하다가는 살인사건에 말려들어갈 염려가 있다는 것을 알면 당장 모든 것을 자백할 겁니다. 그런 다음 일반적인 경찰의 증거 수사가 필요한 법에 따른 증거를 찾아내 주겠지요."

자신도 모르게 모두, 존스턴 씨까지도 웃음을 터뜨리자 닉은 이상하다는 듯이 방안을 휘둘러보았다.

The Ten O'clock Scholar
10시의 학자

내가 대학의 법학부 교수를 그만두고 군검사가 된 뒤, 닉 웰트가 이따금 나를 도와준 일이 강한 정의감에서 나온 것만은 아니라고 생각한다. 오히려 그것은 어떤 초조함 때문이 아니었을까? 마치 숙련된 기계공이 아무런 기술도 경험도 없는 아마튜어의 서투른 세공을 초조하고 안타깝게 지켜보다가 마침내 렌치를 빼앗으며 "여보게, 이리 줘" 하는 것처럼.

그리고 또한 나는 그가 이처럼 강의와 성적표라는 좁은 테두리에서 빠져나가는 것을 조금은 즐기고 있었다고 생각한다. 그러므로 언젠가 그가 나를 어떤 박사 논문 심사 시험에 초대해 준 것은 거기에 대한 그 나름대로 감사를 표현하는 것이며 답례하는 뜻이 아니었을까 생각한다.

그때 나는 공교롭게도 바빴으므로 초대받는 것을 그다지 달가워하지 않았지만, 어찌된 셈인지 닉에게 거절하기는 어려웠다. 세 시간에 걸친 학위 논문 구두 시험은 당사자인 후보거나 또는 적어도 그 심사위원 가운데 한 사람이 아닌 한 끔찍이도 지루하고 따분한 일이다.

그렇기 때문에 나는 망설였다.

"후보는 어떤 사람인가, 닉?" 하고 내가 물었다. "자네가 데리고 있는 제자인가? 나도 알 만한 학생인가?"

"베네트, 클로드 베네트라는 사람일세. 내 과목도 얼마쯤 땄지만, 전문은 내 분야가 아니야."

"그럼, 논문의 제목에 재미있는 점이라도 있나?"

나는 거듭 물었다.

닉은 어깨를 음츠리며 말했다.

"사실 이것은 '새로운 계획'에 따르는 예비 시험으로, 논문 제목이 어떤 것인지 미리 알려져 있지 않아. 시험 마지막 30분 동안에 후보자가 그것을 말하고, 증명하려는 것의 개요를 설명하기로 되어 있네. 그러나 다른 심사위원에게 들은 바에 따르면, 베네트 군의 관심은 주로 18세기, 그 가운데서도 바이인튼 문서에 관한 연구에 뜻을 두고 있다고 하더군."

이 말을 듣자 나에게도 약간의 광명이 보였다. 아마 어떤 대학도 학부 안의 파벌 싸움이 없는 한 완전하다고 할 수는 없을 것이다. 우리 대학에서는 영문학부에만 파벌이 있어, 주역은 두 사람의 18세기 전문학자, 포프 전기 작가인 존 콩골드 교수와 바이인튼 문서를 발견한 사람이며 편찬자인 에메트 호손 교수였다. 이 두 사람의 대립은 매우 심각하여, 소문에 따르면 학회의 모임에서 콩골드 교수가 발언하려고 일어서면 호손 교수가 자리를 박차고 나가버리고 콩골드 교수도 또한 언젠가 근대어학회 분과회의에서 바이인튼 문서는 19세기의 위조품이라고 단언했을 정도라고 한다.

나는 까닭을 다 알고 있다는 얼굴로 빙그레 웃었다.

"그래, 콩골드 교수도 심사위원의 한 사람이란 말이지? 들리는 바에 따르면 호손 교수는 텍사스 대학의 교환교수로 이번 학기는 그쪽에 가 있는 모양이더군."

닉의 입술이 일그러지며 학자답지 않게 이죽거리는 웃음을 지었다.

"실은 두 사람 다 심사위원이라네. 콩골드 교수도 호손 교수도."

나는 고개를 갸웃했다.

"그렇다면 호손 교수가 텍사스 대학에서 돌아온다는 말인가?"

"전보가 왔네. 그쪽 대학에 부탁하여 기한보다 빨리 돌아가게 해달라고 했다더군……겉으로 내세운 이유는 그의 저서 제2판 교정쇄를 검토하기 위해서라지만, 나로서는 베네트의 시험 일정이 가제트지에 보도된 직후 그런 전보가 왔다는 것은 매우 의미심장하게 생각되네. 그리고 시험 바로 전날 밤에 도착한다는 것도 역시 의미심장한 일이지. 물론 형식적으로는 우리가 그에게 참가할 것을 간청하여 거기에 응해서 전보를 친 것으로 되어 있지만 말일세."

닉은 만족스러운 듯이 손을 마주 비볐다.

이런 이유로 하여 이 일이 되어가는 형편에 대해 본래는 닉만큼 관심을 갖고 있지 않았지만, 그래도 무언가 재미있는 일이 있을지도 모른다는 생각이 들었으므로 나는 승낙했던 것이다.

그러나 크게 기대했던 즐거움이 늘 그렇듯이 실제로는 기대에 어긋나는 결과로 끝났다. 후보자 클로드 베네트가 나타나지 않았던 것이다.

시험은 토요일 아침 10시에 시작될 예정이었으므로 나는 어떠한 즐거움도 놓치지 않도록 꼭 알맞은 시각인 정각 15분 전에 시험장으로 갔다. 심사위원들은 벌써 모여 있었다. 그 자리의 분위기, 그 가운데에서도 특별히 두서너 명씩 모여 서서 쑤군거리는 것으로 보아서 콩골드 교수와 호손 교수가 이미 한두 차례 입씨름을 벌였다는 것을 알 수 있었다.

콩골드 교수는 몸집이 크고 건장한 체격으로, 불그스름한 머리카락을 더부룩하게 이마에 늘어뜨렸다. 태어날 때부터 불그레한 얼굴이 그가 앓고 있는 피부병 습진때문에 한층 더 붉어 보였다. 대가 구부러진 큼직한 파이프를 한 번도 입에서 뗀 적이 없으며, 그가 말을 할 때면 먼 곳에서 울리는 천둥 소리 같은 목소리에 섞여 파이프가 부글부글 끓는 소리가 끊임없이 반주처럼 들렸다.

내가 방에 들어가자 그가 가까이 다가와 손을 내밀면서 큰 소리로 말했다.

"닉에게서 자네가 온다는 말을 들었지. 마침 형편이 나쁘지 않아서 다행이네."

나는 그가 내민 손을 얼마쯤 두려운 마음으로 잡았다. 왜냐하면 그의 한쪽 손에 습진을 앓아 헌 피부를 보호하기 위해서인지, 아니면 단순히 감추기 위해서인지 더러워진 면장갑을 낀 것을 보았기 때문이다. 나는 곧 잡았던 손을 조금 당황한 듯이 놓고는, 그때문에 생겼을지도 모르는 거북스러움을 얼버무리기 위해 얼른 물었다.

"후보자는 아직 오지 않았나?"

콩골드 교수는 고개를 저으며 시계줄을 잡아당겨서 대형 몸시계를 꺼냈다. 그는 눈을 가늘게 뜨고 문자판을 들여다보더니 미간에 주름살을 모으며 탁 하고 소리내어 뚜껑을 닫았다.

"이제 곧 10시가 될 텐데, 또 겁을 먹었나 보군."

"그렇다면 베네트는 전에도 시험을 보려고 한 일이 있었나?"

"이번 학기 첫무렵에 한 번 시험을 볼 예정이었지. 그런데 하루인지 이틀 전에 갑자기 연기원을 냈네."

"그것이 그에게 불리한 재료가 될까?"

"아니, 그렇지는 않다고 생각하네."

콩골드 교수는 껄껄 웃었다.

나는 어슬렁어슬렁 방을 가로질러 호손 교수가 서 있는 곳으로 갔다. 그는 몸집이 작고 꼼꼼하며 빈틈없는 사나이로, 멋쟁이라고 표현해도 모자랄 것 같은 분위기를 몸에 지니고 있었다. 끝이 빳빳하게 뻗친 콧수염 외에 턱수염——가지런히 다듬은 나폴레옹 3세식 황제 수염——까지 기르고 있는, 학계에서는 드물게 보는 인물 가운데 한 사람이다. 그뿐 아니라 폭넓은 검정 리본을 매단 코안경을 즐겨 쓰며 지팡이——구부러진 금손잡이가 달린 가느다란 흑단 지팡이——까지 보란 듯이 들고 다닌다.

이 모든 것은 몇 년 전 영국에서 하기 연구에 종사할 때 바이인튼 문서를 발견한 뒤부터 눈에 띄었다. 그때까지는 흔히 볼 수 있는 여느 인물에 지나지 않았는데, 바이인튼 문서를 발견한 뒤 갑자기 피프스의 일기를 해독하여 그와 마찬가지로 유력자라고 일컫는 연구가가 말을 걸어오기도 하고, 갖가지 명예로운 신분이 보장되었다. 확고부동한 교수직, 어느 학술 간행물에 명예 감수자로서 이름을 떨치는 기회, 나아가 서부의 그다지 잘 알려져 있지 않은 대학이 주는 명예 박사 학위. 이러한 것들과 함께 그 특징 있는 황제 수염과 지팡이와 리본을 매단 코안경이 등장한 것이었다.

"조지 콩골드 교수는 언제나 그렇지만, 나를 방편으로 이용하여 즐거워하고 있지요?"

호손 교수는 얼른 보기에는 무심한 척하며 물었다.

"천만에요." 나는 당황해서 부정했다. "우리는 후보자에 대해서 이야기했습니다. 조지가 말하는 바로는 이 후보자가 전에도 한 번 겁을 먹고 시험 예정을 취소했다는데요? 나는 그렇게 들었습니다만……"

"그렇지, 콩골드 교수의 눈에는 베네트의 연기원이 겁먹은 결과로 보였을 테지."

호손 교수는 방 저쪽 구석까지 들릴 정도로 비난하는 듯한 목소리를 높였다.

"우연히 나는 그 일에 대해 어떤 사정을 알게 되었지요. 아니, 콩골드 교수도 알고 있을 거요. 베네트는 우연히 바이인튼 문서를 연구 대상으로 삼고 있었는데, 시험 예정일 바로 며칠 전에 우리 대학의 도서관에서 그 오리지널 원고를 입수했다고 합니다. 진정한 학술 연구로서 당연히 그는 그 원본을 조사할 기회를 갖고 싶어했지요. 그래서 연기원을 냈던 것이오. 콩골드 교수가 시험에 겁을 먹었다고 한 것은 바로 그것을 두고 말한 것이지요."

방 저쪽 끝에서 조지 콩골드 교수의 목소리가 크게 울려퍼졌다.

"여보게, 닉, 벌써 10시일세."

호손 교수가 손목시계를 들여다보며 쇳소리를 질렀다.

"아직 5분 남았소."

콩골드 교수가 호탕스럽게 껄껄 웃는 것을 보고 나는 그가 일부러 호손 교수에게 들으라는 듯이 싫은 말을 했을 뿐임을 깨달았다.

그로부터 5분 뒤 교회의 시계가 정각 10시를 알렸을 때 콩골드 교수가 또다시 말했다.

"자, 드디어 10시군. 닉, 점심때까지 기다릴 텐가?"

호손 교수는 발끈 화가 나서 지팡이를 휘둘렀다.

"나는 단호히 항의하오! 이 심사위원회에 어떤 위원의 전반적인 태도로 보아 후보자는 시험 전에 벌써 판단이 내려져 있다고 말하지 않을 수 없소. 지극히 공평하게 보아 이 위원은 스스로 자리를 물러나야 한다고 생각하오.

후보자는 틀림없이 이제 곧 나타날 것이오. 이곳으로 오다가 나는 그의 숙소에 들러보았는데, 그는 이미 출발한 뒤였소. 아마도 어떤 문제에 대해 마지막 조회를 하기 위해 도서관에 들렀을 것이오. 모든 사정으로 보아 우리는 기다려야 한다고 생각하오."

"조금이라면 기다릴 수 있다고 생각하네, 에메트."

닉이 달래는 것처럼 말했다.

그러나 15분이 지나도 여전히 후보자가 나타나지 않자 호손 교수는 너무 걱정된 나머지 거의 미칠 지경이 된 것 같았다. 이쪽 창문 쪽에서 저쪽 창문 쪽으로 왔다갔다하면서 연방 교정과 그 건너편 도서관을 바라보았다. 한편 콩골드 교수는 일부러 침착하고 느긋하게 버티고 있었다.

모두 호손 교수를 조금 딱하게 여기지 않았을까 생각되긴 하나, 그래도 마침내 닉이 입을 열어 선언했을 때에는 왠지 모르게 구원받은 것처럼 느껴졌다.

"10시 반이오, 이제는 충분히 기다렸다고 생각하오, 오늘은 이것으로 해산하기로 합시다."

호손 교수는 항의하려다가 다시 생각을 고쳤는지 괴로운 듯한 얼굴로 콧수염 끝을 씹으면서 잠자코 있었다. 모두 문으로 향해 걸음을 옮기려 할 때 콩골드 교수가 들으라는 듯이 말했다.

"그 젊은이는 이 대학에서 다시 학위 심사를 받을 계획을 하지 말았어야 했어!"

"어쩌면 타당한 이유가 있었는지도 모르지."

닉이 애써 반론을 시도했다.

콩골드 교수가 말했다.

"지금의 내 심정으로는 보통의 타당한 이유쯤 가지고는 부족하네. 적어도 생사에 관계된 중대 문제라야만 비로소 이 심사위원회에서 기사도적인 취급을 받을 수가 있겠지."

닉은 도서관에서 조사할 것이 있다고 하기에 나는 그와 헤어져 사무실로 돌아왔다.

그런데 사무실에 도착하여 채 한 시간도 되기 전에 베네트가 겁으로 보기에 성실하지 못했던 데에는 그만한 이유가 있었다는 것을 알게 되었다.

그는 자기 방에서 죽어 있었다. 살해된 것이다!

이 소식을 듣고 순간 내 머리에 떠오른 것은, 이것으로 베네트에게는 콩골드 교수까지도 납득시킬 수 있는 구실이 생겼다는 어이없는 생각이었다.

아무튼 이 사실을 닉에게 알려야겠다고 생각하고 나는 비서를 시켜 몇 번이나 그를 찾게 했으나, 그때마다 헛수고로 끝났다.

오후 4시, 살인과 주임인 델헌티 경감보가 역시 이 사건을 담당하고 있는 카터 형사부장과 함께 수사의 진척 상황을 보고하기 위해 나타났을 때에도 비서는 아직 닉에게 연락을 하지 못했다.

카터 형사부장은 볼일이 생겼을 경우를 대비하여 대기실에 남아 있고, 델헌티 경감보가 혼자 내 사무실로 왔다. 델헌티는 착실한 사나이다. 그는 천천히 수첩을 꺼내더니 필요한 경우에 참조할 수 있도록 내 책상 위에 놓았다. 그런 다음 신중히 의자를 끌어당겨 앉아 안경 너머로 수첩에 쓴 것을 읽기 시작했다.

"오늘 오전 10시 45분 아바론 호텔 지배인 제임스 휴스턴은 호텔 손님 가운데 한 사람인 클로드 베네트——27살, 미혼, 대학원 학생——가 자기 방에서 죽어 있는 것을 웨이트리스 아그네스 언더우드 부인이 발견했다는 신고를 했습니다. 시체의 상황으로 보아 타살이 분명했습니다. 신고를 받은 것은 로머즈니 형사부장인데, 그는 즉시 방을 잠그고 경찰이 도착하기를 기다리도록 지배인에게 지시했습니다. 그리고 곧 검시관에게 연락하여, 그는 우리와 함께 현장으로 달려갔습니다. 우리가 도착한 것은 10시 50분이었습니다."

그는 설명하기 위해 눈을 들었다.

"아바론이란 하이 스트리트에 있는 작은 호텔로, 위치는 대학 체육관 정면에 있습니다. 호텔이라기보다는 하숙집에 가까우며, 이따금 단기 체재자를 받기도 하지만 손님들은 대부분 장기 거주자라고 합니다.

우리가 갔을 때 현관 앞에 자동차 한 대가 서 있었습니다. 포드 쿠페, 57년형, 등록 번호는 769214입니다. 열쇠는 점화 스위치에 꽂힌 채로 있었습니다."

그는 다시 얼굴을 들었다.

"이것은 나중에 중요한 일로 밝혀졌습니다."

그리고 나서 델헌티는 마치 변명하는 것 같은 몸짓을 해보였다.

"경찰관이란 우선 이런 일에 눈이 미치는 법이지요. 열쇠를 스위치에 꽂은 채 멈춰서 있는 자동차. 사실 이것은 누구에게든 제발 홈쳐가 달라고 부탁하는 것이나 다름없으니까요. 그래서 지배인에게 물어보았더니, 그것은 베네트의 자동차라고 말했습니다.

베네트의 방은 2층인데, 계단 바로 오른쪽이 됩니다. 우리가 들어갔을 때는 블라인드가 내려져 있었지요. 지배인이 설명하기로는 시체가 발견되었을 때도 그렇게 되어 있었다고 합니다.

베네트는 바닥에 쓰러져 있었으며, 머리에는 대여섯 군데 둔기로 맞은 상처가 있었습니다. 검시관의 의견으로는 맨 처음의 상처가 치명적이며, 그 나머지 상처는 다만 만일의 경우를 생각하여 확실하게 해두기 위한 것이거나 아니면 원한때문에 생긴 상처일 것이라는 말이었습니다. 시체 옆에 단검 한 자루가 뒹굴고 있었는데, 칼자루가 피로 범벅이 되어 있었습니다. 칼자루에는 그 밖에도 머리카락이 여러 개 묻어 있었는데, 이것은 곧 피해자의 것으로 확인되었습니다."

델헌티는 몸을 굽혀, 들고 온 가방에서 가느다랗고 긴 꾸러미를 하나 꺼냈다. 그는 밀랍종이로 싼 그 꾸러미를 조심조심 신중하게 펴더니 금속 칼집에 든 한 자루의 단검을 내보였다.

　단검은 길이 1피트 반 정도로 피가 말라붙은 칼자루는 칼 전체 길이의 약 3분의 1, 폭 1인치, 두께 반 인치쯤 되었으며, 네 모퉁이가 동그스름하니 예쁘게 되어 있었다. 얼른 보기에 재료는 뿔이나 상아인 듯했으며, 나치스의 표시(卐)가 조각되어 있었다.

　"이것이 흉기로군"라는 나의 말에 델헌티는 싱긋 웃음으로 대답하며 말했다.

　"그런 것 같습니다. 상처 크기와 꼭 맞더군요."

　"지문은?"

　델헌티 경감보는 고개를 저었다.

　"흉기에는 없습니다. 방 안에 남아 있는 건 어느 방에나 흔히 있는 것들뿐입니다."

　나는 조심조심 칼집을 집어 단검을 들어올렸다.

　"호, 자루에 추가 들어 있는 모양이군."

　델헌티는 무뚝뚝한 얼굴로 고개를 끄덕였다.

　"그래야만 할 겁니다. 피해자에게 그만한 상처를 입혔으니까요."

　나는 단검을 내려놓았다.

　"어찌 되었든 이런 단검이라면 출처를 알아내기가 그다지 어렵지 않겠는데."

　델헌티는 빙긋 웃었다.

　"그 점에는 아무 어려움도 없었습니다. 그것은 베네트의 것이었습니다."

　"객실 웨이트리스가 확인해 주던가?"

　"확인 이상입니다. 이 단도와 같은 무기가 벽에 걸려 있었습니다. 자, 이것을 보십시오."

경감보는 다시 한 번 가방 속에 손을 집어넣어서 이번에는 방 한쪽을 찍은 대형 사진을 꺼냈다.

벽가에 책상이 있고, 그 옆의 작은 탁자 위에 타이프라이터가 있었다. 그러나 내 주의를 끈 것은 책상 위의 벽이었다. 좌우 대칭으로 배치된 여러 개의 갈고리에 간단한 병기고라고 해도 될 만한 무기들이 나란히 걸려 있었다. 그리고 그 밑에는 아마도 설명을 쓴 것인 듯 작은 카드가 핀으로 꽂혀 있었다. 좀더 자세히 말하자면 거기에는 두 자루의 독일식 군도, 세 자루의 권총, 경찰관의 야경봉 같은 곤봉이 두 개가 있었다. 이것들에 내가 묻는 듯한 시선을 던지자 델헌티는 중얼거리듯 대답했다. "나치스의 강제수용소 간수에게서 빼앗아 온 것입니다. 언짧은 무기지요, 거의 내 손목만큼 굵습니다." 그리고 지금 내 책상 위에 놓여 있는 것과 똑같은 단검이 한 자루 있었다. 그런데 벽에는 또 한 장의 다른 카드와 다른 단검이 걸려 있었을 빈 갈고리가 있고, 빛바랜 벽지에 간신히 그 윤곽 비슷한 형태가 조금 밝은 부분으로서 알아볼 수 있었다.

델헌티는 소리 죽여 웃었다.

"GI의 전리품입니다. 우리 아들녀석도 독일군 1개 연대를 무장시킬 수 있을 만한 무기를 가지고 돌아왔었지요."

그는 가슴주머니에서 연필을 꺼내더니 그것으로 사진 속의 책상을 가리켰다.

"이것을 보아주십시오, 이 책을 수북히 쌓아 놓은 오른쪽에 있는 물건들을 사진으로는 잘 알 수 없습니다만, 여기 명세서가 있습니다."

경감보는 다시 수첩을 들여다보았다.

"잔돈 28센트, 방 열쇠, 만년필과 샤프펜슬 세트, 휴대용 접칼, 깨끗한 손수건, 그리고 돈지갑. 남자들이 옷을 갈아입을 때마다 이

주머니에서 저 주머니로 옮기는 물건들이지요. 다만 나로서 한 가지 기묘하게 여기는 점은 돈지갑이 텅 비어 있는 것입니다. 신분증명서며 면허증이며 방값 영수증, 그리고 작은 수표책들은 들어 있었으나, 돈을 넣는 부분에 지폐가 한 장도 들어 있지 않았습니다."

"그다지 이상한 일도 아니지." 나는 말했다. "학생은 보통 돈이 많지 않으니까요."

델헌티는 고집스럽게 고개를 저었다.

"하지만 1달러도 갖고 다니지 말라는 법은 없지 않습니까? 책상 위의 잔돈은 점심 값으로도 모자랄 정도입니다. 우리는 방 안을 샅샅이 뒤져보았습니다만 아무 데도 현금이나 수표가 없었습니다. 다만 휴지통에서 이것을 찾아냈을 뿐입니다."

그는 다시 몸을 굽혀 가방을 뒤적거렸다. 이번에 그의 손이 집어낸 것은 정부의 무료 송달 도장이 찍힌 길다란 봉투였다. "이것은 정부가 장학금 수표를 보내 주는 봉투입니다. 소인을 알아보시겠습니까?" 아마도 피해자는 이것을 어제 받았을 게 틀림없습니다. 그래서 우리는 가까이 있는 은행을 모조리 조사해 보았는데, 운좋게도 맨 첫 은행에서 해답을 얻었습니다. 베네트에게 백 달러짜리 정부 발행 수표를 현금으로 바꾸어주었다는 것이었습니다. 물론 출납계 직원이 똑똑하게 기억하고 있는 것은 아니었습니다만, 특별히 베네트가 돈의 종류를 지정하지 않은 한 20달러짜리 석 장, 10달러짜리 두 장, 5달러짜리 석 장, 1달러짜리 다섯 장으로 내주었을 거라고 말하더군요.

상식으로 보건대 베네트와 같은 환경에 있는 젊은이가 하루에 백 달러나 되는 돈을 다 써버리는 것은 생각할 수 없습니다. 그러므로 당연히 도둑의 짓이 아닐까 하는 생각이 떠올랐지요. 그때 나는 생각이 났습니다. 점화 스위치에 열쇠를 꽂아둔 채 밖에 멈춰서 있던 자동차 말입니다.

그 차를 하룻밤 내내 그렇게 세워두지는 않았을 것입니다. 그랬다면 틀림없이 주차 위반 딱지를 붙였을 테니까요. 그렇다면 그 차는 오늘 아침에 거기에다 세워둔 것이 됩니다. 피해자에게서 차를 빌려 갔던 친구가 돌려주었든지, 아니면 좀더 가능성이 있는 일로서 수리 공장에서 가져다 놓았든지…….

그 점에서도 우리는 운이 좋았습니다. 기름을 넣기 위해 자동차를 하이 스트리트 자동차 수리공장에 맡겼는데, 오늘 아침 9시 반쯤 가져다놓은 것을 알아낸 것입니다. 그러나 점화 스위치에 꽂혀 있던 열쇠에 대해 묻자 공장 지배인도 나와 마찬가지로 고개를 갸우뚱했습니다. 언제나 열쇠는 직접 자동차 주인에게 내주거나 미리 약속한 장소에 둔다는 것이었습니다.

그래서 나는 누가 자동차를 돌려주러 갔었는지 기록을 조사해 달라고 부탁했습니다. 아시다시피 그곳은 아주 작은 공장이어서 그런 기록은 해두지 않지만, 지배인은 공장의 견습 수리공이 돌려주었다는 것을 기억하고 있었습니다. 스틸링, 제임스 스틸링이라는 젊은이지요. 기름을 넣는 작업은 대개 이 사람이 하는데, 필요할 때에는 자동차를 보내주는 일도 한다고 합니다. 지배인이 기억하는 바로는 몇 번인지 분명하지는 않지만 그전에도 스틸링이 베네트의 자동차를 가져다준 일이 있을 거라고 했습니다. 이 점이 중요하게 생각되었습니다. 왜냐하면 스틸링이 베네트의 방 번호를 알고 있어 물어 보지 않고도 곧장 올라갈 수 있는 것을 뜻하기 때문입니다."

"다시 말해서 그 호텔에서 다른 사람에게 들키지 않고 드나드는 데 아무 지장이 없다는 뜻인가?"

"그렇습니다. 그 점에서는 공공장소와 같다고 할 수 있을 것입니다. 아까도 말씀드렸듯이 그곳은 엄밀하게 말해서 호텔이 아닙니다. 접수계도 없습니다. 현관문을 하루 종일 열어놓고 있지요. 따라서 누구든 마음만 먹으면 하루에 열 번이라도 들키지 않고 드나들 수 있을 것입니다.

　이런 까닭으로 나는 스털링과 이야기할 것을 요구했습니다. 그러나 그는 갑자기 기분이 언짢아져서 일찍 들어갔다는 것이었습니다. 집 주소를 물어 그곳으로 막 찾아나서려는데 문득 수리공들이 작업복을 넣어두는 철제 캐비닛이 생각났습니다. 나는 지배인에게 스털링의 것을 열어달라고 부탁했습니다. 그는 한참 머뭇거리다가 가까스로 열어주더군요. 그 속에 들어 있는 기름 밴 작업모자 속에서 무엇이 나왔으리라고 생각하십니까? 석 장의 20달러짜리 지폐, 두 장의 10달러짜리 지폐, 석장의 5달러짜리 지폐였습니다. 1달러짜리는 없었습니다. 아마 그 정도라면 몸에 지니고 있어도 의심받지 않으리라 생각했겠지요."

"그래서 그의 집으로 갔었겠군?"

"그렇습니다. 아프다는 것은 거짓말이 아니었을지도 모릅니다만, 내 얼굴을 보고 더 나빠졌을 것이 뻔합니다. 처음에 녀석은 그런 돈은 본 적이 없다고 딱 잡아떼더군요. 그 다음에는 클라프(노름의 일종)로 벌었노라고 했습니다. 좀더 다그쳐 묻자 이번에는 베네트의 자동차 속에서 발견했는데, 시트와 등의 쿠션 사이에 끼어 있었다고 변명하는 것이었습니다. 그래서 나는 그의 지문이 돈지갑에 찍혀 있는 것을 발견했다고 말해 주었지요. 물론 그런 것은 있지도 않았습니다만, 때로는 이런 하찮은 거짓말이 고집스러운 용의자의 입을 열게 하는 데 도움이 되는 법입니다. 그러자 그는 변호사를 불러달라고 말하는 것이었습니다. 그래서 곧 구류 수속을 하고, 최종으로 신문하기 전에 보고드리려고 생각한 것입니다."

"잘해 주었네, 델헌티. 신속하고 날카로우며 논리의 법칙에 맞는 추리로군. 아마도 스털링은 이 열쇠를 점화 스위치에 꽂은 채 두면, 자기가 그것을 가져다 놓았을 때 베네트를 만나지 않았다는 증거가 되리라고 생각했을 테지. 그런데 자네는 그보다 한 발 앞질러 그가 열쇠를 거기에 남겨둔 것 자체에 뭔가 수상한 점이 있다고 꿰뚫어본 셈일세. 돈을 발견한 것은 물론 그의 용의를 확고하게 했네. 그렇지만 한 사람이라도 좋으니 그를 보았다는 증인이 있으면 더욱 좋겠는데…… 물론 손님들에게서도 사정을 들어보았겠지?"

델헌티는 소리죽여 웃으며 말했다.

"물론입니다. 호텔 숙박객을 모두 신문했습니다. 그런데 그 결과는 너무 면밀한 수사는 오히려 사람을 잘못 보게 만드는 일이 있다는 것을 증명해 주었습니다. 실은 숙박객 모두 신문한 것은 스틸링의 선(線)을 잡기 이전이었는데, 잠시 동안이긴 했지만 그곳에 머무르는 손님 가운데 한 사람만이 논리에 따라 있을 수 있는 용의자로 생각된 것입니다.

숙박객 모두에게 신문을 시작하여 지배인 휴스턴 씨까지 이르렀는데, 결과는 완전히 헛수고인 듯했습니다. 누구 한 사람 아무것도 보지 못했고 아무것도 듣지 못했다는 것입니다.

그런 다음 우리는 객실 웨이트리스를 불렀습니다. 시체를 발견한 일 때문에 이성을 잃고 히스테리 상태에 있었으므로 맨 뒤로 돌렸던 것입니다. 그런데 그녀는 '확실히' 무엇인가를 본 것 같았습니다.

아침 8시 반에 그녀는 2층을 청소하기 시작했습니다. 교회의 종소리가 울리고 있었으므로 시각은 절대로 틀림없다고 합니다. 베네트의 방에서 가장 먼 복도 저쪽 끝 방으로 들어가려고 했을 때, 베네트의 옆방에 있는 앨프레드 스틸링이 자기 방에서 나와 베네트의 문을 두드리는 것이 보였습니다. 걸음을 멈추어 지켜보고 있으려니까 그는 베네트의 방으로 들어갔다고 합니다. 그녀는 그 뒤로도 1

분쯤 거기에서 상황을 살펴보다가 일하러 갔습니다."

"어째서 상황을 살펴보았을까?"

"나도 똑같은 질문을 했습니다. 그녀의 말로는 이틀쯤 전에 앨프레드와 베네트가 크게 한바탕 싸운 일을 알고 있었으므로, 그가 무엇하러 베네트의 방에 가는 것일까 이상하게 생각했기 때문이었다는군요. 그전에 앨프레드를 신문했을 때는 베네트의 방에 갔었다는 말을 전혀 듣지 못했습니다. 그래서 다시 그를 불러 다그쳐 묻자 처음에는 그 사실을 부정했습니다. 무리도 아니지요. 그러나 누군가가 자기를 보았다는 사실을 알자 겨우 체념하고 베네트를 찾아간 사실을 인정했습니다. 그러나 그것은 다만 시험을 잘 치르라고 말해 주기 위해서였다고 대답했습니다.

그래서 이틀 전에 싸움한 이야기를 꺼내자 이번에는 사실을 부정하려고 하지 않았습니다. 분명히 베네트와 다툰 사실을 인정하고, 그때는 조금 취했었노라고 주장하는 것이었습니다. 들은 이야기를 종합해 보면 이렇습니다. 그는 2주일쯤 전에 있었던 의학부의 댄스파티에 보스턴의 여자친구를 초대했습니다. 그런데 오전에 바쁜 일이 있었으므로 베네트에게 그녀의 상대가 되어달라고 부탁했습니다. 그런데 그녀가 보스턴으로 돌아간 다음 베네트가 아무도 몰래 그녀에게 두서너 번 편지를 보낸 사실을 알고 화가 치밀었다는 것입니다.

이것이 싸움의 원인이었는데, 나중에 흥분이 가라앉은 뒤 생각해 보니 어리석은 짓을 했다고 깨달았습니다. 그러다가 베네트가 학위 시험을 본다는 이야기를 듣고 마침 좋은 기회로 생각하여, 찾아가서 그전에 있었던 일을 사과할 겸 시험을 잘 치르라고 격려해 주어야겠다고 마음먹었습니다. 처음에 여기에 대해 아무 말도 하지 않았던 것은 공연히 사건에 말려들어가는 것이 싫었기 때문이며, 특별히 마지막 시험이 눈 앞에 다가온 지금 쓸데 없는 일에 관여하고 싶지 않았기 때문이었다고 합니다. ”

델헌티는 어깨를 옴츠렸다. 그는 다시 말을 이었다.

"이 이야기를 들었을 때 잠시 동안 나는 이것으로 사건이 해결되었다고 생각했습니다. 동기는 여자친구에게 얽힌 질투, 흉기도 기회도 손이 닿는 곳에 있었지요. 처음부터 얌전하게 그런 이야기를 털어놓지 않은 것도 자신에게 뭔가 걸리는 게 있기 때문이라고 생각한 것입니다.

그런데 거기서 추리는 단번에 허물어지고 말았습니다. 시간 요소가 맞지 않았던 겁니다. 검시관의 말에 따르면 범행 시간은 9시쯤으로 되어 있습니다. 이것은 어디까지나 대체로 추정해 본 시간에 지나지 않으므로 나는 별로 구애되지 않았습니다. 그러나 베네트의 방에 갔을 때 앨프레드 스털링은 마침 체육관으로 스쿼시를 하러 가려는 참이었지요. 스쿼시 코트를 사용하는 데는 요금이 필요하기 때문에 체육관에는 시간기록계가 설치되어 있습니다. 그리고 거기에 따르면 그는 8시 33분에 이미 게임을 시작한 것으로 기록됐습니다. 다시 말해서 베네트의 방에 들어간 뒤 게임을 시작하기까지 단 3분밖에 없었다는 말이 되며, 이것으로는 범행하기에 충분하지 않습니다. 이런 까닭으로 이 선은 허물어지고 말았습니다. 만일 이 양쪽 시간이 이토록 분명하지 않았다면 우리는 그를 진정한 용의자로 생각했을 것입니다. ”

델헌티는 자신의 이야기에 우쭐해 하며 웃었다. 나도 하는 수 없이 미소지어 보였다. 그때 문득 어떤 생각이 떠올랐다.

"잠깐만, 그 시간 설정에는 좀 이상한 데가 있군. 나는 그 체육관에 대한 일이라면 잘 알고 있네. 여러 번 스쿼시를 한 일이 있으니까. 내 기억에 따르면 탈의실은 체육관 반대쪽, 코트에서 가장 먼

곳에 있지. 거기서 먼저 운동복으로 갈아입은 다음 코트로 내려가 시간기록계를 누르게 되어 있는데, 지금 자네가 말한 시간이 정확하다면 그에게는 옷을 갈아입을 겨를도 없었다는 말이 되지 않겠나?"

델헌티는 할 말이 없다는 듯이 딱한 표정을 지었다.

"사실 그는 체육관에서 옷을 갈아입지 않았습니다. 먼저 말씀드렸어야 했는데…… 조금 전에도 말씀드렸듯이 호텔은 체육관 바로 건너편에 있습니다. 베네트의 방에 들어갔을 때 이미 짧은 바지와 저지 셔츠로 갈아입고 라켓을 들고 있었습니다. 하녀가 그렇게 증언하고 있습니다."

나는 조금 낙담하여 고개를 끄덕였다. 엄밀히 말하자면 범죄 수사는 내 영역이 아니다. 경찰이 나에게 보고하러 오는 것은 내가 군검사로서 범죄자를 기소할 의무가 있으며, 기소장 원안이 승인되면 사건을 공판에 돌릴 책임이 있기 때문이다. 그렇기는 하지만 본직에 있는 사람이 무엇인가 놓치고 있는 경우, 그 기회를 잡아 간단히 시사하고 싶은 것은 인간의 본성이 아니겠는가?

이때 아주 조심스럽게 문을 두드리는 소리가 들리더니 비서가 겨우 머리만 보일 정도로 문을 열고 말했다.

"니콜라스 웰트 교수님께서 오셨습니다."

"안내해 드리게."

닉이 들어오자 나는 그를 델헌티에게 소개했다. 닉은 설레설레 고개를 저으면서 말했다.

"아주 좋지 않은 사건이군요, 델헌티 경감보."

이윽고 그는 책상 위에 있는 단검에 눈길을 떨어뜨렸다.

"이것이 흉기인가?"

나는 말없이 고개를 끄덕였다.

"베네트의 것이겠지요?" 닉이 물었다.

"그렇습니다." 델헌티는 놀란 듯한 목소리로 대답했다. "어떻게 아셨습니까?"

"물론 그냥 추리했을 뿐이오."

닉은 의기양양하게 어깨를 으쓱하며 내 쪽을 보았다.

"그러나 이것은 상당히 명백한 추리일세. 보통 이러한 단검은 사람들이 언제나 갖고 다니는 물건이 아니거든. 게다가 상대를 살해할 생각을 품고 누군가를 방문한다면 설마 이런 것을 골라가지고 가지는 않을 테지. 좀더 손쉽게 구할 수 있고 훨씬 그 목적에 맞는 도구가 얼마든지 있을 테니까. 예를 들면 렌치, 쇠망치, 연관(鉛管) 잘라진 것 따위가 있네. 그러므로 말할 나위도 없겠지만 처음에 찾아갔을 때는 범행할 생각이 없었던 걸세. 현장에 가서 갑자기 그렇게 할 필요가 있었거나, 아니면 시기에 적절한 처치라는 것을 깨닫고…… 더욱이 이것이 그때 손에 넣을 수 있는 단 하나의."

"그러나 그렇지 않았다네. 웰트 교수께 사진을 보여드리게, 경감보."

델헌티는 아무래도 좀 못마땅한 듯한 태도로 사진을 내밀었다. 내가 보기에 그는 닉의 특징인 일부러 자신을 낮추고 재미있어하는 태도를 그다지 좋게 생각하지 않는 모양이었다.

닉은 열심히 사진을 살펴보더니 여윈 둘째손가락으로 한 곳을 가리키며 말했다.

"이 책상 위에 있는 책 말인데. 이것은 아마도 그가 시험장에 가지고 갈 생각으로 준비해 둔 참고서겠지? 보게나, 어느 책에나 모두 서표를 끼워두었네. 그런데 노트가 보이지 않는군. 혹시 방 안을 조사했을 때 노트 꾸러미가 보이지 않았소, 경감보?"

"노트 말입니까?" 델헌티는 고개를 저었다. "글쎄요, 없었던 것 같습니다만……"

"시험장에 노트며 참고서를 가져간단 말인가, 닉?"

내가 말참견을 했다.

"물론일세. 자네도 기억하겠지만, '새로운 계획'에 따르면 학위 시험을 보는 사람은 마지막 30분 동안 자신이 쓴 논문의 개요를 말하고 증명하는 바를 설명하고 참고 문헌 일부를 인용하기로 되어 있네. 따라서 시험에서 이 부분을 위해 수험자는 필요한 만큼 노트며 참고서를 가지고 들어와 사용하도록 허용했네."

"그래요? 그렇습니까?" 델헌티는 공손하게 말했다. "역사를 공부하는 학생이었지요, 베네트는? 분명 맨 위에 있던 책은 칼, 칼리 뭐라고 하는 역사책이었다고 생각됩니다."

"아니, 그는 영문학을 전공하는 학생이었네, 경감보." 내가 대답했다. "그러나 그것을 공부하려면 많은 역사 지식이 필요하지. 이 두 분야는 밀접한 관계가 있으니까."

그때 문득 나는 18세기의 어느 한 무렵에 작가들 사이에서 회교의 영향이 유행했던 생각이 나서 물어보았다.

"혹시 그 책은 《칼리프 통치의 역사》가 아니었나?"

델헌티는 그 제목을 입 속으로 중얼중얼해 본 다음 자신이 없는 듯 고개를 저었다.

나는 어깨를 움츠리며 닉을 돌아보았다.

"아무튼 베네트를 습격한 범인은 어째서 이런 단검 대신 곤봉을 택하지 않았을까? 경감보의 이야기에 따르면 가장 좋은 무기인 것 같은, 어느 것이나 모두 손목 정도의 굵기인 모양일세."

"그러나 범인은 단검을 쓰지 않았네, 적어도 살해 도구로는."

닉이 대답했다.

경감보와 나는 어안이 벙벙하여 물끄러미 그를 쳐다보았다.

"그렇지만 칼자루에는 피가 묻어 있고, 베네트의 머리카락도 몇 개 붙어 있었네. 게다가 검시관의 판단으로는 상처에 꼭 들어맞는다고 했어!"

닉은 재미있는 듯이 빙긋이 웃음지었다. 모든 것을 다 알고 있는 척하여 사람을 안타깝게 만드는 웃음이었다.

"그야 들어맞겠지. 그러나 흉기는 단검이 아닐세. 생각해 보게. 바로 손이 닿는 곳에 여러 가지 무기가 즐비하게 걸려 있었네. 안성 맞춤인 곤봉이 두 개나 있는데 일부러 단검을 골라잡아 사람의 머리를 내리칠 바보가 어디 있겠나? 그뿐 아니라 벽에 걸린 상태로 보아서는 그 단검의 칼자루에 추가 들어 있어 곤봉 대신 사용할 수 있는 것을 알 수 없었을 걸세."

"어쩌면 범인은 그것으로 그를 찌를 생각이었는지도 모릅니다. 그런데 그것을 칼집에서 뽑기 전에, 또는 찌르려고 하기 직전에 베네트가 돌아보았다면?"

델헌티가 말했다.

"그렇다면 지문이 남았겠지."

닉이 재빨리 말을 받았다.

"장갑을 끼고 있었는지도 모르네." 나도 의견을 말했다.

"이런 날씨에 말인가?" 닉이 비웃었다. "더욱이 그 어떤 사람의 눈길도 끌지 않고서? 아니면 자네는 범인이 장갑을 낄 때까지 친절하게 베네트가 기다려 주었을 거라고 말할 작정인가?"

"나중에 지문을 닦아 버렸을지도 모릅니다."

델헌티가 차갑게 말했다.

"칼집에서는 어쩌면 닦아냈을지도 모르오. 그러나 칼자루의 지문은 닦아 버릴 수가 없었을 거요. 보통 단검을 뽑으려고 할 때는 한 손으로 칼자루를 쥐고 다른 한 손으로 칼집을 쥐게 마련이지요. 만일 지금 당신이 말한 것처럼 범인이 단검을 뽑으려고 하는 순간 피해자가 돌아다보았으므로 범인은 하는 수 없이 추가 들어 있는 칼자루로 피해자를 내리쳐야만 하게 되었다고 합시다. 그런 경우 범인의 지문은 당연히 칼자루에 묻어 있는 핏속에 똑똑히 새겨지고 말 거요. 그리고 그것을 닦아내려면 동시에 피까지 닦아내든가 아니면 문질러서 선명하지 않게 만들어 버리지 않는 한 불가능하지요. 따라서 이것은 범인이 적어도 한 손만은 장갑을 끼고 있어야 했다는 것을 의미하는데, 한 손만 장갑을 끼고 있으면 두 손 다 끼었을 때보다 더 주의를 끌기 쉽지요."

순간 한 손에만 장갑을 끼고 있던 사람과 어디에선지 관계한 것 같은 기억이 희미하지만 걷잡을 수 없이 머릿속을 휙 스쳤는데, 마침 델헌티가 지껄이기 시작했기 때문에 그 기억은 소리도 없이 사라져버리고 말았다.

델헌티 경감보가 말했다.

"분명히 나도 범인이 대개의 경우 곤봉을 골라잡았을 것이라는 점은 인정합니다. 그러나 사실은 그렇지 않았습니다. 우리는 그가 단검이 바로 눈 앞에 있었기 때문에 그것을 사용했다는 것을 알고 있습니다. 그리고 단검에는 베네트의 혈액형과 일치되는 피와 그의 머리카락이 묻어 있으며, 또한 무엇보다도 중요한 점은 상처와 딱 들어맞는 것입니다."

"당연하지요." 닉이 차갑게 대답했다. "그렇게 하기 위해 사용된 것이니까. 진짜 흉기 때문에 생긴 상처를 감추기 위해 그 단검으로 거기에 맞는 상처를 만들 필요가 있었던 거요. 곤봉은 너무 굵어서 그런 일에는 맞지 않으니까요. 만일 당신이 어떤 도구로 머리를 짓이겼다고 합시다. 그 상처 자국에서 도구의 정체가 밝혀지고, 그 결과 자기 신원이 드러나게 될 염려가 있소. 당신이라면 그런 경우 어떻게 하겠소? 피해자의 머리를 원형이 없어질 때까지 짓이겨 버리는 방법도 있겠지요. 그렇게 해두면 특징 있는 상처가 보이지 않게 된다는 계산 아래 하는 방법이오. 이것은 끔찍스럽게 피비린내나는 일인데다 또한 시간이 걸리오. 그러나 시체 가까이에 상처와 일치되는 무엇인가를 떨어뜨려 둔다면, 피와 머리카락을 묻히기 위해 한두 번 그것을 쓴 다음 경찰이 발견하도록 거기에 내던져 두기만 하면 되는 거요. 얼른 보아 꼭 맞는 흉기가 손 가까이에 있는 한, 경찰이 다른 흉기를 찾으려고 조사하는 일은 없을 테니까 말이오."

"그러나 피해자의 상처에는 아무 특징도 없었습니다."

델헌티가 반박했다.

"그렇겠지요. 만일 당신이 전기 인두 같은 것을 생각한다면 물론 아무 특징도 없었을 거요. 그러나 이 단검의 칼자루가 맨 처음 난 상처에 적합하기 때문에 선택되었다고 가정하면, 거기에서 진짜 흉기의 모양이 저절로 떠오를 거요. 사용된 것은 칼자루 가장자리이므로 진짜 흉기는 표면이 매끄럽고 둥글거나, 또는 모가 난 곳을 둥글게 만든 지름이 반 인치쯤 되는 것으로 추정할 수 있소. 그리고 이것은 범인이 전혀 의심받지 않고 가지고 다닐 수 있는 것이어야만 하오."

"스쿼시 라켓!" 하고 나는 소리쳤다.

닉이 날카로운 눈으로 나를 돌아다보았다.

"무슨 소리를 하는 건가, 자네는?"

나는 그에게 앨프레드 스털링 이야기를 했다.

"그는 이미 운동복으로 갈아입고 라켓을 들고 있었네. 스쿼시 라켓 테두리는 마침 그 정도의 칫수일세. 게다가 그는 짧은 반바지에 저지 셔츠를 입고 있었으므로 베네트가 이상하게 생각하여 설명을 요구할 리도 없지 않겠나?"

닉은 입술을 꼭 다물고 깊이 생각에 잠겼다.

"스쿼시 라켓으로 때린 자국이 곧바로 그와 결부될 만한 이유라도 있나?"

"객실 웨이트리스가 베네트의 방으로 들어가는 그를 보았다네."

"확실히 그 점도 생각해 볼 수 있네. 그러나 나는 자네의 이야기를 듣고 그는 누군가 자기를 본 사실을 몰랐다고 해석했어."

닉의 말에 내가 미처 대답하기도 전에 델헌티가 입을 열었다. 그는 빈정거리는 말투로 말하기 시작했다.

"물론 그렇습니다. 나는 여느 경찰관에 지나지 않으므로 그런 어려운 이야기는 잘 모르겠습니다. 그러나 이래뵈도 나는 내 나름대로 용의자를 체포했고, 그것은 증거를 바탕에 둔 착실한 수사로 이루어진 것입니다. 이렇게 되고 보니 그런 귀찮은 탐문 수사로 나와 내 부하들의 시간을 헛되이 낭비하지 말고, 의자에 턱 버티고 앉아 가설을 내세워 장난이라도 하는 편이 좋았을지도 모르겠군요.

어찌되었든 그것은 그렇다 치고, 베네트가 오늘 아침에 백 달러의 돈을 도둑맞았다는 증거는 많습니다. 그런데 지금 내가 구류하고 있는 사나이는 신분에 맞지 않게 백달러 씩이나 갖고 있으며, 그 돈의 출처에 대해서도 누구나 납득할 만한 설명을 하지 못하는 것입니다."

그런 다음 의자 속에서 몸을 돌려 고쳐앉는 경감보의 태도는 이것으로 닉과 나까지도 반박할 여지가 없게 만들었다고 생각하는 듯 기고만장했다.

"호오, 그렇소! 그래, 대체 어떻게 그 사나이를 찾아냈소?"

델헌티가 어깨를 힘껏 젖히며 아무 대답도 하지 않았으므로, 나는 닉에게 그 봉투와 돈 지갑을 찾아낸 단서에 대해서, 그리고 어떻게 하여 그 선을 더듬어 용의자를 찾아냈는가에 대해서 설명해 주었다.

닉은 가만히 귀를 기울이고 있더니 이윽고 입을 열었다.

"그 수리공은 9시 반쯤 왔다고 했지요? 당신은 이런 가능성을 생각해 보지 않았소, 경감보? 그때 베네트는 이미 죽어 있었으며, 스털링의 범죄는 그를 살해한 게 아니라 단순히 돈을 훔친 것이었다는 가능성 말이오. 나는 이 가능성이 훨씬 있음직한 일이라고 말하고 싶소.

자기가 곧 의심받게 되리라는 것을 뻔히 알면서, 더욱이 그의 고용주가 자신이 어디를 갔는지, 몇 시쯤 거기에 도착했는지 다 알고 있는 걸 아는데 살인을 저지르겠소? 그리고 돈을 훔치기 위해, 그것도 겨우 그 정도밖에 안되는 돈 때문에 사람을 죽이다니, 어리석은 일이오. 그렇지만 만일 그가 발견했을 때 피해자가 이미 죽어 있었으며 돈지갑에 지폐가 있는 것을 보았다면, 그것을 훔친다 해도 어느 정도는 안전하겠지요. 경찰이 일정한 금액의 돈이 없어진 것을 알아차렸다 하더라도——이것은 수사 초기 단계에서는 잘 드러나지 않는 일이지만——보통은 범인이 가져갔으리라고 여기는 것이 상식이오. 그렇게 생각하고 그는 돈을 훔쳐서 공장으로 돌아간 뒤, 만약 신문받게 되면, 자동차 열쇠를 전해 주려고 베네트의 방문을 두드렸지만 대답이 없었다고 말할 생각이었을 거요."

"이론은 서 있군, 닉." 나는 델헌티의 표정을 알아차리고 얼른 덧붙여 말했다. "그러나 그것은 단순히 이론에 지나지 않네. 게다가 우리는 범죄자가 범죄 행위뿐 아니라 어리석은 짓까지도 저지르는 것을 알고 있네. 그건 그렇고, 베네티가 살해된 정확한 시간만 알 수 있다면 스털링을 완전히 제외해도 좋은지, 그렇지 않으면 아직 용의자로 두고 볼 것인지 결정할 수 있을 텐데."

"뭣하면 언제라도 검시관을 불러 범행이 9시 이후에 있었다는 사실을 증언하게 하겠습니다." 델헌티가 빈정거리듯이 말했다.

그 빈정거리는 말을 나는 들은 척도 하지 않았다. 그뿐 아니라 그때 문득 나에게는 우리가 한 가지 있을 수 있는 증거를 놓친 것이 생각났다.

"여보게, 닉. 자네는 에메트 호손 교수가 시험장으로 오다가 베네트에게 들렀다고 한 말을 기억하고 있나? 틀림없이 그때 베네트는 이미 죽어 있었을 걸세. 그가 대답을 하지 않은 것은 방에 없었기 때문이 아니라 죽어 있었기 때문이었네. 그런데 에메트 호손 교수는 베네트가 벌써 시험장으로 떠났다고 해석한 모양이지. 아마도 호손 교수는 그때가 몇 시였는지 기억하고 있을 걸세. 9시 반 이전이었다면 적어도 스털링의 혐의는 풀리는 셈이지."

닉이 동의하는 뜻으로 고개를 끄덕이는 것을 보고 나는 말할 수 없는 만족감을 느꼈다. 이것은 좀처럼 없는 일이었기 때문이다.

나는 얼른 전화로 손을 뻗치면서 말했다.

"그가 어디에 묵고 있는지 아나? 전화해 보겠네."

"앰배서더 호텔인데, 지금 거기에 있는지 없는지는 모르겠네. 내가 도서관에서 나올 때 그는 책상 사이의 간막이한 방에 틀어박혀 있었으니까. 그리고 거기에는 전화가 없네. 열람실 한가운데 책상에 한 대 있긴 하지만. 그러니까 심부름 가 줄 사람이 있으면 그리로 보내서 이리로 와달라고 말을 전하게 하는 편이 좋을 걸세. 그가 언짢아하리라고는 생각하지 않네. 그는 이 이야기에 틀림없이 흥미를 가질 테니까."

델헌티가 무뚝뚝한 얼굴로 말했다.

"카터 형사부장이 밖에서 당신 비서와 잡담을 하고 있는데 괜찮다면 그에게 갔다오라고 해도 좋습니다. 거기가 어딥니까?"

"좀 복잡해서 알기 어려운 곳이라네."

나는 고개를 돌려 닉을 보았다.

"웬만하면 자네가 직접 그에게 지시해 주지 않겠나?"

"그러지, 아무래도 내가 말하는 게 좋을 것 같군."

닉은 문을 향하여 걸어갔다. 그가 돌아오기를 기다리는 동안 나는 마음 속으로 슬그머니 웃고 있었다. 과연 앨프레드 스털링의 알리바이를 허물어뜨릴 수 있을지 어떨지는 알 수 없었지만, 닉이라면 그것을 해낼 수 있으리라고 믿어 의심치 않았다. 그런데 1분도 채 될까말까해서 그가 돌아왔을 때 맨 처음 입 밖에 낸 말은 나의 대단한 기세를 꺾어 버리고 말았다.

"앨프레드 스털링와 스쿼시 라켓에 대한 자네 생각 말인데, 반드시 창의가 모자라는 생각이라고 할 수는 없네. 그러나 이 경우엔 틀렸어. 생각해 보게나. 전에 한 싸움은 여자친구가 원인이었네. 그것도 이틀 전의 일이었어. 그래서 말인데, 이 두 젊은이가 같은 집에——아니, 사실은 같은 층이지——살고 있고, 더욱이 베네트가 시험 준비 때문에 거의 방에서 나가지 않았다고 하면, 어째서 앨프레드 스털링은 좀더 일찍 일을 해치우지 않았을까? 그가 만 이틀 동안이나 잊지 못하고 속을 끓이다가 사흘째 되는 날 아침에야 스쿼시를 하러 가며 그의 방에 들러 베네트를 살해하다니, 생각할 수 없는 일이네. 그런 어리석은 일이 어디에 있겠나?

앨프레드 스털링이 베네트를 위협했거나 여자친구에게서 손을 떼라고 경고하기 위해 그의 방에 들렀다가 말다툼을 하게 되고, 마침내 극도로 흥분한 나머지 상대를 살해했다고 한다면 좀 이야기가 달라지네. 그러나 그 경우는 두 사람 모두 목소리가 거칠어졌을 것이고, 그 소리가 객실 웨이트리스에게도 들렸겠지. 아무튼 그녀는 그것을 기대하여 귀를 기울이고 있었으니까 말일세. 목소리뿐이겠나? 뭔가 다툰 흔적도 있었겠지. 그런데 그것이 전혀 없지 않나?"

닉은 고개를 저어보였다.

"그리고 나는 범인이 아무래도 단검을 쓰지 않을 수 없었던 진정한 이유를 자네가 인식하고 있지 못하다고 말하고 싶네.

이를테면 이렇게 생각해보면 어떻겠나? 습격한 자가 경찰의 눈을 속이는 수단으로서 만일 단검을 쓰지 않았다면? 베네트를 자기가 가져온 무기로 때려죽인 다음 곧 그 자리를 떠나버렸다면? 그랬다면 경찰의 수사가 어느 방향으로 갔을 거라고 생각하나? 상처의 모양이나 상태에 의거해서 검시관은 흉기를 둥근 것, 아니, 모서리를 둥글게 만든 둔기로 지름이 약 반인치쯤 되는 것이라고 단정하겠지. 그리고 어쩌면 가는 연관이나 무거운 강철 낚싯대 같은 것으로 추측할지도 모르네. 그러나 그런 것을 가지고 아무 의심이나 질문도 받지 않고 돌아다니거나 베네트의 방에 들어가기는 어려운 일일세.

물론 그것을 몰래 감추어 갖고 다닐 수는 있지. 윗옷 소매나 어디에 말일세. 좀 귀찮기는 하겠지만 못할 것도 없겠지. 게다가 베네트에게 들켜서 그가 크게 소리치도록 하는 일 없이 그것을 뽑아낸다는 건 더욱 어려운 일일세. 그러나 또 한 번 천만다행으로 그렇게 할 수 있었다고 하세. 이런 일은 모두 습격한 자가 처음부터 살해할 생각을 가지고 찾아갔을 경우일세. 그러나 경찰은 곧 범행이 어쩌다 돌발했을 경우를 생각하기 시작할 걸세. 그렇게 되면 흉기는 당연히 습격한 자가 언제나 갖고 다니는 것, 아무런 의심도 받지 않고 공공연히 들고 다닐 수 있는 어떤 물건이라는 추리가 가능해지네. 그리고 그 조건에 들어맞는 것이라고 하면."

"지팡이일세!" 내가 소리쳤다.

"맞았네." 닉이 대답했다. "그리고 지팡이라면 무엇보다도 맨 먼저 머리에 떠오른 것이 호손 교수일세."

"자네, 제정신으로 말하는 건가, 닉?"

"왜 내가 정신이 맑아서 안될 일이라도 있나? 스틱은 그가 거물이 된 뒤 몸에 지닌, 새로운 인격에 없어서는 안될 물건으로, 약간 연극적인 옷차림의 중요한 일부분일세. 이렇게 되면 자네도 어렵지 않게 납득할 수 있겠지. 그가 마음 속으로 자기 지팡이를 가지고 때린 흔적이 마치 죽은 시체에 자신의 머리글자를 새겨놓은 것과 마찬가지로 곧장 자신을 범인으로 지적하게 된다고 생각했으리라는 것을."

"그러나 어째서 그가 사랑하는 제자를 살해해야만 했을까?"

"왜냐하면 그는 자네의 말과 같지 않았기 때문이네. 다시 말해서 베네트는 그가 사랑하는 제자가 아니었기 때문일세. 그 젊은이가 이번 학기 첫 무렵에 논문 심사를 신청했다가 바로 직전에 취소했던 일을 기억하고 있겠지? 호손 교수는 그 이유를 우리 대학의 도서관이 바이인튼 문서의 원본을 입수했으므로 베네트가 그것을 조사할 기회를 갖고 싶어했기 때문이라고 설명했네. 그러나 바이인튼 문서는 널리 간행되어 있는 것으로써 시험 때 수험자가 말하는 것은 이 논제의 아주 간단한 요약에 지나지 않네. 그러므로 만일 그 원본을 조사함으로써 그의 명제에 새로운 증거를 덧붙일 수 있다 하더라도 시험을 연기할 이유로는 좀 약하네.

따라서 우리는 베네트가 하나의 전혀 새로운 논문에 대한 구상을 얻었다고 결론 내리지 않을 수 없네. 당연히 그는 호손 교수에게 그것에 대해 이야기했겠지. 그러나 호손 교수는 텍사스로 가야 했네. 그는 베네트에게 자기가 돌아올 때까지 그 새로운 발견에 대해서 아무 말도 하지 말라고 못박았을 게 틀림없네. 그러나 곧 호손 교수의 저서 제2판이 간행된다는 발표가 있자 베네트는 다시 학위 시험을 받을 생각을 하게 되었네. 그 사실을 알자, 호손 교수는 서

둘러 이리로 돌아왔지.

　그는 어젯밤에 도착하여 오늘 아침에 베네트를 처음으로 만날 수 있었네.

　그가 처음부터 베네트를 살해할 마음을 가지고 찾아갔다고는 생각되지 않네. 만일 그렇다면 뭔가 다른 흉기를 준비해 가지고 갔을 걸세. 단순히 그는 자기들 둘이서 공동의 결론을 얻을 때까지——아마 둘이 함께 서명한 논문이나 그런 것이겠지——한번만 더 발표를 중지해 주기를 간절히 부탁하러 갔을 뿐이라고 생각하네. 호손 교수는 베네트가 이 부탁을 거절할지도 모른다는 것을 꿈에도 생각지 못했던 게 아니었을까? 그런데 베네트는 거절했네. 아마도 바이인튼 문서의 제2판 발행이 공표된 뒤 이미 호손 교수를 믿을 수 없다고 느꼈던 것이겠지.

　호손 교수에게서 이 거절은 그가 소중히 하고 있던 것을 잃는 것을 의미했네. 학계에서 처한 입장, 학자로서 갖는 명성, 대학 안에서 차지하는 지위 말일세. 그래서 그는 지팡이를 휘둘러 베네트를 살해한 것일세."

　"그건 그렇고, 베네트는 대체 어떤 발견을 했을까? 호손 교수가 그러한 흉행을 저지르게 할 만한 발견이란 대체 무엇일까?"

　내가 물었다.

　닉이 눈썹을 치켜세웠다.

　"그런 것쯤은 자네도 짐작할 수 있으리라고 생각했는데……. 우리는 베네트의 학위 논문의 주제가 바이인튼 원본과 관계 있는 듯한 것을 알고 있었네.

　이것은 나의 상상이지만 당신이 그의 책상에서 본 책의 제목은 《칼리그라피의 역사》가 아니었소, 경감보? 이것은 서풍(書風)의 역사책이지."

순간 델헌티 경감보의 얼굴이 빛나는 것으로 보아 이 추측은 증명되었다.

"아마도 그 밖에는 종이의 질이나 잉크의 화학 분석에 관한 책 또는 이와 비슷한 책들이 있었겠지. 어쨌든 베네트는 어떠한 증거에서, 콩골드 교수의 비판처럼 어느 경우나 다양하게 해석할 수 있는 내적 증거가 아니라 서체(書體)며 잉크며 지질의 분석을 바탕으로 한 과학적인 증거에서 바이인튼 문서가 가짜라는 사실을 발견한 것일 걸세."

그때 전화가 요란하게 울렸다. 수화기를 들자 흥분하여 어찌할 바를 모르는 카터 형사부장의 목소리가 나의 귀에 들렸다.

"권총으로 자살했습니다!" 형사부장은 곧 다시 설명을 덧붙였다. "지금 막 호손 교수가 호텔에서 권총으로 자살했습니다!"

나는 방 안을 둘러보고 그 두 사나이에게도 형사부장의 목소리가 들렸음을 알아차렸다. 델헌티 경감보는 이미 자리에서 일어나 모자에 손을 뻗고 있었다.

"거기에 있게." 나는 전화에 대고 말했다. "곧 델헌티 경감보가 그리로 갈 테니까. 무슨 일이 있었나?"

"모르겠습니다." 카터는 조금 침착해진 목소리로 대답했다. "도서관에 갔더니 교수는 이미 호텔로 돌아가신 뒤였습니다. 그래서 곧 뒤쫓아가 웰트 교수님께서 하신 말씀을 전해 드렸지요. 그러자 다만 고개를 끄덕이면서 방으로 들어가셨습니다. 그리고 1, 2초 있다가 총소리가 들렸습니다."

"알겠네. 그럼, 기다리고 있게."

나는 수화기를 놓았다.

델헌티 경감보는 벌써 문 앞에 가 있었다.

"이 사건도 이제 끝난 모양일세."

내가 그에게 말하자 그도 "그런가 봅니다" 하고 중얼거리며 등 뒤로 문을 닫고 나갔다.

나는 닉에게 돌아섰다.

"대체 자네는 카터에게 어떤 말을 전하라고 했었나?"

그는 빙그레 웃었다.

"아, 그거 말인가? 다만 이렇게 지시했을 뿐이네. 베네트의 노트를 가지고 이리로 와주시기 바란다고 말일세."

나는 말 없이 고개를 끄덕였다. 앞쪽에 놓인 책상을 1분쯤 뚫어지게 쏘아보며 아무 말도 하지 않았다. 이윽고 얼굴을 들어 닉을 보았다.

"말해 주게, 닉, 자네는 자네의 전갈이 이런 결과를 가져올 줄 예상했었나?"

닉은 입술을 꼭 깨물고 생각에 잠기더니 어깨를 으쓱 추켜올리며 말했다.

"전혀 예상 못했다고 하면 거짓이 되겠지. 그러나 나의 주된 관심은 불쌍한 베네트에 대한 책임의식에 있었네. 베네트의 착상에 어떤 가치가 있다면 나는 그의 노트를 다시 논문으로 작성하여 그의 이름으로 발표해야 한다고 생각했네."

닉의 작고 파란 눈이 반짝반짝 빛나며 입술에서는 차가운 웃음이 흘러나왔다.

"당연한 일이지만, 나는 될 수 있는 대로 빨리 착수해야겠다고 생각했던 걸세."

End Play
엔드 플레이

금요일이었다. 언제나 내가 닉과 체스를 하는 밤이다. 이 습관은 내가 처음으로 대학의 법학부 교수가 되었을 때부터 시작되었으며, 그 뒤 대학을 그만두고 군검사가 된 뒤에도 내내 계속되고 있었다. 늘 그랬듯이 마침 3판 승부의 결승전에서 앞으로 세수(手)만 더 두면 내가 이길 수 있는 데까지 밀고 나갔을 때였다.

닉은 더부룩한 흰 눈썹을 모으고서 나의 공격이 집중되어 있는 판의 한 모퉁이를 뚫어지게 쳐다보고 있었다. 이윽고 그는 선뜻 고개를 끄덕여 패배를 인정했다.

"어쩌면 막을 수 있었을지도 모르네." 나는 위로하듯 말해 주었다.

"이쪽 보(步)를 내보냈더라면 말일세."

"그랬을지도 모르지." 닉은 작고 파란 눈을 유쾌하게 반짝이면서 말했다. "그러나 그렇게 하면 승부를 너무 길게 끌었을 뿐이었을 걸세. 무엇보다도 나는 이번 판에 좀 진력이 나기 시작한 참이었거든."

자네는 지게 되면 언제나 그 판에 진력이 나기 시작하는 모양이군.

이렇게 내가 대꾸해 주려고 하는데 갑자기 현관의 벨 소리가 요란하게 울려 나는 자리에서 일어나야만 했다. 어찌된 일인지 이런 종류의 이야기를 닉에게 해주려고만 하면 반드시 뭔가 방해가 생기곤 했다.

찾아온 사람은 육군 정보부의 에드워드 대령으로, 맥널티 교수 살해사건이 있은 뒤 나와 협력하여 수사를 맡아 하고 있는 사나이였다. 협력한다기보다는 둘 다 같은 사건을 조사하고 있다고 말하는 편이 좀 더 옳을지도 모르겠다. 처음부터 두 사람 사이에는 감출래야 감출 수 없는 적대의식이 있어, 우리는 서로 다른 길을 걸으며 저마다 가장 큰 결과를 기대할 수 있다고 생각되는 방향에 정력을 쏟아넣고 있었기 때문이다. 아침마다 수사의 진척 상황에 대해 내 사무실에서 이야기를 주고 받기로 정하기는 했지만, 두 사람 다 사건을 만족스럽게 해결하는 것보다는 상대보다 빨리 범인을 잡는 데 더 열심이었던 것은 부정할 수 없는 사실이었다. 그날 아침에도 우리는 만나서 서로 정보를 교환했으며, 내일 아침에 다시 이야기를 나누기로 되어 있었으므로 이런 시간에 그가 불쑥 나타나자 내 마음 속에 막연한 불안감이 솟아났다.

그는 30살이 채 될까말까한 젊은 군인으로, 내가 보기에 대령 기장을 보란 듯이 자랑하기에는 너무 젊은 인상이었다. 작달막한 키에 몸집이 통통했으며, 그러한 체격을 지닌 사나이에게서 흔히 보는 일이지만 필요 이상으로 자만심을 보이며 거드름스럽게 걸었다. 어디라고 꼬집어 결점을 말할 수는 없지만, 그리고 일에도 아마 유능하겠지만, 나는 그에게 호감을 가질 수가 없었다. 이틀 전 그와 교섭이 시작됐을 때부터 이런 기분은 조금도 달라지지 않았다. 그 이유 가운데 하나는 아마 처음 만났을 때 그가 집요하게 주장한 데서 생긴 것이리라. 맥널티 교수가 종사하고 있던 연구는 육군이 요청한 것이었으므로 수사의 주도권을 자기가 맡아야 한다고 그는 고집스럽게 주장했던 것이다. 그 밖에 그의 참을 수 없는 거드름도 호감을 가질 수 없는 이유 가운데 하나였다. 그는 나보다 키가 머리의 반쯤은 작았는데도 어찌된 셈인지 그 두툼한 코끝으로 나를 내려다보는 듯한 느낌이 들었다.

"지나가다가 서재에 불이 켜 있는 것이 보이기에……."

대령이 찾아온 이유를 밝혔다.

나는 아무 말도 하지 않고 다만 고개를 끄덕여 대답을 대신했다.

"잠깐 실례하여 두서너 가지 당신과 검토하고 싶은 일도 있고, 또 당신의 경험을 빌리고 싶었기 때문입니다."

이것은 그의 버릇이 되다시피 한 수단으로 언제나 나를 조바심나게 만드는 말이었다. 왜냐하면 겉으로 보기에 겸손한 이 태도가 그 나름의 예절에서 나온 것인지, 아니면 속으로 나를 우습게 생각하고 있어 반 우스갯소리로 하는 것인지 헤아리기가 어렵기 때문이었다. 아무튼 나는 그 말을 있는 그대로 받아들이지는 않았다.

나는 또다시 고개를 끄덕여 보이며 닉이 체스의 말을 상자에 담고 있는 서재로 그를 안내했다. 내가 두 사람을 소개하고 모두 자리에 앉자 에드워드 대령이 말을 꺼냈다.

"오늘 아침 이후에 뭔가 중대한 발견이 있었습니까?"

방문한 팀이 먼저 타석(打席)에 들어서는 것이 정한 이치라는 생각이 문득 내 머릿속을 스치고 지나갔지만, 그런 말을 하면 우리 사이의 대립관계는 공공연한 것이 될 뿐이리라.

"글쎄요, 트로블리지를 체포했소. 보스턴에서 찾아내어 이리로 데려온 것이오."

"참으로 민첩한 활약이었군요." 대령은 일부러 자신을 낮추는 말투로 이야기를 이었다. "그러나 나는 당신께서 조금 잘못 짐작하신 것으로 생각됩니다."

아마도 나는 어깨를 움츠리는 것으로 그 말에 대답했어야 했을 것이다. 그러나 확실한 증거를 잡고 있다는 자신이 있었으므로 나는 매우 침착하게 말을 꺼냈다.

"맥널티 교수는 사살되기 몇 시간 전 그 사람과 다투었소. 맥널티 교수는 그가 이번 학기의 시험을 치르지 않았다는 이유로 그에게 물리학과에 낙제점을 주었지요. 그래서 그는 손목을 삐어 글씨를 쓸 수 없었기 때문에 하는 수 없이 시험을 못 치르게 되었노라고 이유를 밝히러 교수를 찾아갔었소. 공교롭게도 그날 맥널티 교수는 아침부터 기분이 언짢아 마음이 차분하지 못했나 봅니다. 본디도 그다지 상냥한 편이 아니지만, 그날은 특별히 두 사람이 만나 이야기하는 동안 줄곧 불쾌한 태도를 하더라는 것이었소.

이것은 모두 그의 비서가 증언한 것이오. 비서의 방은 그의 사무실 바로 밖에 있기 때문에 이야기가 모두 들렸던 것이오. 그의 말에 따르면 맥널티 교수는 트로블리지에게 부상을 과장하고 있는 게 아니냐고 호되게 나무라고, 게다가 또 같은 수법으로 병역을 면제해 주었을 거라고 슬쩍 비아냥거리기까지 했다고 하오.

말이 나온 김에 말이지만, 내가 조사한 바에 따르면 트로블리지의 군대 시절 성적은 매우 뛰어나며 두 번의 실전에서 부상당하자 처음으로 제대를 지원했지요.

당연한 일로서 그는 교수의 조롱에 대해 잠자코 있지 않았소. 가벼운 말다툼이 있은 끝에 트로블리지가 이런 말을 하는 것이 비서에게 들렸소. '당신같이 분별 없는 사람은 맞아 죽어야 하오'라고 말이오."

나는 인상을 깊게 남기기 위해 잠깐 사이를 두었다. 조금 뒤에 나는 다시 말을 이었다.

"아무튼 트로블리지가 8시 10분 기차를 타고 보스턴으로 향했다는 건 이미 밝혀져 있소. 역으로 가려면 아무래도 맥널티 교수의 집 앞을 지나야 하는데, 그것은 틀림없이 8시 5분보다 늦었을 리가 없소. 알브레히트 교수가 말한 바로는 맥널티 교수가 사살된 것이 8시를 1, 2분 지났을 때였소."

이 시간 요소의 중요성에 한층 더 무게를 넣기 위해서 나는 다시 말을 끊었다. 그런 다음 은근히 승리감을 담아 덧붙였다.

"이런 사정으로 보아 트로블리지를 논리에 맞는 용의자로 단정하지 않을 수 없소."

나는 이야기를 하면서 손가락을 꼽았다.

"그는 피해자와 다투었고, 피해자를 협박했소. 이것이 동기요. 그는 군대에 복무했으며, 해외에서 실전에 참가한 경험도 있소. 따라서 전승 기념으로 독일제 루거 권총을 갖고 돌아왔으리라는 것도 충분히 짐작할 수 있소. 이것이 흉기요. 그는 마침 사건이 있었던 시각에 현장 가까이에 있었소. 이것이 기회요. 그리고 마지막으로 보스턴으로 도망친 것. 이것이 자신의 범행을 말해 주고 있소."

"그러나 단순히 어떤 과목에서 낙제점을 주었다고 하여 그 교수를 사살할 수는 없을 텐데요?"

에드워드 대령이 말했다.

"그렇지요. 보통의 경우라면 말이오." 나는 양보했다. "그러나 가치관이라는 것은 사람에 따라 다르오. 트로블리지는 전쟁의 경험이 있소. 틀림없이 신물이 나도록 사람 죽이는 것을 보고 사람의 목숨이 귀하다는 것을 우습게 알게 되었을 것이오. 뿐만 아니라 이 과목에서 낙제하는 것은 다시 말해서 대학을 떠나야 하는 것을 의미하는 거요. 사실 그가 보스턴에 간 것도 그곳의 어느 대학으로 옮길 수 있는가 어떤가를 알아보기 위해서였다고 주장하고 있지요. 신경질을 잘 부리고 감수성이 강한 젊은이라면 교수가 자기 앞날을 망쳤다고 곧 생각했을 것이오."

에드워드 대령은 그 점만은 나에게 양보하겠다는 듯이 천천히 고개를 끄덕이면서 말했다.

"그를 신문하셨습니까?"

"했습니다만, 자백은 얻지 못했소. 만약 당신이 알고 싶은 점이 그 일이라면. 그러나 다른 성과를 얻었소. 그가 8시 5분쯤 맥널티 교수의 집 앞을 지나갔을 것이 틀림없다고 생각했기 때문에 그를 본 사람이 있다고 위협해 보았지요. 물론 내가 멋대로 한 말이었소. 그러나 있을 수 없는 일도 아니오. 마침 그때쯤이면 올버니행 열차가 들어오는데 여기서는 반드시 두셋쯤 내리는 손님이 있소. 그들이 시내로 들어오는 도중 역으로 향하는 트로블리지와 엇갈렸을 가능성을 충분히 생각할 수 있으니까요."

에드워드 대령은 또 고개를 끄덕였다.

나는 이야기를 계속했다.

"그는 보기좋게 걸려들었소. 순간 얼굴이 뻘개지더니 마침내 맥널티 교수의 집 앞에서 걸음을 멈추었다고 인정했소. 다시 한 번 만나서 마음을 돌려 달라고 간청해 볼까 어떨까 하고 망설이며 2, 3분쯤 그 자리에서 서 있었다는 것이었소. 그때 올버니행 열차가 들어오는 소리를 듣고, 보스턴행 열차가 그 뒤를 이어 곧 떠나는 것을 알고 있었으므로 곧장 역으로 갔다고 하더군요.

나는 그를 중요 참고인으로서 구류했소. 하룻밤 유치장에서 천천히 머리를 식히게 한 다음 내일 또 신문해 볼 생각이오. 어쩌면 좀더 확실한 것을 알 수 있을지도 모르오."

에드워드 대령은 천천히 고개를 가로저었다.

"그에게서 이 이상 끌어낼 것이 있을지 의문스럽군요. 트로블리지는 맥널티 교수를 쏘지 않았습니다. 교수 자신이 쏜 것입니다. 이것은 자살입니다. "

나는 어이가 없어 그를 물끄러미 바라보았다.

"그러나 우리는 자살이라는 선은 맨 먼저 제쳐놓지 않았습니까? 그 가능성을 부정한 것은 사실 당신 자신이 아니오? "

"그것은 내가 잘못 생각한 것이었습니다. " 대령은 나의 지적이 불쾌했는지 퉁명스럽게 말했다. "그러나 자살의 선을 제외한 우리의 추리도 결코 잘못된 것은 아니라고 생각하는데요. "

그래서 나는 지적하여 말했다.

"누군가 현관의 벨을 울려 맥널티 교수는 문을 열러 나갔소. 알브레히트 교수가 그렇게 증언하고 있소. "

"아아, 네. 그러나 사실은 그렇지 않았습니다. 다만 우리가 그렇게 '생각하고' 있을 뿐입니다. 알브레히트 교수가 실제로 한 말은, 한창 체스 게임을 하고 있는데 맥널티 교수가 누가 온 모양이라면서 자리를 떠났다는 것 뿐이었지요. 그래서 말입니다, 다시 한 번 그의 증언을 처음부터 검토해 보면 어디서부터 우리의 추리가 빗나가기 시작했는지 알 수 있습니다. 알브레히트 교수의 이야기에 따르면 그는 그때 맥널티 교수와 체스를 하고 있었습니다. 이것은 그들이 늘 습관으로 하던 일이었지요. "

"그 말이 맞소. 그들은 수요일마다 체스를 했다고 하오. 마치 여기에 있는 닉과 내가 금요일마다 체스를 하는 것처럼 말이오. 둘이 함께 대학 클럽에서 저녁 식사를 하고 나서 함께 맥널티 교수의 집으로 가는 것이오. "

"그렇지만 이번 수요일에는 그렇지 않았습니다. " 에드워드 대령이 말했다. "알브레히트 교수는 볼일이 있어 연구실에 남았다가 나중에 혼자서 맥널티 교수의 집으로 간 것입니다. 어찌 되었든 그들은 체스를 시작했습니다. 맥널티 교수 서재의 가구 배치를 기억하고 계십니까? 이것입니다. 설명해 드리지요."

대령은 가지고 온 가방을 열더니 서재를 찍은 사진 한 장을 꺼냈다.

사진에 나와 있는 것은 사방이 책장으로 둘러싸이고, 한 군데 복도로 통하는 아치형 도어가 보이는 방이었다. 체스 테이블은 방 한 가운데, 아치형 도어 바로 오른쪽에 마련되어 있었다.

사진은 분명히 체스 테이블 바로 앞에서 찍은 모양으로, 테이블 위의 게임 형세며 상대편에게 빼앗긴 검정 말과 흰 말이 판 한쪽에 섞여서 놓여 있는 것이 또렷하게 보였다.

에드워드 대령은 체스 테이블에 바싹 당겨져 있는 의자를 가리켰다.

"이것이 알브레히트 교수가 앉아 있던 의자입니다. 보시는 바와 같이 복도로 통하는 아치형 문 정면에 놓여 있습니다. 현관과 현관 홀은 여기서 복도로 나가 왼쪽으로 돌면 있습니다. 다시 말해서 알브레히트 교수의 위치에서 보아 왼쪽입니다.

그런데 그는 내기를 하는 도중에 맥널티 교수가 현관으로 나갔고, 얼마 지나지 않아 나중에야 총소리인 줄 안 소리를 들었는데, 그때는 밖에서 지나가는 자동차의 백파이어 소리쯤으로 생각했다고 합니다.

이것은 결코 수긍이 가지 않는 이야기가 아닙니다. 왜냐하면 몇 가지 증거로 보건대 권총은 맥널티 교수의 몸에 꼭 붙어서 쏘았다고 추측되기 때문입니다. 당연히 베개에 총알을 쏘듯이 소리가 약하게 들렸을 것입니다. 어찌 되었든 2분쯤 기다렸지만 맥널티 교수가 돌아오지 않으므로 알브레히트 교수는 그를 불러보았습니다. 그러나 아무 대답도 없으므로 무슨 일인가 상황을 알아보려고 방에서 나왔다가 심장을 꿰뚫린 친구가 아직도 따뜻한 총을 손에 쥔 채 현관 홀에 쓰러져 있는 것을 발견한 겁니다."

에드워드 대령은 내 쪽으로 돌아앉았다.

"대강 이런 것이었지요, 알브레히트 교수의 증언은? 뭔가 빼놓은 것은 없습니까?"

대체 무슨 말을 하려는 것일까 생각하면서 나는 고개를 가로저었다.

에드워드 대령은 그럴 줄 알았다는 듯이 회심의 미소를 띠었다.

"이 이야기에 의거하여 우리는 곧 자살이라는 선을 제외했습니다. 현관문의 벨을 울린 사나이가 맥널티 교수를 쏘아죽이고, 그 뒤 맥널티 교수가 혼자인 줄 알고 자살한 것처럼 보이게 하기 위해 총을 손에 쥐어준 것이라고 추리한 것이지요. 만일 벨이 울린 것이 사실이라면, 이것은 살인이지 자살일 수 없다는 논리의 법칙에 아주 들어맞는 귀결이니까요."

대령은 아직도 자살설을 제외한 것이 자기 탓으로 된 일을 못마땅하게 여기고 있는 것이 분명했다.

"만일 지나가던 사람이 단순히 역으로 가는 길을 묻기 위해 벨을 눌렀다 해도 역시 자살설은 채택하기 어렵습니다. 왜냐하면 그 사람이 문을 막 닫으려 할 때 총소리가 났으므로 대체 무슨 일인가 하고 한 번 더 문을 열어 보는 것이 당연할 겁니다. 이것은 맥널티 교수가 알브레히트 교수와 체스를 하고 있는 동안에도 줄곧 주머니에 총알을 잰 총을 넣고 있었다는 뜻이 됩니다. 그것은 다시 말해서."

"알겠소, 알겠소." 나는 그의 말을 가로막았다. "맨 처음부터 자살설은 도저히 생각할 수 없었소. 그건 그렇고, 무엇이 당신 마음을 바꾸게 했지요?"

대령은 내가 말을 가로막자 조금 화가 난 것 같았지만 그것을 애써 감추었다. 그는 으스대며 말했다.

"현관의 벨입니다. 알브레히트 교수의 이야기에는 또 한 가지 납득이 잘 가지 않는 점이 있었습니다. 나는 몇 번이나 그것을 그에게 되풀이시켜 보았습니다. 그러자 그가 한 번도 벨 소리를 '들었다'고 말하지 않은 것을 알았습니다. 다만 맥널티 교수가 누군지 온 것 같다면서 자리를 떠났을 뿐이었습니다. 실제로 벨 소리를 들었느냐고 다그쳐 묻자 알브레히트 교수는 갈피를 잡지 못하겠는지 한참 생각한 끝에 듣지 못했다고 확인해 주었습니다.

처음에 그는 게임에 열중해 있었기 때문이라며 이 사실을 얼버무리려 했으나, 그 벨은 상당히 요란한 소리가 나므로, 정말 울렸다면 듣지 못했을 리가 없습니다. 따라서 그가 듣지 못한 것이 사실이라면, 그것은 벨이 울리지 않았다는 뜻이 됩니다."

대령은 어깨를 으쓱했다. 그리고 나서 말을 이었다.

"제삼자가 현관에 없었다면 필연적으로 자살설을 다시 한 번 생각해 보아야 할 겁니다."

대령은 당돌하게 말을 끊었다. 그는 조금 뺨을 붉히며 열성어린 목소리로 말을 이었다.

"이 점은 꼭 이해해 주셨으면 합니다만, 이제까지 나는 반드시 당신에게 솔직했던 것은 아닙니다. 당신은 내가 오로지 맥널티 교수 사살사건을 조사하기 위하여 여기에 왔다고 생각하시는 모양입니다만, 실은 그날 아침 이곳에 도착하여 전화로 그에게 면회를 신청하여 그날 밤 8시 반에 그의 집에서 만나기로 약속했습니다. 잘 아시겠지만, 맥널티 교수와 알브레히트 교수의 공동 연구는 그다지 잘되고 있지 않았습니다. 이상한 사고가 자주 일어났지요. 수리하는 데 몇 주일 몇 달씩이나 걸리는 정밀 기계가 고장나는가 하면 보고서가 늦게 도착되기도 하고, 가끔 잘못된 점이 발견되기도 했습니다. 마침내 그 계획을 지원하고 있는 군 병기 개발부로부터 조사 의뢰를 받고 내가 예비 조사를 위해 파견된 것입니다.

이런 까닭으로 자살의 가능성도 있으리라고 생각하여 나는 다시 알브레히트 교수에게 의식적인 연구 방해는 없었느냐고 물었습니다. 이것은 보기좋게 들어맞았습니다. 그는 얼마 전부터 맥널티 교수를 의심하여 자신이 웬만큼 조사한 일을 털어놓았던 것입니다. 그 결과 맥널티 교수에게 죄가 있음을 확신하기에 이르렀지만, 공공연하게 그를 비난하기가 망설여졌답니다. 그래서 그는 대신 그 점을 넌지시 비쳤습니다. 그날 밤 체스를 하는 동안에도 줄곧 슬며시 그의 소행을 알아차리고 있다는 사실을 암시했던 것입니다. 아마도 체스 용어를 써서 이야기한 모양입니다. 나는 체스 같은 것은 모릅니다만, 아마 이런 말을 했으리라고 생각됩니다. "이대로 이런 방법을 계속하다가는 크나큰 파국에 이를 걸세" 하는 식으로 말입니다.

한참 이렇게 하는 동안 맥널티 교수도 알아차리고 몹시 흥분하기 시작했답니다. 몇 번이나 "어떻게 하면 좋을까?" 하고 중얼거리더라고 알브레히트 교수는 말했습니다.

그래서 마지막으로 알브레히트 교수는 체스의 말을 움직이며 "사직하라!"고 말했답니다. 이것은 체스에서 곧잘 쓰는 말로 '던진다'는 뜻인 모양입니다."

에드워드 대령은 두 팔을 벌리며 아주 아름답게 포장한 사건을 선물인 것처럼 내미는 시늉을 했다. 그는 계속 말을 이었다.

"그때였습니다, 맥널티 교수가 누군지 현관에 온 것 같다고 하면서 자리를 떠난 것은."

"알브레히트 교수는 그가 스스로 자신을 쏘는 것을 보았소?" 내가 물었다.

에드워드 대령은 힘있게 고개를 가로저었다.

"아닙니다, 맥널티 교수가 아치형 문으로 나가는 것을 보았을 뿐입니다. 그러나 그는 현관이 있는 왼쪽으로 가지 않고 오른쪽으로 갔습니다. 그쪽에는 침실이 있지요, 아마도 권총을 가지러 간 모양입니다. 그리고 나서 되돌아와 아치형 문 밖을 지나 현관으로 갔습니다."

"어째서 알브레히트 교수는 맥널티 교수가 돌아올 때까지 기다리지 못했을까요?"

"곧 내가 오리라는 것을 알고 있었기 때문이겠지요."

에드워드 대령이 옳은 결론에 이른 것은 틀림없었다. 그러나 나는 그것을 인정하려니까 화가 나서 참을 수 없었다. 그것은 이미 에드워드 대령을 끝까지 공격해 주느냐 어쩌느냐 하는 문제가 아니었다. 내 머리에 있는 것은 죽은 맥널티 교수의 일이었다. 친구는 아니었지만 그와 가끔 대학 클럽에서 체스를 했던 사이다. 특별히 그를 좋아한 것은 아니지만, 그러나 그가 자살했다고 생각하고 싶지는 않았다. 하물며 그가 반역죄를 저지른 듯이 말하는 것을 들은 지금에는 더욱 그러했다. 이러한 불쾌함과 의혹은 있는 힘을 다해 감추려고 애썼어도 나의 태도에 명백하게 나타났던 모양이다. 나는 비웃는 것처럼 말했다.

"그래, 당신이 할 말은 그것뿐이오? 안됐소만 그 정도라면 법학부의 신입생이라도 여지없이 때려부술 수 있을 것이오! 마치 소쿠리처럼 구멍투성이구려."

대령은 도전하는 내 말투가 좀 뜻밖이었는지 얼굴을 붉히면서 말했다.

"이를테면?"

"이를테면 말이오, 권총은 어떻소? 당신은 그것이 맥널티 교수의 것임을 확인했소? 그리고 또한 어째서 알브레히트 교수가 처음에 거짓말을 했는가 하는 점은 어떻소? 또 어째서 맥널티 교수가 현관 홀을 택했는가 하는 것은 어떻소? 어째서 그 많은 방들을 두고 하필이면 고르고 골라서 현관을 죽는 곳으로 택했단 말이오?"

"알브레히트 교수는 맥널티 교수가 친구이기 때문에 거짓말을 했던 것입니다." 에드워드 대령이 대답했다. "알브레히트 교수로서는 동료가 죽었으니 이제 그의 연구 계획을 방해할 수 없을 것이라고 생각하고, 그렇다면 될 수 있는 데까지 그가 반역자로 자살했다는 사실을 덮어두고 싶었을 것입니다. 그뿐 아니라 맥널티 교수의 자살에 대해 그는 얼마쯤 자책감을 느꼈던 게 아닐까요? 생각나십니까? 그는 맥널티 교수에게 "사직하라!"고 소리쳤습니다. 친구가 그 권고를 받아들여서 목숨까지 던져 실행한 것을 알고 그는 퍽 당황했을 것입니다."

"그럼, 권총은?"

에드워드 대령은 대답하기 전에 어깨를 으쓱했다.

"당신 자신이 조금 아까 그 권총은 전승기념품일 거라고 지적하셨습니다. 지금 온 나라 안에 이러한 기념품들이 범람하고 있지요. 더욱이 등록되어 있는 것은 그 중에서 얼마되지 않습니다. 복학한 제자가 그에게 주었을지도 모릅니다. 사실 몇 달 전에 맥널티 교수가 그런 말을 한 것을 알브레히트 교수가 들었습니다. 따라서 권총에 대한 것은 자살설에 조금도 지장을 주지 않습니다.

그건 그렇고, 현관 홀을 택한 일은 나로서 도무지 납득할 수가 없었습니다. 집안 사정을 자세히 조사해 보기 전까지는 말입니다. 아마도 맥널티 교수는 몇 년 전 아내를 잃은 뒤로 2층 전부와 아래층 일부를 폐쇄해 버린 모양입니다. 따라서 집안에 방이 여섯 개나 되는데도 실제로 사용하고 있는 것은 옛날에 식당이었던 서재와 침실, 그리고 부엌으로 아주 한정된 부분뿐이었습니다. 서재에는 알브레히트 교수가 있었으므로 그가 말릴 것이 뻔하니까 그곳에서는 할 수 없었겠지요. 부엌은 서재를 지나야만 갈 수 있는데, 되도록이면 알브레히트 교수의 곁을 지나가고 싶지 않았을 것입니다. 그러면 남는 것은 침실뿐입니다. 어떤 한 가지 사실이 없었다면 이곳이 아마 가장 적당한 장소였을 겁니다. 그 한 가지란, 이 방에 커다란 그의 아내 초상화가 걸려 있다는 것입니다.

방 전체를 내려다보는 위치에 걸려 있기 때문에 어디에서든 그림 속의 눈이 자기를 쫓고 있는 듯이 보입니다. 이것이 그를 방해하지 않았을까 생각합니다. 다시 말해서 아내의 눈이 지켜보고 있는 앞에서 자살하고 싶지 않았다는 것이지요. 물론 이것은 단순한 추측에 지나지 않습니다."

그러나 대령의 입가에 빈정거리는 듯한 미소가 떠올라 있는 것으로 보아 그 자신이 이 억측을 매우 훌륭한 추리로 생각하고 있음이 틀림없었다.

"글쎄, 가능한 하나의 이론이긴 하지만······" 나는 내키지 않는 마음으로 그의 주장을 인정했다. "그러나 이론일 뿐, 그 이상은 아니오. 첫째, 증거가 아무것도 없지 않소?"

"사실은 말입니다." 대령은 아주 심술궂게 엷은 웃음을 입가에 떠올리며 말했다. "증거가 있습니다. 절대 증거가. 당신은 우습게 생각하고 계신 모양이지만, 우리들 군대에 몸담고 있는 사람들은 이래 뵈도 상당히 철저하고, 몇몇 사람은 웬만큼 경험도 있지요. 한 마디로 말해서 나는 맥널티 교수에게 파라핀 테스트를 해보았습니다. 그리고 그 결과는 양성이었습니다."

그가 가장 중요한 것을 소매 속에 감추고 있는 사실쯤은 벌써 알아차렸어야만 했는데······ 이번만큼은 나도 완전히 실망한 빛을 감추려고 애쓰지 않았다. 저절로 어깨가 축 늘어졌다. 나는 천천히 고개를 끄덕였다.

그때까지 잠자코 말이 없던 닉이 그때 처음으로 입을 열었다.

"파라핀 테스트란 무엇이오?"

나는 대답했다.

"매우 결정적인 것이라네, 닉. 화학에 관련된 것은 잘 모르네만, 학문으로는 확실히 옳은 이론일세. 다시 말해서 이런 것일세. 아무리 잘 만든 총이라도 발사할 때에는 반드시 약간의 충격이 있지. 화약의 일부가 뒤쪽으로 튀어 흩어져서 그것이 총을 쏜 사람의 손에 묻는다네. 따라서 그 사람의 손을 뜨거운 파라핀으로 덮었다가 다시 장갑처럼 벗겨서 화약, 다시 말해서 초산염이 있는지 없는지 조사하여 양성으로 나타나면 그가 총을 쏘았다는 결론이 되지. 맥널티 교수에게는 안된 일이지만, 이것으로 그의 용의가 움직일 수 없게 된 셈이군."

"그렇다면 시험관이 내리신 결론은 절대적이겠군."

닉이 짓궂은 말투로 한 마디 했다.

"결정적인 증거야, 닉."

"증거라고? 나는 대체 언제쯤 자네들이 증거를 검토할 생각이냐고 말한 걸세."

에드워드 대령과 나는 어찌할 바를 몰라하며 닉을 지켜보았다.

"어떤 증거를 내가 보지 못했을까요?"

에드워드 대령이 거만스럽게 물었다.

"그 방을 찍은 사진을 보시오." 닉이 대답했다. "체스 게임을 잘 보십시오."

에드워드 대령은 내가 애매한 표정으로 사진을 살펴보는 것을 지켜보았다. 바로 체스판 앞에다 카메라를 대고 어색하게 확대하여 찍었으므로 말의 위치를 자세히 알아보기가 어려웠겠지만, 한참 들여다보는 동안에 나도 대강 이해할 수가 있었다.

"잠깐만, 실제로 말을 놓아보세."

나는 일단 넣어두었던 상자에서 체스 말을 테이블에 쏟아 놓고 필요한 것을 골라 사진에 나와 있는 국면을 재현하기 시작했다.

내가 사진으로 보고서 형세를 알아보지 못하는 것을 딱하게 여기는 듯 닉은 짓궂게 엷은 웃음을 띠고 있었다. 에드워드 대령은 살인자의 이름이 그대로 체스 판 위에 써지리라고 기대하는 것처럼 침착하지 못한 태도로 안절부절 우리 두 사람을 번갈아 쳐다보고 있었다.

"만일 그 체스 말에 무언가 단서가 있다면, 다시 말해서 그 위치에 어떤 단서가 있다면 언제든지 본디의 판을 볼 수 있습니다. 사건이 일어난 뒤 어느 것 하나 손을 대지 않았고, 집은 봉쇄되어 있으니까요."

나는 체스 판을 쏘아보면서 귀찮다는 듯이 고개를 끄덕였다. 말이 만들어내는 국면이 차츰 내 마음 속에서 어떤 의미를 갖기 시작했다. 이윽고 나는 그것을 알 수 있었다.

"놀랍군, 정말! 이것은 '로건=아스키스 갬비트(갬비트는 맨 첫수)'로 시작되어 있지 않나? 더욱이 그는 그것을 멋지게 해치웠군."

"그런 수(手)는 들어본 적이 없네." 닉이 말했다.

"나도 마찬가지일세, 바로 1주일 전에 대학 클럽에서 맥널티 교수가 해보여 주기 전까지는. 로웬스타인의 《엔드 플레이》라는 책을 읽다가 발견했다더군. 맨 첫수로서는 굉장히 위험률이 높아서 정말 게임에서는 거의 쓰지 않네. 그러나 비숍의 위치가 유리하게 나가는 점 같은 것은 제법 재미있는 수일세. 그러니까 닉, 자네는 이제 곧 자살하려는 사람이 이런 어려운 게임을, 그것도 이렇게 잘 해치울 수가 없었을 거라고 말하고 싶었던 게 아닌가?"

"사실을 말하자면 내가 생각한 것은 체스 판 위에 놓는 말의 위치가 아닐세." 닉이 차분하게 말했다. "그게 아니라 '체스 판 밖의 말', 상대에게 빼앗긴 말이지."

"그게 어쨌다는 건가?" 나는 조급하게 물었다.

"모두 체스 판 한쪽에 있네. 검정 말이나 흰 말이나."

"그래서?"

닉의 얼굴에는 순교자 같다고까지 말할 수는 없지만 완전히 체념해 버린 표정이 떠올라 있었다. 그리고 그 말투에 뻔히 다 아는 일을 억지로 설명해 주고 있다고 말하고 싶은 듯 지루한 여운이 담겨 있었다.

"여느 사람이라면 글씨를 쓰거나 테니스 라켓을 쥐는 손으로 체스를 하는 법일세. 자네가 오른손잡이라면 오른손으로 말을 움직이고, 적의 말을 오른손으로 빼앗아 그것을 탁자 오른쪽에 놓게 되지. 따라서 맥널티 교수와 알브레히트 교수처럼 오른손잡이끼리 게임을 하는 경우 게임이 끝났을 때에는 흰 말이 잡은 검정 말은 그의 오른쪽에, 그리고 체스 판을 사이에 두고 그것과 대각선이 되는 곳에 검정 말이 잡은 흰 말이 모여 있게 마련이지."

문득 머릿속에 그날 오후에 만났던 트로블리지의 모습이 휙 스쳐 나갔다.

오른손을 검은 실크 멜빵 붕대로 매달았기 때문에 왼손으로 서투르게 담배에 불을 붙이려던 모습이었다.

닉은 마치 내 마음속을 읽은 것처럼 말을 계속했다.

"왼손잡이가 오른손잡이인 사람과 대전했을 경우는 빼앗은 말들이 양쪽 다 판 한쪽에 놓이게 되네. 그러나 말할 나위도 없는 일이지만, 그것이 따로따로 놓이게 되네. 검은 말이 흰 말 옆에, 흰 말이 검은 말 옆에 나뉘어 놓이는 걸세. 이 사진에 나온 것처럼 말이 모두 섞이는 일은 없네. 그런 일이 있다면."

나는 지금 막 늘어놓은 체스 판을 내려다보았다.

닉은 자꾸만 막히면서도 가까스로 옳은 답에 이를 수 있었던 성적 나쁜 학생을 격려하듯 가볍게 고개를 끄덕여 보였다.

"맞았네. 섞이는 경우가 있다면 지금 자네가 한 것처럼 상자에서 말을 쏟아놓고 그 속에서 어떤 특정된 기보(棋譜)에 따라 종반전의 국면을 만드는 데 필요한 말만을 골라 놓았을 경우뿐일세."

에드워드 대령이 말했다.

"그렇다면 게임을 한 것이 아니라 맥널티 교수가 어떤 특별한 수를 직접 해보였다는 말씀입니까?"

그는 이 생각을 그림에 있는 나머지 부분에 꼭 맞추려는 듯 먼 곳을 보는 것 같은 눈으로 뚫어지게 사진을 쏘아보고 있었다. 조금 뒤 그는 고개를 저었다.

"아무 의미도 없는데요, 그것은. 그렇다면 어째서 여느 때처럼 게임을 했다고 알브레히트 교수가 말했겠습니까?"

"그렇게 한 것이 알브레히트 교수라고 생각해 보시오." 닉이 말했다. "알브레히트 교수가 그 국면을 만들어냈다고 생각해 보구려."

"그래도 마찬가지입니다. 대체 무엇 때문에 그런 거짓말을 할 필요가 있었겠습니까?"

"의미는 없지요, 맥널티 교수가 총에 맞기 전에 그가 그것을 만들었다면 말이오. 그러나 알브레히트 교수가 그와 같이 만든 게 맥널티 교수가 사살된 뒤라면 어떻겠소?"

"어째서 그런 짓을 할 필요가 있습니까?"

에드워드는 힘있게 반박했다. 그 허둥거리는 태도에 비례하여 싸움이라도 할 듯한 기세가 점점 더해 가는 것 같았다.

닉은 꿈꾸는 것처럼 천장을 올려다보았다.

"어째서냐 하면 말이오. 첫째, 그것은 체스 게임이 어느 정도 진행된 것, 대국자가 얼마 동안 그곳에 있었던 것을, 적어도 게임이 시작되었을 때부터 거기에 있었다는 것을 시사해 주기 때문이오. 둘째, 그가 상대와 우호 관계에 있었던 것을 나타내주기 때문이오. 이쯤 해두면 이미 덧붙일 것까지도 없겠지요. 이 두 가지 사실을 암시하기 위해 일부러 잔재주를 부렸다면, 십중팔구 그 두 가지 다 진실이 아니었다는 말이 될 겁니다."

"결국 당신은."

"결국 나는 이렇게 말하고 싶소. 루서 알브레히트 교수는 8시쯤 맥널티 교수 댁 벨을 눌러 그가 나와 문을 열자 가슴에 권총을 바싹 대고 방아쇠를 당긴 것이라고.

그런 다음 그는 죽은 사나이의 손에 권총을 쥐어준 뒤 쓰러진 시체를 타넘고 안으로 들어가자 냉정하게 맥널티 교수의 여러 체스 책 가운데 한 권을 꺼내 그 속에 있는 어떤 특정한 기보를 읽고 언제나 탁자에 놓여 있는 말을 그대로 늘어놓았소. 그리하여 국면이 이처럼 훌륭하게 전개되어 있었던 것이오. 아마 체스의 명수가 고안해낸 것이겠죠. 아마도 자네가 아까 말한 책에 나와 있는 로웬스타인이 만들었겠지."

우리 두 사람, 대령과 나는 자세를 바로하고 멍하니 닉을 지켜볼 뿐이었다. 에드워드 대령이 나보다 먼저 정신을 차렸다.

"그렇지만 어째서 알브레히트 교수가 그를 사살했다는 것입니까? 그는 죽은 사람의 다정한 친구였습니다."

닉의 작은 눈이 재미있다는 듯이 반짝였다.

"그것은 당신 때문이라고 해야겠는데요, 대령. 그날 아침 당신은 맥널티 교수에게 전화를 걸어 저녁에 만나기로 약속을 했소. 아마도 맥널티 교수가 침착을 잃고 있었던 것은 그 때문이었을 거요.

연구 계획이 좌절되다시피한 것이 그에게 직접 책임이 있었다고 생각하지는 않지만, 연구반의 반장으로서 그 나름의 도의적 책임은 져야 했겠지요. 아마 그는 당신의 전화를 받고 친구이며 동료인 알브레히트 교수에게 이야기했을 거요. 그리고 알브레히트 교수는 외부 사람이 들어와 조사하면 틀림없이 발각되리라는 걸 알고 있었지요. 미리 속죄로 바칠 번제물, 속된 표현으로 뭐라고 하지요? '재수 없는 제비'를 뽑은 녀석인가요? 그렇지, 그거요, 재수 없는 제비를 뽑을 호인을 준비해 놓지 않는 한 말이오."

힐끗 에드워드 대령을 보니 마치 풍선을 터뜨린 어린아이처럼 시무룩해 있었다. 그러나 갑자기 무엇인가를 생각해낸 것처럼 그의 눈이 빛났다. 비죽이 내밀었던 그의 입술이 벌어지며 거의 냉소에 가까운 미소가 입가에 떠올랐다.

"매우 훌륭한 추리이긴 합니다만, 나로서는 역시 의미 없는 공론이라고 말씀드리고 싶습니다. 당신께서는 내가 자살이라는 증거를 쥐고 있는 사실을 잊고 계십니다. 파라핀 테스트 말입니다. 그 시험 결과가 맥널티 교수 자신이 총을 쏘았다는 것을 증명해 주고 있습니다."

닉은 회심의 미소를 지었다.

"의미 없는 것은 당신의 테스트요, 대령. 이 경우 그 테스트는 아무것도 증명해 주지 않거든요."

"아니, 그렇지 않아, 닉." 내가 말참견을 했다. "테스트 결과는 엄정하고도 확고한 것일세."

뜻밖에도 닉은 날카롭게 말했다.

"그것은 단순히 맥널티 교수의 손이 총 뒤쪽에 있었다는 것을 나타내줄 뿐이지 않나!"

"그렇다면 어떻게 된 일인가?"

"누군가가 자네 집 벨을 눌렀다고 하세."

닉은 아까와 마찬가지로 순교자 같은 표정을 지었다.

"마침 오늘밤 여기 계시는 대령께서 하신 것처럼 말일세. 그리고 자네가 문을 연 순간 그가 자네 가슴에 권총을 바싹 들이댔다고 하세. 자, 자네라면 어떻게 하겠나?"

"어떻게 하다니? 그렇지, 그의 손을 잡고 말리려고 하겠지, 아마."

"맞았네! 그리고 그 순간 그가 총을 쏘았다면 그의 손뿐만 아니라 자네 손에도 초산염이 묻겠지."

대령은 감전이라도 된 것처럼 자세를 고쳐 앉았다. 이윽고 그는 벌떡 일어나더니 서류가방을 와락 움켜쥐고 문 쪽으로 향하며 어깨 너머로 말했다.

"초산염은 그리 쉽게 씻어버릴 수가 없지요. 게다가 옷에 묻은 것은 더욱 없애기 어렵습니다. 어서 알브레히트 교수를 잡아다 파라핀 테스트를 해보아야겠습니다."

내가 대령을 현관까지 배웅하고 서재로 돌아오자 닉이 말했다.

"구태여 저렇게 허둥지둥 나갈 필요는 없을 텐데 그랬군. 그 밖에도 증거를 제시해 줄 수 있으니까. 체스 말, 그 말 하나하나마다 맨 마지막으로 그것을 만진 사람의 지문이 남아 있을 게 아닌가? 그리고 흰 말이나 검정 말이나 모두 알브레히트 교수의 지문이 묻어 있을 걸세. 그가 끝까지 여느 때처럼 체스 시합을 했다고 고집한다면, 이 증거가 그를 매우 곤란하게 만들걸."

"아니, 정말 그렇군, 닉! 아침이 되거든 빨리 에드워드 대령에게 그 사실을 알려 주어야겠네."

나는 잠깐 망설이고 있었다. 그러나 마음을 다잡아먹고 말했다.

"그러나 알브레히트 교수는 너무 대담한 도박을 한 것 같군. 집에 남아 경찰을 부르고, 그럴 듯한 이야기를 만들어 내기보다는 맥널티 교수를 쏜 다음 서둘러 집을 나가는 편이 훨씬 간단했을 텐데."

닉은 화가 난 것 같았다.

"자네는 아직도 모르겠나? 나가고 싶어도 나갈 수가 없었던 걸세. 그는 현장에 꼼짝 못하고 못박혀 버린 거야! 맥널티 교수를 쏜 다음 그의 손에다 권총을 쥐어 주는 데까지는 잘되었지. 남은 일은 '집을 나가는 것' 뿐이었네. 당연히 현관을 나오기 전에 창문으로 밖을 내다보았겠지. 그 시각에는 보통 통행인이 없지만, 만일을 위해 조심하려고 확인해 보았을 걸세. 그러자 운 나쁘게도 트로블리지가 지나가는 것을 보았네. 1, 2분쯤 기다려 이제는 지나갔겠지 하고 다시 내다보았더니, 웬걸, 트로블리지는 한길 정면에 버티고 서서 도무지 그 자리를 떠나려는 눈치가 없었어. 그럭저럭하는 동안에 올버니행 열차에서 내린 손님들이 지나가기 시작했네. 그리고 나자 이제는 우리의 대령께서 약속 시간보다 조금 일찍 나타날지도 모른다는 걱정이 생긴 걸세."

"그렇다면 내가 트로블리지를 조사한 것도 전혀 쓸데없는 일은 아니었군!" 나는 적이 마음이 놓여 손을 마주 비비면서 소리쳤다. "적어도 그 점만은 대령에게 당당히 주장할 수 있겠지."

닉은 고개를 끄덕이며 말했다.

"그 젊은이는 좀 성급하더군. 육군의 어느 부에 소속되어 있다고 했지?"

"정보부일세."

"어쩐지! 그럴 줄 알았네!

닉은 입술을 굳게 다물었는데, 이윽고 그 입술에서 힘을 빼며 차가운 웃음을 빙긋이 지어보였다.

"나는 보병이었네. 지난번 전쟁 때."

Time and Time Again
시계를 둘 가진 사나이

내가 대학의 법학부 교수직을 그만두고 군검사가 된 지 벌써 2년이 넘지만, 대학과 맺은 인연이 완전히 끊어져 버린 것은 아니었다. 체육관이나 도서관 이용권도 아직 가지고 있으며, 교직원 클럽의 회원 자격도 지니고 있다. 이따금 당구를 하러 들르는 것 말고도 한 달에 한 번쯤 저녁 식사를 하러 간다. 그때 상대는 대개 닉 웰트였다.

그날 밤도 닉과 나는 식사를 끝낸 뒤 체스를 한 판 하려고 담화실로 갔다. 그러나 공교롭게도 탁자마다 모두 손님들로 차 있었으므로 난로를 둘러싸고 잡담을 하고 있는 사람들 사이에 끼기로 했다. 거기서는 언제나 교직원의 승급에 대해 신경을 써 주려는 생각이 이사들에게 있는지 어떤지——그런 것이 있을 리 없었지만——또는 가솔린 1갤런으로 달릴 수 있는 주행거리는 시보레와 포드 가운데 어느쪽이 더 길까 하는 연구에 매우 몰두한 화제들이 끊임없이 전개되고 있었다.

그 날 밤 우리가 그 자리에 끼었을 때 화제에 올랐던 것은 〈계간 심령학 연구〉에 실린 롤링즈 교수의 논문이었다. 아무도 그것을 읽지는 않았지만, 그러면서도 이에 대해 저마다 자기 나름대로 견해를 갖고 있는 모양이었다.

논문 제목은 분명히 '초감각 체험 자료를 분석하는 데에서 스프레이 방식의 수정(修正)'이라는 것이었는데, 무슨 일에서든 사물을 보편화시키지 않으면 마음이 후련해지지 않는, 학문 연구에 몰두한 두 뇌의 소유자들은 대뜸 그 논문이며 롤링즈 교수의 학설을 떠나 '이 초자연 현상이라는 것'이 과연 논할 만한 가치가 있는가 어떤가 하는 의론으로 옮아갔다. 여기에 대해서는 물리학 부교수로 몸집이 우람한 라이오넬 글레엄 씨가 먼저 의견을 말했다.

"물론 채택할 만한 가치 따위는 없소. 아무튼 그런 현상을 긍정하는 것은 집시나 그런 무리들이니까."

이러한 글레엄 씨의 주장에 고고학 교수로서 성품이 온화하고 방심벽이 있는 로스코 서머즈 씨가 한 마디로 그렇게 잘라 말할 수는 없다고 하면서, 충분히 판단을 존중할 수 있는 사람들이 생각을 고치라고 자기 자신에게 강요한 체험담을 들려 주었다.

이에 대해 글레엄 교수는 이렇게 반격했다.

"그게 바로 문제지요. 왜 체험담은 늘 내가 아닌 다른 사람에게서 일어나야 하지요? 아니면, 아는 사람에게 생긴 일을 어떤 사람에게서 전해듣는 게 고작이든가······"

글레엄 교수는 모든 사람을 살피듯이 둘러보았다.

"그렇지 않습니까, 웰트 교수? 이제까지 당신 자신이 직접 경험했거나, 아니면 판단력과 말을 믿을 수 있는 어떤 사람으로부터 자기에게 일어났었던 일이라며 초자연 현상에 대해 이야기를 들은 적이 없습니까?"

닉의 주름살 많은 도깨비 같은 얼굴에 웃음이 번지며 차가운 미소가 떠올랐다.

"하지만 내 귀에 들어오는 정보는 대개 그렇지요. 다시 말해서 세 사람이나 네 사람쯤 거치지 않고는 나에게까지 전달되지 않는 거요."

아까부터 말참견을 하려고 기회를 엿보고 있던 젊은 영작문 강사 치덤 박사가 그제야 겨우 그 기회를 잡았다.

"실은 나에게 그런 예가 있습니다……지난해 여름 나 자신이 그 현장에서 본 일이지요. 그 현장은 초자연이라고 해야 할지, 또는 매우 주목할 만한 우연이라고 해야 할지 모르겠습니다."

"연극이라도 보았단 말이오? 그렇지 않으면 캄캄한 방에서 행하는 강령술 모임을 보기라도 했소?" 글레엄이 비웃으면서 말했다.

"그런 것이 아닙니다. 나는 저주받아 살해된 사나이를 보았습니다."

치덤 박사는 도전하며 대답했다. 이때 마침 대머리가 번쩍거리는 거만한 작은 사나이가 방으로 들어오는 것을 보고 그가 말을 걸었다.

"이리 와서 같이 이야기하시지요, 롤링즈 교수님. 지금부터 이야기하려는 이 작은 사건은 틀림없이 당신에게 흥미가 있으리라고 생각합니다."

바로 그 잡지에 실린 논문을 집필한 롤링즈 교수가 가까이 다가오자 빨간 가죽을 씌운 긴의자에 앉아 있던 사나이들은 경의를 표하며 자리를 내주었다. 그러나 그는 자신이 이 방면의 권위자로서 그 자리에 초대된 것을 알아차렸는지, 일부러 그 경의를 무시하고 재판장의 역할에 아주 잘 어울리는 듯이 곧은 의자를 골라서 앉았다.

치덤은 이야기하기 시작했다.

작년 여름 나는 여름 휴가를 메인 주(州)에 있는 어느 바닷가의 한 작은 마을에서 지냈습니다. 이곳은 이른바 피서지의 규정에서 벗어나 있기 때문에 하루 종일 바닷가 바위에 앉아 떼지어 날아가는 갈매기를 바라보는 것이 고작이고 그 밖에는 할 일이 없었습니다. 그러나 1년 내내 일만 해온 나로서는 그것이 오히려 더 고마웠지요.

마을의 중심부는 육지에 있는데, 작은 철도역을 에워싸고 펼쳐져 있지요. 다행히도 나는 바닷가에서 가까운 마을 변두리에 방을 빌릴 수 있었습니다. 집주인은 도블이라는 사나이로, 조용하고 조심성 많은 40대 홀아비였습니다. 이 사나이는 나에게 이야기 상대가 필요할 때에는 좋은 말동무가 되어주고, 또 그냥 앉아서 생각에 잠겨 있고 싶을 때에는 방해하지 않으려고 마음을 써 주더군요.

그는 작은 밭을 가지고 있고, 닭도 몇 마리 길렀지요. 그 밖에 조각배도 갖고 있어, 그것을 타고 나가 새우를 잡기도 하고 가끔씩 품삯일을 맡아하기도 하며 살아가고 있었습니다. 그는 날품으로는 일하지 않고 일거리가 있으면 고스란히 맡아서 하곤 했는데, 아마도 이렇게 하는 편이 여느 날품일보다 벌이가 좋았던 모양입니다.

내가 묵었던 집은 길에서 조금 떨어져 있어, 가장 가까운 이웃집에 가려고 해도 1백 야드는 걸어야 했지요. 그 이웃집이란 길에서 쑥 들어가 있는 데 지은 19세기의 커다란 저택으로, 전통 뇌문을 세공한 장식이며 수많은 작은 탑이며 박공 지붕 따위로 꾸몄습니다. 지방 은행의 은행장인 주인은 사일러스 카트라이트라는 이름으로, 이 마을에서 으뜸가는 부자였습니다.

그는 부지런하게 열심히 일하는 사람으로, 세일즈맨 양성을 위한 통신 강좌 광고에라도 나올 듯싶은 인물이었습니다. 시계를 두 개 가지고서 끊임없이 손목시계를 보며 그것과 몸시계를 대조해 보는 사나이. 이렇게 말하면 상상하실 수 있을지 모르겠군요.

사일러스 카트라이트라는 인물을 묘사하는 단계에 이르자 치텀 교수의 이야기에는 자신도 놀랄 만큼 열성이 담겼다. 생각하건대 여름 내내 갈매기를 바라보며 지내려는 사람이 인생을 좀스럽게 사는 사나이에게 반감을 갖는 것은 당연한 일이며, 인물 설명에 열성이 담기는 것도 그 결과일 것이다. 시계 이야기를 하고서 그는 싱긋 웃으며 어깨를 으쓱해 보였다.

　나는 꼭 한 번밖에 그를 만나지 못했습니다. 어느 날 도블 씨와 마을에 나갔는데, 돌아오는 길에 그가 은행에 들렀다 가겠다고 말했던 겁니다. 몇 달 전 카트라이트 씨 댁의 전기 배선을 변경한다는 이야기가 나왔는데, 지금도 그것을 할 생각이 있는지 어떤지 은행장에게 물어보고 싶다는 것이었습니다. 몇 달 전에 들은 이야기를 이제 와서 새삼스럽게 확인하러 가는 이런 것이 매우 도블 씨다운 점이지요.
　카트라이트 씨는 우리를 맞아들이자 우선 야광도료를 칠한 손목시계의 문자반을 들여다본 다음 이번에는 몸시계의 시계줄을 잡아당겨 섀미 가죽으로 만든 케이스에서 시계를 꺼냈습니다. 이 의식(儀式) 절차에 내가 호기심을 나타내자 그는 시계 그 자체에 대한 관심으로 착각했는지 나에게 보라고 내밀었습니다. 자신을 낮춘, 그러면서도 자랑하고 싶어 못 견디겠다는 듯한 태도로 이것은 '두 번 치는 시계'로 부른다고 설명했습니다. 그러면서 실제로 보여주기 위해 용두(龍頭)를 눌렀지요. 그러자 시계는 우선 시간을 친 다음 다른 음색으로 5분마다 몇 번씩 울려 분을 알려 주었습니다.
　내가 그에게 농담 삼아 시계를 두 개 갖고 다니는 것은 벨트 위에 멜빵을 하는 것과 같다고 하자, 그는 그것이 우스갯소리인 줄 알면서도 약간 날카로운 말투로 대답했습니다.
　"'시간은 금이다'. 그러므로 끊임없이 두 개의 시계로 시각을 확인하고 싶습니다. 장부는 정확하게, 시계도 정확하게 말입니다."

카트라이트 씨는 이런 말을 하여 나를 꼼짝 못하게 하더니 이번에는 도블 씨를 돌아다보며 재빠르고 분명하게 말하는 것이었습니다.

"이제는 그럴 필요가 없어졌습니다, 도블씨. 복도에 새로 전등과 스위치를 달고 싶다고 한 것은 잭의 생각이었지요. 그러나 이제는 그 아이가 군대에 가버렸으니 그럴 필요가 없어졌소. 어두워지면 자면 되니까요."

다시 한 번 그는 손목시계를 들여다보고 몸시계로 그 정확함을 확인한 다음 우리에게 웃는 얼굴을 돌렸습니다. 실업가가 이제 그만 돌아가 주십시오 라고 말할 때 보이는 그 의미 없는 웃음이었습니다.

아까도 말씀드렸습니다만, 내가 그를 만난 것은 그때 한 번뿐이었습니다. 그러나 그 뒤에도 소문은 많이 들었습니다. 흔히 그렇지 않습니까. 한 번 어떤 사람의 이름을 들으면 그로부터 4, 5일 동안 가끔 그 이름을 듣게 되는 경험 말입니다. 바로 그것이었지요.

도블 씨의 말에 따르면, 카트라이트 씨는 굉장히 인색한 사람으로서 아직까지 독신으로 지내는 것은 아내를 먹여 살리는 비용이 아깝기 때문이라는 것이었습니다.

그래서 내가, 날마다 다니는 가정부에게 주는 급료만 해도 아내에게 드는 비용 정도 될 것이며 게다가 조카 잭도 그가 돌보아 주고 있지 않느냐고 지적하자, 도블 씨는 녹스 부인이니까 그 집 가정부로 고용된 것이라고 말하더군요. 그녀가 고용된 것은 카트라이트씨 말고는 써 줄 사람이 아무도 없기 때문이라는 것이었습니다. 그녀는 귀가 아주 어두운데다가 카트라이트 씨에게서 받는 급료도 아주 형편없을 것이라고 소문이 나 있었던 모양입니다.

도블 씨는 말을 계속했습니다.

"잭만 해도 그렇습니다. 카트라이트 씨는 그에게 넉넉하게 쓸 용돈 따위는 1페니도 준 적이 없습니다. 덕분에 그는 언제나 빈털터리여서 마을에 나가서도 그냥 건들건들 돌아다닐 수밖에 없었지요. 영화 볼 돈조차 없는 일이 많았답니다. 성격이 좋은 젊은이입니다만."

"그럼, 일거리를 찾아서 이곳을 나가면 되지 않겠소?"

나는 물어보았습니다.

"네, 하긴 그렇겠지요." 도블 씨는 느릿느릿 대답했습니다. "그렇지만 그는 큰아버지의 상속인이거든요. 그러니 그저 임시변통으로 은행에서 어슬렁거리며 큰아버지 심부름을 해 주는 편이 자기에게 이로울 거라고 생각한 게 아닐까요?"

이런 이야기에서 나는 그 조카의 성격에 대해 그다지 좋은 인상을 받지 못했습니다.

그런데 그로부터 2, 3일 지나 그가 휴가를 얻어 고향에 돌아와 있을 때 나는 그런 생각을 고치지 않을 수 없었습니다.

만나 보니 말이 없고 신중하면서도 민첩하고 상상력이 풍부한 두뇌를 가진 젊은이라는 것을 알게 되었기 때문입니다. 그 4, 5일 동안에 우리는 아주 친밀해져서 서로 가까이 지내게 되었습니다. 함께 바닷가의 바위에서 낚싯줄을 드리우기도 하고, 여러 가지 세상 이야기를 하면서 한가롭게 일광욕을 즐기기도 하고, 그가 가지고 온 헌 라이플총으로 물 위에 떠 있는 나무토막을 쏘기도 했지요.

그는 그 총과 낚싯대를 내 방에 두고 다녔습니다. 이것만으로도 사일러스 카트라이트 씨의 성격과 그와 잭의 관계를 얼마쯤 알 수 있을 것입니다. 잭의 설명에 따르면 큰아버지는 이 휴가 동안 그에게 아무할 일이 없는 것을 잘 알고 있으며, 특별히 일을 하리라 기대하는 것은 아니지만 게으름의 상징이라고 할 만한 낚싯대 따위를 메고 다니는 모습을 보면 일부러 자기에게 보여 주기 위한 거라고 생각하리라는 것이었습니다. 그리고 무엇이든 먹을 수 없는 표적을 쏘는 일은 사일러스 카트라이트 씨에게는 총알을 사는 돈을 허비하는 것으로밖에 생각되지 않는다는 겁니다.

잭은 밤마다 우리를 찾아와서 클리베지(트럼프 놀이의 한 종류)를 즐기기도 하고, 포치에서 맥주를 마시며 내가 권하여 읽은 책에 대해 이야기를 하기도 했습니다. 가끔 큰아버지에 대해 이야기할 때도 있었지만, 그때에도 날카롭게 비판하는 것이 아니라 다만 조금 가벼운 어조로 빈정거리는 정도였습니다.

언젠가 그는 이런 말을 한 적이 있었습니다.

"큰아버님은 그분 나름의 기준에 비춰보면 결코 나쁜 사람이 아닙니다. 돈을 사랑하는 것도, 그것이 이 마을의 누구보다도 크게 성공했다는 사실을 실감하게 해주기 때문입니다. 그러나 큰아버님과 함께 생활하기가 힘든 것은 그 때문만이 아닙니다. 일상생활의 모든 것이 엄격하고 의미 없는 관습 그대로 진행되기 때문이지요, 더욱이 가족들도 거기에 따라야만 합니다. 이를테면 저녁 식사가 끝나면 큰아버님은 앉아서 어두워질 때까지 신문을 읽습니다. 다음에는 손목시계를 보고 벌써 시간이 이렇게 되었느냐는 듯 가볍게 고개를 흔듭니다. 그리고 나서 이번에는 몸시계를 꺼내어 손목시계와 대조해 봅니다. 그러나 그것만으로는 만족할 수 없어 다시 식당으로 가서 거기 있는 전기시계에 두 개의 시계를 맞춥니다.

시계를 모두 꼭 맞게 맞추고 나면 큰아버님께선 언제나 "이런, 많이 늦어졌군" 하고 중얼거리며 2층 침실로 올라갑니다. 15분쯤 지나면 나를 부르시지요. 그래서 가보면 벌써 잠자리에 들어 계십니다.

큰아버님께서 나를 붙잡고 "창문 여는 것을 잊었구나" 하시면 나는 창문을 위아래로 1인치씩 엽니다. 이것이 아주 힘듭니다. 1인치의 4분의 1이라도 넓게 열면 감기들겠다고 하시고, 1인치에 조금이라도 모자라면 숨이 막힌다고 말씀하십니다. 아무튼 가까스로 모두 조절하고 나면 이번에는 한숨 돌릴 사이도 없이 "시계를 부탁한다, 잭" 하고 말합니다. 그러면 나는 큰아버님이 옷을 벗을 때 둔 옷장 위에서 몸시계를 집어다가 침대 옆 탁자에 놓아둡니다.

언제부터 이런 일이 계속되어 왔는지 모릅니다. 아무튼 내 기억으로는 이 대수롭지 않은 자질구레한 일에서 해방된 적이 한 번도 없습니다. 큰아버님은 일부러 이런 일을 고집하고 계시는 겁니다. 나에게 자신의 입장을 잊지 않도록 하기 위해서지요, 하기야 내가 없을 때는 직접 하시겠지만, 돌아오면 그날부터 정확하게 나에게 시키십니다."

이 두 사람의 관계와 성격을 모두 완전히 이해했는지 어떤지 알아보려는 듯 치덤 박사는 말을 끊고 차례차례 우리의 얼굴을 둘러보았다. 내가 고개를 끄덕여보이자 그는 다시 이야기하기 시작했다.

잭은 일요일 아침에 이곳을 떠날 예정이었습니다. 그러므로 우리는 당연히 그가 토요일에 찾아오리라고 예상했었는데, 어찌된 일인지 낮에는 끝내 나타나지 않았습니다. 그는 저녁식사가 끝난 뒤에야 겨우 찾아와 들어서자마자 화를 내며 말했습니다.

"하필이면 고르고 골라 여름 중에서도 가장 더운 오늘 같은 날에 큰아버님은 잡일을 하나하나 생각해 내신단 말입니다! 덕분에 하루 종일 자동차도 없이 여기저기 뛰어다녔습니다. 다른 사람은 모두 바닷가에서 한가로이 딩구는 데 말입니다. 어떻습니까, 좀 늦긴 했지만 지금부터 한바탕 수영이라도 하러 가시지 않겠습니까?"

그렇습니다, 우리는 물론 아침부터 물 속에 들어갔다 나왔다 했지요, 그러나 그가 몹시 가고 싶어했으며 밤이 되어도 아직 찌는 듯이 더웠기 때문에 결국 함께 가기로 승낙하고, 맥주를 조금 가져가기로 했습니다. 이미 완전히 어두워졌으므로 수영복도 입지 않고 한참 헤엄을 치고 있노라니 갑자기 으스스 추워지며 구름이 퍼지더니 폭풍우라도 덮칠 것 같이 험악한 날씨가 되었습니다. 그래서 우리는 서둘러 옷을 입고 집으로 돌아왔습니다.

주위의 분위기는 충전이라도 된 듯 긴장되어 있었으며, 그 때문인지 아니면 내일 아침에는 헤어져야 했기 때문인지 잭은 전에 없이 말이 없어져 대화가 자꾸만 끊어지곤 했습니다. 11시 반쯤 그는 일어나 기지개를 켜더니 이제 돌아가봐야겠다고 말했습니다.

"짧은 동안의 교제였습니다만, 정말 즐거웠습니다. 돌아오기 전까지는 이 휴가에 특별히 즐거운 기대가 없었습니다만, 이제는 좋은 추억이 생겨 기쁩니다."

우리는 악수를 나누었습니다. 그는 문으로 향하려다가 낚싯대와 총을 생각해내고는 되돌아왔습니다. 그가 너무 섭섭해 하는 표정이어서, 도블 씨는 그것을 알아차리고 "우리가 저만큼 바래다드리지요" 하고 말을 걸었습니다.

그는 기쁜 듯 고개를 끄덕였습니다. 우리는 함께 나란히 밖으로 나와 천천히 어둠 속을 걸어갔습니다. 잭은 한쪽 어깨에 낚싯대를, 또 한쪽 어깨에는 총을 메고 있었습니다.

내가 총을 들겠다고 말했더니 그는 머리를 내저으며 대신 낚싯대를 내주었습니다. 나는 그것을 받아들고 아무 말없이 그의 큰아버지 집 문앞까지 걸어갔는데, 그는 그러한 나의 침묵을 잘못 이해했는지 곧 무례했음을 사과하는 것처럼 "내가 총을 다룰 줄 아니까요"라고 말했습니다. 그리고 이 말을 내가 병역에 복무하지 않은 데 대한 비난으로 받아들이지 않도록 얼른 덧붙였습니다. "나는 이 총을 좋아합니다. 오래 전부터 써왔고, 여러 가지로 즐거운 경험도 맛보았지요."

그는 개를 애무하는 소년처럼 애정을 담아 그 총신을 쓰다듬더니 어깨에 개머리판을 대고 조준하는 것이었습니다.

"쏘지 않는 편이 좋겠습니다, 잭. 큰아버님께서 잠을 깨시면 안되니까요." 도블 씨가 웃으며 주의를 주었습니다.

그러자 그는 "큰아버지 따위 알 게 뭐람!" 하고 가볍게 말하며 동시에 방아쇠를 당겼습니다. 미처 말릴 겨를도 없었습니다.

총소리가 밤의 정적 속에 천둥 소리처럼 울렸습니다. 우리는 모두 당장에라도 2층 창문이 열리고 대체 무슨 소란이냐고 고함치는 카트라이트 씨의 화난 목소리가 들릴 것이라고 예상하고 있었던 모양입니다. 어찌 되었든 세 사람 다 장난꾸러기 아이들처럼 허둥지둥 담장 뒤로 몸을 숨겼습니다. 야단맞는 것이 무서워 소리도 내지 못하고 한참 거기에 숨어 있었으나 아무리 기다려도 아무 일도 없었습니다. 마침내 도블 씨가 가까스로 몸을 일으키며 말했습니다.

"이제 그만 가서 주무시오, 잭. 아무래도 맥주가 좀 과한 것 같군요."

"그러지요."

잭은 얌전하게 대답하고 문을 열었습니다.

그러나 그는 곧 돌아다보며 조그만 목소리로 "미안하지만 잠깐만 기다려주십시오. 아무래도 현관문을 잠그고 온 것 같은데, 열쇠를 갖고 있지 않습니다" 하고 말했습니다.

우리는 고개를 끄덕이며 저택을 향해 오솔길을 걸어가는 그의 뒷모습을 배웅했습니다. 그런데 문에서 몇 걸음 앞까지 가다가 그는 갑자기 머뭇머뭇하더니 다음 순간 뒤로 빙글 돌아서서 급한 걸음으로 되돌아오는 것이 아니겠습니까.

"오늘 밤 하루만 댁에서 자게 해주지 않겠소, 도블 씨?" 하고 그는 되돌아와서 속삭이듯 말했습니다.

"그러지요, 그건 어렵지 않은 일입니다만, 역시 문이 잠겨 있던가요?"

잭은 얼른 대답하지 않았습니다. 마침내 우리는 지금 막 왔던 길을 되돌아가기 시작했습니다. 길을 반쯤 왔을 무렵 그는 간신히 입을 열었습니다.

"실은 잠겨 있는지 어떤지 보지 않았습니다."

"그랬지요, 나도 알았습니다." 나는 말했습니다.

또다시 침묵이 계속되었습니다. 문 앞 층계에 발을 올려놓았을 때, 지금까지 구름에 가려져 있던 달이 갑자기 얼굴을 내밀어 무섭게 창백한 잭의 얼굴을 비추었습니다.

"왜 그러시오, 잭?"

내가 당황하여 물었지만, 그는 고개를 저을 뿐 대답하지 않았습니다. 그래서 나는 그의 팔에 손을 얹고 다시 한 번 물었습니다.

"괜찮겠소?"

그는 고개를 끄덕이고 미소지으려고 하면서 말을 시작했습니다.

"지금, 지금, 기묘한 일이 일어났습니다. 어제 당신은 영혼의 존재를 믿는다고 하셨지요? 그게 정말입니까?"

순간 나는 그가 무슨 말을 하는지 잘 알지 못했지만, 곧 생각났습니다. 내가 빌려주었던 윌리엄 블레이크의 《천국과 지옥의 결혼》에 대해 서로 이야기를 하다가——아주 진지했다고는 할 수 없지만——초자연을 믿는다고 이야기한 일이 있었던 겁니다.

그렇더라도 그가 무슨 말을 하려는 것일까 의아하게 생각하면서 나는 애매하게 어깨를 으쓱해 보였습니다.

그러자 잭은 핏기 잃은 창백한 웃음을 떠올리며 "사실 나는 그다지 많이 마시지 않았습니다" 하고 말하면서 확인해 주기를 바라는 듯 나를 쳐다보는 것이었습니다.

나는 그 말을 그대로 받아들여 대답했습니다.

"그렇군요, 나도 그렇게 생각하지는 않소."

"보십시오, 보시는 바와 같이 나는 취하지 않았습니다. 그리고 조금 전에 큰아버님 집을 향해 걸어갈 때도 전혀 취하지 않은 말짱한 얼굴이었습니다. 그런데 현관까지 가는 동안에 에어 쿠션 같은 것이 앞에 있어서 발길을 방해하는 듯한 생각이 들었습니다. 현관 바로 옆에까지 가자 그것이 점점 더 심해져서 더 이상 한 걸음도 앞으로 나갈 수 없게 되었습니다. 마치 벽이 앞에 가로막고 서 있는 것 같았습니다. 그러나 단순히 꼬딕도 하지 않는 벽이 아닙니다. 내가 앞으로 나가는 것을 방해할 뿐 아니라, 마치 그것 자체가 의지와 지성을 지니고 있는 힘센 사나이처럼 나를 뒤로 밀어내려고 하는 것입니다. 그래서 나는 무서워져서 되돌아왔습니다. 아직도 그 두려움이 사라지지 않습니다."

"큰아버님께서……."

내가 말하려 하자 그는 내뱉듯이 소리쳤습니다.

"큰아버지 따위는 어떻게 되든 상관없습니다. 계단에서 떨어져 목이라도 부러지라지!"

바로 그 순간 도블 씨의 집 부엌에 있는 시계가 12시를 쳤습니다. 이것은 잭이 말을 끝낸 것과 거의 같았으므로, 저주하는 그의 말이 인정하기는 싫어도 더욱 불길하게 들리도록 했습니다.

이런 까닭으로 분위기가 어색해져서 이야기를 나눌 기분도 들지 않아 우리는 곧 자기로 했습니다.

이튿날 아침 현관문을 요란하게 두드리는 소리가 들려 번쩍 눈을 떴습니다. 도블 씨는 바지에 다리를 꿰고, 나는 욕실 가운을 걸치며 거의 동시에 현관으로 달려갔습니다. 문 밖에 선 사람은 몹시 흥분한 것 같은 카트라이트 씨 댁 가정부 녹스 부인이었습니다.

"카트라이트님께서 돌아가셨습니다! 사고가 있었던 모양이에요."

그녀는 귀가 완전히 들리지 않는 귀머거리였으므로 무엇을 물어도 소용이 없었습니다. 하는 수 없이 구두를 신고 올 때까지 기다리도록 손짓으로 지시한 다음 이윽고 우리는 그녀와 함께 저택으로 가보았습니다.

그녀가 알려주러 올 때 허둥거리다 열어젖혀 두었는지 현관문이 활짝 열려 있고, 그 열린 문으로 사일러스 카트라이트 씨가 쓰러져 있는 모습이 보였습니다. 낡아빠진 나이트 가운을 입고 계단 밑의 걸쭉하니 괴어 있는 핏속에 머리를 처박은 채 나동그라져 있었습니다.

얼른 보아서도 이미 숨졌다는 것을 알 수 있었습니다. 올려다보니 계단 맨 위에 조금 구겨진 카펫이 보였습니다. 아마도 거기에 발끝이 걸려 상당히 높은 계단을 단숨에 굴러 떨어진 모양이었습니다.

겉으로 보기에 그의 모습은 살아 있을 때와 다름이 없었으며, 오른손은 아직도 그 몸시계를 소중하게 움켜쥐고 있었습니다. 그러나 손목시계는 굴러떨어질 때 망가졌는지 멎어 있었으며, 그것으로 그가 죽은 시각이 밝혀졌습니다. 바늘은 12시 조금 전, 잭이 저주의 말을 내뱉은 바로 그 시각을 가리키고 있었던 것입니다.

치텀 박사가 이야기를 끝내자 한동안 감탄한 것 같은 침묵이 흘렀지만, 내가 본 바에 따르면 아무도 그 이야기 때문에 자기 의견을 바꾼 사람은 없는 것 같았다. 회의하던 사람은 이제 냉소했고, 믿는 쪽으로 기울었던 사람은 의기양양해 했다. 그건 그렇고, 모든 사람은 롤링즈 교수가 이 이야기를 어떻게 생각할까 하고 일제히 그를 주시했다. 그는 위엄 있는 표정으로 고개를 끄덕이고 있었다.

그러나 맨 처음 입을 연 것은 닉이었다.

"그래, 그 몸시계는? 그것도 멎어 있었습니까?"

"아닙니다, 그것은 아직 움직이고 있었습니다." 치덤 박사가 대답했다. "아마도 떨어질 때 그의 손이 완충재가 된 모양입니다. 다만 충격으로 바늘이 비틀린 듯 한 시간쯤 빨랐습니다."

닉은 뭔가 마음에 짚이는 바가 있는 듯 고개를 끄덕였다.

"잭은 어찌 되었소? 그는 그 사건을 어떻게 받아들였지요?"

내가 물어보았다.

치덤 박사는 잠깐 생각하더니 대답했다.

"물론 이성을 잃었지요. 그러나 큰아버지에게 그다지 호의를 갖고 있지 않았기 때문인지 그 죽음을 보고 몹시 놀라기보다는 전날 밤 초자연의 힘의 존재를 느꼈을 때 공포가 증명되었다는 두려움이 더 강했던 것 같습니다."

치덤 박사는 조금 슬픈 듯이 미소지었다.

"실은 그 뒤 그를 한 번도 만나지 못했습니다. 물론 그는 휴가를 연장해 줄 것을 신청했었지요. 줄곧 사건 뒤처리로 쫓기고 있었으니까요. 드디어 군대로 돌아가게 되었을 때, 그는 꼭 편지하겠다고 약속했지만 그 뒤로 아무 소식도 없었습니다.

그런데 지난 주일 도블 씨에게서 편지가 왔더군요. 그는 가끔 편지를 보내곤 합니다. 마을 소식을 이것저것 써보낼 뿐입니다만. 그런데 지난 주일의 편지에 따르면 잭 카트라이트가 첫 단독 비행에서 추락하여 죽었다는 것이었습니다."

"역시 그랬군." 롤링즈 교수가 조금 앞으로 나앉으면서 말했다.

"뭔가 그런 일이 있지 않을까 하고 예상했었지요."

"잭이 죽으리라고 예상했다는 말씀입니까?"

치덤 박사가 놀라며 되물었다.

롤링즈 교수는 힘차게 고개를 끄덕였다.

"이것이야말로 참다운 초자연 현상이 나타난 것이오. 전혀 의심할 여지가 없소. 우선 첫째, 잭은 초자연의 힘이 존재하는 것을 느꼈소. 둘째, 그의 저주가 죽음의 형식으로 실현되었소. 이것이 무엇보다도 가장 중요한 점이오.

우리는 물론 이러한 현상에 대해 극히 한정된 지식밖에 갖고 있지 않지만, 그것이 일정한 패턴에 따라 일어나는 게 아닐까 하는 것은 충분히 생각할 수가 있지요. 초자연의 어떤 작용에는 짓궂은 경향, 일종의 일그러진 해학정신이 붙어 다닙니다. 잭은 큰아버지가 계단에서 떨어져 목이라도 부러졌으면 좋겠다는 열렬한 소망을 입에 담았소. 물론 그것은 발작하는 격정에서 튀어나온 말인지도 모르지요. 그러나 그런 소망을 들어주는 일이야말로 옳지 않은, 악마가 가진 힘의 특질인 거요.

세간에 전해 오는 이야기나 옛날이야기 속에서 그러한 예를 얼마든지 볼 수 있소. 그런 이야기들은 민중의 숨은 지혜를 상징하는 신비로운 표현이라고 보아도 되겠지요. 여러분도 어렸을 때 읽은 이야기 따위에서 그러한 패턴에 낯이 익었을 거요.

마음이 옳지 않은 사람이 요정한테서 세 가지 소원을 들어주겠다는 말을 들었지만, 결국은 잭처럼 아주 비속한 표현이나 한때 일어나는 격정때문에 기회를 놓치고 만다는 바로 그 이야기요. 다시 말해서 초자연의 힘이 작용할 때에는 단순한 소망, 열렬한 감정이 담긴 단순한 소망이라도 그 힘을 이른바 초점에 집중시키는 효과가 있는 것이오. 그 운명의 밤에 카트라이트 집안에서 일어난 일도 바로 그런 것이지요."

롤링즈 교수는 모든 사람의 질문을 막으려는 것처럼 손가락을 세웠다.

"이 패턴에는 또 한 가지 다른 요소가 있소. 그것은 사악한 초자연의 힘의 작용으로서 어떤 사람이 물질의 이익을 받을 때에는 비록 그가 일부러 저지른 일이 아니라 해도 곧 그 보복이 당사자에게 닥쳐서 파멸에 빠뜨린다는 것이오. 잭의 죽음이 큰아버지의 죽음과 마찬가지로 초자연의 힘의 작용에 따른 것이라는 점은 의심할 여지가 없소."

"원, 어이가 없군!" 하는 듯한 말을 글레엄 교수가 중얼거렸다.

우쭐해서 마구 떠들어대던 롤링즈 교수는 도중에 이야기를 끊고 그를 노려보았다.

그러나 글레엄 교수는 노려본다고 해서 겁먹을 그런 인물이 아니었다.

"그 남자는 비행기 사고로 죽은 거요, 알겠소? 그리고 비행기 사고로 죽은 사람은 '얼마든지' 있어요. 그 모든 사람이 사악한 요정한테서 세 가지 소원을 들어주겠다는 허락을 받았단 말이오? 원, 시시한 소리도 다 하는군! 그는 비행기를 탔기 때문에 죽은 거요. 그 이상의 이유가 무슨 필요 있겠소! 카트라이트 노인도 비틀거리다 계단에서 떨어져 목이 부러졌거나 두개골이 깨졌을 뿐이오.

조카의 저주가 거의 동시에 입 밖에 나왔다 하더라도, 그리고 어떠한 기적으로 도블 씨 집 부엌에 있는 시계가 카트라이트 노인의 시계와 꼭 일치했다고 하더라도, 그것은 역시 우연의 일치 외에 아무것도 아니오. 그 젊은이는 아마 그런 저주를 수도 없이 여러 번 입에 담았을 거요. 그렇지 않겠소? 생각해 보시오.

어찌되었든 그는 큰아버지의 상속인이고, 게다가 큰아버지를 싫어했으니까 말이오. 그런데 우연히 수백 번째로 말했을 때 사실이 되었던 거요. 초자연도 아니고 아무것도 아니오. 흔해빠진 사건의 영역에서 한 걸음도 더 나아가지 않았소. 분명히 재미있는 이야기이기는 하나 아무 증명도 되지 못하겠군, 치덤 박사."

"그럼, 잭이 초자연의 힘을 느꼈다는 것도 단순한 우연의 일치라는 말씀입니까?"

치덤 박사가 차갑게 되물었다.

글레엄 교수는 떡 벌어진 어깨를 으쓱해 보였다.

"그것은 단순히 집에 들어가고 싶지 않은 데 대한 구실에 지나지 않소. 아마도 밤중에 총을 마구 쏘아댔으니 큰아버지에게 꾸중듣는 일이 두려웠겠지. 당신은 어떻게 생각하오, 웰트 교수?"

닉의 작고 파란 눈이 번쩍 빛났다.

"나더러 말하라면, 그 젊은이는 큰아버지에게 총에 관해 물어보는 것보다 시간을 묻는 일이 더 두려웠을 거라고 생각하오."

이 우스갯소리에 모두들 와아 하고 폭소를 터뜨렸다. 그러나 글레엄 교수만은 웃지 않았다. 그는 재촉했다.

"진지하게 생각해 주시오."

"그럼, 진지하게 대답하지요."

닉은 마치 머리는 좋지만 지나치게 성급한 신입생을 대할 때처럼 빙그레 웃음을 지었다.

"젊은이의 죽음이 사고라는 당신의 의견에는 찬성이오. 말이 나온 김에 하겠는데, 치덤 박사도 사고가 아니라고 주장하지는 않았다는 점을 지적해 두고 싶소. 그러나 큰아버지의 죽음이 단순한 우연의 일치라는 당신의 의견에는 찬성할 수 없소."

롤링즈 교수는 입을 굳게 다물고 있었다. 아무래도 닉이 자기의 주장 가운데 뒷부분 절반을 아무렇게나 처리해 버린 것이 못마땅한 모양이었다. 그러나 앞부분 절반을 그가 지지해 준 데 대해 기뻐하는 것은 명백했다.

여기서 나는 어떤 그룹에 들어가든 자연스레 주도권을 잡아버리는 닉의 능력에 새삼스럽게 감탄하지 않을 수 없었다. 그는 사람 다루는 법을 알고 있었다. 교수회의 동료들도 그에게 걸리면 풋내기 학생처럼 되어버리고 만다. 더욱이 그가 하는 이 역할에 모두 쉽게 길들어 버리니 참으로 이상한 일이었다.

그러나 글레엄 교수는 아직도 만족하지 않았다.

"하지만 말이오, 웰트 교수, 한 사나이가 카펫에 발이 걸려 계단에서 굴러떨어졌다는 사실 어디에 이상한 점이 있다는 거지요?"

"나는 그가 아래층으로 내려가려고 한 것 자체가 이상하다고 생각하오." 닉은 서슴지 않고 말했다. "당신은 그가 무엇 때문에 아래층으로 내려가려고 했으리라고 생각하시오?"

글레엄 교수는 예사롭지 않은 질문을 받은 학생처럼 분노와 놀라움이 섞인 눈길로 그를 노려보았다.

"내가 어떻게 그걸 알겠소? 아마도 잠이 오지 않아서 가볍게 뭘 좀 먹으려고 생각했거나 아니면 책이라도 가지러 갔겠지요."

"몸시계를 들고 말이오?"

"그렇소, 치덤 박사의 이야기에 따르면 그는 언제나 그것과 손목시계를 비교해 보았다고 했잖소."

닉은 머리를 설레설레 저었다.

"확실히 시계가 두 개 있는 경우 하나를 보고 다른 하나를 대조해 보지 않는 것은 거의 불가능한 일이지요. 마치 거리에서 시계가 진열되어 있는 가게 앞을 지날 때면 1, 2분 전에 라디오 시보로 맞추고도 저도 모르게 자기 시계를 들여다보는 것과 마찬가지요. 그러나 사일러스 카트라이트 씨의 경우, 손목시계를 차고 또 몸시계를 들고서 아래로 내려간 데에는 또 다른 의미가 있소. 거기에는 단 한 가지 이유밖에 생각할 수 없지요."

"그것이 무엇이지요?"

이번에는 치덤 박사가 흥미있는 듯 물었다.

"아래층 전기시계로 시간을 확인하기 위해서였소."

"그게 무슨 말이오, 웰트 교수? 그는 시계를 두 개나 갖고 있었소. 그런데 어째서 일부러 아래층까지 시간을 확인하러 갈 필요가 있었겠소?"

글레엄 교수가 흥분하여 소리쳤다.

나도 그 말에는 어느 정도 동감이었다.

"왜냐하면 두 개의 시계가 서로 맞지 않았기 때문이오."

닉은 침착하게 대답했다.

나는 고개를 갸웃했다. 무슨 뜻일까? 그날 밤 잭 카트라이트 앞에 나타나서 그가 집으로 들어가는 것을 방해한 초자연의 힘이 그 시계들을 틀리게 하기라도 했단 말인가?

"두 개 시계 가운데 어느 쪽이 틀렸을까?" 하고 나는 물었다.

"두 개가 서로 맞지 않았던 거네."

닉은 말을 끝내자 의자 등받이에 기대어 이것으로 설명을 다했다는 듯한 표정을 지으며 우리를 둘러보았다. 우리 표정에 아무 반응도 없는 것을 깨닫자 그의 만족스러운 듯한 표정이 조급하게 바뀌었다.

"아직도 모르겠소, 그렇게 된 경위를? 당신들은 한밤중에 문득 잠이 깨었을 경우 맨 먼저 무엇을 하시오? 아마도 맨틀피스나 탁자 위의 시계를 보고 사방을 두리번거리겠지요. 사일러스 카트라이트 씨가 한 행동도 그것이었소.

그는 눈을 번쩍 뜨자 손목시계를 보고 그것이 이를테면 12시 15분 전을 가리키고 있음을 알았소. 그 다음에 완전히 의식 없이 탁자 위 몸시계에 팔을 뻗쳤소. 용두를 누르자, 시계는 12시를 치고 이어서 30분인지 45분인지를 알렸소. 겨우 몇 시간 전에 두 개의 시계를 꼭 맞추었고, 그때는 틀림없이 잘 가고 있었는데 지금은 한쪽이 한 시간이나 빨라져 있었던 거요.

어느 쪽이 맞는 것일까? 정확한 시간은 몇 시일까? 그는 몇 번이나 두 번 울리는 시계를 눌러본 끝에 여기에 대해서는 아침까지 생각지 말아야겠다고 여겼을 게 틀림없소. 그러나 한참 동안 생각한 끝에 그대로는 도저히 잠들 것 같지 않아 아래층으로 가서 정확한 시각을 확인해야겠다고 마음먹었지요."

닉은 치덤 박사 쪽을 돌아보았다.

"당신은 시계가 떨어질 때의 충동으로 빨라졌을 거라고 말했는데, 시계라는 것은 충동으로 빨라지거나 하지는 않소. 강한 충격을 받으면 멎거나, 그렇지 않으면 톱니바퀴를 고정시킨 축이 흔들려 1, 2초 빨라지거나 늦어지는 일은 있습니다. 그러나 진동으로 크게 흔들릴 만큼 바늘이 헐거운 시계라면 아예 시계로서 쓸모가 없소. 따라서 그 몸시계는 그가 굴러떨어지기 전부터 빨리 가게 되어 있었을 것이 틀림없소. 그리고 사일러스 카트라이트 씨가 그렇게 해둘리는 없으니까 당연히 조카가 했다는 말이 되지요. 아마도 옷장 위에서 탁자로 옮길 때 그렇게 했을 겁니다."

"실수였을까요? 그렇지 않으면 큰아버지를 난처하게 해주려고 일부러 그렇게 한 것이었을까요?"

치덤 박사가 물었다.

닉의 파란 눈이 반짝거렸다.

"난처하게 해주려는 게 아니라 죽이기 위해서였소!"

우리들의 놀란 표정을 보고 그는 즐거운 듯 빙긋 웃었다.

"그렇지, 그게 틀림없소. 잭은 큰아버지가 만족하도록 창문을 열고 시계를 탁자에 놓고 나서 공손하게 밤 인사를 했지요. 그리고 집을 나오기 전에 계단 꼭대기에서 조금 시간을 들여 카펫에 구김살을 만들어 놓았소. 복도에 불이 켜 있지 않은 것을 잊어서는 안 되오."

치덤 박사가 가까스로 반박했다.

"그러나, 그러나 나는 아직 모르겠는데요. 아무래도 모르겠습니다. 대체 밤중에 큰아버지가 잠을 깨어 아래층으로 내려가리라는 것을 어떻게 예상할 수 있었겠습니까?"

"큰아버지의 방 창문 아래에서 총을 쏘면 끝나는 일이오."

닉은 빙그레 웃음 지었다.

"여기까지 말하면 당신들도 알겠지요? 어째서 그가 그날 밤 큰아버지 집에 들어갈 수 없었는지. 그는 총소리에 잠을 깬 큰아버지가 그가 들어오는 소리를 듣고 그를 불러 시간을 물으면 된다고 여겨 아래층으로 내려가는 것을 그만둘까 봐 걱정스러웠던 거요."

이번에는 아무도 웃지 않았다.

그 뒤에 이어진 정적은 갑자기 대학 교회의 시계가 시간을 알리는 소리로 깨졌다. 아무 의식 없이 우리는 자신들의 시계를 보았다. 그런 다음 스스로 한 행동을 알아차리고 다 같이 한꺼번에 웃음을 터뜨렸다.

"바로 그런 것이오."

닉이 말했다.

The Whistling Tea Kettle
말 많은 주전자

나는 집을 고치는 데 필요한 1주일이나 열흘 동안 호텔에서 지낼 생각이었는데, 닉 웰트에게 그런 이야기를 했더니 그러지 말고 자기 집에 와서 지내는 게 어떻겠느냐고 권했다. 나는 꽤나 감격하여 곧 그 제의를 받아들였다.

닉은 나를 자기보다 훨씬 어린 사람처럼 다루면서, 언제나 대학교수가 그다지 머리가 좋지 못한 2학년 학생을 대하는 것처럼 은혜를 베푸는 듯한 태도를 보이곤 한다. 그리고 나도 자신이 맡은 역할을 기꺼이 해내고 있었다. 이러한 관계는 내가 법학부 교수로 일하며 그와 알게 된 맨 처음부터 교직에서 물러나 군검사에 입후보하여 그 자리에 앉은 지금까지도 줄곧 계속되고 있다.

그는 철도역에서 두 블록쯤 떨어진 하숙집에 살고 있었다. 대학까지는 좀 거리가 멀지만, 그가 하는 말에 따르면 날마다 15분씩 걷기 때문에 건강에 좋고, 대학에서 떨어져 있기 때문에 저녁때 지나가다 들르는 사람의 수가 적은 이점이 있다고 했다.

그는 침실과 서재와 욕실을 갖춘 아담한 2층에 살았는데, 그 하숙에 오래 있었기 때문인지——내가 알게 된 뒤로 죽 거기에 살고 있었다——아니면 대학교수라는 지위 덕택인지 대학가에서 그는 매우 세력 범위가 넓다. 하숙인들 가운데에서도 명사였다. 하숙집 여주인 키피 부인은 그를 위해 저녁 커피와 케이크를 그의 방까지 가져다주며 사소한 서비스를 특별히 해주고 있었다. 다른 방과 마찬가지로 그의 방에도 전기곤로가 있어 커피 정도는 자기가 끓일 수 있는데도 그렇게 해주는 것이다. 그녀는 내가 그의 방에 함께 있는 것에 반대하지 않는 모양이었다. 반대는커녕 편하게 있도록 해주려고 서재에 있는 간이 침대를 끌어내고 제대로 된 침대를 들여놓으려고 하는 것을 닉이 가까스로 말렸을 정도였다.

나중에 안 일이지만, 내가 그의 하숙에 함께 있도록 결정한 것은 행운이었다. 왜냐하면 때마침 그 열흘 동안에 대학에서 주최하는 학회가 겹쳤기 때문이다. 학회는 전에도 열린 일이 있었으며, 그 때문에 단조로운 대학 생활이 바뀌는 일은 거의 없었다. 그러나 올해는 새로 임명된 학장——젊고 정력적이며 경영 수완이 뛰어난 새로운 타입의 사람이었다——이 온 세계에서 이름난 학자와 명사들을 초대할 계획을 진행시키고 있었던 것이다. 그 사흘 동안의 회의 기간에 굉장히 내용이 풍부한 집회와 회의와 공개 토론회가 예정되어 있었다. 일정표도 이처럼 훌륭했지만, 그보다 더 훌륭한 솜씨로 시내의 모든 호텔이며 대학 기숙사의 빈방 같이, 아무튼 현재 비어 있는 침대는 참가하기로 예정되어 있는 유명한 학자들을 위해 대학 당국이 예약해 버렸다. 이런 때에 호텔에서 지내려면 한 사람이나 그 이상의 손님과 방을 함께 써야 될지도 모르는 일이다. 또 집에 있었다면 더욱 좋지 않았을 것이다. 열 명쯤 되는 손님들에게 숙소를 제공해야 할 어려운 형편에 놓였을 테니까. 사실 숙소 준비위원회 책임자인 리처드슨 교수 같은 사람은 교직원 클럽에서 얼굴이 마주치자 나무라는 듯한 눈으로 쳐다보며 학회에 출석하는 손님을 받기 싫으니까 일부러 회의 중에 집을 뜯어고치는 게 아니냐고 은근히 비꼬기까지 했던 것이다.

키피 부인은 이 도시의 동업자들과 마찬가지로 물론 학회를 환영하고 있었다. 어느 때는 좀처럼 빌리려는 사람이 없는 지붕밑 다락방에도 덕분에 농촌 의학 토론에 참가할 예정인 인도 부인을 셋이나 밀어넣을 수가 있었다. 그리고 우리 바로 위의 방에 살고 있는 젊고 성질이 좋은 대학원 학생을 설득하고 달래서 터번을 두르고 수염이 더부룩한 파키스탄 사람과 함께 지내게 하는 데도 성공했다. 복도를 사이에 두고 우리 바로 맞은편 방에 살고 있는 또 한 사람의 대학원 학생이 마침 가족 가운데에 앓는 사람이 생겨 고향에 돌아가고 없었으므로——아마 그의 동의를 얻기는 했겠지만——이 또한 기다렸다는 듯이 두 사람의 손님에게 빌려주고 말았다. 한 사람은 일요일에 도착했고, 또 한 사람은 이튿날 저녁 열차로 왔다.

그날 밤 맞은편 방의 두 손님이 어느 정도 자리를 잡았을 무렵을 헤아려서 닉은 그들의 방문을 두드리고, 괜찮다면 우리와 함께 있지 않겠느냐고 말을 걸었다. 아마도 먼 곳에서 온 손님을 대접하려는 마음보다도 호기심이 더 강했던 것이 아니었을까 나는 생각한다.

먼저 도착한 손님은 30살쯤 되어보이는 키가 후리후리한 금발 청년으로, 듣기 좋은 중부 유럽 사투리를 조금 썼으며 엘릭 플루겔하이머라는 까다로운 이름이었다. 그는 꽤 활기찬 사나이인데, 그러면서도 겸손한 데가 있어 그것이 적잖이 호감을 사게 한 모양이었다. 그와 같은 방을 쓰는 사람은 얼 블로제트라는 키가 작고 뚱뚱하며 가무잡잡한 사나이로, 아마 먼저 온 청년보다 10살은 더 나이가 많은 것같이 보였다. 까다롭고 거만하게 느껴졌으며, 보기에도 자신이 중요 인물인 것처럼 자신만만하게 행동하고 있었다. 그도 그럴 것이, 그는 로렌스 윈슬롭 미술관 극동 부문의 부장대리였다. 프로그램에 따르면 이번 학회의 주제는 '극동의 신세계'로 되어 있으니만큼 분명 그는 중심인물인 것이다. 또한 그에게는 꼼꼼하고 소심하며 변덕스러운 일면이 있는 것 같았다.

닉이 손님을 위해 커피를 끓이려고 하자 얼 블로제트가 말했다.

"커피라면 사양하겠습니다. 밤새도록 잠을 잘 수 없게 되니까요. 대신 홍차를 마실 수 없을까요? 주전자가 있습니까? 없다면 내 방에서 가져오겠습니다."

닉이 홍차도 있고 주전자도 있다고 대답하며 물을 끓이려고 하자 얼 블로제트 씨는 자기가 하겠다고 말했다.

"홍차를 넣는 방법이 좀 까다로운 편이랍니다. 부디 마음 쓰지 마십시오."

마음 쓰지 말라고 말했다 해서 마음 쓰지 않을 수는 없을 텐데 그 점에서는 깍듯한 닉이고 보니 언짢은 기색 하나 보이지 않고 전기곤로가 있는 곳을 일러주었다.

엘릭 플루겔하이머 씨가 웃기 시작했다.

"이분은 커피를 싫어하고, 나는 홍차라면 질색입니다. 방에는 홍차 포트도 있고 퍼컬레이터도 있지만 전기곤로가 하나밖에 없으므로 아침에 일어나면 누가 먼저 자기가 마실 것을 만들 것인가 동전을 던져 정한답니다."

우리는 커피와 홍차를 마시면서 학회의 일정에 관해 이야기를 나누었다. 나는 정치학과 사회학의 주제에 중점을 두고 있는 모양이니 아마 미술 부문의 회의에는 볼 만한 것이 없을 거라고 의견을 말했다.

"원, 천만에요!" 블로제트 씨가 자신만만하게 말했다. "틀림없이 학회에서 가장 눈부신 공헌을 하는 것은 미술 부문일 것입니다."

"그렇다면 참석한 사람들을 깜짝 놀라게 할 만한 무슨 계획이라도 갖고 계십니까?"

내가 물었다.

블로제트 씨는 의기양양한 미소를 띠었다.

"아델피 항아리에 대해 들으신 적이 있습니까?"

닉이 귀를 바짝 기울이며 말했다.

"바로 얼마 전 이곳의 미술 전문가인 조지 슬로컴 씨에게서 그 이야기를 들었지요. 최근 어떤 개인의 수집품에 들어 있었다고 말했습니다만, 로렌스 윈슬롭 미술관이라는 이야기는 하지 않았습니다. 그럼, 당신은 그 항아리를 이곳에서 공개하실 예정이십니까?"

"대체 어떤 항아리인가, 닉?" 내가 물었다.

"순금 항아리에 보석을 가득 박은 것이라더군. 그 값은……."

"돈으로는 도저히 살 수 없습니다."

블로제트 씨가 닉의 말을 가로막았다.

"그것을 학회에서 공개하려는 거로군요?"

블로제트 씨는 어깨를 움츠리며 대답했다.

"아마 그렇게 되겠지요."

나는 너무 끈질기게 묻는 것은 실례라고 생각하고, 그와 한 방에 있는 사나이에게 말을 걸었다.

"어떻습니까, 당신도 학회를 깜짝 놀라게 할 만한 계획이 있습니까?"

금발의 젊은이는 우울한 듯이 고개를 저으면서 말했다.

"나는 블로제트 씨같이 유명한 학자가 아니니까요. 연구 발표를 할 기회가 없답니다. 노드 다코다의 뮤르바하 대학에서 수학을 가르치고 있습니다. 뮤르바하 대학이라는 이름은 아마 들어본 일도 없을 겁니다. 아주 조그마한 종교계의 대학으로 이야기할 만한 거라면 1년에 한 번 미네아폴리스 교향악단이 연주회를 연다는 것, 1년에 두세 번 순회 극단이 3년 전 뉴욕에서 히트한 작품을 다시 공연한다는 것 정도입니다. 나는 대학 게시판에서 이 학회에 대한 소식을 보고, 회기가 마침 4월 휴가 중에 있길래 참가하기로 마음먹은 것입니다.

되도록 많은 회의에 참석할 생각입니다. 거기에서 뛰어난 질문을 하여 큰 대학에서 온 유명한 학자의 눈에 띄어 자기가 있는 대학으로 부르면 쓸모가 있겠다고 생각하여 뮤르바하에서 구해 줄지도 모르니까요."

학회는 월요일, 화요일, 수요일 사흘 동안에 걸쳐 열릴 예정이었다. 블로제트 씨의 강연은 수요일 밤으로 예정되어 있었다. 그는 이 일정이 자기 강연의 중요성을 나타내고 있으며, 거기서 학회의 분위기가 최고조로 무르익는 것을 보이도록 계획되었다고 생각하는 모양이었다. 그러므로 나로서는 저녁 열차가 그의 강연이 시작되기 한 시간 전에 이곳을 떠나므로 대부분의 학회 참석자는 강연이 시작되기 전에 대학에서 떠나고 말 거라고 말하여 풀이 죽게 하고 싶지 않았다. 그때 떠나지 않으면 다음 열차를 잡을 때까지 하룻밤 더 이곳에 머물러야만 했던 것이다.

이튿날인 화요일, 나는 일찌감치 정확하게 말하면 점심 식사를 끝내고 곧 사무실을 나섰다. 일하기에는 아까울 정도로 좋은 날씨였다. 상쾌한 공기를 듬뿍 들이마시며 일부러 하숙까지 멀리 돌아가는 길을 골라 대학 구내를 천천히 걸어가고 있었다. 얼 블로제트 씨의 모습을 보았으므로 걸음을 멈추고 인사를 나눈 뒤 하숙까지 함께 돌아가지 않겠느냐고 했으나, 이제부터 있을 강연을 들을 참이라고 대답했으므로 곧 헤어졌다.

마침 하숙으로 돌아왔을 때 엘릭 플루겔하이머 씨가 모퉁이를 돌아 나타났다. 나는 그를 기다렸다가 함께 입구의 계단을 올라갔다. 지금 막 배달된 우편물 다발이 홀의 탁자에 있었다. 닉이 내 앞으로 온 편지가 없을까 하고 살펴보는데 엘릭 플루겔하이머 씨가 말했다.

"아마 내게로 온 것은 없겠지요?"

"하지만 당신과 한방에 계신 분의 편지는 있군요."

나는 그에게 한 통의 편지를 건네주었다.

우편물 가운데 잡지가 두 권 있었으므로 내가 책장을 뒤적여 보노라니 엘릭 플루겔하이머 씨는 먼저 계단을 올라가버렸다.

방으로 돌아오자 닉이 서재에서 학생들의 답안지를 채점하고 있었다.

"오늘 저녁 학회 만찬회에 나가겠나?"

내가 물었다.

그는 씁쓸하게 웃으면서 대답했다.

"오늘 오찬회에 갔다왔다네. 학회의 회식이라는 것은 도무지 오래 앉아 있을 수 있는 곳이 못되더군. 튀김이 누글누글한 치킨 카츠레츠에 녹아서 걸쭉한 크림은 어차피 정해진 요리니까 그렇다 치고, 그런 자리에서 오가는 대화란 정말 소화가 안될 정도야.

내 양옆에는 부인이 앉았는데, 그 두 사람이 나를 사이에 두고 바보같이 쓸데없는 말만 하지 않겠나. 한 개의 나뭇잎이나 하나의 나무 싹에도 우주를 해명하는 실마리가 숨어 있다고 매우 진지하고 심각한 얼굴로 지껄이더란 말일세. 그런 미치광이같은 선험론자는 일찍이 본 적이 없네. 물론 정말 실제의 문제로서는 어떤 선험론자라 할지라도 그런 바보같은 말을 정말로 믿으리라고 생각되지 않네. 이를테면 나뭇잎을 바라봄으로써 지구의 회전속도를 알 수 있다고는 아무도 생각하지 않으니까."

"그런데 그 부인만은 다르단 말인가?"

"그녀는 인도에 간 일이 있다고 하더군. 그래서 여행자가 빠지는 함정——힌두교의 행자를 가리키는 것인데——에 그녀도 걸렸다는 걸세. 그 사나이는 사람의 머리카락을 한 가닥 뽑아 보기만 하고도 그 사람의 모든 것을 알아맞추더라는군. 그리고 자기도 눈을 가리고 20명쯤 되는 구경꾼 가운데 한 사람에게 그 고장의 하프로 소리를 한 번 울리게 하여 누가 울렸는가를 알아맞출 수 있다는 거야.”

“과연 그 이야기는 의심스럽군. 그러나 전에 어떤 피아니스트에게서 들은 이야기인데, 그와 루빈시타인이 똑같은 피아노로 똑같은 건반을 눌러도 그 소리에는 누구나 알 수 있는 분명한 차이가 있다는 것이었네.”

닉은 딱 잘라 부정했다.

“어이없는 일이야.”

그때 하숙 안의 고요함이 이웃 방에 있는 사람의 주전자에서 나는 날카로운 증기소리에 깨졌다. 닉은 어떻게든 그를 혼내 주어야겠다고 벼르고 있었다. 나는 한참 동안 그 소리에 귀를 기울이다가 말했다.

“어떤가, 닉. 주전자로 귀에 거슬리는 소리를 내고 있는 것은 조심성 많은 블로제트 씨가 아니라 그 젊은이인 것 같군. 뭣하면 내기를 해도 좋네.”

“자네가 질 게 뻔해.”

닉은 심술궂은 웃음을 지었다.

“홍차를 좋아하는 것은 얼 블로제트 씨이고, 플루겔하이머 씨는 커피 당이니까.”

나는 바지주머니에 손을 집어넣어 잔 돈을 짤랑거리며 말했다.

“그래도 나는 걸겠네.”

닉은 숱 많은 눈썹을 찡그리며 내 얼굴을 들여다보았다.

“꽤 자신만만해 보이는군. 틀림없이 뭔가 알고 있는 모양이지. 계단에서 그 청년을 만나 블로제트 씨가 지금 없다는 말이라도 들었나?"

나는 열없이 고개를 끄덕였다

"그래, 맞았네. 대학에서 블로제트 씨를 만났는데, 이제부터 강연을 들을 참이라고 하더군. 엘릭 플루겔하이머 씨와 입구에서 함께 올라왔네. 우편물이 있기에 보았더니 블로제트 씨에게 온 편지가 있어 플루겔하이머 씨에게 주었네. 블로제트 씨는 틀림없이 자기가 말한 대로 강연을 듣고 있을 테니까 방 안에는 플루겔하이머 씨 혼자 있는 것이라고 생각한 걸세. 블로제트 씨가 좋아하는 홍차는 대체 어떤 맛이 나는지 시험해 보려는 것이 아닐까?"

닉은 내 말이 채 끝나기도 전에 답안지를 향해 돌아앉았다. 그는 책상으로 눈을 돌린 채 말했다.

"주전자에서 물 끓는 소리가 났다고 하여 플루겔하이머 씨가 홍차를 넣었다고 할 수는 없지. 다만 물만 끓일 뿐인지도 모르네."

"무엇을 하려고?"

"물을 끓이는 이유는 얼마든지 있어. 게다가 그의 관심은 끓는 물이 아니라 그 부산물일는지도 모르거든."

"끓는 물의 부산물이라면?"

"김일세, 수증기."

"수증기? 그걸 어쩌자는 건가?"

닉은 답안지 묶음을 한쪽으로 밀어 놓고 얼굴을 들었다.

"이를테면 풀로 붙인 편지봉투를 뗄 때 수증기를 쓰지."

나는 조금 놀라며 말했다.

"그가 블로제트 씨의 편지를 뜯어보려고 한단 말인가? 무엇 때문에 그의 편지를 읽고 싶어하겠나?"

닉은 의자 등받이에 기대앉았다.

"그것을 함께 생각해 보세. 먼저 그 청년이 뭐든지 극단으로 깊이 파고 들어가서 알아내기를 좋아하는 성격으로, 봉해 놓은 것이라면 무엇이든지 뜯어보고 싶어하는 사람이라고 생각해 볼 수도 있겠지. 그러나 이것은 좀 빈약하네.

그리고 또한 그가 블로제트 씨에게 편지를 보낼 만한 사람을 알고 있다고 생각할 수는 없네. 그러므로 그가 편지를 훔쳐보고 있다면 봉투 그 자체에 뜯어보고 싶어할 만한 무엇인가가 있다는 말이 되는군."

나는 이미 게임에 사로잡혀 버렸다.

"다시 말해서 필적이나 편지를 보낸 사람의 주소에서 뭔가 생각나게 하는 점이 있다는 말인가?"

"그럴 가능성도 있네. 그러나 그 경우 주소의 필적은 블로제트 씨 자신의 것이었다고 볼 수 있겠지."

"어째서?"

"두 사람을 비교해 보게나. 블로제트 씨와 플루겔하이머 씨는 전혀 전문분야가 다르네. 게다가 환경도 다르고 살고 있는 곳도 아주 달라. 따라서 그들에게 공통되는 친구나 아는 사람이 있다고 생각할 수는 없네. 그러므로 그 젊은이가 기억할 수 있는 유일한 필적이라면 아마도 책상 위에 펼쳐 놓은 노트에서 본 블로제트 씨의 필적 정도일 걸세. 그것만으로도 그의 호기심을 자극하기에는 충분하겠지. 블로제트 씨는 대체 자기 자신에게 어떤 편지를 썼을까 하고 말일세. 그러나 나로서는 봉투를 만져본 촉감에 호기심이 자극되어 뜯어보려는 마음이 일어난 것이 아닐까 생각하네."

"이를테면 현금, 고액권이라도 들어 있으리라는 건가?"

닉은 고개를 저었다.

"지폐라면 편지지와 구별되지 않네. 그러나 만일 무언가 묵직한 것이었다면."

"동전 같은 게 아닐까?"

나는 신기한 옛날 돈을 떠올리면서 소리쳤다.

"있을 수 있는 일이지만, 아무래도 좀 무리인 것 같군. 만일 값비싼 동전이라면 블로제트 씨가 편지를 뜯었을 때 보려고만 하면 얼마든지 볼 수 있을 걸세. 또 동전을 훔치려고 생각했다면 수증기를 쏘여 풀 때는 저런 귀찮은 짓을 하지 않고 봉투째 훔쳐가겠지. 그러나 늦건 이르건 도둑맞은 사실이 밝혀지고, 그의 범죄가 드러나게 될 걸세. 그러므로 그런 일은 우선 생각할 수 없네. 나는 그보다 봉투에는 뭔가 손으로 만지면 알 수 있을 만한 것, 아마도 납작한 금속 같은 것이 들어 있지 않을까 싶네. 그것 자체로서는 그다지 가치가 없는 것, 이를테면 열쇠 같은 것 말일세."

"그렇다면 여자겠군."

닉이 웃기 시작했다.

"자네는 정말 구제하기 어려운 로맨티스트로군. 어떤 여자가 블로제트 씨와 남몰래 만나기로 약속하고 아파트의 열쇠를 보내온 것이라고 말하고 싶은 거겠지만, 그는 아무리 봐도 그런 타입이 아닐세. 게다가 플루겔하이머 씨가 무엇 때문에 그의 정사에 관심을 갖겠나? 그렇게 생각해 보면 방 열쇠보다는 로커 열쇠일 가능성이 더 크네."

닉은 힘있게 고개를 끄덕였다.

"그렇군, 로커 열쇠가 가장 자연스럽네. 그런데 로커 열쇠라면 아무래도 작은 물건, 적어도 들고 다닐 수 있는 것으로, 모르긴 해도 매우 비싼 것일 테지."

"그렇다면 블로제트 씨는 어디서 그 열쇠를 받았을까?"

"누구든지 받을 수 있을 만한 장소에서. 그는 처음 가는 도시에서 열차를 내렸네. 그때는 이미 어두워져 있었고, 게다가 짐을 풀 곳은 금고가 있는 호텔이 아니라 허름한 여느 하숙집일세. 가지고 온 귀중품은 우선 역의 로커에 맡기는 것이 자연스럽다고 생각되지 않나?"

나는 조심스럽게 고개를 끄덕였다.

"그런데 여기서부터는 상상력의 도움이 필요해지네. 그는 어째서 로커 열쇠를 그냥 주머니에 넣지 않고 편지로 하숙까지 보냈을까?"

닉은 흠칫 어깨를 추슬렀다.

"블로제트 씨는 신경질적이고 마음이 좁으며 소심한 사나이일세. 아마도 물건을 로커에 넣었을 때 누군가 감시하고 있는 것을 알아차렸거나 또는 그런 것 같이 생각되었는지도 모르지. 물건을 로커에 맡긴다 해도 몇 분 뒤 숨어 있다가 열쇠를 빼앗아가면 아무 소용 없으니까 말일세."

"그렇지만 역에는 택시가 있네."

"월요일 밤에 말인가? 밤새도록 영업을 하는 택시가 단 한 대밖에 없는 도시에 수십 명의 손님이 한꺼번에 밀어닥쳤네. 아마 그도 택시를 불렀지만 틀림없이 빈 차가 없다고 거절당했을 걸세. 그리고 운전기사가 대체 어디까지 가느냐고 물었겠지. 키피 하우스라고 대답하자 그 말에 대꾸한 운전기사의 말로 그제야 비로소 그 집이 버젓한 호텔이 아니라 하숙집이라는 것을 알았을 걸세. 더욱이 기껏 해야 두 블록밖에 되지 않으니까 쉽게 걸어갈 수 있다고 가르쳐주었을 테지."

"그랬을지도 모르겠구먼. 그가 신경질을 부리며 누군가가 감시하고 있다고 생각했으리라는 것은 인정하겠네. 그러나……."

"알겠나? 이것이 가장 중요한 점일세." 닉은 내 말을 가로막고 말했다. "블로제트 씨 자신의 필적으로 본인에게 보낸 편지, 더욱이 어제 이 도시에서 투함된 편지와 그 속에 든 열쇠의 촉감을 연결지으면 그 젊은이도 당연히 우리가 지금 생각한 것과 같은 줄거리로 추리해 나갔을 걸세."

"잠깐만, 닉. 그 물건이 귀중품이라는 근거가 대체 무엇인가? 여행 가방이 두 개 있어 그것을 두 손에 들고서 오고 싶지 않다고 생각할 수도 있네. 특별히 하숙까지 걸어가야 하는 형편이라면 말일세. 그러니까 가방 한 개를 역의 로커에 맡기고, 세면도구가 든 가방만을 들고 왔다고 생각하는 것이 자연스럽지 않을까?"

"그가 머물기로 예정된 것은 단 사흘 동안일세. 그런데 여행가방이 두 개라는 것은 좀 이상하지 않나? 게다가 갈아입을 속옷이나 와이셔츠밖에 들어 있지 않은 가방이라면 구태여 로커 열쇠를 우편으로 보내는 그런 수고를 하지 않을 걸세. 그냥 주머니에 넣어서 가지고 올 테지."

"그렇다면 그가 로커에 두고 온 것은 아델피 항아리라는 말이군그래. 대체 얼마나 나가는 값어치라고 했나?"

닉은 자못 만족스러운 듯 고개를 끄덕였다.

"금액은 말하지 않았어. 다만 돈으로 살 수 없다고 말했네. 물론 굉장히 귀중한 것이니까 값을 매길 수 없다는 뜻이겠지. 그러나 깨뜨리더라도 금덩어리와 보석으로 수천 달러쯤 나갈 걸세."

"농담이 아니야, 닉. 대체 그런 귀중한 물건을 들고 다니는 사람이, 더욱이 역의 로커에 맡기는 사람이 어디 있단 말인가?"

"왜? 어째서?" 닉이 되물었다. "들고 다닐 수 있는 작은 물건이라면 한 장소에서 다른 장소로 옮길 때 자기 손으로 직접 들고 가는 것이 가장 안전한 방법이 아니겠나? 그것은 아마도 특별히 만든 상자에 들어 있어 하룻길 여행가방처럼 보였겠지. 자네는 그것을 경비원이 딸린 장갑차에라도 실어서 운반하라는 말인가? 그것은 오히려 위험한 방법일세. 이 부근의 강도들이 모조리 움직이기 시작할걸. 자네는 귀중품 같은 걸 다루어 본 경험이 없으니까 그렇게 생각하는 것도 무리가 아니지만, 그런 일을 하는 사람들은 생각보다 흔한 방법을 택하는 법이라네. 현재 내가 알고 있는 다이아몬드 상인은 일년 내내 여행만 하고 있지만, 거미발에 박지 않은 보석을 종이에 싸서——그는 그것을 소포라고 부른다네——아무렇게나 안주머니 지갑 속에 넣어가지고 다니지."

"그렇다면 그 젊은이도 블로제트 씨가 자신에게 보낸 편지를 보고."

"그것도 이 도시의 소인이 찍혀 있는 편지일세."

닉이 말참견을 했다.

"이 도시의 소인이 찍혀 있는 편지를 보고, 손으로 만져서 그 속에 열쇠가 들어 있음을 알았네. 그리고 블로제트 씨가 아델피의 항아리를 공개하리라는 것을 알고 있었으므로 그도 자네와 같은 결론에 이르렀네. 다시 말해서 항아리는 미리 미술관 당국이 이리로 보내 현재 대학 서무과 금고에 들어 있는 것이 아니라, 이 도시의 작은 역 로커에 있다고 생각한 것이로군."

"맞았네."

"그렇다면 어째서 수증기로 봉투의 풀을 뜯는 수고를 하는 걸까?" 나는 신이 나서 물었다. "봉투를 찢고 열쇠를 꺼내 역으로 달려가서 물건을 꺼내면 끝날 일 아닌가? 그렇지 않으면 그는 자네만큼 확신을 갖지 못하여 우선 로커의 물건이 무엇인지 조사한 다음 항아리가 아니라면 열쇠를 처음에 있던 대로 다시 봉투에 넣어 두려는 생각이라고 말하려는 건가?"

"아니, 그렇지 않네."

닉이 조금 화난 표정을 지었다.

"확신은 있지만 간단히 역으로 달려가서 물건을 꺼낼 수가 없다네. 첫째, 지금쯤 이 도시를 떠나는 열차가 없거든. 그리고 블로제트 씨가 편지가 없어진 것을 알아차릴 걸세. 우리는 편지가 배달된 사실을 알고 있네. 의심은 당연히 아니, 의심이 아니라 범인은 그라고 밝혀질 것이 뻔하지. 그렇게 되면 대체 어떻게 하겠나? 보게, 저것을 보게나."

나는 창가에 서 있는 그 곁으로 다가갔다. 창문 밑 길거리에 플루겔하이머 씨가 서 있었다. 그는 재빨리 좌우를 살펴본 다음 밖이 추운 듯 두 손을 주머니에 집어넣고 오른쪽으로 꼬부라지더니 부지런히 역쪽을 향해 걷기 시작했다.

닉이 나를 돌아다보며 말했다.

"위험은 없네. 그는 역으로 가서 로커를 하나 빌어 그 열쇠를 대신 봉투에 넣어둘 생각이겠지. 아니, 그렇지 않아. 블로제트 씨는 자기 로커의 위치를 알고 있을 테니까 그런 방법은 안돼. 그는 블로제트씨의 로커에서 항아리를 꺼내 다른 로커로 옮긴 다음 처음의 열쇠를 봉투에 넣을 생각일 거야."

"어떻게 하면 좋겠나? 경찰에 알리면."

"경찰에 알린다고?"

닉은 믿어지지 않는다는 표정으로 뚫어지게 쏘아보았다.

"무엇 때문에? 한 청년이 퍼컬레이터를 쓰는 게 귀찮아서 물을 끓여 인스턴트 커피를 마시려고 했기 때문인가?"

"그러나 그는 역으로 갔네."

"열차시간표를 얻으러 갔는지도 모르지."

문득 나는 속은 게 아닐까, 닉은 내가 제안한 어이없는 내기에 보복한 것이 아닐까, 그 젊은이는 단지 물을 끓였을 뿐 그 밖에는 아무 일도 없었던 게 아닐까 하는 생각이 머리에 떠올랐다.

그렇기는 해도 역시 걱정이 되어 이튿날 아침 나는 닉이 나간 다음 오늘은 결근하겠다고 사무실에다 연락했다. 그리고 나서 한길을 한눈에 내다볼 수 있는 창가에 자리잡고 앉았다.

10시가 조금 지나자 플루겔하이머 씨가 하숙을 나가 대학 쪽으로 걸어가는 모습이 보였다. 나는 곧 외투를 입고 뒤를 밟기 시작했다. 한 블록쯤 사이를 두고 상대의 모습을 잃어버리지 않도록 조심하면서. 대학에 가까이 다가오자 사람들로 혼잡을 이루었다. 나는 그 속에서 그를 놓치지 않으려고 걸음을 빨리하여 간격을 좁혔다. 이리하여 오전 내내 그를 계속 감시했다. 그가 회의장에 들어가 맨 앞줄에 자리잡고 앉았을 때 나도 역시 그곳에 들어가 뒷줄에 앉았다. 정오에 그가 카페테리아에 들어가는 걸 보고서 나는 미행을 그만두고 하숙으로 돌아왔다. 방에는 닉이 먼저 돌아와 있었다.

"오늘 사무실에 나가지 않았나?"

그는 심술궂은 얼굴로 싱긋 웃으면서 말했다.

"으음, 쉬었어." 나는 무뚝뚝하게 대답했다.

내가 창가에 앉아 불쾌한 얼굴로 한길을 내려다보고 있는 동안 닉은 끝없이 답안지 채점을 계속하고 있었다.

곧 급한 걸음으로 걸어오는 플루겔하이머 씨 모습이 한길에 나타나더니 이어서 계단을 두 단씩 뛰어올라 오는 소리가 들렸다. 그는 아주 기분이 좋은 것 같았다. 성급하게 방 안을 돌아다니는 소리로 보아 떠날 준비를 하고 있는 게 틀림없다고 짐작했다.

15분 뒤 그는 우리 방을 노크했다.

"두 분 다 방에 계셔서 잘됐습니다. 나는 이제 떠나겠습니다. 1시 반 열차를 탈 생각입니다. 여러 가지로 폐를 많이 끼쳐드렸습니다."

"역까지 바래다드리지요."

닉이 말했다.

"1시 반 열차를 탈 사람이 많기 때문에 배웅해야 할 사람이 몇 분계시니까요."

역으로 가는 동안 닉은 청년에게 물었다.

"그런데 이번 학회에서는 무언가 수확이 있었소?"

그는 씁쓰레한 웃음을 띠며 대답했다.

"네, 한 군데 권유가 있었는데 공교롭게도 인도였습니다."

발차 시각보다 상당히 일찍 역에 도착했는데도 벌써 열차를 기다리는 사람들이 꽤 많았다. 우리는 이런저런 이야기를 하면서 기다렸다. 학회에서 알게 된 얼굴이 몇 명이나 눈으로 인사를 보내며 지나갔고, 가까이 다가와서 작별의 악수를 청하는 사람도 한두 명 있었다. 그 틈에 플루겔하이머 씨가 신문 판매대로 걸어갔다.

그는 열차 안에서 읽을 잡지를 한 권 산 다음 저쪽에 줄지어 있는 로커 쪽으로 천천히 다가갔다. 내가 뒤쫓으려고 하자 닉이 그만두라는 눈짓을 하더니 자기가 직접 그의 뒤를 쫓았다.

이윽고 열차가 도착하여 사람들은 승차구로 밀려갔다. 나는 어떻게된 일일까 하고 이상하게 생각하면서 기다렸다. 드디어 "타실 분은 서둘러 주십시오!" 하는 차장의 외침 소리가 들렸을 때 가까스로 플루겔하이머 씨가 숨을 헐떡이며 뛰어 돌아왔다. 내가 그를 붙들어 세우려고 했을 때 닉의 모습이 보였다. 그는 그다지 허둥거리지도 않았으며, 시치미 뗀 의기양양한 표정을 짓고 있었다.

"대체 어찌된 일인가?"

내가 다그쳐 묻자 닉은 대답 대신 한 손을 내밀었다. 손바닥에 로커의 열쇠가 있었다.

"그는 뭐라고 하던가?"

"열쇠를 이리 주시오" 했더니 그는 모든 것을 알아차리더군. 누구에게 들킨 것이냐고 묻기에 '아니, 그렇지 않소, 하지만 나는 물 끓이는 소리를 들었소' 하고 대답해 주었지. 그러자 그는 아무 말없이 열쇠를 내주더군."

"그래, 이제부터 어떻게 할 생각인가?"

"군검사의 권한으로 자네는 역장이나 이곳 책임자에게 518번 로커를 열게 할 수 있을 걸세. 거기에 아델피 항아리를 다시 갖다 두는 거지."

하숙까지 걸어서 돌아오는 도중 나는 닉에게 물었다.

"그를 못 본 척하고 보낸 것은 잘못한 일이 아니었을까, 닉? 결국 우리는 범죄를 슬쩍 감추어 준 셈이 되는 걸세."

"그럼, 이 사건을 공공연하게 떠들어서 대학 당국을 소용돌이에 말려들게 하는 편이 좋았다는 말인가? 게다가 블로제트 씨는 틀림없이 실직할 곤경에 빠지게 될 걸세."

나는 그 논의를 그만두고 말았다.

하숙으로 돌아오자 블로제트 씨가 기다리고 있었다.

"플루겔하이머 씨를 만나지 못해서 유감스럽습니다. 그를 배웅할 수 있도록 돌아올 생각이었습니다만, 오늘 밤 강연에 대한 마지막 의논에 시간이 걸렸기 때문에 그만 이렇게 늦었군요."

닉이 아주 진지한 얼굴로 물었다.

"항아리는 이미 도착했습니까?"

"도착했느냐고요? 아닙니다. 그것은 내가 직접 가지고 왔습니다. 역의 로커에 맡겨두었지요."

"역의 로커라고요?"

블로제트 씨는 웃으면서 대답했다.

"거기라면 절대 안전합니다. 더 이상 좋은 곳은 생각할 수 없습니

다. 이제 꺼내다가 택시에 싣고 대학으로 갈 생각입니다. 오늘 밤
모임에 나오시겠습니까?"

"실은 약속이 있습니다. 그러나 4, 5분 동안만이라도 될 수 있는
한 얼굴을 내밀도록 하겠습니다."

그러나 우리는 모임에 나가지 않고 교직원 클럽에서 체스를 두면서
저녁 시간을 보냈다.

학회에 참석했던 사람들은 이미 거의 다 돌아가버려서 클럽은 아주
조용했다. 9시에 리처드슨 교수가 들어왔다. 기념 촬영이 있었으므로
팔로 교수복과 모자를 안고 있었다. 그는 피곤한 듯이 털썩 주저앉으
며 말했다.

"고맙게도 그러저럭 끝났군."

"학회는 성공이었던 것 같군요, 리처든 교수."

내가 말했다.

"그런대로 성공이라고 해도 되겠지요. 물론 학장님은 신문이 좀더
멋지고 화려하게 써 주기를 바랐으리라고 생각합니다만. 좀더 드라
마틱한 표제, 이를테면 '살인'이라든가 대학의 우라늄을 도둑맞았
다든가 하는 것이 학장님 마음에 더 드시지 않았을까요?"

"좀 더 빨리 그렇게 말해 주었다면 아주 도움이 되었을 텐데……."
닉이 말했다.

The Bread and Butter Case
흔해 빠진 사건

나는 수요일에는 언제나 닉 웰트에게 교직원 클럽에서 저녁 식사를 대접받기로 되어 있는데, 아무래도 그것은 매주 금요일 그가 우리 집에 체스를 하러 오는 것에 대한 답례인 듯하다.

1월 어느 수요일 오후 늦게 서포크의 군검사로 있는 엘리스 존스턴 씨가 우연히 사무에 관련된 일로 나에게 들렀다. 그래서 그도 함께 식사를 하기로 했다. 그러나 다른 사람까지 데리고 간다는 것이 너무 뻔뻔스럽지 않을까 조금 걱정스러웠다. 닉은 그런 일에 좀 신경질을 부리는 사람이었기 때문이다. 그러나 걱정했던 것과 달리 그는 전에 우리 집에서 존스턴 씨를 만났던 일을 기억하고 있어 다시 만난 것을 기뻐해 주었다. 그리고 쫓아내듯이 우리 두 사람을 식당으로 데리고 갔는데, 마치 방학 때 찾아온 사랑스런 조카들에게 저녁 식사를 한턱 내려는 다정한 큰아버지 같은 느낌을 주었다.

그는 자기 양 옆에 우리를 앉게 하고 급사가 주문을 받으러 오자 가장 비싼 요리를 주문하라고 했다.

자연히 날씨를 화제로 삼았다. 그 해 겨울은 관상대가 생긴 이래 처음으로 심하게 추웠기 때문에 고생했다. 12월에만 세 차례나 큰 눈보라가 쳐서 그때에 쌓인 눈이 녹을 기미도 보이지 않은 채 새해를 맞이했다. 그리고 정월 초하루부터 하루에 10인치는 쌓일 눈보라를 퍼부었다. 이 눈보라는 사흘 동안이나 계속된 끝에 16인치의 적설량을 남기고 물러갔다. 그러나 그로부터 2주일 동안 수은주는 빙점 부근에서 꼼짝도 하지 않았다. 이윽고 그 기간도 끝 무렵에 다가감에 따라 가까스로 추위가 조금 수그러지기 시작했으나, 그 결과는 또다시 눈이었다.

존스턴 씨가 말했다.

"정말이지 시내의 거리가 마치 봅슬레이(두 대의 연결 썰매) 경주 코스처럼 되었군요, 길 양쪽에 높은 눈 둔덕이 생겨 자동차에서는 길 위를 걷는 사람의 모습이 아예 보이지도 않습니다. 아참, 바로 어저께 있었던 일인데, 한 사나이가 그 눈 둔덕 속에 파묻혀 있는 것이 발견되었답니다. 홀게이트 거리에서 있었던 일이지요, 그곳은 주요 간선 도로에서 떨어져 있습니다만, 사람의 왕래가 꽤 많은 편입니다. 그 사나이는 사흘의 큰 눈보라가 있은 다음부터 줄곧 그곳에 묻혀 있었는데 몇 백 사람이 그 옆을 지났으면서도 누구 하나 그것을 깨닫지 못했다는군요."

내가 말했다.

"그 이야기는 나도 어젯밤 라디오에서 뉴스로 들었습니다. 그런데 타살 혐의가 있다고 하지요?"

"혐의 정도가 아닙니다." 존스턴 씨가 딱 잘라 말했다. "그것은 절대로 타살입니다. 머리를 심하게 맞고 눈 위에 똑바로 쓰러져 있었지요, 두 손을 옆에 꼭 붙여쥐고 말입니다. 사람이 잘못해서 눈 언덕에 파묻혔다면 그런 모습으로 쓰러지지는 않을 겁니다."

"매우 흥미로운 일인 것 같군요."

존스턴 씨는 어깨를 움츠리고 대답했다.

"뭘요, 이것은 이른바 낯익은 단골손님 같은 사건입니다."

"뭐라고요? 낯익은 단골손님 같은 사건이라고요?"

이번에는 닉이 되물었다.

존스턴 씨는 짧게 웃고 나서 아주 엉뚱한 이야기를 시작했다.

"나에게 철물점을 하는 사촌형이 있는데 그 가게에 가면 언제나 프라이팬을 사러 온 여자나, 정원에서 쓸 호스를 사러 온 남자들이 있지요. 그러나 그들은 가게에 온 손님이긴 하지만, 크게 잡아서 두 달에 한 번쯤 오면 많은 편일 겁니다.

　사촌형도 그런 손님들은 그다지 기대하지 않습니다. 그들이 가게에 오는 것은 우연이라고 할 수 있으니까요. 그러나 목수나 연관공, 또는 전기공 같은 사람들이 참된 의미에서 단골손님이라고 할 수 있습니다. 그들은 1주일에 대여섯 번쯤 그 가게에 오니까요. 그처럼 이런 도시에는 범죄를 직업으로 삼는 사람이 상당수 있으면서 자주 사건을 일으키는 덕분에 우리도 먹고 살 수단을 잃지 않고 있는 셈이지요. 따라서 우리에게 그러한 사람들은 낯익은 단골손님 같습니다."

닉이 물었다.

"그래, 만약 낯익은 사건이라면 수사 방법에 뭔가 색다른 점이라도 있습니까?"

"그런 경우 보통 사건이 일어나면 우리는 누가 한 짓인지 곧 알 수 있지요. 수법이라든가 여러 가지 정보망을 통해서 말입니다. 그러나 무엇보다도 중요한 점은 우리가 언제나 그들의 일을 잘 알도록 주의하고 있다는 것입니다. 그들의 사고방식이며, 감각방식이며 행동방식 따위를 연구하고, 나아가서 어떠한 압박이 그들 사이에 있는가, 세력 균형의 형편은 어떻게 되어 있는가 하는 일을 자세히 살펴보는 것입니다. 다만 전문 범죄가의 경우 언제나 단서를 없애는 일에 통달한 사람들 뿐이어서 그 범죄가 누구 짓인지는 추정할 수 있지만, 좀처럼 증거를 잡을 수가 없습니다. 그런 사건에서는 당신이 평소에 사용하시는 추리니 분석이니 하는 것도 아마 전혀 의미가 없을 겁니다, 웰트 교수. 그런 식으로는 단서를 하나도 잡을 수 없으리라고 생각합니다.

낯익은 사건을 조사하는 방법에는 교묘함 따위가 없습니다. 나도 옛날에는 둘레에서부터 차근차근 밝혀가는 느리고 미적지근한 방법을 썼습니다만, 지금은 아무도 그런 방법을 쓰지 않습니다. 고작해야 단도직입으로 관계자를 신문하는 정도지요.

우리가 하는 일은 갑주(甲冑)가 깨진 틈을 찾아 거기에 쐐기를 박고, 입을 벌리게 하는 것입니다. 지금 여기에 용의자의 알리바이를 만드는 데 협력한 남자가 있다고 한다면, 우선 다른 어떤 사람에게 압력을 가함으로써 간접으로 그 사나이에게 압력이 미치도록 하는 것입니다. 일단 알리바이가 허물어지면 일은 다 된 것이지요. 이를테면 이번 사건을 예로 들어서 생각해 봅시다. 나는 경찰에서 존 라일리가 수상하다는 귀뜸을 받았습니다. 그래서 재빨리 텔리조던을 불러다 신문해 보는 게 어떻겠느냐고 했지요. 그러자 경감은 자랑스럽게 웃음을 띠며 그것은 이미 끝냈다고 대답하는 것이었습니다.

엄밀히 말하자면 이 존 라일리라는 사나이는 '그 사회'의 사람이 아닙니다. 적어도 우리에게는 그를 체포할 근거가 아무것도 없으므로, 더 이상 어떻게 할 수가 없는 위험인물입니다. 그는 빈민가에 싸구려 아파트 몇 채와 허술한 하숙집을 상당히 많이 가지고 있는 것 외에 돈을 내어서 보석(保釋) 보증인이 되어주기도 하고, 돈놀이 같은 것도 하고 있습니다. 홀아비이며 나이는 50살 정도, 꽤 수상한 사나이입니다. 언제나 빈틈없는 옷차림을 하고 있으며 스스로도 개성을 한껏 발휘하고 있다고 생각하는 모양입니다만, 지나치게 칙칙하고 촌스러울 뿐입니다. 그를 보고 '존' 또는 '라일리'라고 불러 보십시오, 틀림없이 '미스터 존이라고 불러주시오' 할 겁니다. 그렇기 때문에 그들 사이에서 그는 '미스터 존'으로 통하고 있답니다.

더욱이 그는 군청 거리에 있는 변호사회 빌딩 안에 겨우 한 평쯤 되는 사무실을 가지고 있습니다. 그 자신은 한 번도 거기에 있어본 일이 없습니다만, 거기에 있는 그의 비서 찰리 거버에게 전갈을 부탁하면 반드시 그의 귀에 들어가도록 되어 있지요. 다시 말해서 그 사무실은 그에게서 돈을 빌려간 사람이 빚돈을 갚으러 오기도 하고, 그의 소유로 되어 있는 아파트의 관리인이 수금한 집세를 전하러 오기도 하는 장소입니다. 아까도 말씀드렸듯이 우리가 할 일은 그런 사람들에 대해 조사하는 것입니다. 텔리 조던이 미스터 존에게 원한을 품고 있다는 것도 그렇게 해서 알게 된 셈입니다.

텔리 조던은 당당한 풍채의 아주 잘생긴 사나이로 성격이 좋습니다만, 아깝게도 머리가 그다지 좋지 않습니다. 문제소년 출신으로, 최근에는 여러 가지 자잘한 범죄에 손을 대는 모양입니다만, 무슨 일을 해도 그다지 잘된 적이 없답니다. 동료들 사이에서는 결코 과단성 있게 일을 처리하지 못하는 겁쟁이로 알려져 있지요. 여기저기 떠돌아다니다가 최근 카페 '하이 해트'의 매니저 대리 자리를 얻었습니다. 그러나 매니저 대리란 겉만 번지르르한 이름으로, 사실은 힘깨나 쓰는 경비원 비슷한 것이지요. 그 카페의 여종업원 가운데에 릴리 체리라는 몸집이 큰 금발 아가씨가 있는데, 텔리도 상당히 핸섬한 편이므로 이 두 사람이 곧 친해진 것은 조금도 이상한 일이 아닙니다."

"그럼, 그 두 사람이 약혼했다는 말이오 ? "

존스턴 씨는 이런 질문을 하는 닉이 귀엽다는 듯한 웃음을 지으며 말했다.

"아닙니다, 웰트 교수. 그들은 약혼하지도 않았고, 결혼한 것도 아닙니다. 실제로는 그가 그녀의 아파트로 옮겨가 살게 되었습니다만, 결국 그편이 아무래도 형편이 낫다는 것이었지요. 그 뒤로도 두 사람은 내내 '하이 해트'에서 일했습니다. 그런데 곧 또다시 텔리의 병이 도져서 우리는 그를 어떤 절도사건으로 붙잡았지요. 결국 그는 1년 동안 콩밥을 먹게 되었습니다. 분명히 그가 한 것이 틀림없으나, 조금만 영리했다면 잡히지 않았을 것입니다.

아무튼 텔리는 자기가 잡힌 데에는 미스터 존이 뭔가 관계하고 있는 줄 생각하는 모양이라고 어떤 형사가 말한 적이 있었는데, 무슨 근거가 있는 듯하지만 그런 사실은 없었습니다. 어떻게든 실마리를 잡으려는 그 형사의 열의가 어느 정도인지는 잘 알았습니다만, 그러한 지나친 생각은 흔히 있는 일이지요. 하지만 이를테면 텔리 조던처럼 머리가 둔한 사나이라도 진심으로 그렇게 믿고 있으리라고는 좀 상상하기 어렵습니다. "

"어쩌면 그 자신으로서도 그렇게 믿을 생각은 전혀 없었는지 모르지요. "

닉이 그 말에 동감을 나타냈다.

존스턴 씨는 기쁜 듯이 흘끗 그를 쳐다보며 말했다.

"결국 잡힌 것이 당연하다고 스스로도 믿고 있는지 모른다는 말씀이십니까 ? 그렇습니다. 그렇게 생각할 수도 있습니다. 그러나 아무튼 텔리는 미스터 존이 자기를 경찰에 팔았다고 생각하고 있었지요. 이것은 모두 다 아는 비밀로 해두기로 합시다. 그런데 말입니다, 그 빈틈없는 미스터 존이 여기서 바보 같은 짓을 저지른 것입니다. 그도 텔리가 어떻게 생각하고 있는지 틀림없이 알고 있을 텐데 릴리에게 손을 내밀어 곧 그녀의 아파트에 들어앉고 말았습니다. 그녀는 아무래도 이쪽이 훨씬 거래 조건이 좋으므로 직장도 그만두었으며, 여러 가지 좋은 물건을 얻었을 뿐 아니라 미스터 존의 접는 포장이 달린 차까지 가로챘다고 합니다.

한편 텔리도 그녀가 얌전하게 집에서 그가 돌아오기를 기다려주리라고는 기대하지 않았습니다. 처음부터 두 사람은 정식으로 결혼한 것도 아니고, 열렬하게 사랑해서 맺어진 사이도 아니었던 것 같습니다. 그러나 이 두 가지 일이 결부되자, 다시 말해서 미스터 존에 대해 그가 옛날부터 품어온 증오에 여자를 빼앗긴 원한이 겹쳤을 때……."

"다윗 왕과 밧세바로군(밧세바는 헤테 사람 우리아의 아내. 우리아는 다윗 왕의 술책으로 전사하고, 밧세바는 다윗 왕의 아내가 되어 솔로몬을 낳았음)."

닉이 중얼거렸다.

존스턴 씨는 맞장구치며 말했다.

"정말 그렇습니다. 동시에 그것은 남자의 체면에 관계되는 문제였지요. 텔리가 자신이 붙잡힌 게 미스터 존 때문이라고 생각한다는 것은 모두 알고 있었으므로 단단히 혼내줄 거라고 쑤군거렸지요. 명예를 위해서도 그는 복수해야 했습니다. 그렇지 않으면 동료들의 웃음거리가 되고 말 테니까요. 그러나 그렇다고 해서 나는 그가 죽이기까지 할 줄은 몰랐습니다. 고작해야 좀 심하게 치고 박는 정도겠지, 어쩌면 생각했던 것보다 조금 거친 행동으로 나올지도 모르지만, 하고 생각했었지요.

그는 1월 2일 감옥에서 나오자 곧바로 릴리를 만나러 갔습니다. 그것은 우리도 알고 있었습니다. 그 뒤 그는 미스터 존을 찾아다니기 시작했습니다. 그의 사무실에도 갔고, 비서 거버에게 어디로 가면 그를 만날 수 있겠느냐고 묻기도 했습니다. 아까도 말한 바와 같이 그다지 머리가 좋은 사나이는 아니니까요."

존스턴 씨는 몸을 앞으로 내밀고 손가락을 소리내어 퉁겼다.

"그럼, 우리가 알고 있는 것은? 우선 텔리는 미스터 존에게 원한을 품고 있었다, 이것이 동기입니다. 텔리는 1월 2일 감옥에서 나오자 미스터 존을 찾기 시작했다, 이것이 기회입니다. 흉기는? 스패너나 무거운 지팡이 같은 둔기면 충분합니다. 그럼, 방법은? 감옥에서 나온 지 이틀 뒤인 1월 4일 눈보라가 몰아치던 날, 마침내 텔리는 미스터 존의 행방을 알아내고 자동차를 한 대 훔쳤습니다. 아무튼 그는 이런 일에 상당한 실력자인데다 그런 날씨였으니만큼 잘된 일이었지요. 대개 차를 세워둘 때는 엔진을 걸어놓은 채로 두게 마련입니다. 그는 자동차를 훔치자 미스터 존에게 따라 붙어 머리라도 한 대 후려친 다음 할 이야기가 있다며 차에 태울 생각이었는데, 힘이 너무 지나쳐 상대가 그 자리에서 죽고 만 것입니다.

그것이 약 4시쯤의 일로, 그 외에는 거의 아니, 자동차는 한 대도 지나가지 않았으며, 지나간 사람도 없었던 모양입니다. 게다가 1, 2피트 앞도 보이지 않는 심한 눈보라가 휘몰아치는 판이었습니다.

텔리는 시체를 처분하기에 적당한 장소를 찾으면서 차를 몰았습니다. 그때는 벌써 새로운 눈이 6인치나 쌓였으며, 길 양쪽에는 높이 4피트의 눈 둔덕이 길다랗게 이어져 있었습니다. 이윽고 적당한 장소를 찾아낸 그는 길 옆에 차를 세웠습니다. 앞쪽에서는 아무도 오지 않았으며, 백미러에 비치는 한 뒤쪽에서도 사람이 보이지 않았습니다.

그는 자동차 문을 열고 시체를 끌어내어 눈 둔덕에 놓은 뒤 그 위에다 눈을 덮었습니다. 그가 보기에 눈보라가 멎을 때까지는 앞으로 6인치나 10인치쯤 쌓일 것이며, 제설차가 나오는 것은 그 뒤리라는 점도 알고 있었습니다. 그러므로 절대 안전하다고 생각하고 그는 몇 분 뒤 자동차가 있는 곳으로 되돌아가서 곧 그 자리를 떠난 것입니다."

"시간이며 날짜를 어떻게 그처럼 분명하게 알 수 있지요?"

존스턴 씨는 빙긋 웃으며 대답했다.

"그것은 그다지 어려운 일이 아닙니다. 시체 주위의 눈 둔덕을 파헤쳐서 지질학자 같은 요령으로 분석했습니다. 그렇게 하면 언제 얼마나 눈이 내렸는가 하는 것을 알 수 있으니까요. 시청에 가면 언제 제설차가 나갔으며, 언제 모래를 뿌렸는가 하는 것도 금방 알 수 있습니다. 그 두 가지를 결부시키면 아주 정확한 숫자를 계산해 낼 수 있습니다."

"텔리는 뭐라고 말하던가요?"

"물론 그는 모든 것을 부인했습니다."

"'자네가 미스터 존을 찾아다녔다는 것을 다 알고 있다'고 말했습니까?"

"텔리는 끝내 그 사나이를 만날 수 없었다고 완강하게 주장하더군요. 릴리를 만나러 갔더니 그녀와 미스터 존이 결혼한다는 말을 하더랍니다. 그들은 머지않아 플로리다로 자동차 여행을 떠나는데, 도중에 어디서든지 결혼할 예정이라고 말했다는군요. 그리고 자기가 미스터 존을 찾은 이유는 결코 그를 원망하지 않는다는 것과 함께 축하한다는 말을 하고 싶었기 때문이라고 한사코 주장하는 것이었습니다."

"그건 생각해 봐야겠는걸." 닉이 중얼거렸다.

존스턴 씨는 얼굴을 찡그리며 웃더니 그에게 말했다.

"농담이시겠지요, 웰트 교수? 대체 어째서 미스터 존은 릴리와 결혼할 생각이 들었을까요? 1년 가까이 동거생활을 한 끝에 말입니다. 내가 보기에 이것은 그녀 혼자의 생각이 아닌가 싶습니다. 그건 그렇고, 그녀는 텔리의 이야기를 지지했습니다."

"그녀는 미스터 존의 실종을 신고하지 않았던가요?"

내가 또 말참견을 했다.

존스턴 씨는 고개를 설레설레 저으면서 대답했다.

"아무도 신고하지 않았습니다."

"그 점이 이상하게 생각되지 않소? 그는 그녀의 약혼자요, 그런데 3주일 동안이나 어디 갔는지 알지 못한다면."

존스턴 씨는 설명을 계속했다.

"얼른 생각하면 분명히 이상한 것 같지만 공평하게 본다면 사실 그렇지도 않습니다. 그런 사람들은 좀처럼 경찰을 가까이 하려 하지 않으니까요. 아마 장사 관계로 어디론가 갔겠지 하고 그녀는 생각했을 게 틀림없습니다. 실제로 누구 하나 그가 없어졌다고 신고한 사람은 없었습니다. 그 사나이는 외톨박이였습니다. 미망인이 된 형수와 조카 말고는 육친이나 인척이라고 부를 만한 사람이 아무도 없었습니다.

그 밖에 그가 없어서 걱정할 사람이 과연 누구겠습니까? 그의 비서? 거버의 말에 따르면 한두 주일쯤 그를 만나지 못하는 것은 흔한 일이랍니다. 그런 사람이 날마다 군청 거리에 나타나는 건 좀 뭣하지 않겠습니까 라고 말하는 형편이었습니다. 그는 미스터 존이 하는 일에 대해서는 전혀 벙어리와 같았는데, 그것은 미스터 존이 일부러 그렇게 시키고 있었기 때문입니다. 누군가가 돈을 가지고 오면 거버는 잠자코 받고 영수증을 써줍니다. 미스터 존에게 연락을 하고 싶은 사람이 있으면 편지를 받아 둡니다. 거버는 월급을 받고 있으므로 당분간은 떠들어댈 염려가 없을 것입니다.

하지만 이대로 한두 달쯤 지나면 동료나 릴리나 비서가 여러 가지 소문에 의지하여 그의 행방을 찾기 시작하겠지요. 그래도 도무지 짐작할 수 없으면 그제야 겨우 용기를 내어 경찰에 수사를 부탁할 것입니다. 그러나 그때는 이미 실종된 지 몇 달이나 지나버린 뒤겠지요.

뒤에 남은 그의 형수와 조카 프랭크 라일리 두 사람은 미스터 존과 달리 진실한 사람들입니다. 될 수 있는 대로 그와 관계를 맺지 않고 지내려고 하고 있었지요. 그녀는 옛날에 학교 교사로 있었는데 지금은 퇴직했으며, 아들 프랭크는 30살쯤으로 아직 결혼하지 않고 어머니와 함께 살고 있습니다. 그는 자기네들이 사는 곳에서 그다지 멀지 않은 교외에서 문방구점을 하고 있답니다. 여느 때에도 그들 모자는 몇 달씩이나 미스터 존의 소식을 듣지 못하고 지냈는데, 이번에 그들이 마지막으로 그를 본 것은 11월 첫무렵이었답니다. 프랭크는 그때까지 그 문방구점에 점원으로 고용되어 있었는데, 가게 주인이 건강을 해쳐서 애리조나로 옮기게 되어 가게를 아주 헐값에 내놓았으므로 프랭크가 그 가게를 사들일 기회가 생겼지요. 그때 프랭크는 어떻게 해서든지 삼촌에게 도와 달라고 부탁하려고 미스터 존을 찾아갔던 모양입니다. 물론 어머니는 크게 반대했겠지만, 내가 추측하기에 미스터 존이 이 조카에게 6천 달러를 준 모양입니다.

이것은 어제 장부를 조사하다가 알게 되었습니다. 미스터 존이라는 사나이는 그 나름대로 이유가 있어 기록을 별로 남기지 않았습니다. 오래된 은행의 기록조차 남겨두지 않았더군요. 아마 그의 장사는 대부분 현금으로 거래된 모양입니다. 그러나 가끔씩 수표로 지불한 일도 있는지 그의 책상 속에서 수표책이 발견되었습니다.

그 부본을 보니 11월 7일 2천 달러 수표 석 장을 프랭크에게 준 것으로 되어 있더군요."

"석 장?"

"프랭크의 말에 따르면 그렇게 해 두면 값을 깎는 데 편리하다는 것입니다. 맨 처음에 2천 달러 내놓고, 그것으로 안되면 2천 달러를 더 내놓고, 그래도 물러서지 않으면 마지막 2천 달러를 내놓기 위한 준비였던 모양입니다. 그런데 이 프랭크라는 사나이는 예술가 기질이 얼마쯤 있는 어수룩한 사람으로, 이런 일을 하는 것은 좋지 않다고 생각하여 실제로는 하지 않았다고 합니다.

프랭크는 귀하게만 자라서 본디 그다지 경제관념은 없으나 말할 수 없이 효자입니다. 어머니가 관절염을 앓아 지팡이에 의지하여 걸어다니는 상태였으므로 가게가 집에서 가깝다는 것이 그에게 가장 큰 매력이었던 모양입니다. 급할 때에는 뛰어서 갈 수 있는 거니까요."

우리는 이미 식사를 끝내고, 닉이 제안해서 자리를 담화실로 옮겨 커피를 마시기로 했다. 급사가 난로 앞에 테이블을 옮겨 놓고 팔걸이 의자를 빙 둘러 늘어놓았다. 그가 커피를 가져다 놓고 가자 다시 우리만 남게 되었다. 내가 조심성 없이 먼저 입을 열었다.

"그러나 아직 그다지 확실한 전망이 서지는 않은 것 같군요."

존스턴 씨는 고개를 끄덕이며 대답했다.

"그건 그렇지요. 그러나 일단 잡기는 했습니다."

"그러나 붙잡아둘 수만은 없을 게 아니오?"

내가 물었다.

"신문하기 위해 잡아둘 수는 있지요. 이제부터 여러 가지로 좀 바싹 죄어 볼 생각입니다. 감옥에서 나온 뒤의 발자취를 1분 1초까지 캐묻겠습니다. 여러 번 되풀이해서 질문하다가 조금이라도 모순된 말을 하면 재빨리 쐐기를 박는 겁니다."

"그렇게 하면 나라도 먼지쯤은 나오겠군."

순간 존스턴 씨는 대번에 얼굴을 붉히며 나에게 덤벼들려고 했으나, 위험한 상태에서 자제심을 찾았다.

그는 분명하게 잘라 말했다.

"우리는 불에는 불로 싸웁니다. 그가 그 사나이를 살해한 것은 확실한 일이므로."

"어째서 텔리가 그 사나이를 살해했다고 당신들이 생각하는지는 알았지만." 닉이 말을 가로막았다. "왜 눈 속에 파묻었는지 그 까닭은 잘 모르겠는데요."

존스턴 씨는 마치 나 따위는 무시하는 듯이 날카롭게 닉 쪽으로 고개를 돌리면서 말했다.

"그것은 말할 필요도 없이, 시체가 발견되지 않도록 하기 위해서입니다. 살인범이 피해자를 숲 속에 파묻거나 무거운 돌을 매달아 바다에 던지는 것과 똑같은 이유지요."

닉은 고개를 저으면서 말했다.

"그러나 존스턴 씨, 당신도 알아차리셨겠지만, 사람의 왕래가 심한 길바닥의 눈 둔덕 속에 시체를 감추는 것과 숲 속에 파묻거나 바다에 던지는 것은 전혀 다르지 않겠습니까?"

"어떻게 다릅니까?"

존스턴 씨가 덤벼들 듯이 따졌다.

닉은 얼굴을 일그러뜨리며 억지로 웃었다.

"시체를 숲 속이나 바다에 던지는 것은 절대로 발견되지 않기를, 또는 발견된다 하더라도 신원을 알아볼 수 없는 상태가 되어 있기를 바라고 하는 행위지만, 길 옆 눈 둔덕 속에 사람을 파묻으면 언젠가는 누구에게든 발견되어 당장 신원이 밝혀질 겁니다. 더욱이 차디찬 눈 속이라면 시체도 잘 보존될 테지요. 보통 상태의 날씨라면 기껏해야 며칠 뒤에 발견될 것이고, 올해같이 이상 기후인 겨울이라도 늦어야 몇 주일 아니겠소?"

"그만한 시간만 있으면 상당히 먼 곳까지 달아날 수 있습니다."

닉은 단호하게 고개를 저으면서 존스턴 씨의 말을 가로막았다.

"그러나 텔리에게는 달아날 생각이 없었던 게 아닐까요? 따라서 당신들 경찰이 그를 체포하는 일도 그다지 어렵지 않았을 거요.

내가 궁금하게 생각하는 것은 어째서 범인이 자동차의 문을 열어 시체를 밖으로 밀어내고는 그대로 달려가 버리지 않았는가 하는 것이오. 시체가 눈이 쌓인 둔덕 위에 뒹굴고 있으면 그 뒤에 곧 발견되었다 하더라도 뺑소니 자동차에 치인 희생자라고 생각할지도 모르고, 또는 부분이든 전체이든 눈이 내려 보이지 않게 되어 있으면 그 뒤에 지나가던 자동차나 제설차가 치고 갈 가능성도 있습니다. 어떻든 그리하여 타박상이라도 생기면 그가 맞아서 생긴 머리의 상처 자국을 감추는 데도 도움이 되었을 것이고, 살인 사건이 아니라 단순한 사고로서 훌륭하게 지나칠 수도 있었을 텐데 말이오."

"아마도 몹시 낭패스러웠던 모양이지요." 존스턴 씨가 대답했다.

"그렇다면 더욱더 시체를 버린 뒤 뒤도 돌아보지 않고 달아나지 않겠소?" 닉은 끈질기게 물고 늘어졌다. "아무래도 당신은 내 질문의 의미를 잘 이해하지 못하신 것 같군요. 다시 말해서 시체를 눈 속에 묻은 데에 어떤 의미가 있는가 하는 것이오. 아마도 시체 발견을 적어도 며칠 늦추는 것이 목적이었을 겁니다. 그렇게라도 생각하지 않으면 이런 행위는 설명할 수 없지 않겠소? 범인은 바로 이 점을 노린 거요."

"며칠 늦추어서 어떤 좋은 점이 있는 겁니까?"

존스턴 씨가 물었다.

닉은 시디신 레몬을 깨물었을 때처럼 입을 오므리며 말했다.

"그야 여러 가지 생각할 수 있지요. 그러나 우선 번개처럼 내 머리를 스치는 것은, 그가 미스터 존의 연수표를 갖고 있었다면 어떻게든 현금으로 바꾸고 싶어했으리라는 점이오."

존스턴 씨는 갑자기 눈을 빛내며 흥미를 나타내기 시작했다.

"다시 말해서 존의 죽음이 알려지면 은행은 그가 죽은 날 다음 날짜로 된 수표의 지불을 자동으로 정지할 거라는 말씀이시군요. 그것은 흥미 있는 생각입니다만, 웰트 교수. 그렇다면 텔리에게는 미스터 존을 살해할 생각도 때릴 생각도 없었으며, 단지 거액의 돈을 빼앗는 것이 목적이었다는 말입니까? 그렇게 생각하면 그가 공공연하게 그를 찾은 것도 이상할 게 없겠군요.

그렇다면, 텔리는 미스터 존에게 돈을 요구했습니다. 50달러나 백 달러의 작은 돈이 아니라 천 달러나 2천 달러의 목돈을. '그런 돈은 지금 갖고 있지 않아. 그러나 좋아, 그렇다면 수표로 주지' 하고 말한 뒤 미스터 존은 수표를 써 주었습니다. 일부러 며칠 뒤의 날짜로 말입니다. 지불정지 수법으로 나갈 생각이었겠지요. 미스터 존이 할 법한 수법입니다.

하지만 그렇게 잘되지는 않았습니다. 텔리는 그것을 알아차리고 화가 난 나머지 그의 머리를 후려쳤습니다. 그러나 너무 힘껏 내리쳤기 때문에 미스터 존은 그의 팔에 안긴 채 죽고 말았습니다. 그러나 며칠만 그의 죽음을 비밀로 해둘 수 있다면."

갑자기 존스턴 씨의 목소리가 열기를 잃었다.

"이것은 좀 이상합니다, 웰트 교수. 텔리도 수표를 현금으로 바꾸면 당연히 자기가 살인과 결부되는 것을 잘 알고 있었을 테니까요. 그는 조금 모자라는 사나이지만, 그 정도로 모자라지는 않습니다."

조금 전부터 걷잡을 수 없는 어떤 생각이 자꾸만 내 마음을 쿡쿡

찌르고 있었는데, 이제 간신히 그때까지 저마다 뿔뿔이 흩어져 있던 조각들이 모두 정해진 위치에 자리를 잡으려고 하는 느낌이 들었다.

"여보게, 닉. 나는 자네가 이야기하려는 바를 알 것도 같아……. 자네는 미스터 존이 릴리와 결혼하려 했던 것을 사실 그대로 해석하려는 모양이지?"

닉이 고개를 끄덕이는 것을 보고 나는 용기를 얻어 다시 말을 이었다.

"릴리는 몸매가 훌륭한 여자인데, 미스터 존은 그와 반대로 키가 작고 뚱뚱한 사나이일세. 릴리의 옛날 연인은 잘생겼으며, 그가 이번에 형무소에서 나왔네. 언제라도 다시 그전 상태로 돌아갈 수 있는 형편이 된 셈이지. 물론 릴리는 미스터 존보다 그가 더 좋았을 걸세. 더욱이 그녀쯤 되는 여자라면 미스터 존 정도는 문제도 안 돼. 게다가 그녀라면 굳이 미스터 존을 찾아다닐 필요도 없지. 그녀의 아파트에 함께 살고 있으니까. 그녀는 차를 가지고 있네. 본디 미스터 존의 것이었지만. 그들은 플로리다에 가서 결혼할 계획이었네. 당연히 그녀는 여러 가지 옷이 필요하게 되어 그에게 졸랐겠지. 그는 앉아서 조르는 대로 많은 금액의 수표를 써 주었네."

닉의 얼굴에 빙긋이 웃음이 떠올랐다.

"그렇다면 어째서 그는 그녀에게 줄 수표를 연수표로 했을까?"

"그 이유는 여러 가지로 생각해 볼 수 있네."

내가 말하려고 하자 존스턴 씨가 신음하는 듯한 목소리로 끼어들었다.

"그건 쓸데없는 이야기요. 이론으로서는 훌륭하지만, 그런 이야기는 아무 소용도 없소. 아무튼 내가 그 연수표 건을 해명해 드리지요. 우리는 미스터 존의 장부를 철저하게 조사했습니다. 철저하게라고 했지만, 별로 많지 않았으므로 보지 못하고 놓치려고 해도 놓칠 수가 없었지요, 그의 수표책을 조사해 본 바에 따르면 단 한 장도 분실된 흔적이 없었습니다. 발행한 것은 전부 부본이 있었습니다.”

“그의 계좌의 이달 결산 보고는 이미 은행에서 받아두었겠지요?” 닉이 물었다

“부탁해 두었는데, 급히 작성해 주겠다고 약속했으므로 아마 지금쯤 내 책상 위에 있을 겁니다.”

“그럼 어떻습니까, 우리 내기를 해보지 않겠습니까?”

닉은 바지 주머니에서 구식 잔돈 지갑을 꺼내어 열고서 여윈 둘째 손가락으로 지갑 속을 휘저었다. 그는 조금 뒤 희미한 한숨과 함께 25센트짜리 은화를 꺼내어 눈 앞의 테이블 위에 소리나게 놓았다.

존스턴 씨가 빙그레 웃음지으며 역시 25센트짜리 은화를 꺼내 테이블 위에 놓았다. 두 닢의 은화가 테이블 위에 사이좋게 가지런히 놓였다.

“좋습니다, 당신은 무엇에 거시겠습니까?”

“지금쯤 당신 책상 위에 놓여 있을 거라고 말씀하신 그 은행 보고서에 2천 달러짜리 수표 한 장이 프랑크 라일리 앞으로 지불되었다는 기록이 있으리라는 것에 걸기로 하겠소.”

“프랑크 라일리, 그 조카 프랑크 라일리 말씀입니까? 그렇다면 그는 교묘하게 4천달러로 흥정하고 나머지는 자기 주머니에 넣었다는 말씀입니까?”

“결국 돈을 깎는 데 형편이 좋도록 석 장의 수표로 만들어 준 이야기가 너무나도 바보스럽게 생각되니까요.”

“그래요? 어째서지요?” 존스턴 씨가 다시 물었다.

“사람이 어떤 흥정을 할 때 그런 방법은 쓰지 않습니다. 너무 폭이 크거든요. 부르는 값이 6천 달러라면 4천쯤에서 시작하여 5천이나 5천 5백쯤에서 절충하는 것이 보통이지요. 그러나 2천에서 4천, 4

천에서 6천으로 한다면 너무 비약하는 것입니다.

프랭크는 본디 장사 솜씨가 없는 사람이므로 그런 것은 잘 모를 수도 있겠지만, 미스터 존은 모를 리가 없지요. 게다가 나로서는 아무래도 프랭크 따위에게 미스터 존이 6천 달러를 선뜻 내주며 가서 가게를 사라고 했을 것 같이 생각되지 않는군요."

"그렇다면 프랭크가 어떻게 했다는 말씀입니까?"

존스턴 씨가 거듭 물었다.

"그는 30살, 아직 결혼도 하지 않았으며 이렇다 하게 특수한 기술을 가지고 있는 것도 아니오. 그러나 어머니가 일찍이 학교 교사로 있었을 정도니까 그의 경우 기회가 없다거나 부모의 사회적 지위가 낮기 때문이라는 이유는 성립되지 않습니다. 아마도 그는 흔히 말하는 어머니의 치마폭에 감싸여 사는 자식이었겠지요. 여러 가지 작은 일을 이것저것 한 끝에 겨우 가까운 이웃에 있는 문방구점의 점원 자리를 얻었습니다.

내가 상상하기에 미스터 존은 그 뒤로도 쭉 그 가게의 경기에 눈독을 들이고 있었으므로 이것은 사기만 하면 절대로 이득이 있다고 프랭크에게 꾀를 일러 주어 석 달 동안 분할하여 2천 달러씩 지불하기로 이야기를 끝내게 했던 것 같소. 그리고 그는 석 장의 수표를 써서 그 가운데 두 장은 연수표로 해두었던 것이오."

"하지만 부본은 모두 같은 날짜로 되어 있었습니다."

존스턴 씨가 한사코 항의했다.

"부본? 아아, 그건 아마 맨 처음 한꺼번에 기입했기 때문이겠지요. 그러나 실제로 수표를 끊을 때는 자기 생각대로 한 장은 11월, 또 한 장은 12월, 그리고 나머지 한 장은 1월 하는 식으로 저마다 다른 발행일로 해두었을 것이오.

그 마지막 날짜가 1월 7일이었는데, 여기서 중요한 것은 그날 당사자인 미스터 존이 이미 이 세상 사람이 아니라는 사실이 은행에 알려지지 않도록 해둘 필요가 있었던 것이오."

"그렇다면 당신은 그 조카가 그를 살해했다는 말씀입니까?"

"아니오, 나는 단순히 눈 속에다 미스터 존을 묻은 것은 프랭크일 거라고 말하는 거요. 그는 사람을 죽일 정도로 배짱이 있는 사나이가 못되오. 내가 의심하는 것은 오히려 그의 어머니, 그전에 교사였다는 분 말입니다. 아마도 그녀가 자기 지팡이로 때려서 죽였을 것이오."

"무엇 때문에?"

존스턴 씨는 끈질기게 물었다.

"이유요? 그것은 말할 나위도 없이 미스터 존이 결혼하려고 했기 때문이지요."

닉은 잠깐 말을 끊었다.

"모르시겠소? 그 미스터 존은 그들 말대로 아마 1년에 한두 번밖에 그들에게 얼굴을 보이지 않았을 거요. 그러나 이 점에 대해서만은 자신있게 말할 수 있는데 이것은 그가 그들의 집을 찾아가기가 어렵다든가 했기 때문은 아닌 것 같소. 대체 미스터 존 같은 사나이가 그 집으로 발길을 옮기게 한 것──그러나 될 수 있는 대로 적게──이 있었다고 하면, 그것이 무엇이겠소? 이유는 오직 하나, 그에게 그들은 이 세상에 유일하게 살아 있는 육친이자 가족이었다는 것뿐이오. 다시 말해서 정말 의리때문에 찾아간 것이었지요.

그러나 프랭크는 좀 더 자주 그를 만났던 것 같소. 학교 교사의 연금과 점원의 급료만으로는 집안 살림이 어려워 꽤 자주 그에게 도움을 청해야만 했겠지요. 어떤 때는 50달러, 어떤 때는 백 달러 하는 식으로 미스터 존은 프랭크에게 돈을 주어 왔소. 만일 그때까지 그런 일이 전혀 없었다면, 갑자기 6천 달러라는 거액을 달라고 말할 수가 없었을 테니까요.

한편 프랭크의 어머니는 태양은 자기 아들을 위해 뜨고 또 그를 위해 진다고 생각하고 있었소. 그러나 그러한 그녀라 할지라도 아들의 생활 능력을 착각하는 일은 없었소. 자기가 죽어 연금마저 정지되면 이 아이는 어찌될 것인가? 이제까지는 삼촌이 무슨 일에고 힘이 되어 주었지만, 그도 이제는 결혼할 모양이다. 그것은 앞으로 그가 살아 있는 동안에도 지금까지처럼 선뜻 돈을 내주지 않게 되는 것을 뜻한다. 하물며 그가 죽은 뒤 유산은 프랭크를 그냥 지나쳐서 그 미망인의 주머니로 고스란히 굴러들어가게 될 것이다. 그녀는 이렇게 생각한 것이오.

그리하여 그녀는 지팡이로 미스터 존을 때려죽였소. 그런 다음 아들에게 차고에 넣어 둔 자동차까지 시체를 운반하도록 했소. 이 가공할 모자는 시체를 실은 차를 운전하며 시내를 돌아다녔소. 가게가 정말 자기들의 것이 되는 마지막 지불일까지 어디 적당한 곳에 시체를 감추어 둘 생각으로 말이오."

존스턴 씨는 아무 말도 하지 못하고 닉을 뚫어지게 쏘아보고 있더니 의자에서 벌떡 일어났다.

"틀림없이 사무실에 아직 누군가 남아 있을 것입니다. 은행의 보고서를 조사하도록 잠깐 전화를 걸고 오겠습니다."

"전화 부스라면 밖의 복도에 있습니다." 하고 내가 가르쳐 주었다.

존스턴 씨가 없는 사이 닉과 나는 잠자코 그가 돌아오기를 기다렸다. 나는 여러 가지로 묻고 싶은 일이 있었으나 존스턴 씨가 없는 데서 이야기를 시작하는 것은 좋지 않을 것 같았다. 겉으로 보기에 니키는 완전히 침착한 태도였으나, 문득 깨닫고 보니 그는 손가락으로 열심히 의자의 팔걸이를 두들기고 있었다.

오래지 않아 존스턴 씨가 돌아왔다.

"감사드립니다, 웰트 교수. 수표가 완전히 당신의 추리를 뒷받침해 주고 있었습니다."

짓궂은 질문이라는 것은 알고 있었지만, 나는 물어보지 않을 수 없었다. 나는 매우 순진한 목소리로 말했다.

"그렇다면 닉, 텔리는 이 살인사건에 아무 관계도 없다는 말인가?"

닉은 날카롭게 내 쪽으로 고개를 홱 돌렸다.

"아닐세, 크게 관계가 있었네."

존스턴 씨와 나는 목소리를 합하여 소리쳤다.

"그가 무엇을 했단 말인가?"

"결국 그가 형무소에서 나온 사실 자체가 이번 사건을 일으킨 가장 근본이 되는 동기였네. 내가 생각하기에 미스터 존은 마음 속 깊이 릴리에게 반해 있어서 그야말로 물불 가리지 않는 형편이었을 걸세. 두 사람의 생활은 행복했네. 텔리와 미스터 존을 나란히 놓고 보게. 릴리는 아마도 나이가 많은 존을 택했을 게 틀림없지만, 미스터 존으로서는 불안했네.

그 핸섬한 젊은이가 다시 나타나면 릴리가 당장 그에게 달려가지 않을까 생각했던 걸세. 그래서 미스터 존은 그녀를 자신에게 붙들어매는 방법으로 결혼하자고 말했던 거지. 릴리한테서 이 말을 듣자 텔리는 그것이 그녀에게는 행복을 잡는 다시없는 기회임을 알고 진심으로 축복을 보내며, 자기는 결코 화내지 않는다는 말을 남기고 떠났네. 그리고 미스터 존에게도 자기에 대해서라면 아무것도 두려워할 게 없다고 말하여 안심시켜 주려고 찾아다녔던 걸세."

"실로 멜로드라마의 주인공 같군요."

존스턴 씨가 중얼거리듯 말했다.

"네, 그렇습니다."

닉이 고개를 끄덕였다.

"텔리 같은 사람은, 아니 텔리뿐 아니라 우리 대부분의 사람들은 읽은 책이나 보고 듣고 한 연극 따위에서 도덕의식이며 윤리의식 같은 것을 얻는 일이 아주 많지요."

닉은 차가운 웃음을 지으며 입매를 조금 일그러뜨렸다.

"그런 사람들의 일을 잘 알기 위해서는 존스턴 씨, 그런 사실을 알아차릴 필요가 있지 않을까요?"

The Man on the Ladder
사다리 위의 카메라맨

학생들 식으로 말하면 젠틀먼 조니. 정식으로는 역사학과 주임교수 존 백스터 바우먼은 대학교수로는 신기하게 의상 도락가인 모던한 사람이다. 주로 가난한 대학원 학생들만 모여 있는 핸러헌 부인의 하숙집에서 살고 있는데, 이 차분한 뉴잉글랜드 대학 거리의 하숙집에서는 그의 옷차림이 사람들의 눈을 끌 정도로 지나치게 화려했다.

아스트라칸 칼라가 달린 몸에 꼭 맞는 코트, 레몬 빛깔의 장갑, 게다가 더비 모자를 쓴 차림은 대학뿐 아니라 온 거리에서도 그 한 사람 뿐일 것이리라. 오랫동안 대학에서 교편을 잡고 있었지만 여러 해전에 이혼한 것, 자기 입으로는 한 번도 화제에 올린 적이 없는 아들이 하나 있는 것을 빼놓으면 그의 사생활에 대해서는 뜻밖일 정도로전혀 알려져 있지 않았다.

그렇기는 하지만 학자로서 존 바우먼 교수는 여느 사람과 그다지다른 점이 없다.

대학 출판국을 통해 나와 있는 학문에 관련된 세 권의 저작과 전문지에 발표된 수없이 많은 논문 때문에 학자로서 명성은 일찍부터 확립되어 있었다. 그런데 정말 뜻밖에도 우리 거리며 동료 교수들의 좁은 세계를 훨씬 벗어난 명성을 얻게 되었다. 최근에 발표된 저작 《도시의 발달》이 가드너 상의 역사문학 부문 수상작으로 뽑히어 5백 달러 현금을 상으로 받은 것이다. 그러나 무엇보다도 중요한 사실은 수상한 덕분에 비평가들이 이 저작에 새삼스럽게 주목했다는 것, 아니 그보다도 출판 무렵에는 거들떠보지도 않던 일류 비평가들이 이 수상을 계기로 하여 차츰 주목하게 된 것이었다.

그들은 《도시의 발달》이 '충실한 학문적 노작'이며 '역사문학에 대한 위대한 공헌'이라는 것을 발견하고, 존 백스터 바우먼 교수는 '위대한 역사철학자들의 계보를 잇고 있다'고 지적했던 것이다. 《도시의 발달》은 그 하룻밤이 밝아옴과 더불어 무서운 속도로 팔려서 한 달도 되기 전에 재판이 필요해지고, 어느 주일엔가는 마침내 베스트셀러 리스트에까지 올랐을 정도였다. 말할 나위도 없이 교수회 파티에서는 곧 존 바우먼 교수의 갑작스런 행운과 인세의 금액에 대한 질투 섞인 억측이 화제의 중심이 되었다.

나는 존 바우먼 교수와 거의 교제가 없다. 그는 교직원 클럽에도 좀처럼 얼굴을 내밀지 않고, 교수 부인들은 내가 대학에 근무하기 훨씬 전부터 그를 파티에 초대하는 것을 단념하고 있었던 모양이었다. 그러던 가운데 나는 군검사 선거에 출마하기 위해서 법학부 교수직을 그만두었기 때문에 그와 얼굴을 마주할 기회가 전보다도 훨씬 적어졌다.

학장이 사직하지 말고 장기 휴직으로 해두면 좋지 않겠느냐고 말했으므로 나는 아직도 교수회의 일원이었으며, 해마다 열리는 학장 주최 크리스마스 파티에도 그 자격으로 초대되었다. 나는 이때까지 학장이 보여준 대단한 호의에 보답하는 의미도 있었지만, 그뿐 아니라 존 바우먼 교수도 참석할 터이므로 얼핏 만난 적만 있는 이 저명한 사람과 교제를 깊게 하고 싶다는 아주 자연스러운 마음도 있어 초대를 받아들이겠다는 회답을 냈다.

학장 주최 크리스마스 파티는 크리스마스 휴가 첫날에 열리게 되어 있다. 여러 해 전, 지금보다 교통이 불편하고 비용도 많이 들었던 무렵에는 대부분의 교수들이 도시에서 휴가를 보냈다. 그런데 요즈음에는 교수들은 물론 학생들도 마지막 강의가 끝나기가 무섭게 대학에서 달아나 버리기 때문에 파티에 참석하는 이는 몇 사람 되지 않는다. 하루나 이틀쯤 앞으로 당기면 좀 더 참석하는 사람이 많아질 텐데도 파티는 여전히 휴가 첫날에 열린다. 뉴잉글랜드라는 곳은 이처럼 전통이 오래 살아 있는 풍토인 것이다.

나는 친구인 니콜라스 웰트 교수와 함께 갔다. 그는 그날 밤 기차를 타고 시카고로 휴가를 보내러 갈 계획이었으나, 아마도 대학에서 가장 전통 있고 또 가장 권위 있는 스노든기금 명예 영어영문학 교수의 지위에 있는 사람으로서 파티에 얼굴을 내놓을 의무를 느꼈던 모양이다.

우리는 학장 부부의 환영을 받았으며, 예의를 갖추어 요리를 들고 펀치를 마셨다. 펀치가 좀 모자라는 듯한 것을 알아차리고 문 쪽으로 가려고 할 때 얀 래들로 교수가 나에게 말을 걸었다. 그는 몇 주일 전에 결혼한 새신부를 데리고 막 들어선 참이었다. 그는 나를 부인에게 소개했다. 닉은 전부터 그녀를 알고 있었다. 대학원 학생으로서 닉의 강의를 들은 일이 있었던 것이다.

"존슨 부인에서 래들로 부인으로 바뀐 기분이 어떻소?"

닉이 물었다.

"아주 멋있어요."

그녀는 남편의 팔 밑으로 손을 돌렸다.

얀 래들로는 키가 작고 뚱뚱한 사나이로 머리숱이 퍽 엉성해졌으며, 방울코에 근시인 눈이 툭 튀어나와 있었다. 그러나 아직 40살도 되지 않은 역사학과 부교수로서, 결혼하지 않은 여자 졸업생의 남편감 찾기에 열을 올리고 있는 교수 부인들에게서 가장 유망한 신랑감의 한 사람으로 지목되고 있었다.

"오래 전부터 여기에 계셨습니까, 웰트 교수?" 래들로가 닉에게 물었다. "바우먼 교수는 벌써 와 계신가요?"

"아직 안 온 모양이오." 닉이 대답했다. "역사학과로서는 당신 혼자가 될 것 같군요."

나는 전부터 깨달은 일인데, 니콜라스 웰트를 닉이라고 부르는 것은 그보다 나이가 많은 사람뿐이고, 다른 사람은 모두 교수의 직함으로 부르고 있는 것 같았다. 그렇다고 해서 닉이 늙었다는 것은 아니다. 사실 나보다 두세 살 많을 뿐이지만 벌써 새치가 눈에 띄고──나도 관자놀이께에 흰 머리가 하나 둘 보이기 시작하고 있었다──어린아이처럼 보이는 얼굴은 주름살투성이다. 그러나 젊은 사람들이 그를 닉이라고 부르지 않는 것은 나이보다 더 늙어보이는 그 외모 때문이 아니다. 바우먼 교수 같은 사람은 닉보다 몇 살이나 위인데도 아주 젊은 사람들이 조니라고 부르고 있다. 아마도 닉의 태도 전체, 예를 들어 누군가 말을 걸려고 하면 학기말 시험 점수를 올려 달라고 부탁하러 온 성적 나쁜 신입생을 상대하고 있는 듯한 표정으로 귀를 기울이는 그의 태도에 눌려서 그 앞에 나가면 모두 장난꾸러기 어린아이처럼 위축되고 마는 듯싶었다.

"아니, 아마 나중에 올 겁니다." 래들로 교수가 말했다. "게다가 보브 다익스도 참석하겠다고 했으므로 파티가 끝날 때까지는 역사학과도 그런대로 체면을 유지할 수 있겠지요."

"바우먼 교수가 인세만으로도 살 수 있는 전망이 섰기 때문에 대학을 그만둔다는 소문을 들었는데요?"

래들로 교수는 웃으면서 대답했다.

"그만두지 않을 겁니다. 사실《도시의 발달》인세는 그다지 대단한 금액이 아니니까요. 적어도 그것만으로 먹고 살 수 있을 정도는 못 됩니다. 웬만큼 돈이 모이기를 기대할 수 있는 것은 오히려 다음 책이 아닐까요? 이제는 완전히 유명해졌고, 비평가들도 그의 새로운 저서에 주목할 테니까요."

"다음 출판은 언제가 되겠소?"

래들로 교수는 어깨를 으쓱했다.

"바우먼 교수는 무슨 일이나 비밀주의지요. 보브 다익스가 새로운 저서의 준비를 돕고 있습니다. 그는 책의 완성이 아직도 멀었다고 생각하는 것 같습니다. 저기 보브가 오는군요."

래들로 교수는 손을 흔들어 보브 다익스 교수를 불렀다.

"로라는 어디 있나? 함께 오지 않았나?"

"응, 로라는 플로리다의 부모님께 갔네."

다익스 교수가 대답했다.

"혼자 갔나요?"

래들로 부인이 물었다.

비록 4, 5일이라 할지라도 남편과 떨어져 있을 수 있는 아내의 심정을 이해할 수 없어하는 표정이었다.

"나도 되도록 곧 뒤쫓아가고 싶습니다만." 다익스 교수가 쓴 웃음을 지으면서 말했다. "바우먼 교수의 일을 도와야 합니다. 그것이 끝날 때까지는 아무래도 꼼짝 못할 것 같군요."

보브 다익스 교수도 같은 역사학과의 조교수로, 아직 30살 안팎의 장래가 기대되는 사람이었다. 키가 후리후리하고 잘생긴 젊은이며, 코가 우뚝하고 눈이 움푹 들어간 얼굴을 하고 있다. 더부룩한 검은 머리가 흰 머리칼로 기묘하게 나뉘어 있어 그것이 약간 로맨틱한 느낌을 주었다.

　모두 다익스 교수를 좋아했다. 그의 어린아이 같은 순진함이 비평을 막아 버리고 마는 것이다. 간단한 기계류 같은 것에도 전혀 식견이 없으며, 그때그때 흥미의 대상에 그야말로 열중하는 버릇이 있다. 햄(아마튜어 무선가)이든, 사진이든, 또는 암석 채집이든 대상을 가리지 않는다. 그가 이러한 것에 대해 이야기할 때면 듣는 사람은 이처럼 햄에 흥미를 갖는 것이 무선기가 좋아서만이 아니라, 확대된 커뮤니케이션을 통해 자신의 지평을 넓히고 싶기 때문이 아닐까 믿어 버릴 정도로 그 열의가 대단했다. 마찬가지로 암석 표본 수집은 단순히 그의 소유욕을 만족시킬 뿐 아니라 모체인 지구를 더 잘 이해하는 힘이 되는 것이 아닐까 생각될 정도이다. 그러면서도 한편 그의 취미는 기묘한 어린아이 같은 실용성을 갖고 있었다. 이를테면 암석 표본 몇 가지를 여기저기 박물관이나 대학의 지질학과에 팔았으며, 사진으로는 대학원 학비의 일부를 벌었노라고 그 자신이 자랑하고 있는 것이다.

　내가 물었다.

　"지금 마침 바우먼 교수의 새로운 저서에 대해서 이야기하던 참이었소. 이제 슬슬 되어가오?"

　다익스 교수는 웃으면서 대답했다.

　"앞으로 1년쯤 더 걸릴지도 모릅니다. 이 일이 어떤 것인지 아시겠지요? 나는 이번 휴가를 고스란히 이 일에 바칠 생각입니다."

　"집을 내버려두고 말인가?"

　래들로 교수가 짓궂게 한쪽 눈을 찡긋하며 말했다.

　다익스 교수의 가장 새로운 취미로 그가 새살림집에 열중하는 모습은 모든 사람의 농담거리가 되어 있었기 때문이다. 그 집이란 지난해에 산 빅토리아 왕조식의 넓고 큰 건물로, 그것을 산 뒤 교직원 클럽에서 우리를 붙잡고는 "정말 튼튼하게 잘 지었답니다. 요즈음 지은 겉만 번드르르하고 내용이 충실치 못해 망가지기 쉬운 집과 전혀 다릅니다." 싫증도 내지 않고 집 자랑을 되풀이해 왔었다. 또한 그 집은 널찍하여 자유로이 돌아다닐 만한 공간이 넉넉하다는 것이었다. 물론 우리가 들춰내는 모든 결점에 대해 그는 해명할 답을 준비하고 있었다. 난방에 막대한 비용이 들 것이라고 말하면 쓰지 않는 방은 잠가버린다고 대답한다. 수리하려면 큰 일일 거라고 말하면 대개의 일은 자신이 직접 할 수 있고, 무엇보다도 그렇게 하는 것이 즐겁다고 대답했다. 그뿐 아니라 한길 건너편의 똑같은 구조로 지은 집을 산 이웃사람이 계획했던 것과 마찬가지로 건물을 몇 개의 작은 부분으로 간막이를 해서 막아버리면 어떨까 생각하는 모양이었다.

"바우먼 교수의 일을 돕는 틈틈이 집을 손봐야 할 일도 두 가지쯤 있습니다." 다익스 교수는 말했다. "그런데 오늘 저녁 어느 분이든 바우먼 교수를 보셨습니까?"

"호랑이도 제 말을 하면 온다지 않나."

래들로 교수가 문 쪽으로 턱짓을 해보이며 말했다.

바우먼 교수는 20대로 생각되는 금발의 핸섬한 젊은이를 데리고 우리 쪽으로 가까이 다가왔다.

그는 조금 조심스러운 태도로 말했다.

"여러분에게 아들 찰스를 소개하겠소. 찰스는 어떤 출판사에서 편집일을 하고 있지요. 1주일쯤 이곳에 머무를 예정이어서 내 원고를 보러 온 겁니다."

그는 다익스 교수 쪽을 보았다.

"어떤가? 좋은 이야기지, 보비?"

다익스 교수는 천천히 고개를 끄덕이면서 빙그레 웃었다.

"도움되는 일이라면 무엇이든지 이용하는 편이 좋지요."

몇 분 동안 이런저런 잡담을 하다가 이윽고 닉이 손목시계를 보았다.

"이제는 슬슬 나가야지, 기차시간에 늦겠군. 역까지는 꽤 걸어야만 하니까 말일세."

"8시 열차입니까?" 다익스 교수가 물었다. "내 차가 있으니까 역까지 배웅해 드리겠습니다."

"그거 참 고마운 일이군요." 닉이 대답했다.

우리가 문 쪽으로 가려고 할 때 바우먼 교수가 다익스 교수에게 다시 돌아올 것이냐고 물었다.

"아니, 돌아오지 않을 생각입니다. 듀크를 차 안에 두고 왔기 때문에 집으로 데리고 돌아가야 합니다."

바우먼 교수가 내일 집에 있을 거냐고 묻자 그는 아마 있을 거라고 대답했다.

"그럼, 어쩌면 내일 찾아갈지도 모르네."

바우먼 교수가 말했다.

"역사학과에는 참으로 여러 가지 일이 있었군요." 내가 말했다. "바우먼 교수는 베스트셀러를 냈고, 래들로 교수는 결혼을 했고."

"더욱이 아주 좋은 부인이십니다."

다익스 교수가 얼른 끼어들어 말참견을 했다.

"그런 것 같더군요."

"우리 동료의 부인들은 그다지 친절하지 않았답니다."

"그래요?"

"이곳 사람들이 어떤지 아시겠지요? 그 두 사람은 그녀가 아직 이혼도 하기 전에 함께 있는 것을 다른 사람들에게 들켰답니다. 물론 이미 이혼 수속이 진행되고 있었지만, 사람들은 그런 일을 모르니까요. 게다가 이혼이 성립되어 두 사람이 결혼하자 마치 미망인이 곧 재혼이라도 한 것처럼 이러쿵저러쿵 비판하는 사람이 나왔지요."

차에 가까이 가자 개가 요란스럽게 짖어대기 시작했다. 다익스 교수는 상냥하게 웃음을 띠었다.

"듀크라는 녀석입니다. 내 발소리를 알아듣지요."

그는 새살림집으로 옮기자 곧 로라가 혼자 집을 지키고 있을 때 무섭지 않도록, 그리고 그녀가 심심하지 않도록 하기 위해서라는 구실로 이 개를 구했다. 그러나 그를 알고 있는 사람들이 보기에는 어린 아이처럼 자신이 갖고 싶어 샀다는 것이 명백했다. 사실 그는 몇 시간이나 들여서 이름을 부르면 달려오는 흔해 빠진 재주를 가르쳤다. 이것을 가르치기 위해 그는 끈으로 목에 매단 개 피리(개를 훈련하는 데 쓰는 피리로, 그 소리가 개에게는 들리지만 사람에게는 안 들린다)를 사용했다.

듀크는 흔히 아무 데서나 볼 수 있는 여느 개가 아니었다. 벨기에산의 양을 지키는 브리아르 종 개로, 몸집이 크고 얼굴이 긴데다 북실북실한 잿빛 털이 뒤덮여 있어서 과연 저런데도 눈이 보일까 의심스러울 정도였다. 이 개는 웬만한 부자가 아니면 도저히 기를 수 없다고 누군가가 말했을 때, 확실히 사육비가 많이 들기는 하지만 머지않아 암컷을 한 마리 구해다 강아지를 낳아 팔려고 한다고 다익스 교수가 대답하는 것을 들은 기억이 있다. 이것이야말로 정말 다익스다운 해결책이라고 생각되었다.

확실히 듀크는 훈련이 잘되어 있었다. 주인의 모습을 보자 매우 기쁜 듯이 꼬리를 흔들더니 그와 나란히 앞자리에 얌전하게 앉았다. 닉과 나는 뒷자리에 올라탔다. 차가 달리기 시작하자 다익스 교수는 몇 번이나 우리 쪽을 돌아다보며——그 때문에 닉은 조마조마해 했다——듀크가 얼마나 영리한 개인지 몇 가지 예를 들어 설명했다. 이

욱고 무사히 역에 닿자 우리는 정말로 마음이 놓였다.

닉을 배웅한 뒤 다익스 교수가 괜찮다면 잠깐 집에 들렀다 가지 않겠느냐고 나에게 말했다. 그러나 나는 정중하게 거절했다.

"언제 한 번 찾아가지요. 그러나 오늘은 그냥 집으로 돌아가야겠소."

"그럼, 다음에 기회를 만들지요."

그는 내가 거절하여 조금 기분이 언짢아진 것 같았다.

그 뒤 우리 집 앞까지 오는 동안 둘 다 아무 말도 하지 않았다. 나는 집까지 데려다 준 데 대해 고맙다고 인사를 하고, 휴가 중에도 이곳에 남아 있어야 하는데다 부인이 함께 있지 않아 매우 안됐다고 덧붙여 말했다.

"원고가 완성되기까지 아직 멀었다면, 도중에 며칠 동안 긴장을 풀고 숨을 돌려도 그다지 큰 지장은 없을 것 같은데요······."

다익스 교수는 고개를 설레설레 저었다.

"완성까지는 제법 기일이 걸리겠지만, 바우먼 교수가 강경하답니다. 이번 저작에는 여러 가지 문제가 있으므로 그가 필사적으로 열을 올리는 것도 무리가 아닐는지 모르지만 말입니다."

그러나 여러 가지 문제가 어떤 성질의 것이든 그 책에 관한 한 모두 끝나 버렸다. 그보다도 존 바우먼 교수 자신의 여러 가지 문제가 모두 끝나고 말았다.

그는 죽은 것이다.

얼른 보기엔 쓸데없는 호기심이 그의 죽음을 부른 것 같았다. 대학에서는 마침 새로운 기숙사의 기초 공사를 위해 흙을 파헤치고 있었다. 하이 스트리트의 언덕길 위쪽 부근인데, 깊이 판 구덩이가 길에서 몇 피트 되는 지점까지 접근하여 경찰은 위험을 방지하기 위해 신호등을 설치하고 바리케이드를 쳐놓았다.

분명히 바우먼 교수는 공사의 진행 상태를 보려고 이 바리케이드를 넘었을 것이다. 그날 아침 첫눈이 내렸다. 1인치도 못되는 눈이었지만, 길이 매우 미끄러웠다. 거기에서 구덩이 밑바닥까지는 적어도 30피트쯤 되는데, 바우먼 교수가 발을 헛디뎠든지 아니면 구덩이 가장자리가 허물어진 모양이었다. 어떻든 그는 구덩이 밑바닥에서 시체로 발견되었다.

토요일이었으므로 공사 현장에는 작업하고 있던 사람이 없었고, 이미 휴가로 접어들었으므로 근처에는 아무도 없었다.

크리스마스 휴가에 들어서면 대학가는 유령의 도시로 바뀌고 만다. 신호등에 기름을 넣어 불을 붙인 인부가 구덩이 밑바닥에 쓰러져 있는 바우먼 교수와 몇 야드 옆에 뒹굴고 있는 더비 모자를 발견했다.

당연한 일이지만 시체에는 타박상이 여러 군데 있었으며, 경찰 의사는 굴러떨어지고 나서 10분 이내에 죽은 것 같다고 말했다.

물론 이것은 자연사가 아니었으므로 경찰은 일단 수사를 했다. 군 검사로서, 또 대학의 관계자로서 나도 이 수사에 참가할 의무를 느꼈다.

나는 바우먼 교수의 하숙집 여주인인 핸러헌 부인에게 물어보았으나, 토요일에는 그가 늦잠을 잤으므로 외출한 것은 정오쯤이었을 거라는 말밖에 듣지 못했다.

그는 사고가 있기 전에 역사학과의 연구실에 들렀다. 래들로 교수가 거기에 있었는데 그에게서도 참고될 만한 이야기는 별로 들을 수가 없었다. 그는 말했다.

"살아 있는 그와 맨 마지막으로 만난 것은 아마 나일 겁니다. 바우먼 박사는 12시 반쯤에 왔었지요, 4, 5분 동안 이런저런 이야기를 했습니다. 그런 다음 그는 보브 집으로 간다면서 나갔는데, 내가 보브를 만났을 때 그는 토요일 오후에 노튼으로 갈 거라고 말했었지요."

"바우먼 교수는 역사학 연구실에서 다익스 교수를 만나려고 생각했을까요? 그 때문에 연구실에 들렀던 것일까요?"

래들로 교수는 고개를 저었다.

"나는 그렇게 생각하지 않습니다. 두 사람은 대개 보브 집에서 일을 하지요. 아니, 그가 여기에 온 것은 단순한 습관이었다고 생각합니다. 우편물의 주소를 이곳으로 해둔 점도 있고, 게다가 보브 집으로 가는 길이었다면 이 앞을 지나야 하니까요."

다익스 교수를 만나본 결과, 그는 바우먼 교수와 만나지 않았음이 확실해졌다.

"그와 만날 약속 같은 건 하지 않았습니다. 당신도 듣지 않았습니까? 내가 집에 있겠다고 하자 그렇다면 찾아갈지도 모른다고 말했을 뿐이었지요. 그러니까 뚜렷하게 약속한 건 아니었습니다. 여기라면 넓고 방해도 없으므로 일은 내내 우리 집에서 해왔습니다. 게다가 원고며 노트를 모두 내가 보관하고 있거든요. 보통 날은 하루 종일 집에 있습니다. 여러 가지로 할 일이 많으니까요. 그런데 로라가 없으니까 어쩐지 마음이 차분해지지 않아 노튼으로 쇼핑을 하러 가려고 마음먹었지요. 나는 11시쯤 집을 나서 노튼에 도착한 다음 몇몇 가게를 돌아다녔습니다. 가벼운 식사를 하고 나서 어차피 왔으니까 오늘 하루는 즐겨야겠다고 생각하고 영화를 보러 갔지요. 대낮부터 말입니다."

다익스 교수는 이상스러워하는 듯한 표정을 지었다.

"그런 일은 처음이었습니다. 대낮부터 영화를 본다는 것은 말입니다. 그런데 여느 때 하지 않던 일을 처음으로 한 것이 존 바우먼 교수의 죽음과 연결되다니!"

"연결되다니요, 그게 무슨 뜻이지요?"

"왜냐하면 내가 집에 있었다면 함께 일을 하고, 그런 다음 그를 집까지 데려다 주었을 게 아닙니까?"

"그가 당신 집에 왔다는 것을 어떻게 알았소?"

"물론 알고 있었던 것은 아닙니다. 아마도 왔을 거라고 생각했을 뿐입니다. 그가 오지 않았다는 증거라도 있습니까?"

나는 고개를 저었다. 그러나 다익스 교수는 분명히 마음이 상한 모양이었다. 나는 그의 기분을 위로해 주고 싶었으므로 다정하게 말했다.

"사고는 당신 집에서 돌아가다 일어난 것이 아니라 이리로 오다가 난 게 아닐까 생각하오. 역사학과 연구실에서 하이 스트리트의 언덕길까지는 꽤 가파르거든요. 나도 언제나 그곳을 다 올라가기 전에 1분쯤 걸음을 멈추고 쉴 정도지요.

물론 이것은 단순한 추측인데, 바우먼 교수는 언덕길 꼭대기에 이르자 걸음을 멈추고 아주 자연스럽게 공사 진행 상황을 들여다보러 간 것이 아닐까요?"

교수가 내 추리에 감사하고 있음을 알 수 있었다. 그는 천천히 생각 깊게 고개를 끄덕이면서 말했다.

"실은 나도 그렇게 한답니다. 나로서는 언덕길 꼭대기까지 다 올라가도 그다지 숨이 차지 않으니까요."

그는 내 얼굴을 보고 싱긋 웃었다.

"아마 내가 좀 더 그럴 것입니다. 나는 거기까지 가면 언제나 걸음을 멈추고 경치를 바라봅니다. 골짜기가 한눈에 내려다보이고, 이 집의 지붕도 보이지요."

바우먼 교수의 아들을 찾아간 것은 조의를 표하고 싶은 심정에서였다. 그러나 그가 아버지의 죽음을 그다지 중대하게 생각하지 않는 것 같아 나는 충격을 받았다. 나는 그 점을 지적하여 말하지 않을 수 없었다.

"그럼, 저더러 어떻게 하라는 겁니까?" 그는 괴로운 듯이 되물었다. "저는 당신을 잘 모르는 것과 마찬가지로 아버지에 대해서도 잘 모릅니다. 부모님이 이혼했을 때 저는 겨우 13살이었고, 그로부터 12년 동안 아버지와 기껏 대여섯 번 만났을 뿐이니까요. 1년에 세 번이나 네 번쯤 편지를 받는 정도였습니다."

"자식을 양육하지 않는 아버지가 그 아들과 얼굴을 마주하기 거북해 하는 심정을 이해할 것 같네. 아마도 아들이 원망하겠지. 그러니 만나서 마음을 상하게 해주느니 차라리 만나지 않는 편이 낫다고 생각한 게 아니었을까?"

"아버지에게도 방문할 권리가 있었습니다. 그러나 한 번도 그 권리를 행사한 적이 없었습니다."

"그렇다면 이번에 자네가 찾아온 이유는 뭔가? 갑자기 자식으로서 정이 솟아났다는 것인가?"

"비즈니스, 순수한 비즈니스입니다. 출판사 사장이 아버지의 새로운 저작이 아직 어떤 회사와도 계약되어 있지 않은 것을 알고, 내가 나서면 그것을 얻어낼 수 있을지도 모른다고 생각한 것입니다. 물론 그렇게 되면 출판사 안에서 제 입장도 유리해질 거라고 생각해서 왔습니다."

나는 물었다.

"만나러 온 목적이 그뿐이라는 것을 아버지께 말씀드렸나?"

그에게도 얼굴을 붉힐 정도의 예의는 있었다.

"아니오, 편지에는 1주일 동안 휴가를 얻었으니, 틈이 있으면 만나 뵙고 싶다고만 썼습니다."

"그래, 새로운 책은 계약할 수 있었나?"

"그 이야기는 아직 꺼내지 않았습니다. 자연스럽게 꺼내는 게 좋으리라고 생각했기 때문이지요. 다만 어떤 주제로 집필하고 계신지 알고 싶다면서, 어쩌면 편집하는 데 도움이 되어드릴 수 있을는지도 모르겠다고 말씀드렸습니다."

원고를 보여주더냐고 묻자 그는 고개를 저었다.

"아버지는 오후에 만나자고 하셨습니다. 우리는 함께 저녁 식사를 하기로 했지요. 아마 모르긴 해도 그때 원고를 갖고 오실 생각이었을 겁니다. 저는 하루 종일 기다리고 있었지만, 아버지가 나타나지 않아 하숙으로 전화를 해보았습니다. 그러자 점심때가 다 되어 외출하신 뒤 아직 돌아오시지 않았다는 대답이었습니다.

아마 저와 한 약속을 잊으신 모양이라고 생각하자 몹시 화가 났습니다. 아버지는 옛날부터 저를 그렇게 취급해 왔으니까요. 그래서 저는 호텔을 나가 거리를 돌아다녔습니다. 그러다가 배가 고팠기 때문에 아참, 그렇지, 아버지에게서 혹시 무슨 연락이 있었는지도 모른다고 생각하여 호텔로 전화를 걸었지만, 아버지는 물론 아무 연락도 없었습니다. 그래서 레스토랑에 들어가 혼자 식사를 했습니다. 그리고 나서 잡지를 한 권 사들고 호텔로 돌아와 밤에는 죽 그것을 읽기도 하고 텔레비전을 보기도 했습니다."

그 지방의 신문은 피해자가 그곳의 명사였던 만큼 사건을 크게 다루었다. 바우먼 교수의 저서에 관한 유명인사의 말을 인용한 것과 나란히 그의 상세한 경력이 실렸으며, 기다란 경찰 발표, 사망 시각에 대한 추리를 포함한 나의 견해, 핸러헌 부인과 래들로와 다익스 두 교수의 담화가 모두 사진과 함께 지면을 장식했다. 마지막으로 위험한 공사 현장의 안전 대책을 소홀히 한 경찰을 점잖게 나무라는 사설이 실렸다.

바우먼 교수의 장례식은 크리스마스 다음날 거행되었다. 참석자는 적지 않았다. 아들도 물론 참석했다. 그는 모자도 쓰지 않은 채 뒷짐을 지고 표정 없이 서 있었다. 그리고 장례식이 끝나자 곧 돌아가 버렸다.

이튿날 닉 웰트가 시카고에서 돌아왔다. 그와 바우먼 교수는 옛부터 아는 친한 사이였다. 나는 바우먼 교수가 죽은 상황과 수사 결과를 자세히 이야기했다. 다 듣고 나자 그는 입을 오므리며 말했다.

"아무래도 이상하군."

"이상하다니, 뭐가?"

"바우먼 교수는 적어도 60살쯤 되었을걸."

"아들의 말로는 61살이었다더군."

"61살이라, 그 정도 인생을 산 사나이라면 대개 위험을 피하려고 조심할 텐데 말일세."

"그래서?"

"그러니까 그가 구덩이 가장자리까지 간 일이 이상하다는 거야."

"그렇지만 흔히 있는 일 아닌가. 게다가 그 날은 눈이 와서 길이 미끄러웠거든."

"하긴 그럴지도 모르지."

대학은 교기를 일주일 동안 반기로 게양하여 애도의 뜻을 표했다. 이윽고 모두 휴가 여행에서 돌아올 무렵이 되자 존 바우먼 교수의 이름은 이미 사람들의 입에 오르지 않게 되었다. 세상이란 그런 것이다.

고인과 가장 가까웠던 다익스 교수마저도 좀처럼 그의 이름을 입밖에 내지 않았다. 솔직히 말하자면 그는 또 새로운 흥미의 대상을 찾아내고 있었다. 교수회의 체스 토너먼트였다. 그는 교수회의 집행부에 이름이 올라 있어 체스 토너먼트를 주선하는 일을 하게 되었다.

교수회의 가장 강력한 선수 가운데 한 사람으로 우승할 가망성도 다분히 있었으므로 그가 이 역할에 열을 올린 것은 이상할 것이 없었다.

닉과 내가 클럽에서 막 점심식사를 끝냈을 때 다익스 교수가 대전표를 게시판에 붙이려고 왔다. 닉의 얼굴을 보자 그는 곧 말했다.

"안녕하십니까? 나는 1회전에서 당신과 대전하게 되었습니다."

"그렇군요, 마침 지금 할 일이 없으니까 당신만 괜찮다면 해치워버릴까요?"

"나도 오후에는 한가하지만, 로라에게서 전화가 걸려 올지도 모르므로 집에 있어야만 합니다. 그녀는 아직도 플로리다에 있거든요."

다익스 교수는 갑자기 얼굴을 빛냈다. 그리고는 덧붙여 말했다.

"괜찮으시다면 나의 집에서 하지 않으시겠습니까? 체스 판도 있고 말도 있습니다. 게다가 집도 한 번 보여드리고 싶습니다."

닉이 어떻게 할까 하고 묻는 것처럼 나를 보았으나, 나는 말없이 어깨를 으쓱해 보였을 뿐이었다.

"그렇게 합시다. 마침 좋은 산책이 되겠군."

"하이 스트리트의 비탈길을 오르내리려면 조금 힘이 들지요."

다익스 교수가 말했다.

"내 연구실은 리버 홀에 있소." 닉은 조금 무뚝뚝한 목소리로 말했다. "그곳으로 가려면 날마다 하이 스트리트를 지나야 하지요."

맞은편에서 강한 바람이 거리로 불어내렸기 때문에 몸을 앞으로 숙이고 걸어야만 했다. 다익스 교수는 긴 다리로 성큼성큼 걸어갔으므로 닉과 나는 뒤처지지 않도록 잰 걸음으로 걷지 않을 수 없었다.

도중에 두 번쯤 닉이 걸음을 멈추고 숨을 돌리고 싶어하지 않을까 생각했으나——나 자신은 그러했다——다른 사람에게 약한 모습을 보이는 것은 그의 자존심이 허락하지 않는지 결국 언덕 꼭대기까지

쉬지 않고 계속 걸어 올라가야만 했다. 그곳에서 다익스 교수가 걸음을 멈추었다.

"우리 집은 저기입니다. 저기 지붕이 보이지요?"

"나는 아주 먼 줄 알았는데 생각보다 가깝군요."

내가 말했다.

"직선 거리는 약 1백 야드입니다. 하지만 유감스럽게도 상당히 멀리 돌아가게 되어 있답니다."

닉이 고개를 끄덕이면서 길 반대쪽으로 걸어갔다.

"바우먼 교수가 떨어진 곳이 바로 여기인가 보군?"

사고가 난 뒤 경찰이 튼튼한 쇠사슬로 출입을 금지하는 울타리를 만들었기 때문에 구덩이 가장자리까지 가까이 갈 수는 없었다.

"처음부터 이런 것을 만들었으면 바우먼 교수도 죽지 않았을 텐데······."

다익스 교수가 말했다.

거기서부터는 다시 내리막길이어서 훨씬 편했다. 다익스 교수가 살고 있는 곳에는 짧은 개인용 도로가 나 있었으며, 그의 집과 같은 시기에 지은 듯한 똑같은 구조의 또 한 채 집밖에 없었다. 두 채 다 빅토리아 왕조식으로 지어, 실제로는 쓸모도 없는 작은 탑이며 박공 지붕이며 작은 포치 같은 장식이 눈에 두드러지게 보이는 건축이었다.

다익스 교수는 걸음을 멈추고 자랑스럽게 자기 집을 올려다보았다.

"이 집을 어떻게 생각하십니까? 물론 좀 더 손을 대야 할 곳이 많아서 이번 여름에는 파테(접합제의 일종)를 바르고 페인트도 칠해야 하므로 바쁘겠지만, 일하는 보람은 있답니다."

교수는 앞장서서 현관의 돌층계를 올라갔다. 현관문을 열고 그는 문의 나무판자를 자랑스럽게 바라보았다.

"이것을 보십시오, 두께가 3인치 가까이나 된답니다. 게다가 자물

쇠와 손잡이와 노커가 모두 놋쇠로 되어 있어 굉장히 묵직하지요, 이 노커만 해도 아마 50달러 이상 나갈 겁니다."

문을 열자 작은 현관 홀이 있었는데, 그 안쪽에는 외투걸이밖에 없었다. 다익스 교수가 불을 켜자 홀 양쪽에 커다란 방이 하나씩 보였다. 이 방들 역시 홀과 마찬가지로 가구라고는 거의 보이지 않았다.

아래쪽에서 개짖는 소리가 들리더니 계속해서 밖으로 내보내달라는 듯 문 긁어대는 소리가 들렸다.

다익스 교수는 빙그레 웃었다.

"듀크 녀석입니다."

"밖에 내놓지 않소?"

내가 물었다.

"계단 아래에 두는 편이 좋습니다."

그리고 나서 다익스 교수는 개에게 날카롭게 명령하듯 소리쳤다.

"밑에서 얌전하게 있어, 듀크!"

곧 짖는 소리와 문 긁어대는 소리가 딱 멎더니 계단을 뛰어내려가는 발소리가 들렸다.

다익스 교수는 그 소리를 듣자 버릇을 잘 들여놓은 데 만족한 듯이 빙긋이 웃었다.

그는 넓은 계단으로 우리를 안내하여 2층으로 올라갔다.

"이 난간을 보십시오, 튼튼한 마호가니랍니다."

교수는 손가락의 관절로 난간을 톡톡 두들겨 보였다.

이윽고 그는 거실로 쓰는 듯한 2층의 방으로 우리를 안내했다. 거기에는 팔걸이의자 몇 개와 커피 테이블, 카펫이 있었다. 아마도 전에 살던 사람이 쓰던 물건인 듯싶었는데, 지금은 그 가구들밖에 아무것도 없는 넓디넓은 방 안에서 묘하게 어울리지 않는 느낌을 주었다.

창문 가까운 반침에 체스 판과 말이 놓인 탁자가 있었다. 의자가 두 개밖에 없었으므로 다익스 교수가 밖에서 하나 더 가지고 왔다.

다익스 교수가 백(白)을 집어 20수 남짓으로 처음 한 판을 이겼다. 두 번째 게임을 시작하기 전에 판을 돌리면서——세 판으로 승부를 결정하기로 했던 것이다——다익스 교수가 말했다.

"이번의 갬비트는 좀 낯선 수였지요?"

확실히 내 눈에는 이상한 수로 보였다. 그는 첫수로 킹스 룩 폰을 네 번째 칸으로 내보냈던 것이다. 아마도 이것은 가장 나쁜 첫수로, 어지간히 서투른 초심자가 아니고서는 이런 수를 놓는 것을 나는 본 일이 없다. 마치 유리한 백을 잡은 벌로써 일부러 양보한 것이라고밖에 생각할 수가 없었다.

이 집에 찾아온 손님이기도 한 연장자인 대전 상대에게 예의를 나타내려고 생각하는 것인지도 모른다. 그러나 곧이어 내 마음에 떠오른 것은, 첫수를 아무렇게나 놓음으로써 닉을 얼마나 가볍게 보고 있는가를 나타내고 싶었는지도 모른다는 생각이 들었다.

그런데 국면이 전개되어감에 따라 다익스 교수의 첫수는 닉의 킹이 캐슬링한 다음 그것에 대한 강력한 공격의 초점이 되기 시작했다. 그러다가 갑자기 이 공격은 단순한 견제였을 뿐이라는 것을 알게 되었으며, 그는 적의 퀸을 잡았다. 닉은 시합을 포기할 수밖에 없었다. 닉은 힘없이 패배를 인정하고 자기의 킹을 판 위에 놓았다. 그는 그다지 선뜻 지는 편이 아니다.

두 번째 게임이 여섯 수쯤 진행되었을 때 집 뒤쪽 어디선가 벨이 울렸다.

"당신이 말했듯이 부인에게서 온 전화가 아닐까요?"

내가 물었다.

"아니, 저것은 현관 벨 소리입니다."

다익스 교수가 일어나 계단 위에서 소리쳤다.

"올라오게."

그는 자기와 같은 나이 또래의 젊은이를 데리고 방으로 돌아왔다. 적갈색 머리카락과 주근깨투성이의 하얀 얼굴이 긴장되고 영리해 보이는 젊은이였다. 털가죽 칼라가 달린 가죽 점퍼를 입고 있었으며 큼직한 렌즈가 불쑥 튀어나온 외국제 소형 카메라를 가죽끈으로 매달아 목에 걸고 있었다.

다익스 교수가 친구 버트 레서라고 소개했다.

교수는 의자를 권하지 않았고 상대도 별로 기대하고 있는 것 같지 않았다. 그는 한 손을 다익스 교수의 의자 등받이에 올려놓은 채 체스 판과 플레이어의 얼굴을 번갈아보고 있었다.

"당신도 체스를 할 줄 아시오, 레서 씨?"

나는 인사말 대신으로 그에게 물었다.

"조금 합니다."

다익스 교수가 끼어들었다.

"나보다 세답니다."

다익스 교수는 체스 판의 말을 움직이면서 단정하지 않게 의자에 기대앉았다.

"내 카메라가 마음에 들던가, 버트?"

친구는 어깨를 으쓱하며 웃었다.

"뭐라고 말할 수 없네. 아직 한 장도 찍지 않았으니까. 현상해 본 뒤가 아니면 말할 수 없네."

다음 수를 정하지 못하고 있던 닉이 두 사람을 흘끗 노려보았으므로 다익스 교수는 당황하여 판 위로 눈길을 돌렸다. 나도 판을 주목했다. 닉이 조금 우세한 것처럼 보였다. 그가 겨우 말을 움직였으므로 우리는 한숨 돌렸다.

"슐로스만의 안테나가 있는데 어떤가?"

레서가 말을 꺼냈다.

"그래? 언제 구했나?"

"내가 쓸 생각으로 샀는데 그만두기로 했네. 우리 집은 지붕이 너무 낮아. 같은 것을 둘 사서 하나는 건너편의 아놀드 스털링네 집에 장치해 주었지. 아주 상태가 좋다더군."

다익스 교수는 판 위로 힐끔 눈길을 주더니 아무렇게나 말을 내밀었다.

"난 모르고 있었네. 언제 장치했나?"

"여기서도 보이지."

청년은 창문 쪽으로 턱짓을 했다. 다익스 교수는 체스 테이블에서 일어나 창문 밖을 내다보았다.

"크리스마스에 맞도록 달아달라기에 그저께 낮에 와서 해주었네."

다익스 교수는 다시 의자로 돌아왔다.

"자네의 모습을 보았으면 도와 주었을 걸 그랬군."

"나는 자네를 보았지." 레서가 말했다.

"그럴 리가 있나. 나는 하루 종일 집에 없었는걸."

다익스 교수는 닉이 말을 움직이는 것을 보고 고개를 끄덕이더니 곧 자기의 말을 놓았다. 게임은 막바지에 이르렀으며, 닉은 이마에 주름살을 모으고 뚫어지게 판을 읽고 있었다. 다익스 교수도 몸을 앞으로 내밀고 판 위를 응시했다.

닉이 손을 뻗쳐 말을 움직이려는 순간 플래쉬가 번쩍 터지며 카메라 셔터가 소리를 냈다. 닉이 성이 나서 얼굴을 들었다.

레서가 싱긋 웃으며 말했다.

"죄송합니다. 너무나 좋은 광경이었기 때문에 그만. 블라인드의 작은 틈새로 들어오는 저 햇빛에 자네가 마치 얼룩무늬 죄수복을 입고 있는 것처럼 보였어, 보브"

"버트는 트릭 사진에 열중하고 있답니다. "

다익스 교수가 친구를 위해 변명해 주었다.

그리고 나서 그는 1분쯤 판 위를 쏘아보고 있더니 빙긋 웃으면서 말을 움직이고 나에게 한쪽 눈을 찡긋해 보였다. 형세가 완전히 바뀌어 지금은 아무리 보아도 그가 우세했다. 그는 여유만만해서 레서에게 말을 걸었다.

"그 안테나는 얼마지 ? "

"5백 달러. "

다익스 교수가 휘파람 소리를 휙 내며 고개를 저었다.

"그런 돈은 없네. "

"3백 달러하고 이 카메라를 준다면 괜찮네. "

닉이 말을 움직였기 때문에 다익스 교수는 다시 판 위로 시선을 돌렸다. 이제는 그의 승리가 확고해서 다음 한 수는 누가 보나 명백했는데도 오랫동안 생각한 다음 겨우 당연히 놓아야 할 한 수를 두고 나서 교수는 다시 레서 쪽을 돌아보았다.

"장치도 해주겠지 ? "

레서는 망설였다.

"뒤쪽 지붕의 채광창 바로 위에 세워 주었으면 좋겠네. "

다익스 교수가 판 위를 들여다보면서 말했다.

"나는 아무 데라도 상관없네. 자네가 좋다는 곳에 세워 주지. "

"아주 높아. 박공 위거든. 도와 주어야 하나 ? "

"아니, 나 혼자서도 충분해. 마그네슘 합금 사다리가 있으니까 문제없네. "

"좋아 ! 이 게임이 끝나면 장소를 가르쳐 주겠네. "

체스 시합은 오래지 않아 곧 끝났다. 그 다음에 여섯 수쯤 놓고 난 뒤 닉이 또다시 패배를 인정한다는 표시로 킹을 놓았던 것이다.

우리는 다익스 교수의 뒤를 따라 아래층으로 내려가——그가 그렇게 하기를 바라는 것 같았고 우리도 조금 호기심이 생겼으므로——집 뒤켠에 있는 뜰까지 따라갔다.

그는 지붕을 가리켰다.

"저기인데. 어떤가, 세울 수 있겠나?"

레서가 그곳을 올려다보았다.

"세울 수 있고말고. 지하실 뚜껑 앞에 사다리를 세우겠네."

"모퉁이에 구멍처럼 파인 곳이 있지? 저기에 안테나를 장치할 수 있겠나?"

"그럼, 간단해. 앵글이 달린 가로나무를 쓰면 되니까. 내일 낮에라도 괜찮겠나?"

"물론, 괜찮네."

레서가 돌아간 다음 다익스 교수는 집 안을 두루 안내하며 다녔다.

"이 집을 어떻게 생각하십니까?" 그는 열심히 물었다. "튼튼하고 오래 지탱할 구조라고 한 말의 뜻을 아시겠지요?"

닉은 레서가 사다리를 세울 곳으로 선택한 지하실의 뚜껑을 손가락으로 가리키며 심술궂게 지적했다.

"현대식으로 손보아야 할 곳도 좀 있는 것 같군요. 이 뚜껑은 그다지 튼튼해 보이지 않습니다."

다익스 교수는 계면쩍은 듯이 웃으며 대답했다.

"너무 지나치게 튼튼해서 곤란한 것도 있습니다. 그전의 뚜껑은 너무 무거웠지요. 게다가 퍽 약해졌습니다. 수리하면 아직 쓸 수 있었을지도 모르지만, 그 뚜껑은 경첩식이 아니었답니다. 손으로 들어 올려야만 했지요. 로라가 지하실에서 빨래한 것을 뜰로 날라올 때 그처럼 무거워서야 들 수가 있어야지요. 그래서 가벼운 알루미늄으로 바꾸었습니다. 이거라면 어린아이라도 들어 올릴 수 있으니까요."

돌아오는 길에 나는 닉의 체스 솜씨를 놀려주고 싶었다.

"두 번째 게임은 나쁘지 않았는데 말이야. 한때는 이번에야말로 자네가 이기지 않을까 생각했었다네."

닉은 멍하니 고개를 끄덕였다.

"어찌 되었든 그는 대단한 솜씨라고 생각하지 않나? 대담무쌍한 수와 기습 전법을 마음대로 쓰더군." 그는 웃으며 덧붙여 말했다.

"그러나 나는 다익스 교수가 친구와 주고받는 대화에 정신을 빼앗겨서 사실 승부에 대한 흥미를 잃고 말았다네."

닉은 체스에서 지면 반드시 무언가 구실을 찾아낸다.

이튿날 닉과 내가 교직원 클럽에서 점심 식사를 마치고 그의 방으로 돌아가려는데 다익스 교수가 다가와 말을 걸었다.

"저, 두 분 다 하이 스트리트를 지나서 돌아가시는 거라면 함께 가도 괜찮겠습니까?"

닉이 속으로는 어떻게 생각했는지 모르지만——아직 체스에 진 것을 마음에 두고 있었다——물론 또렷하게 입 밖에 내어 거절할 리는 없었다. 걸으면서 다익스 교수는 레서가 새로운 안테나를 세우는 것을 거들어 줄 생각이라고 말했다.

언덕길 꼭대기까지 오자 다익스 교수가 손가락으로 가리켰다.

"저기 보십시오, 지금 달고 있군요."

그가 손가락질하는 방향으로 눈을 돌리자 아득히 멀리 사다리에 올라가 지붕 처마 끝에서 작업을 하고 있는 사람의 모습이 보였다. 우리는 잠시 그것을 바라보다가 걷기 시작했다. 구두끈을 다시 매기 위해 걸음을 멈추었던 다익스 교수가 빠른 걸음으로 따라와 닉의 연구실 앞까지 함께 걸어갔다.

우리는 거기에 서서 몇 분 동안 이런저런 잡담을 했다. 이윽고 닉이 우리와 헤어져 안으로 들어가려고 했을 때 다익스 교수가 소리쳤다.

"아니, 듀크가 왔군!

그는 땅바닥에 웅크리고 앉으며 개의 이름을 불렀다. 개는 주인의 모습을 알아본 순간 속도를 빨리하여 구르듯이 가까이 달려와 교수 주위에서 껑충껑충 뛰어다녔다.

"듀크, 앉아!"

다익스 교수가 명령하자 개는 갑자기 얌전해졌다.

기쁜 듯이 떨리고 있는 우스꽝스러운 빨간 혓바닥 외에는 잿빛 털에 덮인 온 몸이 전혀 움직이지 않는 하나의 덩어리로 변한 것 같았다. 목구멍 속에서 으르렁거리는 괴상한 신음 소리가 새나왔다.

"이 녀석이 나에게 뭔가 말하고 싶어하는 것 같지 않습니까?" 다익스 교수는 개를 향해 고개를 끄덕였다. "알았어, 듀크. 자, 가자!"

그는 우리에게 손을 흔들어 보이며 개를 데리고 가버렸다.

"영리한 개로군."

내가 말하자 닉이 내 말뜻을 고쳐 말했다.

"잘 가르쳤어."

그의 퉁명스러운 대답 속에서 나는 그가 어제의 체스 게임에서 졌기 때문에 아직 화가 나 있는 것을 알아차렸다.

나는 놀리는 듯한 말투로 말했다.

"물론이지. 개를 기르는 주인은 의심할 나위도 없이 영리한 사나이일세."

닉은 아무 말도 하지 않고 나에게 빙글 등을 돌리더니 계단을 올라갔다. 아무래도 내 말이 그의 급소를 찌른 모양이라고 생각하자 우스워서 견딜 수가 없었다. 이런 일은 좀처럼 없었던 것이다.

내 방으로 가봐야 특별히 할 일도 없었으므로, 대학 구내를 지나서 다시 되돌아오는 도중 체스 토너먼트의 1회전에서 이긴 젤스키 교수와 마주쳤다. 그도 나와 마찬가지로 한가했으므로 클럽에 돌아와 체스를 했는데, 결과는 내가 가볍게 두 판 다 이겼다. 닉은 1회전에서 졌으나 나는 적어도 2회전까지 진출했다고 생각하자 그런대로 나쁜 기분은 들지 않았다.

젤스키 교수를 상대로 계속해서 여러 번 해 보았으나, 그에게 몇 수 더 주었을 때는 내가 졌지만 대등하게 겨루었을 때는 반드시 그가 졌다. 게임이 끝난 다음 그의 집에 저녁 식사 초대를 받아 갔다가 밤이 이슥해서야 집으로 돌아왔다.

이튿날 아침 옷을 갈아입으며 라디오 뉴스를 듣다가 버트 레서가 다익스 교수의 집에서 일을 하다가 사다리에서 떨어져 죽었다는 것을 알았다.

레서와 이틀 전에 한 번 만났을 뿐으로, 특별히 호감을 가졌던 것은 아니었다. 그렇지만 그 사나이가 죽은 것은 적잖은 충격이었다. 게다가 나는 분명히 죽기 몇 분 전 그를 보았기 때문에 더욱 언짢았다.

사무실에 도착해 보니 뜻밖에도 닉이 기다리고 있었다. 그는 안쪽 페이지가 밖으로 나오도록 접은 신문을 들고 있었다. 그는 신문을 내 책상 위로 던지더니 길다란 둘째손가락으로 똑똑 두드렸다.

"이것을 읽었나?"

제목을 흘끗 보기만 해도 그것이 레서에 관한 기사라는 것을 알 수 있었다.

"오늘 아침에 라디오로 들었네."

"자네라면 좀더 사정을 알고 있을 거라고 생각하여 왔지."

나는 책상 위의 서류를 뒤적거려 보았다.

"여기에는 아무것도 와 있지 않아. 하지만 경찰서에 가면 곧 자세한 것을 알 수 있을 걸세."

그가 이 사건에 어째서 그토록 관심을 갖는지 조금 이상하게 생각되었으나, 나 자신의 감정을 생각해 보건대 닉도 레서의 죽음에 대해서 나와 똑같은 기분을 품은 것인지도 모른다.

우리가 들어가자 스컬리지 경감이 책상 위의 금속제 서류철을 바쁘게 체크하고 있는 참이었다. 그는 말했다.

"이거 참, 고맙군요. 마침 당신을 만나러 갈까 생각하던 참이었습니다."

"그래요?"

"레서라는 사나이가……."

"우리도 그 사나이의 일로 왔소."

"그럼, 사건에 대해 알고 계시는군요?"

"아침 뉴스로 들었지요. 자세한 것은 알지 못하지만. 내가 이 사건에 관심을 가질지도 모른다고 생각한 이유라도 있소?"

"있다고 할 수도 있고 없다고 할 수도 있습니다. 이 레서라는 사나이는 라디오며 텔레비전을 수리하는 조그마한 가게를 갖고 있었던 모양입니다. 그리고 사진 현상과 카메라 매매며 아마튜어 무선가에게 기계 부품을 파는 일도 하고 있었습니다. 내가 들은 바에 따르면 사고가 났을 때 그는 다익스 교수를 위해서 특수 안테나를 장치하고 있었다고 하더군요. 두 분 다 다익스 교수를 알고 계시겠지요?"

닉과 나는 고개를 끄덕였다.

"그런데 1시 반쯤 얀 래들로라는 사람이 다익스 교수를 찾아갔습니다. 그는 벨을 눌렀지만 대답이 없었답니다. 그래서 뒤꼍으로 돌아가 보았답니다. 그의 이야기에 따르면, 다익스 교수는 이따금 뒤꼍에서 일을 하기 때문에 벨 소리가 들리지 않는 경우가 있었다는군요, 적어도 래들로 교수는 그렇게 말하고 있습니다."

경감은 뭔가 묻고 싶은 듯한 눈으로 우리를 쳐다보았다.

"이야기를 계속하십시오."

"이것도 래들로 교수의 이야기입니다. 마침 집 모퉁이를 돌았을 때 비명 소리가 들려 왔으므로 위를 올려다보니 사다리가 쓰러지더랍니다. 깜짝 놀라는 순간 사나이는 땅바닥으로 나가떨어졌답니다. 래들로 교수는 급히 달려가 보았지만 이미 어떻게도 손쓸 방법이 없었다는군요. 아무튼 그는 곧 한길로 뛰어나가 순찰하고 있던 제브 글로건 순경을 붙잡았습니다. 글로건 순경의 보고에 따르면, 레서는 이미 죽어 있었지만 곧 구급차를 불렀다고 합니다."

스컬리지 경감은 책상 서랍을 열고 커다란 마닐라 봉투를 꺼냈다. 그는 봉투 속에 든 것을 책상 위에 쏟아 놓았다.

"이것이 레서의 소지품입니다."

그것들은 모두 예상할 수 있을 만한 물건들뿐이었다. 지폐 8달러가 들어 있는 낡은 지갑, 손수건, 잔돈 73센트, 그리고 가죽으로 된 열쇠지갑.

경감은 열어 놓은 서랍을 휘저어서 이번에는 가죽 케이스와 가죽끈이 달린 카메라를 꺼냈다.

"그리고 죽었을 때 이것을 목에 걸고 있었는데 아무래도 이상합니다. 사다리 위에서 작업하며 카메라를 목에 걸고 있다니……."

"그는 카메라를 시험하고 있었던 거요, 언제나 그것을 들고 다녔던 게 아닐까요?"

"시험이라니, 그것을 살 것인지 사지 않을 것인지를 결정하기 위해서입니까?"

"맞았소."

"그럼, 이야기가 들어맞는군요. 다익스 교수에게서 전화가 걸려왔는데, 카메라를 돌려 달라는 것이었습니다. 이 카메라는 자기 물건이며, 당신께서도 그것을 알고 있다고 말했습니다."

"나를 만나려고 한 것은 그 때문이었소?"

"그것도 이유 가운데 하나입니다."

"레서가 사다리에서 떨어진 것은 언제쯤이었소?"

닉이 물었다.

스컬리지 경감은 노트를 들췄다.

"글로건이 시체를 본 게 1시 52분이었으니까 레서가 떨어진 것은 그보다 2분쯤, 아니 래들로 교수가 글로건을 발견할 때까지 잠깐 사이가 있었다고 하므로 5분쯤 전이 아니었을까요?"

나는 닉의 얼굴을 쳐다보았다.

"그럼, 우리가 하이 스트리트에서 레서의 모습을 본 뒤 10분 이내임이 틀림없군."

닉은 험상궂은 표정으로 고개를 끄덕였다.

스컬리지 경감이 열쇠지갑을 집어들며 말했다.

"이것이 아무래도 마음에 걸립니다."

내가 지갑을 열어 보자 열쇠 세 개가 나왔다. 그 가운데 하나는 분명히 레서의 자동차 열쇠였다.

"무엇이 그렇게 마음에 걸리지요?"

"나는 레서의 가게를 알고 있습니다. 겨우 고양이 이마만한 가게인데, 그는 그 안쪽에서 살고 있지요. 가게에 있는 것을 모두 긁어모아 봐야 백 달러도 안될 겁니다. 이 열쇠는 그 가게의 것이고, 또하나는 은행 대여금고 열쇠입니다. 나도 하나 갖고 있으므로 잘 압니다. 그래서 금고 안에 든 것을 조사해 보기로 했지요. 그리고 순찰대에 그의 가게를 조사하도록 했습니다. 그러자 이 서류철이 발견된 것입니다. 여러 가지 서류가 있는데, 대부분 청구서며 발송장, 상용 편지뿐으로 쓸모 있는 것은 하나도 없었습니다. 그리고 사진 다발이 있었지요."

닉이 물었다.

"레서가 찍은 스냅 사진이지요? 잠깐 보여 줄 수 있겠소?"

"좋습니다. 보십시오."

스컬리지 경감은 사진 다발을 닉에게로 밀었다.

"은행 지배인이 레서의 금고를 여는 데 동의했소?"

이번에는 내가 물었다.

"물론 그전에 먼저 퀴글리 판사를 만나 보고 나서 은행으로 갔습니다. 솔직히 말씀드리자면 나는 지배인과 잘 아는 사이입니다. 물론 이것은 비공식이긴 하지만, 그가 금고를 보여 줄 거라는 자신이 있었습니다. 그쪽에서는 내가 별다른 짓을 할 리가 없다고 생각하고 있으니까요. 나도 그 속에서 뭔가 발견되더라도 수사영장을 갖고 갈 때까지는 손대지 않을 생각이었습니다."

"그렇다면 문제가 없었겠군요."

"이 사진은 참으로 재미있는데."

그동안 죽 사진을 들여다보고 있던 닉이 말했다.

"재미있다니요?" 스컬리지 경감이 의아한 듯이 물었다.

자기가 뭔가 잘못 보지나 않았을까 걱정스러운 듯 싶었다.

"모두 똑같은 사진이오. 미술평론가들이 '쿠 도유'라고 부르는 거지요. 곧 한순간의 시각 현상을 잡아 착각을 일으키게 하는 사진입니다. 이를테면 농구선수 사진을 발레의 등장인물처럼 보이도록 하거나, 교회의 첨탑 끝에 걸린 보름달이 크리스마스 트리의 전구장식처럼 보이게 하거나, 공원 벤치에 앉아 있는 두 사람을 머리가 두 개인 한 사람처럼 찍는 것이지요."

스컬리지 경감이 웃으면서 말했다.

"그런데 그는 그것과 다른 사진을 찍고 있었습니다. 스냅임에는 틀림없습니다만. 사실 이것을 보면 눈을 깜박거리지 않을 수 없을 겁니다. 대여금고 안에서 찾아냈는데, 그 안에는 이것밖에 없었습니다."

경감은 책상 서랍으로 손을 뻗쳐 작고 네모반듯한 사진 한 장을 집어서 나에게 내밀었다. 래들로 교수와 그의 젊은 부인의 사진으로, 둘 다 실오라기 하나 걸치지 않은 알몸이었다.

"훔쳐본 모양이군!"

내가 놀라서 소리쳤다.

스컬리지 경감이 말했다.

"그보다 더 악질입니다. 뒷면을 보십시오."

뒷면에는 연필로 적은 일련의 날짜와 금액이 있었다.

"5월부터 시작해서 12월까지 래들로 교수가 그에게 지불했으리라고 여겨지는 돈이 한달에 1백 달러씩입니다."

"공갈이오?"

"아마 그런 것이겠지요."

"이 두 사람은 몇 주일 전에 결혼했는데."

"그래요? 이 부인이 그분 아내입니까?"

"그러나 날짜와 금액으로 볼 때 돈을 빼앗긴 것은 여러 달 전인 것 같군요." 나는 자신도 모르게 웃음이 터져나왔다. "래들로라는 사나이가 이런 짓을 할 수 있는 사람인 줄은 몰랐어."

닉이 장난스럽게 어깨를 추켜올리며 말했다.

"여자 쪽에서 유혹했겠지. 꽤 적극적인 여자니까."

"닉!"

나는 닉을 비난하는 듯이 불렀으나 그는 내 말에 아랑곳하지 않았다.

"분명히 이것은 레서가 사다리 위에서 찍은 사진일 걸세."

"어떻게 아십니까?"

스컬리지가 물었다.

"사진에 찍힌 방이 래들로 교수의 아파트이기 때문이오. 나는 언젠가 한 번 그곳에 간 일이 있는데, 탁자 위에서 색다른 전기 스탠드를 본 기억이 있소. 래들로 교수는 지금 댈튼 스트리트에 새로 지은 아파트 3층에 살고 있지요. 길 건너편에는 단층집과 2층집밖에 없으므로 블라인드를 내릴 필요가 없소. 건너편 어느 집에서도 방을 들여다볼 염려가 없기 때문이오.

그러나 사다리에 올라가 어떤 집 지붕에 안테나를 장치하는 사나이라면 마침 3층과 같은 높이니까 바로 그의 방을 들여다볼 수 있겠지요."

"과연 말씀하시는 그대로입니다." 스컬리지 경감이 말했다. "그 방법으로 사진을 찍은 게 틀림없습니다. 어찌 되었든 래들로 교수를 불러서 이야기를 들어본 것은 잘못이 아니었군요."

내가 물었다.

"그에게 이 사진을 보여 주었소?"

"아닙니다, 그는 대학 교수니까요. 먼저 당신께 보여드리는 것이 무난하리라고 생각했습니다. 그러나 이 사진에 관한 것을 알고 있는 한, 이쪽에도 그에게서 자세한 이야기를 알아낼 권리가 있다고 생각한 것입니다."

"어떤 종류의 질문을 했소?"

"사고 보고서를 만들기 위해 필요한 질문이 아니라 범죄수사를 할 때 하는 질문이었지요. 첫째, 다익스 교수를 찾아간 목적을 물었습니다. 때마침 그 근처 가까이에 있었다면 우연히 레서가 사다리 위에 있는 것을 보았을지도 모르니까요. 사다리 위에 있는 사나이는 먼 곳까지 내다볼 수 있을 뿐 아니라, 먼 곳에서 사람에게 보일 가능성도 많기 때문이지요. "

경감은 웃으면서 말을 마쳤다.

"다시 말해서 래들로 교수가 사다리 위에 있는 레서를 발견하고 눈치채지 않도록 접근하여 사다리를 쓰러뜨렸는지도 모른다는 그 말이군요 ? "

닉이 말했다.

"생각할 수 없는 것도 아니지요. "

닉은 쉽게 인정했다.

"확실히 마그네슘 합금으로 된 가벼운 사다리니까 쓰러뜨리려고 생각하면 간단하겠지. "

"그렇습니다. " 스컬리지도 한 마디 했다.

"그런데 래들로 교수는 뭐라고 말하던가요 ? "

이번에는 내가 물었다.

"다익스 교수가 집필하고 있는 원고 일로 그를 만나러 갔었다고 대답했습니다. 2주일 전 하이 스트리트의 공사 현장에서 구덩이에 떨어져 죽은 바우먼 교수를 기억하고 있겠지요 ? 그는 다익스 교수와 함께 책을 쓰고 있었습니다. 어쩌면 다익스 교수가 바우먼 교수의 집필을 돕고 있었다고 해야 할지도 모르겠군요. 그런데 바우먼 교수에게는 아들이 있습니다. "

스컬리지 경감은 흘끔 노트를 들여다보았다.

"찰스라는 이름인데, 출판사에 근무하고 있지요. 그는 자기가 근무하는 회사를 위해 아버지 원고를 손에 넣어야겠다고 생각했습니다. 고인의 상속인으로서 그에게는 그만한 권리가 있다고 생각됩니다. 적어도 그 저술 가운데 아버지가 쓴 부분에 대해서는 말입니다. 그러나 래들로 교수의 말에 따르면, 찰스는 다익스 교수에게 갑자기 그 이야기를 하면 그가 일부러 원고를 단 두 장(章)분만 내주고 나머지는 자기가 쓴 것이라든가, 또는 그것이 전부라고 하여 속일 염려가 있다고 생각한 모양입니다. 한참 지난 뒤 다익스 교수가 그것을 자기가 쓴 것이라고 하여 출판할지도 모른다고 생각한 거지요. 그래서 찰스는 래들로 교수에게 다익스 교수와 만나서 되도록이면 원고의 가치를 검토해 달라고 부탁했다는 것입니다."

"그러나 어쩌서 래들로 교수에게 부탁했을까요? 찰스가 그를 알고 있었소?"

"학장이 주최한 크리스마스 파티에서 만났었지." 닉이 내 질문에 대답했다. "누가 생각해도 자연스럽지 않나, 역사학과의 가장 나이 많은 교수에게 접근하는 일은 말일세."

"아마도 찰스는 다익스 교수에게 공저 또는 그 혼자의 이름으로라도 원고를 완성하게 할 만한 언질을 주었으리라고 생각합니다." 스컬리지 경감이 말했다.

내가 물었다.

"그래서 바우먼 교수의 아들이 그를 만나러 왔다는 거요? 그때 아직 여기에 있었소?"

"래들로 교수는 그렇게 말하더군요."

"확인해 보았소?"

"호텔에 전화해 보았더니 여기에 와 있었던 것은 틀림없지만, 내가 전화했을 때는 이미 돌아간 뒤였습니다. 아무튼 래들로 교수가 다익스 교수의 집을 찾아간 이유는 그것이었답니다. 말이 나온 김에 말씀드리자면 전화도 걸지 않고 별안간 찾아간 건 그 때문이었답니다. 아마도 그는 다익스 교수가 원고를 보여 주기 싫어할 거라고 생각한 모양입니다. 근처에 왔던 길에 들른 것처럼 하여 다익스 교수의 집을 찾아가서 넌지시 원고에 대해 이야기를 꺼내 볼 생각이었다고 하더군요."

나는 닉의 얼굴을 흘끔 보며 물었다.

"자네는 어떻게 생각하나, 닉?"

"그 원고는 아마 사람을 죽일 마음이 생길 정도로 가치 있는 모양일세" 하고 닉이 조용히 대답했다. "그리고 카메라 속에 증거가 있을지도 모르오, 경감. 곧 필름을 현상해 보는 게 어떻겠소?"

"레서가 사다리에서 떨어지기 전에 래들로 교수를 찍을 기회가 있었을지도 모른다, 사다리를 쓰러뜨리려고 하는 래들로 교수가 찍혀 있을지도 모른다, 그 말씀입니까?"

경감은 감탄하는 표정을 숨기지 않고 모두 있는 그대로 나타내며 닉을 바라보았다. 그는 책상 위의 인터폰 스위치를 눌렀다.

"톰, 이 필름을 암실의 네드에게 가지고 가서 곧 현상하여 인화하라고 하게."

"그러나 원고를 갖고 싶어한 것은 그가 아닐세." 나는 반박했다. "적어도 그는 자신을 위해 그것을 갖고 싶어하거나 하지는 않았네. 그것이 필요했던 것은 바우먼 교수의 아들이었어!"

"래들로 교수의 말을 믿는다면 그렇겠지요." 스컬리지 경감이 대꾸했다. "아무튼 래들로 교수는 래서에게 협박을 받아 돈을 뜯기고 있었으니 만큼 그를 죽일 동기는 충분히 있습니다."

"협박건은 이미 처리되어 있었소." 닉이 바로잡았다. "금액과 날짜가 무엇보다도 확실한 증거요. 12월의 지불 밑에 줄을 그었고, 금액의 합계가 나와 있잖소. 5월이나 또는 그전에 몰래 찍혔다면, 이 사진은 그에게 크나큰 위협이었을 것이오. 부인은 그 무렵 한창 이혼재판을 하고 있었으니까 말이오. 그러나 두 사람이 결혼한 지금은 래들로 교수도 그를 두려워할 필요가 없지요."

스컬리지 경감은 초조해 했다.

"그럴지도 모릅니다. 그러나 래들로 교수는 레서의 비열한 협박에

8백 달러나 지불했습니다. 그것만으로도 기회를 보아 그에게 보복할 충분한 이유가 됩니다."

닉은 놀라며 경감을 쳐다보았다.

"정말 그렇게 생각하시오, 경감? 8백 달러는 분명히 거금이지만, 래들로 교수 같은 지위에 있는 사람이 그 때문에 파산할 정도는 아니지요. 게다가 그는 온후한 학자 타입이오. 복수심에 불타는 그런 사나이가 아니란 말이오. 8백 달러를 빼앗겼다고 하여 태연히 상대를 죽여버리는 일은 생각할 수도 없소. 첫째, 그가 했다고 하면 순찰 경관을 찾으러 가는 그런 바보 같은 짓을 하겠소? 몰래 도망쳐 버리면 그만이지요."

닉은 설레설레 고개를 저었다.

"그리고 실제로 그는 누구에게 협박 받아 왔는지도 몰랐던 게 아닐까요? 아마도 레서는 직접 그 앞에 나타나지 않았을 것이오. 교섭은 전화로 했고, 돈은 틀림없이 우편국의 사서함으로 보냈을 거요. 그리고 몇 주일 전 신문에서 래들로 교수의 결혼 발표를 보았을 때, 레서는 이제 이 돈줄도 끝났다고 판단했을 것이오. 결혼 선물로 그가 래들로 교수에게 사진 원판을 보내 주었다 해도 나는 놀라지 않겠소. 사진 원판이 인화지와 함께 은행 대여금고에 없었던 것도 이것으로 설명되지 않을까요?"

느닷없이 닉이 웃음을 터뜨렸다.

"으음, 틀림없이 그랬을 거요. 그것은 레서의 좀 색다른 유머와 일치되기도 하니까."

"레서라는 사나이와 그의 유머 감각에 대하여 대체 자네가 얼마나 알고 있다는 건가?" 내가 우습게 생각하는 것처럼 물었다. "어제 1백 야드쯤 떨어진 곳에서 1분도 채 되지 않게 그를 보았을 뿐이고, 그저께도 얼굴을 마주본 것은 약 10분쯤이었으며, 그동안에 그는 서른 마디쯤밖에 이야기하지 않았네."

"확실히 대화는 길지 않았어. 그러나 주목할 만한 점이 있었네."

"그게 뭔가?"

"자네는 그 대화의 내용을 기억하고 있나?"

나는 법정에서 증인을 신문한 오랜 경험에서 그러한 기억력은 다른 사람보다 뛰어나다고 자부하고 있었다.

"한 마디 한 마디 정확하게 기억하고 있는 것은 아니지만, 요점은 거의 기억하고 있네. 다익스 교수가 카메라가 마음에 들었느냐고 묻자 레서는 아직 시험 중이므로 뭐라고 말할 수 없다고 대답했네. 그런 다음 레서가 자신이 갖고 있는 특수 안테나를 사지 않겠느냐고 교수에게 말했지. 다익스 교수가 그 안테나를 언제 입수했느냐고 묻자, 레서는 자기가 쓸 생각으로 샀는데 집이 낮아 소용이 없다면서, 똑같은 것을 한길 건너편 집에 달아 주었는데 아주 상태가 좋다고 대답했네. 여기까지 잘못된 점이 없나?"

"아주 훌륭해."

"좋아, 그런 다음 다익스 교수가 건너편 집에는 언제 장치했느냐고 묻자 그는 크리스마스에 맞도록 해 주었다고 대답했네. 작업하는 것을 보았더라면 도와 주었을 거라고 다익스 교수가 말하자 레서는 그의 모습을 보았다고 말했는데, 다익스 교수는 하루 종일 집에 없었으니까 그럴 리가 없다고 부인했어."

"거기에 대해 레서가 뭐라고 말했지?"

"아무 말도 하지 않았네."

"주목할 만한 점이란 바로 그것일세."

"모르겠는데."

"물론 자네는 모를 테지."

이번에는 닉이 나를 우습게 볼 차례였다.

"자네의 법정 경험이란 기껏해야 그런 거겠지. 법정에서는 말을 주고받는 것을 엄밀한 규칙에 따라 하네. 질문에 대한 답이 나오면 그것으로 끝이지. 자네가 똑같은 질문을 되풀이할 필요를 느끼더라도 상대편 변호인이 재판장에게 그 질의응답은 이미 끝났다고 이의를 신청하네. 그리고 나서 한바탕 논의가 오간 뒤 재판장은 증인이 다시 한 번 질문에 대답할 것인가 아닌가를 결정하네. 증인은 다시 한 번 질문에 대해 되풀이 대답해야 하고, 아무튼 이런 형편이지. 그러나 세상 일반 사람들의 대화는 그런 경로를 더듬지 않네. 어떤 일정한 리듬이라는 것이 있지. 다익스 교수가 그날은 하루 종일 집에 있지 않았으므로 자기를 보았을 리가 없다고 했을 때, 레서는 '그런가? 틀림없이 자네라고 생각했는데'라든가 '아니, 틀림없이 자네였어' 또는 '그럼, 아마도 내가 잘못 본 모양이지'라고 대답하는 것이 자연스러울 걸세. 그런데 그는 아무 말도 하지 않았어. 그래서 나는 레서가 이제부터 어떤 수법으로 나올까 마음을 쓰기 시작했지. 따라서 체스 따위는 아무래도 좋게 되었던 것일세."

"그러나 나는 아직 모르겠는데."

"그것과 레서의 죽음이 무슨 관계가 있느냐고 묻고 싶겠지? 자네는 그 두 사람이 화제로 삼은 날에 대한 것을 잊고 있네. 레서가 안테나를 장치한 것은 크리스마스 전날, 다시 말해서 존 바우먼 교수가 구덩이에 떨어져 죽고, 다익스 교수가 하루 종일 집에 없었기 때문에 바우먼 교수와 만나지 못했다고 한 바로 그날일세."

나는 소스라치게 놀라며 닉의 얼굴을 보았다.

"그렇다면 다익스 교수가 바우먼 교수의 죽음과 관계가 있다는 말인가?"

"그는 바우먼 교수가 찾아왔을 때 외출하여 집에 없었다고 했네. 그것이 거짓말이라면, 이유는 그가 바우먼 교수의 죽음을 미리 알고 있었기 때문이라고밖에 생각할 수 없네. 그리고 그가 하루 종일 노튼에 가 있었다고 주장한다면, 그것은 알리바이를 준비하기 위해서일세."

"그러나 자네는 다익스 교수가 집에 있었다는 것을 증명할 수가 없네. 레서는 그를 보았노라고 했고, 교수는 그것을 부정했어. 그리고 레서는 그다지 따지고 들지도 않았네. 그 레서도 죽고 말았으니 이제 그에게 물어볼 수도 없고……"

"하지만 레서는 제대로 반론했네. 또 하나의 수법을 보여 주었거든. 그때는 나도 그것을 알아차리지 못했지. 이 래들로 부부의 스냅 사진을 보고 비로소 깨달았네. 레서는 다익스 교수의 사진을 찍음으로써 그에게 대답했지. 그런 다음 블라인드의 작은 틈새로 들어온 햇빛이 죄수복 같은 줄무늬를 만들어서 매우 재미있는 사진이 될 것 같았다고 설명했네. 그 말의 참뜻은 이렇네. 나는 자네의 모습을 본 '증거'를 쥐고 있다, 사진으로 찍어두었다는 것이지. 다익스 교수가 재빨리 안테나 값을 물어본 것으로 보아서 그는 그 뜻을 알아차렸던 모양일세. 그리고 안테나의 값을 들을 때까지는 반신반의했지만, 레서가 5백 달러라고 대답하자 의문의 여지가 없어진 걸세."

"다시 말해서 5백 달러가 협박 금액이란 말인가? 어떻게 알 수 있지? 자네는 안테나 값을 알고 있나?"

"솔직히 말해서, 안테나? 안테나즈?" 닉은 고개를 갸우뚱하며 두 낱말의 여운을 비교했다. "그것에 대해서는 별로 잘 알지 못하네. 안테나즈, 아무래도 영어식 복수형이 좋겠군. 라틴 형은 곤충의 촉각이라는 의미로 쓸 때 꼭 맞는 것 같네."

"무슨 말을 하는 건가, 닉!"

"미안하이. 다시 말해서 안테나에 대한 것은 그다지 잘 모르지만,

5백 달러라는 돈에 대해서라면 상당히 잘 알고 있다고 말하고 싶었던 걸세. 나는 레서가 다익스 교수의 건너편 집에 장치한 안테나를 직접 확인해 보았네. 그의 집에다 장치할 예정이었던 것도 그와 똑같은 물건이라고 했는데, 내 눈에 비친 그 안테나는 강철이 아닌 어떤 종류의 귀금속으로 되어 있지 않는 한 아무리 보아도 기껏해야 1백 달러나 2백 달러밖에 안되는 물건이었네."

"그러나 다익스 교수는 어째서 바우먼 교수를 살해했을까? 그리고 어떻게 살해했다는 건가?"

"동기는 말할 나위도 없이 바우먼 교수의 원고를 자기 것으로 하기 위해서이지. 아무튼 출판하면 막대한 돈이 굴러들어올 테니까."

"그렇다면 다익스 교수는 자신의 저서로 출판할 생각이었던 모양이지?"

"그렇지 않네. 그런 일은 할 수도 없고, 또 그렇게 한다 해도 책이 팔리는 것은 겉장에 인쇄된 바우먼 교수의 이름 덕분이니까 그로서는 조금도 명예가 되지 않을 걸세. 그런데 현실적으로 원고의 집필이 어느 정도 진척되어 있는지 아무도 모르네. 다시 말해서 그가 절반도 되어 있지 않다고 주장해도 아무도 부정할 수 없는 걸세. 그러므로 그가 나머지를 다 완성하면, 단순한 연구 조수가 아니라 공저자가 되는 거지. 이렇게 되면 바우먼 교수와 나란히 그의 이름도 표지에 나올 테니까 적어도 인세의 절반은 그의 주머니 속으로 들어가게 되네. 게다가 학계에서 하는 평가도 급상승할 게 틀림없어."

"그것은 확실하지"

닉은 설명을 계속했다.

"살해 방법에 대해 말하자면 매우 간단하네. 그와 바우먼 교수는 하이 스트리트에 있었네. 아마도 바우먼 교수의 아들을 만나러 가는 도중이었을는지 모르지. 언덕길 꼭대기에서 두 사람은 조금 쉬었는데, 그가 바우먼 교수에게 권해서 구덩이를 들여다보러 갔네. 그리고 바우먼 교수가 구덩이 가장자리에서 아래를 들여다보고 있을 때."

닉은 도중에서 말을 끊고 어깨를 움츠렸다.

"다익스 교수가 그렇게 충동적으로 범행을 저질렀다고 생각하십니까?"

컬리지 경감이 물었다.

"다익스 교수는 두뇌 회전이 빠른 사나이요. 그와 체스를 해보면 알 수 있소. 판 위를 한 번 훑어보기만 하고도 곧 말을 움직이거든. 그러나 그 일은 상당히 오래 전부터 계획하고 있었다고 말하고 싶소.

아마 그의 부인도 어느 정도 느끼고 있었을 거요. 그를 남겨두고 가족들에게 가서 아직 돌아오지 않은 것이 아무래도 이상하거든. 어쨌든 한 가지만은 분명히 말할 수 있소. 바우먼 교수는 본인이 혼자 휴가 여행을 떠나면서 다익스더러 남아서 일을 하라고 할 그런 사나이가 아니오. 젠틀먼 조니는 진짜 신사였으니까."

닉은 생각에 잠기면서 천장으로 눈길을 돌렸다.

"바우먼 교수의 아들이 이곳으로 오지 않았다면, 그는 대체 어떻게 할 생각이었을까."

"아들이라고요? 그도 이 사건과 관계가 있습니까?"

스컬리지 경감이 물었다.

"물론 그가 왔기 때문에 다익스 교수는 비상 수단을 써야만 되었던 거요. 바우먼 교수의 아들과 셋이서 원고를 검토하게 되면 공저를 주장할 수 없어지고 말 테니까."

"꽤 재미있는 추리로군요." 스컬리지 경감은 마음내키지 않는 것처럼 말했다. "그러나 아무래도 그다지 설득력이 없는 것 같습니다. 그것만으로는 배심원들을 납득시킬 수 없을 테니까요. 다익스 교수가 모든 것을 부정하면 레서가 죽은 지금 반증을 할 수가 없지 않습니까?"

"당신은 레서가 찍은 사진에 대한 것을 잊고 있군요."

닉이 지적했다.

그것이 신호였던 것처럼 문을 두드리는 소리가 들렸다.

"사진이 되었습니다, 경감님."

필름은 건조기에 넣었기 때문에 둘둘 말려 있었다. 우리는 스컬리지 경감 곁으로 다가가서 그가 한쪽 끝을 무거운 삼각자로 눌러 놓고 천천히 필름을 펴면서 한 커트씩 들여다보는 것을 지켜보았다. 끝까지 왔을 때 닉이 자신에 찬 모습으로 손가락질하면서 소리쳤다.

"여기 있군!"

경감과 나는 그것을 뚫어지게 들여다본 다음 믿을 수 없다는 듯한 얼굴로 마주보았다. 그것은 틀림없이 두 남자의 사진이었다. 그러나 아주 먼 곳에서 찍었기 때문에 얼른 보아선 동그란 단추 같은 머리를 살짝 올려놓은 원통형의 낡은 연필처럼 보였다.

나는 자신도 모르게 웃음을 터뜨렸고, 스컬리지 경감도 덩달아 웃었다.

"뭐가 그리 우스운가?"

닉이 싸늘하게 물었다.

나는 사진을 가리키며 말했다.

"레서는 상대를 놀라게 하려고 허풍을 떤 걸세. 그 못된 녀석, 이런 것은 증거가 되지 않아. 여기에 찍혀 있는 것이 바우먼 교수와 다익스 교수라는 증거는 없네. 다른 사람이라고 말해도 부정할 수 없지."

"그렇다면 우리 쪽에서 다익스 교수에게 허풍을 떨어 놀라게 해주면 어떻겠습니까?" 스컬리지 경감이 흥미를 나타내며 말했다. "이 사진을 그에게 보일 필요는 없습니다. 다만 증거 사진이 있다고 하여 자백하도록 만드는 거지요."

"아니, 뭐 그럴 필요도 없소. 이 사진만으로도 훌륭한 증거가 되니까. 우선 레서는 무엇 때문에 이 사진을 찍었다고 생각하시오? 친구의 스냅을 찍고 싶었기 때문이 아니라는 것은 확실하오. 그런 것은 언제라도 찍을 수 있으니까. 그런 사진이라면 지상 30피트나 그 이상 되는 사다리 위에서 찍지 않아도 좋았을 것이오.

그게 아니라 우연히 사다리 위에서 아래를 보았더니 바람을 안고 몸을 앞으로 구부리고 걸어오는 두 사나이가 보였소. 둘 다 머리밖에 보이지 않았을 테니 마치 버섯이 걸어 오고 있는 것처럼 보였겠지요.

레서는 그러한 사진을 즐겨 찍었소. 바로 그 '쿠 도유'라는 것이오. 그는 나중에 생각해 보고 깨달은 일인데, 한 사람은 아스트라칸 칼라가 달린 코트에 더비 모자를 쓰고——이것은 바우먼 교수요—— 또 한 사람의 검은 머리는 약간의 흰 머리로 둘로 나누어져 있었소. 다시 말해서 다익스 교수였던 거요. 게다가 길에 쌓인 눈은 이 사진이 크리스마스 전날, 첫눈이 온 날 찍은 것임을 나타내 주고 있소."

스컬리지 경감이 천천히 고개를 끄덕이더니 내 얼굴을 보면서 말했다. "이것으로 앞뒤가 딱 들어맞습니다."

나도 고개를 끄덕이며 말했다.

"그래서 이제부터 어떻게 할 생각인가?"

닉이 일어섰다. 그는 언제나 그 차가운 웃음을 빙긋이 지으며 시디신 레몬이라도 깨문 것처럼 입을 오므렸다.

"당신이 다익스 교수에게 전화를 걸어서 본서까지 카메라를 가지러 와주면 좋겠다고 하면 어떻겠소, 경감?"

닉과 함께 내 방으로 돌아온 다음 문득 어떤 생각이 떠올랐다.
"닉, 우리가 추리한 줄거리는 아무래도 무척 잘못되어 있는 것 같군. 맨 처음 시작은 레서의 죽음을 밝히는 일이었네. 그러다가 존 바우먼이라는 옆길로 빠졌어. 그런데 레서는 대체 어떤가? 그는 사고사였나? 현실생활에서 이따금 일어나는 신기한 우연의 일치인가? 그렇지 않으면 살인이었나? 살인이라면, 다익스 교수는 그때 우리와 함께 있었으므로 결코 범인일 리가 없네. 다익스 교수가 범인이 아니라면 범인은 누군가 따로 있네. 그리고 범인이 다른 사람이라고 한다면, 다익스 교수에 관한 우리의 추리는 모두 잘못되어 있는 셈일세."
"아니, 레서는 틀림없이 타살이고, 범인은 다익스 교수일세. 나는 그가 어떻게 살해했는지 알지만, 그것을 입증할 방법이 없네. 하긴 두 사람을 죽였다고 해서 형이 두 배로 느는 것도 아니니까 입증할 수 없어도 괜찮지만 말일세. 그것도 저 주목해야 할 대화 속에 똑똑히 나타나 있었네."
여우에게 홀린 듯한 내 얼굴을 보고 닉은 언제나처럼 머리 나쁜 학생에게 이야기하는 것 같은 말투로 설명했다.
"안테나 값이 결정된 다음 그가 장치해 주는 수고비도 거기에 포함되어 있느냐고 물은 것을 기억하고 있겠지? 레서가 그렇다고 대답하자……"
"다익스 교수는 뒤꼍 지붕의 채광창 바로 위를 지적해 주었네."
닉이 소리 없이 웃었다.
"마치 두 명인 사이에 벌어진 체스 게임 같군. 우리 정도의 플레이

어라면 실수를 저지르지 않고 눈 앞에 보이는 함정에 빠지지 않는 것만으로도 만족하네. 이론으로 말하자면 판 위의 말은 모두 눈에 보이는 것이니까 어떤 교묘한 공격에도 대항할 수 있어야 할 걸세. 그러나 우리 같은 플레이어는 얼른 보기에 공격의 중심이라고 생각되는 데로 자기도 모르게 눈길이 가버리네. 판 전체에 마음을 쓰기는 하지만, 직접 위협에 맞닥뜨려 있는 곳 외에는 아무래도 눈길이 미치지 않거든. 그러나 다익스나 레서쯤 되는 명수들은 게임을 끌고 나가는 식이 우리와 달라. 말의 움직임에 대한 정확한 반응이 거의 무의식 상태에서 일어나네. 그들이 마음 쓰는 것은 적의 심리의 약점일세. 정말 그 두 사람은 어느 쪽도 뒤지지 않는 악당이었네. 레서는 첫수부터 기막히게 놓았지. 다익스 만한 상대를 협박했을 뿐 아니라, 군검사가 보는 앞에서 당당히 그것을 해치웠으니 말일세."

"그것이 그의 색다른 유머 감각이라는 건가?"

"맞았네. 물론 그는 자신의 성공, 허풍을 떨어 상대를 놀라게 하는 것으로 성공했기 때문에 자신만만해 있었네. 다익스가 안테나 값에 장치하는 수고비도 포함되어 있느냐고 물었을 때, 그는 교수가 아마 손해볼 거래 가운데서도 조금이나마 이득을 잡으려 한다고 해석한 모양일세. 마치 체스 경기에서 귀중한 말을 잃게 되는 경우 하다못해 보잘것없는 말이라도 하나둘 잡아 두려는 것처럼 말일세. 레서는 유리한 입장에 있었으므로 거기에 동의했지. 그러나 다익스가 노린 것은 다른 데 있었네. 정말 훌륭한 반격이었지! 자네도 기억하겠지만, 내가 그와 게임을 할 때 맨 처음 내 킹에 공격을 가한 것은 실은 퀸을 잡기 위한 견제 작전이었네. 한쪽 손으로 관객의 주의를 끌고 다른 한쪽 손으로 무언가 다른 일을 해치우는 마술사처럼 말일세. 그는 레서에게도 이러한 수법을 썼네."

"그가 지적한 지붕의 채광창 바로 위에 안테나를 장치하려면 아무래도 지하실 뚜껑 위에 사다리를 세워야 하네. 우리가 뜰로 나갔을 때 그는 레서의 주의가 지붕과 사다리 꼭대기에 쏠리도록 했지만, 그의 관심은 뚜껑에 있었던 걸세. 사다리를 올바른 위치로 놓으려면 아무래도 뚜껑 위에 놓아야 하는데, 이 뚜껑은 자네도 기억하고 있겠지만 어린아이라도 들어 올릴 수 있는 가벼운 것이었지."

"다시 말해서 누군가가 뚜껑을 들어 올리면 사다리가 쓰러진다는 것인가?"

닉이 작은 눈을 빛내면서 고개를 끄덕였다.

"그러나 그렇다면 지하실에 누군가 있어야만 할 걸세. 다익스는 우리와 함께 있었으므로 그가 할 수는 없었네."

"물론이지. 그는 처음부터 그 점을 노리고 있었네. 우리가 그의 알리바이였던 걸세."

나는 손가락을 딱 하고 소리냈다.

"그렇지! 부인이군! 그녀는 내내 지하실에 숨어서……"

내 목소리는 닉의 경멸에 찬 눈길을 받고 도중에 사라져 버렸다.

"그래, 참으로 어수룩한 생각이었어. 다익스는 이틀 전까지만 해도 레서를 살해하게 되리라곤 몰랐으니까 말일세."

"맞아. 그러나 지하실에는 어린아이보다 크고 힘센 놈이 살고 있었네. 커다란 개가 말일세. 다익스는 우리와 함께 하이 스트리트를 걸어가도록 미리 계획을 짰네. 언덕 꼭대기에서 걸음을 멈추었을 때 그는 레서가 사다리 위에서 작업하고 있는 것을 보았네. 그런 다음 자네와 나는 걷기 시작했는데, 다익스는 걸음을 멈추고 구두 끈을 다시 맨 다음."

"그런 다음 어떻게 했나?"

"그런 다음 개 피리를 불었던 걸세."

살인의 소리

도널드 E. 웨스트레이크

살인의 소리

　에이브러햄 레빈은 브루클린 43번 구역 형사 대기실 자기 책상 위에 걸터앉아 담배 한 대가 생각나 어찌할 바를 모르고 있었다. 왼쪽 손가락들을 구부리고 주먹을 쥐었다 폈다 하면서 종이로 돌돌 만 담배가 왜 거기에 있지 않을까, 아쉬워하고 있었다. 그는 잠시 연필을 손에 들고 있다가 무의식중에 그것을 입에 갖다대고 말았다. 연필 대가리에 달린 지우개에서 나는 썩은 모래 같은 냄새가 코에 들어올 때까지 레빈은 자기가 무슨 짓을 하고 있는지조차 몰랐다. 그는 이내 연필을 책상 서랍에 집어넣고 시사 잡지를 펴 국내 뉴스에 정신을 집중해 보려고 애를 썼다.

　담배를 끊으려고 안간힘을 쓰고 있는 그 외로운 사람을 상대로 전 세계가 음모를 꾸미고 있는 것처럼 보였다. 주위의 모든 사람들은 아무 걱정도 하지 않으며 태연하게 담배를 피워대고 있었다. 그들의 무관심하고 느긋한 태도를 보면서 담배를 끊겠다고 비장한 각오를 한 자신이 지나치게 신경 과민한 인간처럼 여겨지고 바보스럽게까지 생각됐다. 혹 텔레비전이나 라디오 쪽으로 관심을 돌려 딴 사람들로부터 떨어져 있으려고 하면, 요염한 자세로 담배를 피우는 여자가 등장하는 담배 광고나 귀에 쏙쏙 들어오는 담배 광고 노래들이 나와 그를 미치게 만들었다. 또 가장 인기 있다는 소설을 읽어보면 빈번하게 '그는 담배 한 대를 꺼내 물었다'라는 문장과 맞닥뜨리곤 했다. 정치가나 연예인들도 후세들을 위해 사진기자들 앞에 설 때마다 어김없이 담배를 뻐끔뻐끔 피고 있었다. 그리고 그는 지금 막 로마교황 요한 23세가 대중 앞에서 담배를 피운 최초의 가톨릭 교황이 되었다는 신문기사를 세 번째로 읽었다.

레빈은 화가 나서 시사 잡지를 덮어버렸다. 그런데 그 겉장에서 중서부의 한 주지사가 F.D.R식 담뱃대를 비스듬히 입에 물고 자기를 쳐다보며 미소 짓고 있었다. 그는 눈을 질끈 감았다. 그러자 내가 이 나이에 웃음거리가 돼버렸구나 하는 서글픈 생각이 몰려왔다. 다 큰 어른이 담배를 끊으려 하다니, 웃음거리가 될 수밖에 없다고 생각되었다. 영화사에서 자신의 이야기를 영화로 만들어도 될 거라는 생각까지 했다.

올해로 53세가 되는 에이브러햄 레빈은 24년 동안 경찰관 노릇을 해왔고 8년 동안 심장마비의 위험 속에서 지내왔다. 그는 밤마다 잠자리에 들면 자기 심장이 여덟 번째 또는 아홉 번째에 가서 박동이 멎는 것에 신경이 쓰여 잠을 이루지 못하곤 했다. 또 그는 계단을 올라갈 때나 무거운 것을 들 때마다 숨이 가빠지고 숨소리가 거칠어지며, 심장이 박동을 멈추고 정지하는 횟수가 일곱 번째 또는 여섯 번째, 그리고 다섯 번째로 자주 잦아지는 것을 의식하고 고민했다.

언젠가는 자신의 심장이 한꺼번에 두 번이나 박동이 멎을 날이 올 것이고 그리고 나면 세 번째 박동도 들리지 않을 것이며, 그 순간 에이브러햄 레빈은 죽는다는 것을 알고 있었다.

4개월 전에 그는 의사의 진찰을 받으러 갔다. 의사는 그의 몸을 조심스럽게 검사했는데, 그는 마치 자동차의 주인이 정비공한테 가져간 낡아빠진 자동차 신세 같았다. 그러면 주인은 정비공에게 가져다준 자동차가 고칠 만한 가치가 있는지, 아니면 폐차장에 갖다버리고 새 것을 사야 하는지 그 결과를 기다리고 있을 테니까. (레빈네 옆집에서 최근에 갓난아기가 매일 밤 울어대는 소리가 들려왔다. 그것은 마치 새 차 모델이 나와 낡은 차보고 길에서 비키라고 소리치는 것 같이 들렸다.)

그래서 그는 의사를 찾아갔던 것인데 의사는 그의 몸을 다 검사하더니 걱정할 것 없다고 했다. 가끔 가다 박동이 멈추긴 하는데 그까짓 것은 조금도 위험한 것이 아니며, 많은 사람들이 그런 증세를 가지고 있다는 것이었다. 혈압이 약간 높긴 하지만 많이 높은 편은 아니니 염려할 정도는 아니라는 것이었다. 결국 의사는 그가 건강한 사람이라 선언하고 진찰료를 받았다. 그러나 레빈은 그래도 납득이 가지 않는다는 듯 시무룩한 표정으로 병원을 나왔다.

그는 심장이 여전히 박동을 거르고 숨이 가쁜 때가 많고, 가끔 흥분하거나 겁이 나면 가슴에 쥐가 나기도 해서 사흘 전에 또다시 의사를 찾아갔었다. 그러나 의사는 역시 똑같은 소리를 하고 나서, "그래요, 댁이 그 심장의 이상을 정 고치고 싶으면 말입니다. 담배를 한번 끊어보세요"라고 말했다.

레빈은 그때 이후로 담배를 한 대도 입에 대지 않았다. 난생 처음으로 그는 부랑자들을 붙들어다 유치장에 처넣으면 그들이 담배피우고 싶은 욕구를 달랠 아무것도 없는 감방 안에서 담배 좀 달라고 소리소리 지르는 것을 이해할 수 있을 것 같았다. 그는 또 자기가 그렇게 쓸모없고 해로운 물건에 노예처럼 의존해왔다는 사실이 부끄럽게 여겨지기 시작했다. 담배를 끊은 지 이제 3일이 지났다. 웃음거리가 되든 안 되든 이번만은 꼭 끊고 말겠다고 다시 다짐했다.

눈을 뜬 레빈은 담배를 피우고 있는 주지사를 노려본 뒤 그 잡지책을 책상 서랍 속에 집어넣었다. 그리고 사무실 안을 둘러보았다. 서류함 옆에 있는 책상에 앉아 만족스럽게 담배를 피워 물고 앉아 보고서를 쓰고 있는 동료 크롤리만 빼놓고는 아무도 없었다. 자기와 같은 조에는 리조와 맥팔레인이 있지만 두 사람은 신고를 받고 나가 있었다. 레빈은 전화라도 좀 울려 줬으면 싶었다. 주의를 돌릴 일이 무엇이든 좀 생겼으면 했다. 그는 어쩔 줄 모르고 왼손으로 주먹을 쥐고 책상 위에 올려놓고 주위를 둘러보았다. 외롭고 무언가 모자라는 것 같은 느낌을 억제할 길이 없었다.

사무실 문을 두드리는 가냘픈 소리가 났지만 너무나 힘없이 두드려서 레빈도 간신히 들었을 정도였다. 크롤리는 고개를 숙인 채 꿈쩍도 하지 않았다. 그러나 그 순간 긴장할 대로 긴장한 레빈의 귀에는 그보다도 더 작은 소리라도 분명 들렸을 것이다. 레빈이 문 쪽을 보니 젖빛 유리창문에 조그마한 사람의 그림자가 비쳤다. 그래서 그는 "들어오쇼!" 하고 소리쳤다.

크롤리가 얼굴을 들면서 말했다. "뭐라고?"

"문밖에 누가 와 있어."

레빈이 들어오라고 다시 소리쳤다. 문의 손잡이가 주저하는 것 같이 살살 돌아가더니 어린애 하나가 걸어 들어왔다.

10살쯤 돼 보이는 작은 여자아이였다. 연분홍색 주름장식을 한 프록코트에 플레어스커트를 입고 있었는데, 금색 띠를 두른 검은 구두에 이랑무늬가 있는 양말을 신고 있었다. 약간 금발인 머리는 환하게 번쩍일 정도로 손질이 잘되어 있었다. 앞이마에서 뒤로 빗어 넘긴 머리는 꼭대기에서부터 분홍색 나비 리본으로 매어져 허리까지 늘어져 있었다. 두 눈은 굉장히 크고 선명한 푸른색이었고 얼굴은 우유빛깔처럼 희고 달걀 모양 같이 갸름했다. 〈선데이 타임스〉지의 어린이용

옷 광고에 나오는 애처럼 예쁘게 생긴 여자아이였는데 〈레이디스 홈 저널〉지 삽화에 나오는, 어린 여자 주인공을 쏙 빼닮은 모습이었다. 그 아이는 형편없는 범죄자들을 잡아다가 다른 사람들에게 처벌하라고 넘기는 형사들이 득실거리는 43관할구 형사 대기실에 잘못 들어와 호기심에 찬 눈을 두리번거리고 있는, 공상소설에나 나오는 아름다운 소녀와 같아 보였다.

살벌한 느낌을 주는 사무실에 들어선 소녀는 사람이 둘밖에 없고 낡은 캐비닛들이 숱하게 늘어서 있는 것을 발견했다.

소녀가 말을 걸 사람은 어쩔 수 없이 레빈밖엔 없었다. "들어가도 될까요?" 소녀의 목소리는 아까 문을 두드릴 때처럼 가날폈다. 한번 크게 소리만 질러도 금세 도망갈 것 같은 자세였다.

레빈도 자동적으로 작은 목소리로 대답했다.

"물론이지. 어서 오너라. 여기 와 앉거라."

그는 자기 옆에 있는 등이 반듯한 의자를 가리키며 말했다.

소녀는 문지방을 넘어 들어선 다음 문을 조심스럽게 닫았다. 그리고 조용조용 걸어오면서 크롤리를 흘끗 곁눈질했다. 그리고 의자 앞쪽에 살짝 걸터앉았는데 발끝이 방바닥에 닿은 꼴이 또다시 언제라도 도망갈 그런 자세였다. 소녀는 이내 레빈을 유심히 쳐다보면서, "형사님하고 얘기하고 싶은데요." 그리고는 "아저씨가 형사님인가요?"라고 물었다.

레빈은 고개를 끄덕였다. "그래, 내가 형산데."

"내 이름은," 소녀는 말을 시작했다. "에이미 손브리지 워커라고 합니다. 프로스펙트파크 웨스트 717번지 아파트 4—A호에 살고 있습니다. 살인을 신고하고 싶습니다. 방금 일어난 살인입니다."

"살인이라고?"

소녀는 아주 엄숙하게 말했다.

"엄마가 의붓아버지를 죽였습니다."

레빈은 크롤리를 쳐다보았다. 크롤리는 고개를 들더니 '약간 돈 아이야. 말이나 들어봐 줘. 그럼 집으로 돌아갈 거야. 그럴 수밖에 없지' 하는 눈치였다.

레빈에게는 딴 도리가 없었다. 그는 에이미 손브리지 워커를 바라보면서 "그래 말해봐. 언제 일어났지?" 하고 물었다.

"2주일 전 목요일이에요." 소녀가 말했다. "11월 27일, 오후 2시 반에요."

소녀의 조용하고 진지한 태도로 보아 그 아이의 말은 믿을 만한 것 같았다. 그러나 별의별 공상적인 얘기를 가지고 신고를 해오는 어린 애들이 너무도 많았다. 골목길에 죽은 시체가 있다고 신고해 오는 아이가 있는가 하면, 지붕 꼭대기에 비행접시가 있다느니, 아파트 지하실에 위조지폐 만드는 사람이 숨어 있다느니, 시커먼 트럭에 납치범이 타고 있다느니, 별의별 허황된 신고들이 많이 들어왔다. 그렇게 신고해 오는 것들 중 1000건 가운데 하나가 진짜이면 다행이었다. 그래서 레빈은 딴 목적 없이 그저 소녀의 감정을 상하지 않게 하기 위해서 연필과 종이 한 장을 꺼내 소녀가 말하는 것을 받아 적었다. 그리고 물었다. "엄마 이름이 뭐지?"

"글로리아 손브리지 워커요." 소녀가 말했다. "그리고 의붓아버지의 이름은 앨버트 워커예요. 변호사였어요."

옆에 있던 크롤리는 소녀가 의식적으로 격식을 차리는 것 같은 모습을 보고 빙긋 웃었다. 레빈은 소녀가 부르는 대로 이름들을 적고 나서 "너의 친아버지 성이 손브리지다 이거지?"

"예, 제이슨 손브리지예요. 아버지는 내가 아주 어렸을 때 돌아가셨어요. 역시 엄마가 죽인 것 같아요. 그러나 확실하진 않아요."

"알겠다. 그런데 엄마가 앨버트 워커를 죽인 것만은 아주 확실하다

223

이 말이지?"

"예, 의붓아버지 말예요. 친아버지는 챔플레인 호수에서 물에 빠져 죽은 것으로 돼 있어요. 하지만 절대로 그럴 리가 없어요. 왜냐하면 수영을 아주 잘했거든요."

레빈은 그의 셔츠 호주머니에 손을 넣었다. 담배가 없는 것을 알자 이내 자기가 또 무슨 짓을 하고 있는지 깨달았다. 온몸에 화가 치밀어 올랐다. 그러나 그는 자기 기분이 얼굴이나 목소리에 드러나지 않게 조심스럽게 감추고 물었다.

"그래 언제부터 엄마가 친아버지를 죽였다고 생각하고 있었지?"

"전에는 그런 생각을 한 번도 안했어요." 소녀는 계속 말했다. "엄마가 의붓아버지를 죽이기 전까진 말예요. 그 뒤부터 그런 생각을 갖기 시작했어요."

크롤리는 한바탕 기침을 했다. 그리고는 담배를 또 한 대 꺼내 불을 붙였다. 그리고 두 손을 입에 갖다댔다. 레빈이 소녀에게 물었다.

"그래, 의붓아버지도 역시 물에 빠져 죽었니?"

"아뇨, 의붓아버지는 운동을 전혀 못했어요. 운동을 못한 정도가 아니라 돌아가시기 전 6개월 동안 불구자였죠."

"그럼 어머니는 그분을 어떻게 죽였지?"

"의붓아버지한테 막 소리를 질러서 죽였어요."

소녀는 조용히 이렇게 대답했다.

레빈은 쓰던 것을 멈췄다. 레빈은 소녀의 얼굴을 자세히 들여다보았다. 눈이나 입가에도 장난기라고는 전혀 보이지 않았다. 이 나이어린 소녀가 장난으로 자기 학교 친구들과 내기를 하러 여기에 온 것이라면 정말 훌륭한 여배우감이라 생각될 정도였다. 얼굴을 아무리 뜯어봐도 장난으로 그런 소리를 하고 있다는 기색은 조금도 엿보이지 않았다.

‘그렇지만 이 아이가 장난으로 그러는 건지 아닌지 내가 어떻게 알수 있담?’ 레빈은 생각했다. 아내가 아기를 못 낳기 때문에 어린애를 다뤄본 적이 없는 레빈은 나이어린 아이들과 어떻게 의사소통을 해야 되는지를 잘 몰랐다. 게다가 그런 어린애들을 보면 부러운 마음을 억제할 수가 없었다. ‘저런 아이들은 숨이 가쁘거나 가슴이 답답해지는 일 없이 마음놓고 뛰어다니며 놀 수 있다. 밤이 돼도 심장의 박동이 멎을 것을 두려워하지 않고 편안히 잠자리에 들 수 있다. 저아이들은 내가 죽어 없어진 뒤에도 오랫동안, 수십 년 동안 살면서 인생을 즐길 수 있을 것이다.’ 이런 생각이 자꾸 들었던 것이다.

레빈이 소녀가 한 말에 대한 대답을 생각해내기도 전에 소녀는 아이답지 않게 별안간 의자를 차고 일어섰다. “난 여기 오래 있을 수가 없어요. 학교에서 집으로 돌아가는 길에 여기 들렀어요. 엄마가 만일 내가 모든 것을 알고 있다는 사실을 알고, 또 내가 경찰에 와서 이렇게 신고까지 했다는 걸 알면 나까지 죽이려고 들 거예요.” 소녀는 말을 마치더니 휙 돌아서서 크롤리를 노려보고는, “난 바보 같은 어린애가 아니에요. 공연히 거짓말이나 하고 다니거나 농담이나 하고 다니는 애도 아니고요. 엄마가 의붓아버지를 죽였단 말이에요. 그래서 이렇게 와서 신고하는 거예요. 그렇게 하는 것이 옳은 일 아니겠어요? 당장 내 말을 믿어달라는 건 아니에요. 그러나 내 말이 진실인지 아닌지 조사해봐야 하지 않겠어요? 아무튼 나는 진실을 말했으니까 그런 줄 아세요.” 그리고 에이미는 레빈 쪽으로 휙 돌아섰다. 화가 잔뜩 나 있었다. 아니, 화난 것이 아니라 단호했다. 엄격한 격식이 몸에 밴데다 정의감과 의무감이 엿보이는 어린 소녀의 단호함이었다. “의붓아버지는 아주 좋은 분이었어요.” 소녀는 말했다. “그러나 엄마는 나쁜 여자예요. 엄마가 무슨 짓을 했는지 조사해서 처벌해 주세요.” 이렇게 말하면서 소녀는 약간 고개를 끄덕였다. 자기가 한 말에 마침표라도 찍으려는 듯. 그리고 문을 향해 걸어 나가기 시작했다. 소녀는 문에서 마침 수사를 마치고 돌아오는 리조와 맥팔레인과 마주쳤다. 두 형사는 소녀를 보고 깜짝 놀라 내려다봤다. 그러나 소녀는 문을 닫고 복도로 걸어 나갔다.

리조는 레빈을 쳐다보며 엄지로 문 쪽을 가리켰다. "뭐야?"

크롤리가 대답했다. "살인을 신고하러 왔대. 엄마가 아버지를 죽였다는 거야. 아버지에게 소리를 마구 질러 죽였대."

리조는 쓴웃음을 지었다. "뭐라고?"

"내가 한번 알아봐야겠어." 레빈이 말했다. 그는 소녀의 말을 액면 그대로 믿진 않았지만 '아저씨의 임무는 다해야 할 것 아니냐'고 한 소녀의 말이 마음에 걸렸다. 까짓 것, 전화 몇 통 걸면 될 일이었다. 크롤리가 리조에게 이제까지 있었던 일을 장황하게 설명하고 있는 동안 맥팔레인은 자기 책상에 가서 의자를 뒤로 젖히고 발 하나를 책상 위에 올려놓고 비스듬히 앉았다. 그는 형사 대기실에 돌아오기만 하면 밤낮 그렇게 앉아 있기를 좋아했다. 이윽고 레빈은 수화기를 들어 올려 〈뉴욕 타임스〉에 전화를 했다. 그는 자기가 누구인지 말하고 전화를 건 용건을 말했다. 그러자 부고를 취급하는 부서가 나왔다. 몇 분 뒤 11월 28일자 신문에 실린 앨버트 워커의 부고를 읽어 주었다. 사망 원인은 심장마비였다. 장의사는 주녀스 메리맨이었다. 레빈은 메리맨에게 잠깐 전화를 걸어 앨버트 워커의 주치의가 누군지 물었다. 헨리 셰필드라는 사람이었다. 레빈은 메리맨에게 고맙다고 인사를 하고 아무 일도 아니라고 말해 두었다. 그리고 브루클린 직업별 전화번호부를 꺼내 셰필드의 전화번호를 알아냈다. 레빈은 전화를 돌렸다. 처음에는 간호사가 나오더니 이내 셰필드를 바꿔 주었다.

"도대체 이해할 수가 없군요." 셰필드는 말했다. "무엇 때문에 경찰이 그 사람의 사인에 관심을 갖고 있는지…… 심장마비였어요. 아주 분명하고 단순한 심장마비였죠. 그래 뭐 잘못된 거라도 있습니까?"

"문제될 것은 없습니다." 레빈이 말했다. "그저 한번 알아보는 것뿐입니다. 갑자기 심장마비가 일어났나요? 전에도 심장에 이상이 있었나요?"

"네, 그랬습니다. 약 7개월 전에 한 번 심장마비를 일으켰었죠. 그런데 두 번째 마비는 더 심했어요. 첫 번째 심장마비에서 아직 완전히 회복되기 전에 일어났으니까요. 그외에는 더 할말이 별로 없군요. 혹시 그밖에 또 무슨 사고가 있었는지를 묻고 계시는 거라면 말입니다."

"아닙니다. 그런 것을 캐려고 한 것은 아닙니다." 레빈이 말했다. "그런데 말입니다. 댁은 워커 부인의 첫 남편의 주치의이셨던가요, 혹시?"

"아뇨, 난 그 사람의 주치의는 아니었습니다. 그 사람 이름이 손브리지라 한다죠, 그렇죠? 난 한 번도 만난 적이 없어요. 왜요? 그 사람에 관한 무슨 의심나는 일이라도 있습니까?"

"아닙니다, 아무것도 없습니다." 레빈은 저쪽에서 한 몇 가지 질문에 대한 대답을 회피하고 전화를 끊었다. 이제 자기 임무는 끝났다고 생각했다. 그는 크롤리를 향해 머리를 흔들면서 말했다. "아무것도 아닌 걸……."

그 순간 레빈은 뒤에서 뭔가 와장창 부서지는 소리가 나서 말을 더 이을 수가 없었다. 그는 입을 벌린 채 의자에서 반쯤 일어섰다. 머리로 몽땅 피가 몰리는 것 같아 얼굴이 새하얘졌다. 온몸의 신경과 근육이 단단히 굳어 얼얼한 것 같았다.

뭔가가 왕창 깨지는 것 같은 소리는 단 한 번으로 그치고 말았다. 레빈은 다시 의자에 주저앉아 무슨 일이 일어났는지 뒤쪽을 돌아보았다. 맥팔레인이 약간 창피한 듯 바닥에서 일어나고 있었다. 그가 앉았던 의자가 그 옆에 거꾸로 쓰러져 있었다. 그는 레빈을 보고 비틀거리며 말했다. "너무 많이 뒤로 젖히고 앉았더니 그만."

"앞으론 그렇게 앉지 마." 레빈은 떨리는 목소리로 말했다. 그는 손등을 이마에 갖다댔다. 식은땀이 흐르고 있었다. 전신이 부들부들 떨렸다. 그는 또다시 셔츠 호주머니에 손을 넣어 담배를 찾았다. 그러나 아무것도 손에 와 닿는 것이 없자 그는 당황했다. 그는 셔츠 호주머니에 들어갔던 손으로 가슴을 눌러보았다. 심장이 두근두근 뛰고 있었다. 무의식중에 그는 두근거리는 심장의 박동소리를 세기 시작했다. 두근두근 두근두근 그러다가 또 한 번 거르고, 또다시 두근두근 …… 여섯 번째 두근두근 소리가 났다. 그는 의자에 앉아 가슴에 손을 대고 그 소리를 듣고 있었다. 점점 두근거리는 소리가 느려졌다. 이어 두근거리는 소리가 여섯 번 나고 일곱 번째에 멈췄다. 그러다가 여덟 번째에 또 한 번 멈추기 시작했다. 그제야 그는 일어설 용기가 났다.

그는 일어서서 입술에 침을 발랐다. 담배가 한 대 필요했다. 요 사흘 동안의 그 어느 때보다도, 아니 일생을 두고 볼 때 그 어느 때보다도 담배가 이렇게 간절했던 적은 없었다.

그는 그만 결심이 무너지고 말았다. 창피를 무릅쓰고 크롤리를 향해 말했다. "잭, 담배 한 대만 줘."

크롤리는 혹시 다친 데는 없나 하고 몸 여기저기를 만져보고 있는 맥팔레인에게서 눈을 떼고 말했다.

"난 자네 담배 끊은 줄 알았는데."

"아냐, 못 끊겠어. 한 대만 주게, 잭."

"그래." 크롤리는 담뱃갑을 레빈에게 던졌다.

레빈은 그것을 받아 흔들어 담배 한 개비를 꺼낸 다음, 다시 크롤

리에게 던졌다. 그는 책상 서랍에서 성냥갑을 꺼낸 다음 담배를 입에
물고 그 향내에 위안을 받으며 성냥을 그어댔다. 그는 불 붙은 성냥
개비를 손에 들고 그 불꽃을 쳐다보았다. 그 순간 갑자기 어떤 생각
이 났다.

앨버트 워커는 심장마비로 죽었다.

"의붓아버지한테 막 소리를 질러서 죽였어요."

"두 번째 마비는 더 심했어요. 첫 번째 심장마비에서 아직 회복되
기 전에 일어났으니까요."

레빈은 성냥을 흔들어 끄고 담배를 입에서 뺐다. 맥팔레인이 뒤로
벌렁 나자빠진 다음부터 한동안 심장의 박동은 여섯 번째에 가서 멎
곤 했다.

글로리아 손브리지 워커가 정말 앨버트 워커를 죽였을까?

또 에이브러햄 레빈이 정말 에이브러햄 레빈을 죽일 수 있을까?

두 번째 질문은 대답하기가 훨씬 더 쉬웠다. 레빈은 책상 서랍을
열고 담배와 성냥을 그 속에 떨어뜨렸다.

첫 번째 질문은 대답하려고 하지도 않았다. 하룻밤을 자면서 생각
해 보기로 했다. 지금 이 순간에는 생각이 제대로 나지 않으니까.

그날 저녁 식사 때 그는 자기 아내와 그 문제를 상의했다. "페
그!" 그는 아내를 불렀다. "문제가 하나 생겼는데 말이야."

"문제라고요?" 그의 아내는 놀라서 그를 쳐다보았다. 남편보다 3
살 아래인 그녀는 키가 작달막하고 다부지게 생겼다. 약간 희끗희끗
한 머리칼을 자기가 직접 파머해서 곱슬곱슬했다. "나한테까지 의논
하는 걸 보니 굉장히 어려운 문제인 모양이죠?"

남편은 웃어 보였다. "그래, 어려운 문제야." 레빈이 직장 일을 부
인에게 얘기하는 것은 드문 일이었다. 그는 젊은 사람들이 아내들과

직장 얘기를 하는 것을 당연한 일로 여기며, 생각을 서로 터놓고 주고받는다는 것을 알고 있었다.

그러나 레빈은 옛날 전통 속에서 자란 사람이라 여전히 여자들을 세상의 험한 일에 끼어들게 해서는 안 된다고 본능적으로 믿고 있었다. 그래서 크롤리와 의논할 수 없는 문제가 생길 경우에만 의논 상대로 아내인 페그를 고르곤 했던 것이다. "난 이제 늙어가고 있나 봐." 레빈은 자신과 젊은 사람들 사이의 그러한 차이를 생각하며 말을 꺼냈다.

페그는 웃었다. "여보, 당신은 그게 문제예요. 외롭다고 생각하지 마세요. 누구나 그런 생각은 들기 마련이에요. 고깃국 조금 더 드실래요?"

"사실은 조그마한 소녀가 오늘 찾아왔었어. 10살 정도 됐을까? 옷도 잘 입고 얌전하고 아주 똑똑해. 그런데 엄마가 의붓아버지를 죽인 것을 신고하러 왔다는 거야."

"조그마한 소녀가요?" 페그는 큰 충격을 받은 목소리였다. 페그 역시 이 세상에는 비인간적인 것들로부터 보호해 줘야 할 사람들이 있다고 믿고 있었다. 다만 그 대상이 어린애들이라는 점에서 레빈과 다를 뿐이었다.

"조그마한 소녀가 그런 걸 신고하러 왔다고요!"

"계속 들어봐요." 레빈이 페그의 말을 자르며 계속했다. "의사한테 전화를 해봤더니 심장마비로 죽었다는 거야. 그 의붓아버지, 워커씨 말이야. 전에도 심장마비로 한 번 쓰러졌었는데, 또다시 심장마비가 일어나 죽었다는 거야."

"그런데 그 조그마한 소녀는 자기 어머니가 죽였다고 생각한단 말이죠?" 페그는 몸을 앞으로 구부리며 말했다. "심리적으로죠. 그렇게 생각하지 않으세요?"

"글쎄, 모르겠어. 그 아이에게 엄마가 어떻게 죽었느냐고 물었더니 엄마가 의붓아버지에게 큰소리를 질러서 죽였다는 거야."

"장난으로 한 소리겠죠." 페그가 머리를 저으며 말했다. "요즘 아이들 어떻게 그런 엉뚱한 생각을 하는지 모르겠어요. 전부 그놈의 텔레비전 탓이에요……."

"글쎄, 그럴 수도 있겠지." 레빈이 말했다. "난 모르겠어. 심장이 나빠 침대에 누워 앓고 있는 병자인데, 갑자기 충격을 받고 게다가 큰소리까지 듣게 되면 심장마비가 또 일어날 수도 있는 일이지."

"그래, 그 조그만 소녀가 또 뭐라고 하던가요?"

"그것뿐이야. 의붓아버지는 좋은 사람이었고, 엄마는 나쁜 여자라는 거야. 그 애는 학교에서 돌아오는 길에 경찰에 들러 신고하는 거라고 하더군. 잠깐 동안밖에 있을 수 없다면서 말이야. 혹시 엄마가 자기 행동을 알면 안 된다고 하면서."

"그래, 그 아이를 그냥 보냈어요? 더 물어보지도 않고?"

레빈은 어깨를 으쓱했다. "그 아이 말을 믿지 않았거든." 그는 계속했다. "왜, 어린애들은 허황된 생각을 할 수 있다는 것을 알잖아?"

"그런데 지금은요?"

"지금은? 글쎄, 알 수가 없어." 레빈은 한쪽 손을 들어 올리고 손가락 2개를 펴보였다. "지금은 말야, 내 머릿속에 두 가지 의문이 있어. 첫째 그 어린 소녀의 말이 진짜냐, 아니면 가짜냐 하는 것이야. 그 애의 어머니가 과연 큰소리를 질러 의붓아버지를 죽였을까 하는 것이지. 만약 그랬다면 그 애의 어머니가 고의로 그랬느냐, 아니면 우연한 사고로 그랬느냐 하는 것이 두 번째 의문이고."

레빈은 두 손가락을 흔들면서 아내를 쳐다보고 얘기를 계속했다. "알겠소? 아마 그 소녀의 말이 진실일지도 모르지. 어머니가 아버지를 죽게 했으나 고의로 죽인 것이 아닐지도 몰라. 그렇다면 문제를 드러낸 그 아이의 어머니를 난처한 입장에 몰아넣고 싶진 않거든. 아마 그 아이가 잘못 알고 있을지도 모르지. 그렇다면 모든 것을 그냥 덮어두는 것이 최선의 방법일지도 모르고. 그런데 그 애 말이 옳다면, 정말 살인이 일어난 것이었다면 그 애가 위험해. 내가 무슨 조치를 취하지 않으면 그 애가 또 다른 데에 가서 신고를 하고, 그 애의 어머니가 그것을 알게 된다면……."

페그는 머리를 흔들었다. "끔찍하군요. 그런 조그만 여자 아이가 그렇게 되면 어떡하죠?" 페그가 말했다. "그런 어린애가 자신을 방위할 수 있을까요? 남편까지 죽인 여자, 그런 여자라면 자기 자식도 쉽게 죽일 수 있을 텐데요. 여보, 보통 일이 아니에요."

"나도 보통 일이 아닌 것 같이 생각돼." 레빈은 커피 잔을 들어올려 커피를 들이켰다. "문제는 내가 어떻게 해야 하느냐는 거야."

페그는 또다시 머리를 흔들었다. "그런 어린애가……." 페그가 말했다. "그런 여자라면, 그런데 또 아닐지도 모르고." 페그는 남편을 쳐다보며 말했다. "어쨌든 지금은 우선 잡수세요. 나중에 생각해보기로 하고."

그때부터 저녁을 다 먹을 때까지 부부는 다른 얘기만 했다. 식사가 끝나자 여느 때처럼 담배를 피우고 싶은 욕구가 한결 심해져 레빈은 담배를 끊어야 한다는 생각 외에는 아무것도 정신을 집중할 수가 없었다. 두 사람은 저녁 내내 텔레비전만 보았다. 그리고 잠자리에 들 때까지도 레빈은 결정을 못 내리고 있었다. 잠자리를 보고 있던 페그가 갑자기 말을 꺼냈다. "당신, 아직도 그 아이 생각하고 있어요?"

"오늘은 그냥 자야겠어." 레빈이 말했다. "아마 내일 아침이 되면……. 페그, 담배 피우고 싶어 죽겠어."

"저 세상에 빨리 가고 싶거든 피우세요." 페그는 무뚝뚝하게 말했다. 레빈은 눈을 깜빡거리며 아무 말 없이 이를 닦으러 갔다.

두 사람은 불을 끈 다음 침대에 나란히 누웠다. 침대는 오랜 세월 썼기 때문에 가운데가 푹 들어가 있었다. 그러나 추운날 밤이었다. 서로 껴안고 자면서 상대를 따뜻하게 해주기에는 더없이 좋은 밤이었다. 레빈은 눈을 감고 천천히 잠이 들었다.

갑자기 무슨 소리가 나서 레빈은 잠을 깼다. 그는 눈을 연신 깜빡거리며 캄캄한 천장을 쳐다보았다. 그는 그것이 무슨 소리인지 알 길이 없었다. 레빈은 놀라서 어쩔 줄 몰랐다. 그러자 또다시 소리가 났다. 그제야 그는 들이마셨던 숨을 내뿜었다. 옆집 어린애가 우는 소리였다.

'여러분 좀 비켜 주세요, 우리에게 살 공간을 주세요, 새로 태어난 사람들을 위해 비켜 주세요.' 그 갓난아기는 꼭 이렇게 말하는 것 같았다.

'저 아기들이 옳아.' 그는 생각했다. '우리 어른들은 저 아이들을 돌보고, 지도해주고, 길을 내줘야지. 저 아이들의 요구는 절대 정당해.'

'난 그 어린 소녀를 살리기 위해 어떻게든 손을 써야 돼.' 그는 이런 생각에까지 이르렀다.

다음날 아침 레빈은 크롤리와 얘기해봤다. 그는 크롤리 책상 옆 손님용 의자에 앉으며 말을 꺼냈다. "그 어린아이 말인데."

"자네도 그랬군. 나도 어제 저녁 그 아이를 생각했었네."

"좌우간 조사는 해봐야 돼." 레빈이 말했다.

"그래. 그 아이의 아버지, 뭐라고 그랬더라? 제이슨 손브리지라 했지? 그 사람이 어떻게 죽었는지 내가 한번 알아볼게."

"그래, 좋아." 레빈이 말했다. "난 그 애의 학교를 찾아가서 선생님하고 얘기를 해볼까 하네. 그 아이가 늘 그따위 허황된 소리를 잘 하고 다니는 애라면 그것으로 끝내버리는 거지. 무슨 말인지 알겠지?"

"그럼, 알고말고. 그런데 걔가 어떤 학교에 다니고 있는지는 아나?"

"저 3번 거리에 있는 래스모어초등학교야."

크롤리는 전날 일을 생각하느라 약간 눈살을 찌푸렸다.

"그 애가 그러던가? 난 그런 소리 못 들은 것 같은데."

"아냐, 그 애가 가르쳐 준 게 아냐. 그렇지만 그 학교밖엔 없는 것 같아." 레빈은 약간 수줍은 듯 싱긋 웃으며 말했다. "내가 셜록 홈즈 노릇을 좀 했지. 그 애가 학교에서 돌아가는 길에 잠깐 들렀다고 했거든. 그러니까 걸어서 학교를 다니는 거야. 그런데 오른쪽으로는 학교가 3개밖에 없어. 우리 건물은 그 세 학교와 프로스펙트파크 사이에 있는데. 세 학교가 다 걸어서 다닐 만큼 가깝거든." 레빈은 손가락 셋을 내밀어 하나씩 꼬부려가면서 계속했다. "세인트앨로이셔스초등학교가 있지만 그 애는 그 학교 제복을 입지 않고 있었지. PS(공립학교) 118이 있지만 그 애네 집이 프로스펙트파크 웨스트라는 부유한 동네에 있는데다 그 애의 옷 모양새나 단정한 몸가짐으로 보아 공립학교에 다니는 아이 같지는 않았거든. 그러니까 래스모어초등학교밖에 없다는 논리가 나온 거지."

"좋았어, 셜록 홈즈." 크롤리가 말했다. "자네는 그럼 래스모어초등학교에 가서 그 훌륭한 사람들하고 얘기해 보게나. 나는 손브리지가 죽은 원인이나 조사하고 올 테니까."

"우리 두 사람 중 누군가가 경위님과 먼저 얘기해야 하는데. 가서 우리가 무슨 일을 하려는지 미리 말씀드려야 하잖아."

"그래, 그럼 가서 말씀드리지 그래."

레빈은 왼쪽 손의 손가락들을 우그려 비볐다. 담배가 피우고 싶을 때 하는 버릇이었다. '오늘이 나흘째렸다. 이번엔 꼭 끊고 말테다.' 그는 이렇게 또 별렀다. 이어 그는 "잭, 아무래도 자네가 가서 말씀드리는 게 나을 것 같아." 했다.

"왜 날보고 가라는 거야? 자넨 왜 못 가지?"

"경위님은 자네 말을 더 어려워하는 것 같아서."

크롤리는 이 말에 콧방귀를 꿰었다. "자네 무슨 말을 하는 거야?"

"아냐, 진심일세, 잭." 레빈은 어색하게 싱긋 웃었다. "내가 가서 말하면 그 양반은 아마 내가 작은 사건을 지나치게 과장한다고 여기고, 내가 감상적이라며 오해하고 집어치우라고 할 가능성이 많아. 그러나 자네는 침착한 사람이니까 자네가 심각한 문제라고 하면 그 양반은 믿을 걸세."

"자네 미친놈 같은 소리 하는군." 크롤리가 말했다.

"자네는 침착한 사람이란 말이야." 레빈은 다시 말했다. "난 너무 정서적이고."

"그렇게 아첨까지 하니 할 수 없군. 좋아, 그럼 학교에나 빨리 가보게."

"고맙네, 잭."

레빈은 오버코트를 걸쳐 입고 형사 대기실을 나가 아래층으로 가서 보도로 빠져나갔다. 래스모어초등학교는 거기서 세 블록 떨어진 곳에 있었다. 그래서 걸어가기로 마음 먹었다. 하늘은 아직 맑았지만 왠지 눈이 올 것 같았다. 레빈은 두 손을 검은 오버 주머니에 깊숙이 집어넣고 눈 냄새를 맡으면서 천천히 걸어갔다. 밖에 나와 돌아다닐 때는 담배 피우고 싶은 생각이 덜 났다. 그래서 서둘지 않기로 한 것이다.

래스모어초등학교는 미국내 도시마다 시의회에서 일어나고 있는 정치적 대립 때문에 허약해져버린 공립학교들을 대신해서 무수히 생긴 사립학교 가운데 하나로, 시내의 괜찮은 지역에 자리잡고 있는 오래된 저택을 교사로 쓰고 있었다. 건물은 석조로 되어 부벽에는 장식이 새겨져 있었고, 퇴창이 여기저기 달려 있었다. 3층 건물 전체가 담쟁이덩굴로 온통 덮여 있다시피 했고, 쪽모이세공을 한 슬레이트 지붕은 이상한 각도로 뻗어 있었다. 건물 입구 두짝열개 위의 유리에 건물의 새 구실을 알리는 간판이 황금색 글씨로 씌어 있었으며, 그 바로 안에 '교무실'을 알리는 화살표가 있었다.

레빈은 자신이 경찰이라는 것을 밝히지 않고 일을 끝낼 수 있었으면 했다. 그러나 안내하는 사람이 너무 꼬치꼬치 캐물었기 때문에 도리가 없었다. 그 사람에게 찾아온 용건을 자세히 설명하지 않고 교장인 피진 여사를 만날 수 있으려면 먼저 신분을 밝히는 수밖에 없었다.

피진 여사는 레빈의 용무 설명을 듣고 의아해하면서도 태도는 공손했다. 또 굉장히 무서워하는 표정도 지었다가 방어적인 태도를 보이기도 했다. 마치 이 모든 감정과 표정들을 다 준비해 두었다가 경찰관이 이런 초등학교에 무슨 일이 있어 왔는지 알게 되면 그중 하나를 표출할 작정인 모양이었다. 레빈은 자기가 찾아온 용건을 되도록 친절히 그리고 되도록 아무렇지 않게 설명하려고 노력했다.

"교장선생님 학교에 다니는 조그마한 소녀에 관해서 선생님 한 분과 얘기해 보고 싶어서 왔습니다." 레빈이 말했다.

"그 애가 무슨 일을 했는데요?"

"그 애가 어저께 우리한테 와서 신고를 했습니다." 레빈이 말했다. "그 애가 말한 사실의 진위 여부를 알 수가 없어서요, 그 아이에 관해서 좀더 알게 되면 가령 그 아이의 태도가 어떤지 등에 관해서 좀더 알 수 있다면 도움이 될 것 같아서요."

피진 여사의 태도에 방어적인 자세가 역력히 드러나기 시작했다.

그러면서 "그 애가 무슨 신고를 했는데요?" 하고 물어왔다.

"미안합니다만," 레빈이 말했다. "아무 일도 아닐 수 있기 때문에 그 얘기가 퍼지지 않는 편이 좋을 것 같은데요."

"이 학교에 관한 일인가요?"

"아닙니다, 아니에요." 레빈은 터져나올 것 같은 웃음을 간신히 참으면서 말했다. "학교하고는 전혀 상관이 없는 일입니다."

"됐습니다, 그럼." 교장은 방어적인 자세를 버리고 냉정하고 공손한 태도를 취했다. "그러니까 그 여자아이 선생님과 얘기하고 싶다, 이거죠?"

"네."

"그 애 이름은요?"

"에이미 워커입니다. 에이미 손브리지 워커예요."

"아, 그 애 말이군요." 피진 여사의 얼굴이 갑자기 밝아졌다. 레빈을 보고 밝아진 것이 아니고, 그 애 이름이 튀어나오니까 환해진 것이었다. 그러나 다음 순간 그 밝은 표정이 갑자기 사라지고 이상하다는 눈치가 역력해졌다. "그럼 에이미에 관한 얘기인가요? 그 애가 어저께 댁을, 경찰서를 찾아갔던가요?"

"그렇습니다."

"그래요?" 피진 여사는 무슨 수가 없을까 하는 표정으로 사무실 안을 둘러보았다. 무슨 일인지 좀더 알아보고 싶은데, 레빈의 침묵을 깰 좋은 질문이 생각나지 않는 것 같았다. 결국 교장은 레빈에게 5학년 담임선생 헤이스켈 양을 불러올 테니 기다리라고 말하고 밖으로 나갔다. 레빈은 교장이 나갈 때까지는 그대로 서 있다가 바로 밤색 가죽의자에 털썩 주저앉았다. 창마다 커튼을 잔뜩 쳐놓은 그 사무실에 앉아 있으니 자신이 마치 무슨 거인이 된 것 같은 느낌이 들어 어색했다.

5분쯤 지나자 피진 여사가 헤이스켈 선생을 데리고 나타났다. 헤이스켈 선생은 예상과는 달리 야위고 키 큰 여자가 아니라 의젓해 보이는 40대 여인이었다. 수수한 옷에 납작한 신을 신고 있었다. 레빈은 피진 여사의 소개를 받고 황급히 일어섰다. 피진 여사는 "너무 오래 걸리지 않도록 해주세요, 레빈 씨. 여기서 말씀하시고요" 하고 쌀쌀맞게 말하고 나갔다.

"고맙습니다."

레빈과 헤이스켈 선생은 사무실 한복판에서 서로 마주보고 섰다. 레빈이 한 의자를 가리키며 "앉으시죠" 하고 말했다.

"고맙습니다. 교장선생님이 그러는데 에이미 워커에 대해 물어보실 것이 있다고요?"

"네, 그렇습니다. 그 아이가 어떤 아이인지 알고 싶어서요. 그 애에 관해 무엇이든 말씀해 주시면 고맙겠습니다."

헤이스켈 선생은 미소를 지었다. "에이미는 참 똑똑하고 가정교육을 잘 받은 아이예요." 헤이스켈 선생이 말했다. "제가 선생님을 만나러 내려오면서도 학생들을 잘 보라고 맡기고 왔을 정도죠. 무엇을 읽어오라고 학생들에게 숙제를 내면 그 애는 적어도 한달은 다른 학생들보다 빨리 읽어옵니다. 그리고 그 애는 제가 본 아동들 가운데 가장 현실적인 아이죠."

레빈은 호주머니에서 담배를 꺼내려고 손을 집어넣으려다 말고 옆구리에 갖다댔다.

"에이미 아버지가 2주일 전에 죽었다죠, 그렇습니까?"

"네, 맞습니다."

"둘 사이가 어땠나요? 에이미하고 그 애 아버지하고 말입니다."

"에이미는 아버지를 숭배했죠. 그 사람은 사실 그 아이의 의붓아버지였죠. 그 애 어머니하고 약 1년 전에 결혼한 사이였을 거예요. 에

이미는 자기 친아버지가 어떤 분인지 기억을 못해요. 그 애가 알고 있던 유일한 아버지는 워커 씨였죠. 그리고 그렇게 오랫동안 아버지가 없었기 때문에……." 헤이스켈 선생은 두 손을 벌리면서 말을 계속했다. "워커 씨가 아주 중요한 존재였던 거죠."

"그래, 그 애는 아버지의 죽음을 몹시 슬퍼했단 말이죠?"

"에이미는 1주일 동안이나 학교를 안 나오고 도저히 달랠 수 없을 정도로 슬퍼했죠. 그동안 친할아버지한테 가서 지냈다고 들었어요. 친할아버지는 물론 그 애를 잘 돌봐줬겠죠. 그러나 그 애 어머니가 의사를 2번이나 불렀던 것으로 알고 있습니다."

"어머니가요?" 레빈은 두 손을 어디에다 두어야 할지 몰랐다. 그는 두 손을 앞으로 가져와 마주 잡았다. 그리고 물었다. "에이미가 자기 엄마하고는 사이가 좋은가요?"

"보통인가 봐요. 제가 아는 한은요. 두 사람 사이에 불화가 있는 것처럼은 보이지 않았으니까요." 헤이스켈 선생은 다시 미소 짓고는 말했다. "물론 저와 에이미와의 접촉은 학교에 있는 동안만으로 한정돼 있죠."

"그럼 둘 사이에 불화가 있다고 생각하시나요?"

"아니에요, 그런 뜻으로 말한 게 아니에요. 다만 저로서는 그 문제에 대해 결정적인 대답을 할 수 없다 이거지요."

레빈은 고개를 끄덕였다.

"맞습니다. 그런데 에이미는 상상력이 아주 풍부한 아이인가요?"

"그 아이는 혼자서 잘 놀아요. 선생님이 그걸 물으시는 건지는 모르겠지만."

"아뇨, 무슨 얘기 같은 것을 곧잘 꾸며서 한다든지."

"아, 거짓말을 잘하느냐는 말씀이시군요." 헤이스켈 선생은 머리를 옆으로 저었다. "아니에요, 에이미는 큰소리나 치고 다니는 그런 아이가 아니에요. 정말 아주 현실적인 아이죠. 판단력도 아주 신뢰할 만하고요. 조금 전에도 말씀드렸지만 지금도 그 애에게 학생들을 맡기고 왔는걸요."

"그럼 얼토당토않은 얘기를 꾸며 가지고 우리 같은 사람을 찾아올 아이는 아니겠군요?"

"그럼요, 절대 그런 아이는 아니에요. 만약 에이미가 선생님에게 무슨 얘기를 했다면 거의 틀림없이 사실일 겁니다."

레빈은 한숨을 쉬었다. "고맙습니다." 그는 인사를 했다. "대단히 고맙습니다."

헤이스켈 선생은 자리에서 일어나면서 물었다. "혹시 그 얼토당토않은 얘기가 뭔지 말씀해 주실 수 있습니까? 그럼 제가 좀 도움이 될 수 있을지도 모를 텐데요."

"말씀 안 드리는 게 좋겠습니다." 레빈은 대답했다. "어느 쪽이든 우리가 확신을 가질 때까지는 말입니다."

"제가 또 무슨 도움이라도 될 수 있다면……."

레빈이 또다시 고맙다고 말했다. "벌써 많은 도움이 되신 걸요."

형사 대기실로 돌아온 레빈은 코트를 옷걸이에 걸었다. 크롤리가 책상에 앉아 있다가 그를 쳐다보고 말했다. "에이브, 자네 참 재수가 좋았네. 한바탕 홍역을 치를 뻔했는데."

"홍역이라니?"

"에이미의 어머니가 왔었어. 셰필드 박사가 전화를 걸어 자네가 자기 남편 죽은 것에 대해 물었다고 했대. 그리고 여기 오기 바로 직전에 래스모어초등학교에서 누가 전화를 걸어 경찰관 하나가 와서 자기 딸에 관해 꼬치꼬치 묻고 갔다고 하더래. 그 여자는 우리가 자기 가족들을 중상모략 하는 것을 참을 수 없다는 거야."

"중상모략이라고?"

"그 여자가 그렇게 말하더라고." 크롤리가 싱긋 웃었다. "자네는 오늘 아침 구설수에 오른 거야. 알겠나?"

"담배 한 대 주게. 그런데 경위님은 뭐라고 하던가?"

"그 여자는 경위님하고 얘기 안했어. 나하고 얘기하고 갔어."

"아니, 자네가 그 어린 소녀의 신고에 관해 경위님께 말씀드리니까 뭐라고 하더냐 말야?"

"아, 그거 말이군. 이틀 동안 조사해보고 결과가 어떤지 자기한테 보고해 달래."

"좋아. 손브리지에 관해선 알아봤나?"

"사고사였대. 사인 조사 결과가 그렇게 돼 있더군. 아무도 그것을 의심하는 사람은 없었어. 점심 먹고 나서 너무 빨리 수영을 하러 갔었대. 배에 경련이 일어나 빠져 죽었다더군. 그 소녀에 대해선 뭐라고 하던가?"

"그 애의 선생이 그러는데 믿을 수 있는 아이래. 현실적이고 실제적인 애고, 그 애가 뭐라고 말했다면 사실일 거라는 거야."

크롤리는 얼굴을 찌푸렸다. "난 그런 말이 안 나왔으면 했는데."

"나도 그 소리를 듣고 별로 기분이 좋진 않았어." 레빈은 책상에 앉으면서, "그래 그 애 어머니는 뭐라고 하던가?" 하고 물었다.

"사실을 약간 말해주지 않을 수 없었네, 에이브, 그 사람 딸이 우리한테 와서 한 얘기를 말이야."

"괜찮아." 레빈이 말했다. "우린 이제 선택의 여지가 없어. 끝까지 캐내야 된단 말이야. 그래 그 여자는 어떤 반응을 보이던가?"

"믿질 않더군."

레빈은 어깨를 으쓱했다. "그러나 한참 생각해 본 뒤엔 믿었겠지."

"그럼." 크롤리가 대답했다. "그리고 나서 도대체 알 수 없다는 표정이더군. 왜 에이미가 그런 소리를 했는지 알 수 없다는 표정이었지."

"그래, 그 여자는 자기 남편이 죽었을 때 집에 있었다던가?"

"집에 없었다더군." 크롤리는 메모철을 열어 보았다. "누군가가 자기 남편 곁에 항상 있어야 했대. 그러나 그 사람은 간호사를 싫어했다더군. 그래서 그날 오후 에이미가 학교에서 돌아오자 자기는 슈퍼마켓에 갔대. 남편은 자기가 집을 나갈 때는 살아 있었는데 돌아와 보니 죽어 있었다더군. 어떻든 그 여자는 그렇게 말하더라고."

"아니, 그 여자가 남편이 죽은 것을 발견한 것은 에이미였다고 했단 말이지?"

"아니, 에이미는 텔레비전을 보고 있었대. 자기가 슈퍼마켓에서 돌아와서 의사를 불렀대."

"그래, 큰소리가 났었대?"

"그런 소리는 들은 적이 없대. 에이미가 한 말이 무슨 뜻인지 모르겠다는 거야."

레빈은 한숨을 쉬었다. "좋아." 그는 말했다. "자, 다른 게 하나 있어. 에이미는 자기 어머니가 집에 있었으며, 막 소리를 질렀다고 했고, 그 애의 어머니는 자기가 집에 없었고 슈퍼마켓에 갔었다고 한 거 말이야." 레빈은 이렇게 말한 뒤 손을 담배가 있는 호주머니로 가져가기 시작했다. 그러나 중도에서 멈추더니 대신 그 손으로 어깨를 긁었다. "그래 자네 그 어머니라는 사람을 어떻게 생각하나, 잭?"

"여자가 다부지게 생겼던걸. 그리고 화가 잔뜩 나 있었지. 무엇이든 자기 고집대로만 하는 데 익숙한 여자 같았어. 환자 옆에 앉아 간호나 할 여자는 아닌 것 같았어. 그렇지만 자기 딸이 왜 자기에게 그런 비난을 하고 다니는지 도무지 알다가도 모를 일이라는 표정이었지."

"내가 에이미하고 다시 얘기를 좀 해봐야겠어." 레빈이 말했다.

"양쪽 말을 다 들어보면 어느 쪽이 거짓인지 알 수 있을 거야."

크롤리가 말했다.

"혹시 그 여자가 자기 딸 입을 틀어막으려 하지는 않을까?"

"그건 나중에 생각하기로 하지. 아직 시간이 있으니까."

레빈은 전화번호부를 가져다 래스모어초등학교 번호를 찾았다.

레빈은 다시 피진 여사 사무실에서 그 소녀를 만났다. 그는 에이미와 단둘이서만 얘기했다.

에이미는 어저께 형사 대기실에 왔을 때처럼 깨끗한 옷차림을 하고 있었다. 그리고 여전히 침착했다. 레빈은 지금까지 수사가 어떻게 진행되고 있는지 얘기해주고, 에이미 엄마에게도 수사가 왜 진행되고 있는지 대충 얘기해줘 엄마도 사실을 알고 있다고 말해주었다. 그리고는 "미안하다, 에이미. 할 수 없었단다. 네 엄마에게도 알려야만 했어"라고 말했다.

에이미는 정색을 하고 한참 생각하더니 엄숙하게 말했다. "알았어요. 괜찮을 거예요. 엄마는 선생님들이 조사하고 있는 중이니까 감히 나를 해치진 못할 거예요. 해쳤다간 누가 해쳤는지 너무나 뻔할 테니까요. 우리 엄마는 아주 교활한 여자랍니다, 레빈 씨."

레빈은 자기도 모르게 미소가 번졌다. "너 어려운 말을 꽤 많이 아는구나." 그는 이렇게 말했다.

"나는 책을 많이 읽어요." 에이미는 말했다. "아직 재미있는 책을 도서관에서 빌리기가 힘들지만 말이죠. 난 아직 나이가 어리기 때문에 어린이용 책밖엔 빌릴 수 없지요." 소녀는 이렇게 말하고는 미소를 지어 보였다. "내 비밀을 말해드릴까요. 책을 몰래 훔쳐보는 거예요. 그리고 읽으면 도로 갖다 놓고요."

이 아이도 역시 어른이 되고 싶어 서두르고 있구나. 레빈은 자기 옆집 갓난아기를 떠올리며 이렇게 생각했다. "내, 너하고 좀 얘기하고 싶어 왔는데 말이다." 레빈이 말했다. "네 아버지가 죽은 날 말야, 어머니는 그날 가게에 뭔가를 사러 갔었는데 돌아와보니 아버지가 죽어 있었다고 하던데. 정말 그랬었니?"

"허튼 소리예요." 에이미는 펄쩍 뛰며 말했다. "가게에 갔던 것은 나였어요. 내가 학교에서 돌아오자마자 엄마는 나를 슈퍼마켓에 심부름 보냈어요. 그러나 나는 너무 일찍 돌아왔던 거죠."

"그게 무슨 소리지?"

"내가 엘리베이터에서 내려 복도를 걸어가기 시작했을 때 우리 아파트 쪽에서 큰소리가 나더군요. 그리고 내가 아파트 문을 열었을 때도 또 한 번 났어요. 응접실로 들어가니까 엄마가 의붓아버지 방에서 나오고 있었죠. 엄마는 웃고 있었죠. 그러나 나를 보자 갑자기 크게 낭패한 얼굴이 되어 큰일이 생겼다고 말하더군요. 그러더니 전화통으로 달려가 셰필드 박사에게 전화를 걸었어요. 엄마는 극히 당황하는 것처럼, 정말 어쩔 줄 몰라 하는 것 같이 행동했어요. 셰필드 박사도 완전히 속은 거죠."

"그런데 넌 왜 그렇게 오래 있다가 우리를 찾아왔지?"

"어떻게 해야 할지를 몰랐어요." 이렇게 말한 소녀의 그때까지 유지했던 엄숙한 격식은 갑자기 무너져 내렸다. 레빈은 역시 어린애는 어린애구나 하는 생각이 들었다. "내가 진실을 말해도 아무도 믿어줄 것 같지 않더군요. 그리고 엄마가 만약 내가 사실을 알고 있다는 것을 알면 나를 가만두지 않을 것 같았고요. 그런데 월요일 공민(公民) 시간에 헤이스켈 선생님이 정부의 각 부처가 하는 일들을 설명해 주었어요. 경찰이니 소방서니 그밖에 정부 기관들이 하는 일들을 말이에요. 경찰이 하는 일은 범죄를 조사해서 죄를 범한 사람들을 처벌하게 하는 것이라고 하셨어요. 그래서 내가 어저께 선생님한테 갔었던 거죠. 선생님이 내 말을 믿든 안 믿든 선생님은 의무를 다해 사건을 조사해야 한다고 생각했기 때문이에요."

레빈은 한숨을 쉬었다. "그래, 알았다." 그는 말했다. "우리는 지금 의무를 다하고 있지 않니? 그러나 네 말뿐만 아니라 그 이상의 것이 필요하다. 무슨 말인지 알겠지? 뭣이라도 좋으니 증거가 필요하단 말이야."

소녀는 고개를 끄덕였다. 그러더니 다시 표정이 굳어지고 격식을 차리면서.

"그래, 그날 네가 갔던 가게는 어떤 가게였지?"

"슈퍼마켓이에요. 세븐스 거리에 있는 아주 큰 곳에 갔었어요."

"그래, 너는 그 슈퍼마켓에서 일하는 사람들 가운데 아무라도 좋으니 아는 사람이 있니? 또 그 중에 너를 알아볼 수 있는 사람이 있을까?"

"아뇨, 아주 큰 슈퍼마켓이거든요. 그러니 그 사람들이 고객을 일일이 다 알아볼 수가 있겠어요?"

"슈퍼마켓에 갔다 오는 길에 너를 알아볼 만한 사람 누구라도 좋으니 만난 일이 있었니? 바로 그날 슈퍼마켓에 갔던 사람은 너였지 네 엄마가 아니었다고 증명할 만한 사람 말이다."

에이미는 손가락 하나를 입술에 갖다대고 한참 정신을 집중시켜 생각해 보더니 끝내 고개를 흔들고 말했다.

"없어요, 난 동네 사람들을 아무도 모르거든요. 내가 아는 사람들은 대부분 우리 아버지, 엄마 친구들인데 그분들은 다 여기저기 흩어져 살지 우리 동네에 살지 않거든요."

뉴욕에 사는 사람들은 다 그렇다고 레빈은 생각했다. 작은 도시에 사는 사람들은 이웃에 사는 사람들을 서로 알고, 동네에서 왔다갔다 하는 사람들을 알아보기 마련이다. 적어도 아파트들이 모여 있는 지역에서는 그렇다. 레빈이 사는 데처럼 도심지에서 좀 떨어진 주택가는 그래도 좀 덜한 편이지만.

레빈은 자리에서 일어나면서 말했다. "여하튼 우리가 할 수 있는 데까지 최선을 다 해보자. 그런데 네가 들었다는 그 큰소리 말이다. 혹시 엄마가 어떤 걸로 그런 큰소리를 냈는지 아니?"

"아뇨, 몰라요. 미안합니다. 종이나 그 비슷한 것에서 나는 소리로 들렸는데요. 도시 뭔지 알 수가 없었어요."

"항아리 같은 것을 탁자 숟가락으로 두드리는, 그런 소리도 아니고?"

"아니에요, 그보다 훨씬 더 큰소리였어요."

"그런데도 엄마가 침실에서 나왔을 때 손에 아무것도 들고 있지 않았단 말이지?"

"네, 아무것도 안 들고 있었어요."

"좌우간 할 수 있는 데까지 해보겠다." 레빈은 되풀이 다짐했다. "이제 교실로 돌아가도 돼."

"고맙습니다." 에이미가 말했다. "도와 주셔서 고맙습니다."

레빈은 미소를 지어 보였다.

"뭐, 내 임무를 다하고 있을 뿐인데. 네가 지적한 대로 말이다."

"그렇죠, 레빈 씨. 나 아니라도 당연히 하셨겠죠. 아저씨는 의붓아버지처럼 아주 좋은 분이에요." 소녀는 말했다.

레빈은 한쪽 손바닥을 심장이 있는 가슴 부위에 갖다댔다. 그리고는 말했다. "그래, 여러 가지 점에서 네 아버지와 닮은 데가 있을지 모르지. 자, 이제 그만 교실로 돌아가거라. 옳지, 그런데 잠깐, 한 가지 너를 위해……."

에이미는 레빈이 피진 여사의 책상에서 연필과 조그마한 메모지를 집어 형사대기실과 자기 집 전화번호를 적고, 어느 것이 형사대기실 이고 어느 것이 집 전화인지를 표시하는 동안 서서 기다렸다. "만약 너한테 무슨 위험이라도 닥칠 것 같이 보이면 말이다." 레빈이 말했다. "무슨 일이라도 생길 것 같으면 말이야, 나한테 전화걸어라. 오후 4시까지는 형사대기실로 걸고, 그 이후에는 집으로 걸어."

"고맙습니다." 소녀는 이렇게 말하고 그 메모지를 접어 치마 호주머니에 집어넣었다.

그날 오후 4시 15분 전에 레빈과 크롤리는 형사대기실에서 다시 만났다. 레빈이 에이미와 만나 얘기하고 돌아오자 크롤리도 막 셰필드 박사와 얘기하고 돌아오는 길이었다. 셰필드 박사의 의견으로는 에이미가 모든 것을 꾸며 얘기하고 있다는 것이었다. 에이미의 계부는 심한 심장마비를 일으킨 적이 있었으며, 그 심장마비의 영향이 뒤늦게 일어나 죽었다는 것이 의사의 말이었다. 또한 부인이 실제로 자기 남편을 살해했을 가능성은 전혀 없으며, 살해 동기 또한 찾아볼 수 없다는 것이었다.

레빈과 크롤리는 형사대기실 건너편에 있는 월턴스 식당에서 점심을 같이 먹고, 워커 씨가 죽은 날 오후에 에이미나 에이미 어머니가 슈퍼마켓에 물건을 사러 가는 것을 본 사람을 찾아보기 위해 헤어졌다. 그때까지는 엄마가 계부를 죽였다는 에이미의 주장을 빼고는 그 이야기가 두 사람이 서로 엇갈리게 얘기하고 있는 유일한 부분이었다. 두 사람 중 어느 쪽이 거짓말을 하고 있는지만 밝혀내면 사건은 완전히 해결할 수 있는 것이었다. 그래서 레빈은 슈퍼마켓을 맡고 크롤리는 에이미가 사는 아파트 근처를 맡아 그날 오후 내내 사람들을 만나, 에이미의 계부가 죽은 날 혹시 에이미나 워커 부인을 본 일이 있느냐고 묻고 다녔다. 그러나 그들이 얻은 반응은 만나는 사람마다 모조리 에이미나 워커 부인 같은 여자는 알지도 못한다는 표정뿐이었다.

레빈은 오후 내내 걸어다니고 나서 형사대기실 2층까지 걸어 올라 갔을 때에는 완전히 녹초가 되어 있었다. 형사대기실로 들어가자 크롤리는 벌써 돌아와 있었다. 레빈은 그를 보고 고개를 옆으로 저었다. 크롤리가 "그래, 아무것도 없지. 나도 마찬가지야. 전혀 아무것도 알아낸 게 없어" 하고 말했다.

레빈은 오버코트를 힘들게 벗어 옷걸이에 갖다 걸었다. 그리고 말했다. "제기랄, 아무도 생각이 안 난다고 하고, 아무도 보지 못했다 하고, 아무도 아는 사람이 없대. 생판 모르는 사람들만 사는 곳이 이 도시야, 잭."

"벌써 2주일이나 됐으니까." 크롤리가 말했다. "그 아파트 건물에는 수위가 있지만 2주일 전의 일을 어떻게 기억하겠나? 똑같은 입주자들이 매일 들어왔다 나갔다하는 걸. 어저께 들어왔다 나갔다 한 사람들도 잘 기억이 나질 않는데 하물며 2주일 전 일을 어떻게 기억하겠느냐고 말하더군."

레빈은 벽에 걸린 시계를 쳐다보며 말했다.

"그 애가 지금쯤 학교에서 돌아왔겠군."

"모녀가 무슨 얘기를 하고 있을까? 그들의 얘기를 엿들을 수 있다면 훨씬 더 많은 것을 알 수 있을 텐데."

레빈은 고개를 저었다. "그 어머니 되는 사람이 죄가 있건 없건 두 사람은 똑같은 소리를 하고 있어. 워커 씨가 죽은 것은 2주일 전이었지. 그러니까 설사 워커 부인이 남편을 죽였다 하더라도 지금쯤은 자기가 죽이고도 들키지 않았다는 생각에 익숙해져 있을 거라고. 그래서 에이미가 뭐라 해도 그것을 부인하고 에이미에게 그렇지 않다는 것을 설득시키려 할 거란 말이야. 또 그 여자가 죄가 없더라도 똑같은 말을 할 거고."

"그 여자가 혹시 딸을 죽이면 어떡하지?" 크롤리가 물었다.

"아냐, 죽이진 않을 거야. 에이미가 혹시 사라지거나, 사고로 죽거나, 침입자가 들어와 죽였다고 해도 우리는 즉시 진실을 알 수 있으니까. 그러니까 그런 짓은 못할 거야. 남편을 죽였을 때는 처음부터 그 여자를 믿으려는 마음이 강했던 의사 한 사람만 속이면 됐었고 게다가 남편은 조만간 죽을 가능성이 많은 사람이었어. 그러나 이번에는 10살 먹은 건강한 소녀를 죽이는 것인데다가 또 자기를 믿으려고 하지 않을 두 사람의 형사를 속여야 하거든." 레빈은 씩 웃더니 이야기를 계속했다. "그 아이는 아마 우리한테 왔을 때보다 지금이 더 안전하다고 볼 수 있지. 그 애가 우리한테 와 신고하지 않았더라면 그 여자가 무슨 짓을 하려 했을지 누가 알았겠어?"

"됐어. 지금까지는 괜찮다 치고, 그럼 이제부터는 어떻게 하지?"

"내일은 워커 씨네 아파트를 한번 가보고 싶어."

"왜? 지금 당장 가보지 않고."

"아냐. 오늘밤은 혼자서 어떻게 할까 속을 태우게 내버려두는 게 나아. 2주일 동안 치우지 않은 증거들을 지금이라고 생각나서 치우지는 않을 테니까." 레빈이 말했다. "지금 가봤자 뭐 증거 같은 걸 찾을 수 있을 것 같지 않아. 내가 그 집을 가보려는 것은 그 외엔 달리할 일이 없기 때문이지. 우리가 현재 가지고 있는 것은 10살 먹은 소녀의 신고밖에 없단 말이야. 시체를 다시 부검해봐도 뾰족한 수는 없을 거야. 그 사람을 죽이기 위해 어떤 도구를 쓴 게 아니니까. 워커 씨는 자연사한 거야. 그 자연사를 유도했다는 증거를 잡는 것은 정말 이 세상 어떤 일보다도 힘들 거야."

"제기랄," 크롤리가 말했다. "그 슈퍼마켓에서 그 애를 본 사람이 한 사람이라도 있다면 좋겠는데! 그게 우리가 잡을 수 있는 유일한 실마리인데. 유일한 단서는 그것밖에 없단 말이야."

"내일 다시 한 번 뛰어보는 거지." 레빈이 말했다. "별로 신통한 것은 나오지 않겠지만." 그때 마침 문이 열리고 트렌트와 캐스퍼가 들어왔다. 레빈은 그들을 바라보았다. 그들은 4시부터 밤 12시까지 당번을 하는 형사들 가운데 일부였다. 레빈은 다시 이어서 말했다. "내일은 혹시 번개라도 칠는지 모르지."

"글쎄 말이야." 크롤리의 말이었다.

레빈은 오버코트를 주워 입고 사무실을 나섰다. 집에 도착한 그는 여느 때 하던 습관대로 현관 의자에 앉아 자기한테 온 우편물들을 보지 않고 집 안으로 곧장 들어갔다. 그는 부엌에 들어가 앉아 커피를 마시면서 아내에게 그날 수사가 어떻게 진행됐는지 대충 얘기해 주었다. 아내는 여러 가지 질문을 던졌으며 레빈은 그 질문들에 일일이 대답해주었다. 그는 아내가 이렇게 하면 어떠냐는 식으로 의견을 내놓으면 물리치기도 하고, 혼자서 어떻게 하면 좋을까 곰곰 생각해 보기도 했다. 그날 저녁 내내 두 사람은 서로 가끔 의견을 내놓기도 했지만 아무런 결론에도 도달하지 못했다. 어찌 됐던 소녀는 적어도 당분간은 안전할 것 같다는 데 의견일치를 보았을 뿐이었다.

그는 온몸에 식은땀을 잔뜩 흘리며 갑자기 깨어났다. 마치 꿈을 꾸었거나, 어떤 사람이 귀에다 대고 속삭여 준 것 같았다. 그는 이제야 확실히 진상을 알 것 같았다.

그 여자는 오늘 저녁에 죽일 것이다. 죽이고서도 잡히지 않고 도망갈 수 있을 것이다. 그는 그 여자가 어떻게 언제 죽이리라는 것도 알았다. 아무 증거도 남기지 않고, 자기가 죽였다는 자국을 하나도 남기지 않고 죽이리라는 것을.

그는 침대 위에 일어나 앉았다. 덜덜 떨면서……. 캄캄한 방 안은 추웠다. 그는 머리맡 스탠드에 손을 뻗어 담배를 찾았다. 스탠드 위를 손가락으로 더듬다가 불현듯 어떤 생각이 나서 좌절감과 울화통이

치밀어 주먹으로 스탠드를 쳤다.

만약 제시간에 가 닿을 수만 있다면. 제시간에 가서 그 여자가 죽이지 못하게만 할 수 있다면……. 그는…… 이렇게 생각했다. 그는 이불을 발로 차고 침대에서 일어나 나왔다. 페그는 잠꼬대를 하고는 다시 베개 속에 머리를 파묻었다. 그는 옷을 주섬주섬 주워 가지고 침실에서 기어 나왔다.

그는 응접실 불을 켰다. 텔레비전 위의 시계는 1시 10분 전을 가리키고 있었다. 아직 시간은 있을지 모른다. 그 여자는 완전히 잠들기를 기다리고 있을지도 모른다. 무슨 약을 먹여 해치우려 하지만 않는다면, 잠들게 하고 그 잠이 영원한 잠으로 이어지게 하려 하지만 않는다면 아직…….

그는 전화번호부를 들고 L거리에 있는 개인 택시회사 번호를 찾아냈다. 전화를 돌렸다. 그리고 배차원에게 아주 급한 일이라고 말했다. 배차원은 자동차가 5분 이내에 그곳에 도착할 것이라고 말했다.

그는 응접실에서 황급히 옷을 갈아입고 연필과 종이를 가지러 부엌으로 들어갔다. 그리고 아내 페그에게 짧은 글을 써서 남겨 놓았다. "잠깐 나갔다 들어올 일이 생겼소, 곧 돌아올 거요," 혹시 깨면 읽을 수 있도록 그 쪽지를 침대 머리맡 스탠드에 살짝 놓았다.

밖의 현관 앞에서 자동차 경적소리가 울렸다. 그는 응접실 불을 끄고 현관 쪽으로 바삐 걸어 나갔다. 대문 앞길을 총총 걸어 나가려니까 옆집 갓난아기가 또 울었다. 옆집 아기로구나, 생각하고는 그 울음소리를 마음속에서 지워버렸다. 그는 갓난아기, 담배, 가빠진 자기 숨소리 따위 같은 쓸데없는 생각을 할 여유가 없었다. 빨리 집을 떠나야만 했다. 그는 택시 운전기사에게 "프로스펙트파크 웨스트 717번지요" 하고 주소를 대주었다. 그리고 자리에 등을 대고 앉았다. 오랜만에 택시를 타니 이상한 느낌이 들었다. 마지막으로 택시를 탄 것이 언제인지 기억해보려고 했지만 생각이 나지 않았다. 어쨌든 푹신하고 기분이 좋았다. 느긋하게 뒷자리에 앉아 달려서 더 좋았다. 그러나 제발 더 빨리 가졌으면 했다.

택시 요금은 팁까지 합쳐 4달러였다. 만약에 그 아이가 살아만 있다면 세상에 그렇게 싼 요금은 없을 것이다. 그러나 서둘러 건물 안으로 들어가 길고 좁은 복도를 엘리베이터로 가려니까 아까 집을 나오면서 들은 그 소리가 다시 귀에 울렸다. 기억 속에서 다시 울렸던 것이다. 그 순간 아하, 그것은 아기 우는 소리가 아니었구나 하는 생각이 났다. 그것은 전화벨 울리는 소리였던 것이다.

그는 필사적으로 엘리베이터 단추를 눌렀다. 엘리베이터는 11층에서 서서히 그에게로 내려오기 시작했다. 아아, 그것은 전화 소리였구나……

그러니까 그 여자는 벌써 행동을 개시했던 거로구나. 나는 이미 너무 늦은 거야. 집을 떠날 때 벌써 늦은 거였어.

엘리베이터의 문이 열렸다. 그는 냉큼 안으로 들어가 4라고 표시된 단추를 눌렀다. 엘리베이터는 올라가기 시작했다.

그는 그 벨 소리를 머릿속에 떠올려 보았다. 그 조그마한 소녀의 가냘픈 속삭임. 공포에 떨며 살려달라고 애원하는 소리. 그리고 잠에서 깨어나 자기가 남긴 쪽지를 읽고 있는 페그. 그는 이미 너무 늦었다!

아파트 4-A호의 문은 약간 열려 있었고 안은 캄캄했다. 그는 엉덩이에 손을 갖다댔다. 그는 너무 바삐 달려오는 바람에 그만 권총을 경대 위에 두고 와버렸다.

그는 문지방을 넘어 조심조심 안을 들여다보았다. 현관 복도에서 스며나오는 희미한 불빛이 문 근처의 카펫을 비추고 있었다. 아파트 안의 나머지 부분은 아주 캄캄했다.

그는 문 바로 옆을 더듬어 전등 스위치를 찾아 찰칵하고 켰다. 그러자 현관 복도의 불이 꺼져버렸다.

그는 온몸이 오싹해졌다. 아파트 안은 완전히 캄캄했다. 소켓에 동전을 끼워두었던 걸까? 오래되긴 오래된 건물이었다. 입주자들이 제각기 자기가 쓰는 전기료를 물게 돼 있는 신식 건물이 아니기 때문에 이 현관 복도를 흐르는 전기는 아파트 A동의 모든 층의 현관 복도와 연결돼 있는 것이었다. 퓨즈가 한 번 터진 일이 있었고 그때 그 여자가 그 사실을 알게 되었을 것이다.

그렇다고 해도 왜? 이 여자는 무슨 짓을 하려고 이랬을까?

옳지, 집을 나올 때 들렸던 그 전화 소리! 어떻게 됐는지 그 여자는 미리 전부 알아차린 것이다. 레빈이 이곳에 오고 있다는 걸 알고 있었고, 또 레빈이 모든 걸 알고 있다는 것도 알고 있었다.

레빈은 문간 쪽으로 뒷걸음질쳐 갔다. 엘리베이터를 타고 밑으로 내려가 이곳을 빠져나가야 했다. 그리고 형사대를 불러야 했다. 손전등을 가지고 오라고 연락할 참이었다. 이 캄캄한 곳에서 혼자서는 도저히 감당해낼 수가 없었다.

그 순간 한 얼굴이 불쑥 그에게 나타났다. 칠흑 같은 어둠 속에서도 푸르스름한 눈빛을 번뜩이며 이쪽을 노려보는 무시무시한 얼굴이었다. 레빈의 입 안에는 순간 쓰디쓴 담즙이 고였고, 겁에 질린 그는 본능적으로 윽 하고 소리를 질렀다. 그리고 그 얼굴을 피해 뒤로 물러서다 그만 문기둥을 세게 들이받았다. 그러자 곧 그 얼굴은 사라졌다.

레빈은 주위를 살펴보았다. 두 손이 부들부들 떨렸으며 방향 감각을 모두 잃었다. 우선 여기를 빠져나가야 되겠다고 생각했다. 문이 어디 있는지 찾아야 했다. 그 여자는 자기까지 죽이려 할 것이다. 자기가 눈치를 채고 있다는 것을 알고 워커 씨를 죽인 것과 똑같은 방법으로 자기도 죽이려 하고 있는 것이었다. 자기의 심장이 멎게 해 죽이려는 것이었다.

다음 순간 뭣이 째지는 것 같은 소리가 그의 귀를 때렸다. 그 소리는 자꾸 커져 갔다. 보통 인간의 목소리보다 훨씬 더 크게 증폭된 소리였다. 증오로 가득찬 그 소리는 뼛속까지 스며들었다. 그는 사시나무 떨 듯 하는 두 손으로 벽을 어루만져 보고 거기에 기대고 섰다. 그의 입은 공기를 좀더 마시기 위해 열려 있었다. 가슴이 답답하고 심장이 방망이질쳤다. 마치 심하게 다친 동물이 헐떡이고 있는 것 같았다. 이윽고 가슴이 째질 것 같은 그 소리는 약간 희미해지는 것 같더니, 또다시 커졌다. 전보다도 더욱 크게 들려왔다. 사방의 모든 것이 그 소리 때문에 바늘 위에 선 파리처럼 진동하는 것 같았다.

그는 벽에서 물러났으나 눈이 캄캄해 아무것도 보이지 않았다. 그는 공포에 떨며 어쩔 줄 몰랐다. 어떻게 해서든지 그곳을 빠져나가 공포에서 벗어나고 싶었다. 그 순간 안락의자에 발이 걸려 중심을 잃고 의자 너머로 넘어져 방바닥에 굴렀다.

그는 그대로 거기에 누워 헐떡거렸다. 아무 생각도 할 수 없었다. 마치 덫에 걸린 토끼처럼 망연자실해 있었다. 따끔따끔한 두 눈 앞에서는 불덩어리가 팔랑개비처럼 돌고 목에는 불꽃이 일어났는지 숨을 쉴 수가 없었다. 그는 거추장스럽고 무거운 오버를 입은 채 꼼짝 못하고 그 자리에 하릴없이 누워 있었다. 그러면서 팔과 다리를 구부린 채 허우적거리며 마지막 일격이 가해지기를 기다렸다.

그러나 그 일격은 오지 않았다. 침묵만이 흐르고 칠흑 같은 어둠은 여전히 계속되었다. 레빈은 점점 이성을 되찾았다. 그리고 열렸던 입을 다물었다. 입 안에 고였던 침도 고통스럽게 삼켰다. 그는 팔과 다리를 내리고 조용히 귀를 기울였다.

아무것도 들리지 않았다. 아무 소리도 나지 않았다.

그 여자는 그가 넘어지는 소리를 들은 것이다. 그리고 이제 죽었구나 생각한 것이다. 이제 그가 확실히 죽은 것을 확인하기 위해 기다리고 있는 것이었다. 그가 또 움직이기만 하면 또 한 차례 벼락을 쏘아 보낼 작정이었다. 그래서 그는 그대로 가만히 기다리기로 했다.

가만히 기다리는 것만이 유일하게 살 수 있는 길이었다. 그가 얼굴이라고 생각했던 것은 그가 소리를 질렀을 때 누군가 핀으로 터뜨린 풍선의 인광페인트였을 뿐이다. 귀가 쨰질 듯한 그 소리는 분명히 녹음기에서 나온 것이었다. 자기를 해치려는 것이 무엇이며 어디서 오는 것인지를 아는 한, 그리고 그 여자가 무슨 짓을 하고 있는지 알고 있는 한 그런 건 이제 아무것도 아니라는 생각이 들었다. 그 따위 것으로는 자기를 죽일 수도 없고, 자기에게 상처를 입힐 수도 없을 것이라고 생각했다.

'내 심장은 약하다. 그러나 그렇게까지 나쁘진 않다.' 그는 생각했다. '심장마비로 쓰러졌다가 미처 회복도 되지 않은 상태에서 또다시 두 번째 심장마비로 쓰러졌던 워커 씨처럼 약하진 않다. 그것으로 워커 씨를 죽일 순 있었어도 나를 죽일 수는 없을 것이다.'

이렇게 혼자 생각한 레빈은 그곳에 그대로 누워 조용히 정신을 가다듬었다. 그러자 손전등이 확 켜지더니 그를 환히 비췄다.

레빈은 머리를 들고 손전등 불빛을 응시했다. 그 뒤로는 아무것도 보이지 않았다.

"이봐, 에이미." 그가 말했다. "그런 것 가지곤 안돼."

손전등 불이 갑자기 꺼졌다. "쓸데없이 시간 낭비하지 말란 말이야." 그는 어둠 속을 향해 외쳤다. "내가 준비돼 있지 않은 상태에서 듣지 않았으니까 이제 아무리 더 해봐도 소용없다."

"네 엄마는 죽었다." 그는 부드럽게 말했다. 그 아이가 자기 말을 듣고 있다는 것을 알고, 그 아이가 그러고 있는 한 움직이지 않으리라는 것을 알고, 이렇게 부드럽게 말했다. 그는 이어 천천히 상체를 일으켜 세웠다. 그리고 말을 계속했다. "넌 엄마까지 죽였지. 아버지와 엄마 둘 다 죽였어. 그리고 우리 집에 전화를 걸고 엄마가 자살했다고 말하려는데, 우리 집 사람이 벌써 떠났다고 하니까 너는 내가 알고 있다는 걸 알았지. 그래서 나까지 죽여야겠다고 생각한 거야. 내가 네 아버지처럼 심장이 나쁘다고 말한 일이 있었지. 그러니까 너는 나도 그런 식으로 죽이려 한 거지? 네 엄마 시체를 보고 놀라 심장마비를 일으켜 죽은 것 같이 꾸미려 한 거지?"

침묵은 깊은 숲 속 같이 깊고 오롯했다. 레빈은 무릎을 일으켜 조심스럽게 소리없이 다른 곳으로 갔다.

"넌 내가 어떻게 알았는지 알고 싶니?" 그는 이렇게 묻고 말을 계속했다. "월요일날 공민시간에 헤이스켈 선생이 경찰의 임무가 무엇인지 가르쳐주었다고 했지. 그런데 헤이스켈 선생은 나에게 너는 무슨 공부에서나 다른 아이들보다 적어도 한 달은 더 앞서간다고 말해주었어. 너의 계부가 죽기 2주일 전에 너는 학교 교과서에서 그 숙제를 읽고, 그때 그 자리에서 네 계부와 엄마를 둘 다 죽이기로 결심한 거야."

레빈은 손을 내밀어 아까 다리가 걸려 넘어졌던 의자를 조심스럽게 만져보았다. 그리고 몸을 그쪽으로 가져가 여전히 말을 계속하면서 천천히 일어섰다. "한 가지 이해가 안 가는 것이 딱 하나 있다." 그는 말했다. "네가 왜 그런 일을 저질렀느냐 하는 것이다. 너는 네가 읽으면 안 될 책들을 도서관에서 훔쳐다 읽는다고 했지? 그래 부모를 죽인 것도 그 책들을 훔치는 것과 같은 것으로 생각했단 말이냐? 그래, 그런 생각으로⋯⋯."

소녀는 방 저편에서 처음으로 입을 열었다. "아저씨, 아저씨는 절대 이해할 수 없을 거예요." 어리면서도 차디찬, 어른스럽고도 감정

없는 목소리였다. 어둠 속에서 그를 경멸하며 내뱉는 것이었다.

그 순간 레빈은 워커 씨가 어떻게 죽어갔는지 눈으로 보는 것 같이 똑똑히 알 수 있었다. 잠자리에 누워 반쯤 졸면서, 자신이 흔히 그러는 것 같이, 가슴 속의 희미한 박동 소리를 듣고 자기의 생명을 걱정하고 있었을 그 사람. 그에게 별안간 그 귀청이 떨어질 것 같은 소리가 들린다. 그 소리는 오후의 적막을 깨고 사방에서 요란하게 난다. 어디서 나는지도 알 수 없는 그 소리는 가슴을 찢고 들어오는 듯했을 것이다.

레빈은 약간 떨리는 목소리로 말했다. "아냐, 이해하지 못하는 것은 너야. 책 한 권 훔치는 것, 사람의 생명 하나를 끊는 것, 두 가지가 너한테는 똑같은 거지. 너는 그 차이를 도무지 이해하지 못하는 거야."

소녀는 다시 그 경멸에 찬 목소리로 말했다. "엄마 하나만 있을 때도 못살 것 같았죠. 이런 일 하지 마라, 저런 일 하지 마라 하고요. 그런데 결혼이란 걸 하더니 그때부터는 둘이서 못살게 구는 거였어요. 나를 항상 감시하며 밤낮으로 아냐, 안 돼, 안 된다니까 하면서요. 밤낮 한다는 소리는 그것뿐이었죠. 그래도 마음의 평화를 조금이라도 누릴 수 있었던 때는 할머니한테 가 있었을 때 뿐이었죠."

"그래, 그래서 죽였다는 거야?" 이렇게 말한 레빈에게는 또다시 갓난아기 우는 소리가 들리는 것 같았다. 아주 나이어린 존재들이 빨리 와서 나를 돌봐주지 않고 뭣 하는 거냐는 식의 오만불손한 요구를 하는 소리가 귀에 들리는 것 같았다. 그러나 이전의 공포심 대신 이번에는 분노가 솟구쳐 올라왔다. 이 반도 채 다 자라지 못한 몹쓸 애가 사람을 죽이고 또 죽였다니!

"넌 네가 이제 어떻게 될지 아니?" 그는 물었다. "너를 처형하진 않을 거야. 너는 너무 어리니까. 너는 정신이상자라는 판결을 받고 감옥에 갇히게 될 거다. 감옥에는 너를 지키는 감시인들과 여자 간수들이 있지. 그들은 이것 하지 마라, 저것도 하지 마라 할 거야. 아마 네가 상상할 수 없을 정도로 수백만 번 그럴 거야. 너는 영원히 조그마한 감방에 갇혀 살게 될지도 몰라. 네가 하고 싶은 일은 하나도 못하고, 아무것도 못하면서 말이다."

레빈은 의자 주위를 살피며 벽을 어루만져 보았다. 그리고 문 쪽으로 조심스럽게 걸어갔다. "너는 이제 나를 해칠 수 없을 거다." 그는 말했다. "쓸데없는 수작을 부려도 소용 없어. 엄마한테 먹인 독약도 나에겐 먹일 수 없을 거다. 그리고 엄마가 자살했다고 네가 꾸민 연극을 믿을 사람은 아무도 없을 거다. 난 형사대에 전화를 걸어야겠다. 그러면 형사들이 와서 너를 끌고 가 아주 작은 방에 가둬 둘 거다. 영원히 언제까지나 말이야."

그 순간 툭, 손전등이 방바닥에 떨어지는 소리가 났다. 이어 소녀가 아파트 안쪽으로 뛰어 들어가는 소리가 들렸다. 레빈은 급히 그러나 조심조심 두 손을 내밀며 방을 가로질러 갔다. 그리고 구부리고 앉아 방바닥을 살폈다. 손가락에 손전등이 느껴졌다. 그는 그것을 주워들어 켜고 소녀를 뒤쫓았다.

그는 소녀가 엄마 침실 창가에 올라가 서 있는 것을 발견했다. 창문이 활짝 열려 있어 12월의 차가운 바람이 쏟아져 들어왔다. 죽은 여인은 침대 위에 반듯이 누워 있었다. '유서'가 금세 알아볼 수 있게 머리맡 스탠드 위에 놓여 있었다. 레빈은 손전등을 소녀의 얼굴에 환히 비췄다.

소녀가 소리쳤다.

"가까이 오지 말아요, 가까이 오면 안 돼요."

그는 소녀에게 다가갔다. "그들은 너를 가둘걸. 아주, 아주 작은 방에 말이다." 그는 속삭이듯 말했다.

"아니, 그러지 못할걸요, 천만에요!"

순간 소녀는 창문 너머로 사라지고 말았다.

레빈은 자기가 무슨 짓을 했는지 알았다. 자기가 이런 식으로 끝장이 나도록 만들었다는 것을 깨닫고 한숨을 쉬었다. 소녀는 죽음이 무엇인지 이해한 적이 없었다. 그렇기 때문에 자신을 그 속으로 집어던질 수가 있었던 것이다. 부모가 아이를 낳고 그 아이가 부모를 죽이다니! 이런 생각에 미치자 레빈은 분노가 끓어 올랐다.

그는 창가로 다가가서 저 밑의 보도 위에 떨어져 죽은 소녀를 내려다보았다. 위층 다른 아파트에서 아기가 앙앙 울어대는 소리가 밤하늘에 울려 퍼졌다. 저리 비켜, 저리 비켜 하는 소리처럼 들렸다.

그는 그쪽을 올려다보았다. 그리고 속삭였다.

"그러지, 비켜 주지. 그러나 때가 올 때까지 기다려. 빨리 가라고 재촉하진 마라."

다이아몬드 살인
휴 펜티코스트

다이아몬드 살인

　뉴욕경찰 특수살인반의 파스칼 경위는 문간에 서서 방 안에 펼쳐진 지독한 혼란상을 보고 있었다. 그는 5번 거리 아래쪽에 위치한 오래된 브랜스필드호텔의 별실이 딸린 스위트룸 응접실에 와 있었다. 그 호텔은 50년 전까지만 해도 뉴욕 사교계 모임인 '소셜 레지스터라이츠'의 본부로 쓰였지만 지금은 황폐해진 지 오래다. 높은 천장에서는 이미 왕년의 모습이나 위엄은 찾아볼 수가 없었다. 밖에 노출된 현대식 수도와 난방 장치의 연관들에는 야한 은색 칠이 되어 있었다. 지나치게 많이 갖다놓은 가구들은 낡고 헐었다. 창문의 커튼들은 잔뜩 그을려 우중충해 보였다. 유일하게 벽에 걸려 있는 그림은 누렇게 변색된 로자 보너의 〈말시장〉이었는데, 벽지가 떨어져 나간 것을 가리기 위해 걸어놓은 듯했다.

　그러나 혼란은 브랜스필드호텔의 그런 모습 때문이 아니라 방바닥에 쓰러져 있는 한 노인의 시체 때문이었다. 시체의 하얀 머리에는 피가 엉겨 있었고, 그 옆에는 노인의 머리를 내리치는 데 쓰인 은제 꽃병이 나뒹굴고 있었다.

방 안에는 사람들이 잔뜩 모여 있었다. 마약단속반에서 파견한 아주 똑똑해 보이는 젊은이와 순찰경관 2명, 파스칼보다 먼저 와 있던 지문 감식 전문가, 사진사, 2명의 형사 그리고 경찰 속기사 1명을 포함해 약 6명의 수사반원이 있었다. 그들 외에 반짝이는 금발 머리의 아가씨 1명과 젊은이 1명이 더 있었다. 아가씨는 익살스러운 검은 안경을 쓰고 있어서 감정이 얼굴에 드러나지 않았다. 또 젊은이는 키가 183센티미터 가량 되고 몸집이 강인해 보였으며 푸른 눈의 양쪽 눈꼬리가 햇빛을 많이 받아 약간 쪼글쪼글했다.

　그 젊은이는 화가 머리끝까지 나 '이 천치 같은 놈은 또 누구야?' 하는 표정으로 파스칼을 노려보았다. 파스칼 경위는 어깨가 떡 벌어졌고, 가무잡잡한 얼굴은 나이에 어울리지 않게 주름이 져 너그러워 보였다. 모자는 텁수룩한 곱슬머리 뒤로 젖혀 쓰고 있었다. 그는 문간에 서서 담배 한 대를 다 태우고 나면 또 한 대를 꺼내 꽁초로 다시 불을 붙이는 몽유병자 같은 행동을 되풀이했다. 그리고 담배 꽁초를 버릴 곳을 찾다가 결국 열려 있는 창문까지 걸어가서 밖으로 던져 버렸다. 법에 어긋나는 짓이었다. 형사 1명이 수첩을 손에 들고 허둥지둥 그에게 다가와 "경위님, 안녕하십니까?"라고 말했다.

　"어이!" 파스칼은 여전히 방 안을 이리저리 살피면서 대답했다.

　"저, 죽은 사람은 조지 론이라는 사람입니다." 형사가 말했다. "오클라호마 시 출신으로 어저께 저 젊은이와 함께 투숙했습니다. 저 젊은이의 이름은 켈리 코터인데 그 또한 오클라호마 시에서 왔어요. 저 사람 방은 복도 저쪽에 있어요. 이 노인은 저 꽃병에 맞아 죽은 겁니다. 죽은 지 꽤 됩니다만 확실한 사망시간은 아직 알 수 없습니다. 검시관이 아직 오지 않았거든요. 켈리 코터가 신고했습니다. 9시 반에 들어와보니 노인이 죽어 있었고 저 여자가 옆에 있었다는 겁니다. 저 여자 이름은 칼라 반 루턴인데 다이아몬드 도매상이에요. 이스트

엔드 거리의 2층 아파트에서 노처녀 이모와 함께 살고 있습니다."

파스칼은 형사의 설명을 들으면서 계속 여기저기를 살폈다. 테이블 위에는 빈 위스키 병이 놓여 있었고, 그 옆에는 큰 컵 2개가 있었다. 옷과 가방들이 여기저기 흩어져 있었다. 소파 쿠션 하나가 방바닥에 떨어져 있었고 안락의자는 찢어져 속이 밖으로 비어져 나와 있었다.

"그래 무엇을 찾고 있었나?" 파스칼이 물었다.

"아무 것도 찾고 있지 않았습니다." 형사가 대답했다. "살인자가 이렇게 해놓은 겁니다. 살인자는 남자인지 여자인지 모르겠는데, 10만 달러어치나 되는 다이아몬드 원광을 찾고 있었던 겁니다."

"다이아몬드라고? 누구의 다이아몬드지?"

"죽은 노인의 것입니다." 형사가 대답했다. "그것 때문에 노인이 죽은 겁니다. 우리가 알고 있는 한은 그렇습니다. 노인은 어저께 저 반 루턴이라는 여자한테서 그것을 샀습니다. 코터는 저 여자가 그것을 도로 뺏으러 온 거라고 주장하고 있어요, 우린 코터가 그 노인과 다투고 나서 다이아몬드를 뺏어간 것으로 생각했습니다. 그래서 저 사람 방을 뒤져봤는데 아무 것도 나오지 않았습니다."

파스칼은 담배 연기 사이로 죽은 시체를 곁눈질했다.

"그래, 이 노인은 그 비싼 다이아몬드를 가지고 뭘 하고 있었지?"

형사는 머리를 흔들었다. "도대체 뭐가 뭔지 모르겠어요, 어떻게 판단을 내려야 할지 모르겠습니다. 경위님이 직접 코터와 한번 얘기해 보시는 게 어떨까요?"

"가서 데려오게." 파스칼이 말했다.

켈리 코터는 데려올 필요도 없었다. 와서 얘기하고 싶어서 안달이 나 있었다. "그래 당신이 수사 책임자라 이 말입니까?" 그는 끌려오자마자 다짜고짜 이렇게 물었다.

"책임자라 할 수도 있소." 파스칼이 대답했다. "물론 나한테는 상관이 있소만. 또 내 상관도 상관 경찰서장이 있고, 경찰서장도 상관 시장이 있고 시장은 또……."

"그따위 농담은 집어치우시오." 코터는 화가 나서 버럭 소리쳤다.

'얼굴은 잘생겼는걸. 화는 났지만 눈도 잘생기고…….' 파스칼은 속으로 생각했다. 좋은 솜씨로 만든 양복을 보니 회사 중역이라도 되는 것 같이 보였지만, 손은 거칠고 일을 많이 한 노동자인 듯했다.

"그래 당신이 우리를 여기에 초청한 사람이오?"

"그따위 말재간은 듣기 싫어요." 켈리 코터는 소리쳤다. "내가 와 보니 저 여자가 여기 있었어요. 저 여자가 죽인 거예요. 그래서 경찰을 불렀지요. 그랬는데 이게 뭡니까? 오히려 나를 의심하다니! 경찰이 와서 내 방을 뒤지고 내 가방들을 샅샅이 헤쳐보고, 분명히 말하겠는데 칼라 반 루턴이 어제 저녁 자정 조금 전에 여기 와서 저 노인과 함께 저 술을 마셨어요. 그리고 나서 노인한테서 다이아몬드를 도로 뺏으려 한 겁니다. 노인이 거부하니까 저 꽃병으로 내리친 겁니다."

"그 여자는 자정에 온 일이 없다고 하는데요." 형사는 자기 수첩을 들여다보며 말했다. "오늘 아침 당신이 보기 약 5분 전에 여기 왔다고 했어요. 호텔 사람들도 그렇게 얘기하고, 밤새도록 자기 집에 있었다는 알리바이까지 있단 말입니다. 그 여자의 이모와 하인들, 같은 아파트 주민들도 그 사실을 확인해 주었습니다."

"아닙니다. 그 여자는 어제 저녁에 여기 왔었어요. 그 여자가 노인한테 전화했을 때 내가 여기 있었어요. 나는……." 코터는 자기가 아무리 말해도 통하지 않으니까 목이 메는 것 같았다.

"이 사람은 다른 데로 데리고 가서 진술서를 받아."

파스칼은 코터를 가리키며 형사에게 지시했다.

"글로 쓸 필요도 없어요. 5분이면 다 얘기할 수 있어요."

코터가 말했다.

"난 머리가 좀 둔한 사람이오." 파스칼이 말했다. "그러니까 모든 것을 다 글로 쓰시오. 하나도 빼놓지 말고. 그래야 당신이 걸리적거리지 않을 것 같소. 난 사건을 조사하는 데 처음부터 흥분하기 잘하는 젊은이를 대하는 건 질색이란 말이오."

"그러나 그 여자가 살인자란 말입니다! 정말이라니까요."

"이 사람 다른 데로 데리고 가." 파스칼은 소리쳤다. "가서 연필하고 종이를 잔뜩 갖다 줘. 순전히 사실만 글로 쓰란 말이오, 코터 씨. 다 쓰고 나면 함께 얘기해 보기로 합시다."

복도 조금 아래쪽에 있는 방에 들어가자 켈리 코터는 책상 위에 앉았다. 그는 흰 종이를 노려보았다. 너무 화가 나서 손이 부들부들 떨렸다. 그러다가 마침내 종이를 바로 놓고 쓰기 시작했다.

켈리 코터의 진술서
파스칼 경위 귀하

당신은 날보고 단순히 사실들만 쓰라고 했지만, 사실은 그렇게 단순하지 않습니다. 그러나 우선 나는 제일 중요한 사실부터 시작하겠습니다. 당신이나 당신 부하들은 그렇게 믿는 모양이지만, 나는 조지론 영감님을 죽이지 않았습니다. 이상하게 들리겠지만 내가 뉴욕에 온 것은 그 양반을 위험으로부터 보호하기 위해서였습니다. 그 양반이 폭행이나 살인을 당할 것 같은 생각이 들어서 그런 것은 아니었습니다. 다만 어떤 사람이 그 양반에게 브루클린대교를 팔겠다고 하면 그 양반은 거기에 넘어갈 그런 정신상태에 있었기 때문에 나는 걱정이 되었습니다.

노인이 살해됐을 때 나는 자고 있었습니다. 불행히도 품행이 너무 방정한 탓인지, 아니면 재수가 사나워서 그런지 나에게는 그것을 증명해줄 사람이 없습니다. 나는 혼자 자고 있었기 때문입니다. 아침 9시 반쯤에 노인의 방으로 가보니 칼라 반 루턴이 있었고, 노인네가 죽어 있었습니다. 노인은 간밤에 내가 자러 갈 때 칼라 반 루턴 양이 자기를 찾아 올 것이라고 말했었습니다. 그러면서 그분은 내가 그 여자를 어떻게 생각하는지 알기 때문에 나보고 빨리 가 자라고 했습니다. 자기는 그 여자와 재미를 보고 싶은데 내가 곁에서 분위기를 망쳐서는 곤란하다는 것이었습니다.

노인이 죽어 넘어져 있고 그 옆에 칼라 반 루턴이 있는 것을 보았을 때 나는 당연히 그 여자가 은제 꽃병으로 노인을 쳐 죽인 줄로 알고 경찰을 불렀습니다. 그러나 경찰은 일을 쉽게 하려고 그랬는지, 내가 범인이라고 단정한 것입니다! 경찰은 내 방을 샅샅이 뒤지고 짐을 모조리 풀어 다이아몬드가 있나 찾았습니다.

당신이 사건의 전말을 이해할 수 있게 사건의 배경에 대해 약간 설명을 하겠습니다.

나는 약 6개월 전에 오클라호마에서 조지 론 씨를 만났습니다. 나는 그때 유전에서 일하고 있었습니다. 노인은 70대 후반으로 그때까지 별별 일을 다 했지만 주로 금광을 캐는 일을 해온 사람이었습니다. 그러다가 유전에서 도구를 청소하는 사람으로 전락해 있었습니다. 노인은 그야말로 물건이었습니다. 나는 그분의 얘기를 듣기 좋아했습니다. 그래서 밤이면 그분을 데리고 나가 맥주를 몇 잔 사주면서 얘기를 듣곤 했습니다.

그런데 하루는 그분이 유정이 터졌을 때 유정을 쉽게 막을 수 있는 발명품에 관해 이야기했습니다. 나는 그 소리를 듣고 그거 굉장한 발명품이라 생각했습니다. 그 물건에 관한 기술적인 자세한 설명은 하지 않겠습니다. 당신으로선 이해하기가 어려울 테니까요. 좌우간, 나는 그분께 왜 그런 좋은 물건을 아직 팔지 않았느냐고 물었습니다.

그랬더니 아직 만들지는 못하고 머릿속으로 생각만 하고 있는 단계라고 했습니다. 아직 모델을 만들거나 설계도를 그려본 적도 없다는 것이었습니다. 나는 그분이 구상하는 그 이야기를 듣고 굉장히 흥분했습니다. 그래서 여러 날 저녁 같이 청사진을 그렸습니다. 나는 원래 기계 기술자였습니다. 그리고 마침내 모형을 완성하는 데 성공했습니다.

이야기를 되도록 짧게 끝내겠습니다. 그 기계가 완성되자 우리는 큰 석유회사에 그걸 가지고 갔습니다. 그러니까 그 회사 사람들은 정말 깜짝 놀라며 좋아했습니다. 그들은 조지영감님에게 우선 50만 달러를 주고 그 물건이 팔릴 때마다 일정한 로열티까지 지불하겠다고 했습니다.

노인으로서는 일생일대의 큰 기회였습니다. 그런데 노인은 나도 꼭 한 몫 받아야 한다며 내가 자기 수익의 20퍼센트를 차지해야 된다고 우김으로써 나를 깜짝 놀라게 했습니다. 좌우간 호주머니에 돈 한 푼 없던 노인과 나는 하루 아침에 세상에 이렇게 많은 돈이 있을 수 있을까 할 정도로 부자가 된 것이었습니다.

그 뒤 우리는 누구나 돈이 생기면 하는 짓을 하고 다녔습니다. 좋은 옷들을 사 입고, 최고의 호텔에 투숙하고, 생전 먹거나 마셔보지 못한 음식과 술을 마음대로 먹고…… 흥청망청하고 다닌 겁니다. 그러지 못할 이유가 없었지요.

어느 날 밤, 그런 식으로 시내를 헤매고 다니다가 한 구석진 술집에 들어가 앉게 되었습니다. 노인은 항상 비싼 술집만 다니다가도 마지막에는 싸구려 술집에 가서 끝내기를 좋아했습니다.

"그래야 우리가 다른 사람들처럼 보통사람이라는 걸 잊어버리지 않는단 말야" 하고 말하곤 했습니다. 그날 저녁 노인은 약간 취해 있었습니다. 그 양반은 취하면 감상적이 되곤 했습니다. 노인은 구석

테이블에 앉아 쭈글쭈글한 손으로 술잔을 빙글빙글 돌렸습니다. 그러더니 이내 노인의 담청색 눈에서 눈물이 주룩주룩 흘렀습니다.

"켈리, 이제 재미도 볼 만큼 봤으니," 노인이 말했습니다. "내가 해야 할 일을 해야겠어."

"무슨 일 말씀이죠?"

"다이아몬드를 좀 사야겠어."

"물론 사셔야지요," 내가 말했습니다. "사셔야죠." 나는 이렇게 말했지만 노인이 농담을 하는 줄 알았습니다. "그만큼 돈을 버셨으니 원하시면 아가 칸이라도 사서 정착을 하시죠."

"투자를 위해 다이아몬드를 사둬야겠어." 그가 말했습니다.

"투자는 이미 하셨잖아요? 그 기계 말이에요." 내가 말했습니다.

"자네는 돌리를 본 적이 없지만," 노인은 계속 말했습니다. "난 그 여자한테 만약에 내가 큰 노다지를 만나게 되면 다이아몬드를 사두겠다고, 만일을 위해 다이아몬드를 사두겠다고 약속했단 말일세. 알겠나?"

"죄송하지만 무슨 말씀인지 도무지 모르겠군요. 만일을 위해서라니, 무슨 말씀을 하시는 겁니까?"

노인은 나를 쳐다보았습니다. 그의 눈에서 눈물이 쏟아져 가죽 같은 뺨을 적셨습니다. "다이아몬드를 사두면 어려울 때 잡힐 수 있거든." 그는 이렇게 말했습니다.

나는 노인의 그 말이 누군지 모르지만 그 돌리라는 여자한테서 나온 말이라는 걸 알았습니다. 마침내 노인은 하나씩 하나씩 털어놓기 시작했습니다. 돌리라는 여자는 40년 전 이동 가극단에서 일하던 쇼걸이었습니다. 노인은 그 여자와 정말 사랑에 빠졌던 모양입니다. 그가 사랑한 여자라곤 그 여자뿐이었던 것 같았습니다. 그는 그 여자와 결혼하고 싶었지만 돈이 한 푼도 없었습니다. 가극단을 쫓아다니던 그 여자는 미래에 대한 불안이 무엇인지 잘 알고 있었기 때문에 그런 불안한 위치에서 하는 결혼생활이란 생각할 수도 없었던 겁니다. 그래도 그 여자는 노인을 사랑했던 모양입니다. 적어도 노인만은 그렇게 생각했던 거죠. 그러나 그 여자는 막연한 기대감만을 가지고 결혼하고 싶진 않았던 겁니다. 그리고 쇼단을 따라다니는 사람들은 조금만 돈의 여유가 생기면 다이아몬드를 사두는 버릇이 있습니다. 그것은 하나의 불문율같이 된 버릇입니다. 노인이 말했듯이 급하면 언제든지 잡힐 수가 있으니까요. 그래서 돌리 오코너도 조지영감님에게 언제나 그렇게 말했던 것 같습니다.

"1000달러의 가치를 가진 다이아몬드로 만일의 사태에 대비할 수 있게 되면 당신과 결혼하죠"라고요.

그러나 그런 날은 결코 오지 않았습니다. 조지영감님은 그 여자에게 계속 편지를 보내고 희망이 있다고 했지만 그 희망은 결코 이루어지지 않았습니다. 조지와 돌리가 처음 만나고 여러 해가 지났을 무렵에 급기야 돌리가 뉴욕 시의 어떤 싸구려 하숙집에서 죽었다는 소식이 왔습니다. 조지는 그럭저럭 그 여자의 장례를 치러 줄 돈은 마련했던 것 같습니다.

"장례식은 잘 치러 줬지." 조지는 말했습니다. "그러나 나는 언젠가 내 돈을 벌게 되면 다이아몬드를 사두겠다고 다시금 맹세했네. 그러니까 내일 뉴욕으로 다이아몬드를 사러 가는 거야."

"다이아몬드 사러 뉴욕까지 갈 필요는 없어요." 내가 말했습니다.

그러자 그의 눈물이 그치는 것 같았습니다. 그리고 흐릿해진 눈에 흥분이 감도는 것 같았습니다. 그는 말했습니다. "10년인가 12년 전에 다이아몬드 상인을 1명 만난 일이 있었지. 반 루턴이라는 네덜란드 사람이었어. 그 사람은 다이아몬드를 수입하는 사람이었지. 남아프리카인지 어딘지 모르지만 광산에서 나오는 다이아몬드를 그대로 수입해오는 사람이었어. 그 사람은 나에게, '론, 자네가 만약 항상 사고 싶다는 그 다이아몬드를 살 수 있는 날이 오면 나한테 오게. 다이아몬드 원광을 사면 이익이 좀더 남는 법일세. 약간의 도박성은 있지만 아주 신나는 도박이지. 자네같이 일생을 도박으로 살아온 사람에게는 신나는 도박이지'라고 했거든." 노인은 이내 안경을 벗어 테이블 위에 놓더니 말했습니다. "그래서 내일 나는 그 헨드릭 반 루턴이라는 사람을 만나러 뉴욕으로 갈 거야."

그래서 우리는 뉴욕에 오게 된 것입니다. 나는 노인이 너무 심하게 사기를 당하지 않도록 도와주기 위해 따라 온 겁니다. 별별 사기꾼이 다 그분을 쫓아다닐 것 같았기 때문입니다. 그 양반이 발명한 그 기계 얘기는 신문과 라디오에 보도가 되었으니까요.

뉴욕에 도착하자 노인은 5번 거리 아래쪽의 브랜스필드호텔에 들자고 자꾸 우겼습니다. 노인이 뉴욕에 마지막으로 와본 것은 30년 전이었는데, 그 당시에 브랜스필드는 호화 호텔이었답니다. 나는 30년이나 지났다는 점을 납득시키려 했지만 막무가내였습니다. 노인은 그 호텔의 소위 '별실 딸린 스위트룸'이라는 곳에 들었는데, 그 스위트룸은 벽지가 다 벗겨지고 빅토리아왕조식 가구가 즐비한, 천장이 높은 침실 2개로 되어 있었습니다. 나는 그 방에서 약간 떨어진 1인용 침실을 얻었습니다. 여기서 노인의 방과 내 방 사이에는 4개의 다른 방들이 있다는 사실을 말해두는 것이 좋겠군요. 그러니까 내 방에서는 노인의 방 안에서 벌어진 일이 들릴 리가 없습니다.

뉴욕에 도착한 첫 날, 우리는 점심을 먹자마자 택시를 잡아 타고 주택지구에 있는 헨드릭 반 루턴사로 달려갔습니다. 그 회사는 5번 거리 40번지의 현대식 건물에 있었습니다. 우리는 엘리베이터를 타고 22층까지 올라갔는데 엘리베이터에서 내리자 바로 반 루턴의 사무실이었습니다. 들어가보니 대기실이 있었고 대기실 안에는 가죽으로 된 의자들과 소파가 있었고 두꺼운 카펫이 깔려 있었습니다. 그러나 손님을 맞이하는 사람이 없었습니다.

"여보쇼!" 노인이 소리쳤습니다. "여보쇼, 아무도 없습니까?"

아무도 나타나지 않았습니다. 그런데 방 끝에 철문이 있고 그 문에 미닫이창이 달려 있는 것이 보였습니다. 그리고 문 옆 기둥에 초인종이 달려 있었습니다. 그 초인종을 누르니까 즉시 창이 미끄러져 열리더니 한 남자가 우리를 내다보고 있었습니다.

"네, 무슨 일이죠?" 그 남자가 말했습니다.

"헨드릭 반 루턴 씨를 만나러 왔소이다." 노인이 말했습니다.

"무슨 일로요?"

"다이아몬드를 좀 사려고," 노인이 말했습니다.

안에 있는 얼굴이 대답했습니다. "그분은 만날 수 없습니다."

"아니, 이것 봐. 이 사람아," 조지 론이 말했습니다. "난 반 루턴의 옛날 친구인데, 언제든지 오면 만날 수 있다고 했단 말이야."

"그럼 약속을 어겨야겠습니다." 그 얼굴이 말했습니다. "그 양반 죽은 지 2년이나 됐습니다."

노인은 그 말을 듣고 깜짝 놀랐습니다. "그래, 그럼 누가 책임자요?" 노인이 물었습니다.

"그래, 무슨 용건인데요?" 그 얼굴이 물었습니다.

"제기랄, 내가 말했잖아!" 노인이 호통쳤습니다. "다이아몬드를 사러 왔다고……"

"이름이 뭔가요?"

"론일세! 조지 론! 글을 읽을 줄도 모르는 것 같은데 만약 글을 읽을 줄 안다면 내가 누군지 알 거야."

"좀 기다리세요" 하더니 창문이 스르르 닫혔습니다.

노인은 고개를 흔들었습니다. "죽었다니!" 노인이 말했습니다.

"그럴 리가 없을 텐데······. 아직 젊은데······. 환갑도 지나지 않았을 텐데."

조금 후 철제 문이 열렸습니다. 그리고 아까 사라졌던 그 얼굴의 주인공이 나타났습니다. 키가 157센티미터쯤 돼 보이고 머리에는 축축한 지푸라기로 만든 방석 같은 머리카락이 덮여 있었습니다.

"이리 오시지요, 론 씨." 아주 감동한 것 같은 말투로 보아 그는 우리가 누구인지를 잘 알게 된 것 같았습니다.

그 사람은 우리가 들어서자 강철문을 닫고 빗장을 지른 다음 서류함과 장부들이 잔뜩 있는 사무실을 지나 안쪽에 있는 사무실로 우리를 안내했습니다. 그는 옆으로 비켜서서 우리가 먼저 들어가게 했습니다. 우리가 안쪽에 있는 사무실로 들어서자 그는 우리 뒤에서 말했습니다.

"반 루턴 아가씨, 이분이 론 씨입니다."

사무실에는 베이지색 천으로 덮은 널찍한 책상이 하나 놓여 있었습니다. 그 위에는 유리 뚜껑을 씌운 섬세하게 보이는 저울이 있었는데 하얀 종이들이 조금 있었습니다. 책상 뒤에는 어떤 여자가 앉아 있었는데, 그 여자의 금발 머리와 몸매를 본 순간 조그마한 바늘이 내 등을 콕콕 찌르는 것 같이 느껴졌습니다. 익살스러운 검은 안경을 쓰고 있었기 때문에 그 여자의 얼굴이 어떻게 생겼는지는 잘 알 수 없었습니다. 사람의 눈이 보이지 않으면 그 사람의 얼굴이 어떻게 생겼는지 잘 분간할 수 없는 법이니까요.

"고마워요, 에디." 그 여자는 조그만 사람에게 이렇게 말하고 의자에서 일어나 노인에게 손을 내밀었습니다. 그 여자가 자리에서 일어나니까 나는 또다시 바늘들이 등을 콕콕 찌르는 것 같은 느낌이 들었습니다. "론 씨, 아버님께서 오래전에 론 씨에 대해 말씀하신 적이 있습니다. 신문에서 댁의 행운에 대해 읽었을 때도 그 생각을 했습니다. 제 이름은 칼라 반 루턴입니다." 그 여자는 이렇게 말했습니다. 목소리는 상냥하지만 매우 저음이었고 극히 비정하게 들렸습니다.

"만나게 되어 기쁩니다, 반 루턴 양." 노인이 말했습니다. "그리고 아버님 얘기를 들으니 정말 안됐습니다. 이 사람은 내 동업자 켈리 코터입니다."

"네, 코터 씨군요." 칼라는 내가 전혀 존재하지도 않는 것 같이 행동하면서 내 쪽으로 약간 고개를 돌리고 말했습니다.

"안녕하세요?" 내가 말했습니다.

"아버님이 돌아가신 뒤부터 제가 사업을 맡아 하고 있습니다." 칼라는 말했습니다. "무엇을 도와드릴까요, 론 씨?"

"난 다이아몬드를 사고 싶소." 노인이 말했습니다.

칼라는 노인에게 책상 옆 의자에 앉으라고 손짓하고 자기도 자리에 다시 앉았습니다. 나는 앉을 자리도 없고 또 앉으란 말도 없어서 그대로 서 있었습니다. 아마 나는 중요하지 않은 존재로 생각하는 것 같았습니다.

"론 씨, 아시는지 모르겠습니다만, 우리는 다이아몬드 수입상으로, 다이아몬드 가공품은 일체 취급하지 않습니다." 칼라가 말했습니다.

"아가씨의 아버지가 설명했었죠." 노인이 말했습니다. "그 양반이 말하기를 당신네 다이아몬드를 사는 것은 약간 도박적이라고 했죠. 그래서 내가 여기 온 거요. 나는 도박을 좋아하는 성격이거든."

"에디, 금고를 열어요." 칼라가 지시했습니다. 그리고 나서 그때서야 생각난 듯 "아, 이 사람은 제 조수, 에디 모스틸입니다" 하고 소개했습니다.

그러자 에디는 마치 권투선수가 링에 올라 소개를 받을 때처럼 두 손을 머리 위에 올리고 인사했습니다. 그리고 구석에 있는 거대한 금고로 걸어갔습니다. 복잡하게 생긴 번호판을 돌리니까 한참만에 문이 열렸습니다.

"제일 위쪽 선반에 있는 물건을 가져와요." 칼라가 말했습니다.

모스틸은 쟁반에 더러워진 얼음 덩어리같이 생긴 여남은 덩어리의 돌을 담아 왔습니다. 그는 그것들을 책상 위에 주르르 쏟아놓았습니다.

"이게 다 다이아몬드인가요?" 노인이 물었습니다.

"그중 하나를 가지고 창문에 가서 루페를 쓰고 한번 보세요." 그 여자는 이중렌즈로 된, 눈에 부착하는 확대경을 건네주면서 말했습니다. 나는 전에 시계방 사람들이 그런 확대경을 쓴 것을 본 일이 있었습니다. "에디, 가서 어떻게 하는지 가르쳐 드리세요."

모스틸은 노인을 창가로 데리고 가 루페라는 그 확대경을 어떻게 쓰는지 가르쳐 주었습니다.

"그 돌에는 말입니다." 칼라가 환등 슬라이드를 가지고 강의하는 사람 같은 목소리로 말했습니다. "글레츠가 있어요."

"글레츠라니?" 노인이 물었습니다.

"균열 말입니다. 깨진 데 말예요. 보이세요, 론 씨?" 노인이 고개를 끄덕이니까 그 여자는 말을 계속했습니다. "그게 도박이란 말입니다. 그 돌을 가공하게 되면 글레츠가 너무 깊이 나 있어서 돌이 둘로 쪼개질지도 모르죠. 또 한쪽 것이 조각나버릴 수도 있고요. 그런 경우에는 별로 남아나는 것이 없게 됩니다. 반면에 글레츠가 그렇게 깊지 않을 수도 있습니다. 그런 경우에는 아주 멋있는 색깔의 큰 다이아몬드 보석이 돼서 큰 재산이 될 수도 있습니다."

노인은 루페를 눈에서 떼고 그 여자 쪽으로 돌아섰습니다.

"그래서 이 돌을 팔지 않았다 이겁니까? 이 균열 때문에?"

"론 씨, 다이아몬드 장사란 우리가 말하는 소위 환상을 가지고 하는 겁니다." 그 여자가 말했습니다. "나는 돌에 대해 환상을 가지고 삽니다. 어떤 돌을 보면 그 돌이 고급 다이아몬드가 될 거라고 생각하는 거죠. 다시 말해서 그 돌이 쪼개지거나 부서지지 않을 것이라 생각하는 겁니다. 그러다가 보면 그 돌에 환상을 가진 사람이 나타나 내가 요구하는 값을 내고 사가는 겁니다."

"그럼, 그 책상 위에 있는 다른 돌들은 어때요?" 노인이 물었습니다. 칼라는 책상에서 약간 검게 보이는 돌을 하나 집어들고 말했습니다. "이것은 인그론이라는 겁니다. 큰 돌 안에 작은 돌이 박혀 있는 거죠. 이런 돌의 경우에는 돌 자르는 사람이 바깥의 큰 돌을 손상시키지 않고 안의 작은 돌을 꺼낼 수 있느냐가 문제입니다. 명심해야 될 것은 다이아몬드 장사에서는 제2의 기회란 있을 수 없다는 사실입니다. 아시겠어요, 조지 론 영감님? 돌을 자르거나 쪼개기 시작하는 순간 주사위는 이미 던져지는 거죠. 잘되거나 잘못되거나 두 가지 중 하나로 낙착되는 겁니다."

그 여자는 이어 그 돌을 책상 위에 놓고 또 하나를 집어들었습니다. 그리고 말했습니다. "이놈은 속에 나트가 있는 것입니다. 일종의 매듭으로 결이 일정치 않은 것이죠. 그리고 이놈은 피크가 있습니다. 다이아몬드 속에 이물질이 박혀 있는 거죠. 그러나 이 모든 것은 모조리 추측에 지나지 않습니다. 론 씨, 다이아몬드 장사가 도박이라는 이유가 바로 여기 있는 겁니다."

노인은 책상 쪽으로 와서 섰습니다. 그러자 금고 안을 환히 들여다볼 수 있게 되었습니다.

"저건 뭡니까?" 노인은 고동색 포장지로 싸서 왁스를 잔뜩 칠해 놓은 것을 가리키며 물었습니다. 큰 신발 상자만한 크기였습니다.

"그것은 신디케이트(배급회사)에서 보내온 거죠."

칼라가 말했습니다.

"신디케이트라뇨?"

그 여자는 노인에게 정말 참을성 있게 꼬박꼬박 다 대답해 주었습니다. "런던의 다이아몬드 무역회사예요." 그 여자는 대답했습니다. "그 사람들이 세계의 다이아몬드 원광 도매 거래의 95퍼센트 이상을 장악하고 있습니다. 다이아몬드 장사를 하려면 그 신디케이트의 리스트에 올라야 합니다. 우리는 신디케이트로부터 정기적으로 물건을 배급받습니다. 우리는 몇 캐럿이 오는지, 또 어떤 종류의 돌이 오는지는 알지만, 물건을 미리볼 수는 없습니다. 그저 보내오는 것을 그대로 받을 뿐이죠." 여기까지 말한 그 여자는 약간 미소를 머금고 말했습니다. "우린 저 상자 안에 든 것에 10만 달러를 지불했답니다."

노인의 눈이 휘둥그레졌습니다. "아니 열어보지도 않고요?"

"나는 열어보지 않을 겁니다." 그 여자가 말했습니다. "벌써 10퍼센트의 이익을 남기고 상자를 뜯지 않은 채 팔기로 한 걸요."

"아니 어떤 사람이 저걸 보지도 않고 사기로 했단 말입니까?"

"그렇습니다. '깜깜이'라는 거래방법이죠."

"맙소사!"

"저거를 사가는 사람은 큰 이익을 볼 수도 있습니다. 또 못볼 수도 있고요. 우리 다이아몬드 시장이란 게 원래 그런 거니까 나는 10퍼센트로 만족하는 겁니다. 내가 만약 저 포장을 끌러보면 저걸 살 사람은 이미 환상을 안 갖게 되는 겁니다. 자기가 어떤 것을 사는지 정확히 알기 때문이죠. 그래서 우리는 다같이 모험을 하는 겁니다. 나는 굉장히 큰 이익을 포기하게 될 수도 있고, 또 사는 사람이 손해를 보고 바가지를 쓸 수도 있고."

"그러니까 도박이라는 거군요!" 노인이 말했습니다.

"그렇죠. 그게 도박이라는 거죠." 칼라가 말했습니다.

노인은 깊은 한숨을 쉬고 나서 말했습니다. "그럼 나는 가격의 15퍼센트를 얹어주기로 하죠."

그러자 뒤에서 에디 모스틸이 이상하게 항의 비슷한 소리를 했습니다.

"이거 보세요, 영감님. 조심하세요." 내가 말했습니다. "11만 5000달러는 큰돈입니다. 아무리 영감님이 부자라고 해도 말입니다."

칼라 반 루턴의 얼굴은 근육 하나 움직이지 않았습니다. 그 큰 검은 안경 때문에 그 여자의 눈을 제대로 볼 수가 없었습니다. 이윽고 그 여자는 말했습니다. "벌써 친구한테 팔기로 했는 걸요."

"그래, 당신 친구는 당신한테 10퍼센트의 이익을 주고 자기는 얼마나 이익을 내려는 거죠?" 노인이 물었습니다.

"역시 10퍼센트의 이익을 먹는다는 거죠. 재수가 좋으면 말입니다." 칼라가 말했습니다.

"그럼 내 12만 1000달러를 주리다. 그럼 당신과 당신 친구가 다 본래대로 이익을 보는 셈이 되지 않소?" 노인이 재빨리 제안했습니다. 칼라는 책상 위에 손을 얹고 손가락으로 돌들을 만지작거렸습니다. 그러더니 에디 모스틸을 똑바로 쳐다보면서, "스탠리 와이먼에게 전화 걸어봐요, 에디"라고 말했습니다.

"전화가 안됩니다." 에디가 소리쳤습니다. "오늘 비행기로 시카고를 떠나 동부로 온댔어요. 그 사람하고 통화할 방법이 없어요."

"이보세요, 반 루턴 양, 모든 것을 없었던 것으로 하세요." 내가 말했습니다. "영감님이 이런 거래를 하다니, 미친 사람같이."

"닥쳐, 켈리." 노인이 소리쳤습니다. "내가 내 돈 쓰는 데 무슨 상관이야? 내가 쓰고 싶은 대로 쓰면 되는 거지." 그는 이내 호주머니에서 수표책을 끄집어냈습니다. "내가 여기 뉴욕에 돈을 약간 가져왔습니다. 반 루턴 양, 12만 1000달러짜리 수표를 끊어 줄테니 조수를 보내 확인하도록 하세요."

그 순간 그 여자는 처음으로 흥분하는 것 같았습니다. 그 여자의 장사라는 것이 어리석은 사람들을 잡아 바가지 씌우는 일인데, 이제 큰고기가 걸린 셈이 되었으니 그럴 수밖에 없었을 테죠.

"적어도 제3자에게 물어봐서 결정하세요. 영감님이 얼마나 실성한 사람인지 알 수 있을 테니. 누군가 다이아몬드를 좀 아는 사람하고 상의해보세요." 나는 이렇게 충고했습니다.

"글쎄 입 좀 닥치고 있으라니까." 노인은 이렇게 말하고, "자, 반 루턴 양" 하고 독촉했습니다.

"스탠리가 만약 여기 있다면 펄쩍 뛸 텐데." 그 여자는 다른 사람이 아닌 자기 자신에게 말하듯 이렇게 중얼거렸습니다.

"그걸 팔 순 없어요, 아가씨." 에디 모스틸이 말했습니다. "스탠리에게 약속했잖아요?"

그러자 칼라는 노인에게 물었습니다. "와이먼이 뉴욕에 돌아올 때까지 기다릴 수 없을까요?"

노인은 그 여자에게 싱긋 웃고 말했습니다. "안 돼요. 나는 저 주머니에 환상을 가지고 있단 말예요. 지금 당장은 저걸 가지고 도박을 할 용의가 있지만 내일이면 또 생각이 달라질지 몰라요. 반 루턴 양, 당신은 어때요? 도박할 생각이 없으세요?"

검은 안경 속에서 그 여자는 노인을 한참 동안 응시했습니다. 바깥 사무실에서 초인종이 울렸지만 아무도 그것에 신경을 쓰지 않았습니다. 마침내 그 여자는 말했습니다. "좋습니다. 팔겠습니다."

"안 돼요!" 에디 모스틸이 외쳤습니다. "스탠리에게 약속했잖아요!"

"금고의 저 주머니를 론 씨에게 갖다 드려요, 에디."

그 여자가 명령했습니다.

노인은 거미줄 같은 필체로 수표를 끊었습니다. "이 수표가 확인될 때까지 우린 여기 있겠소, 반 루턴 양." 그는 이렇게 말했습니다.

"그럴 필요 없어요." 그 여자가 말했습니다.

에디가 그 주머니를 금고에서 가져왔습니다. 그는 그 주머니를 놓고 싶지 않은 것 같았습니다. 그래서 노인은 그것을 잡아채듯 했습니다. 그리고 그것을 이리저리 돌리며 육중하게 보이는 세관 도장을 뚫어져라 보았습니다.

"'깜깜이'라고?" 노인은 말했습니다. "좋았어! 이게 도박이라는 거거든."

호텔 방 안에 가만히 누워 있는 건데 괜히 왔다고 나는 생각했습니다. 저 영감이 속지 않게 보호한다고 뉴욕까지 일부러 쫓아왔는데 바로 눈앞에서 저렇게 당하는 꼴을 보다니.

"아주 멋지게 한탕 하신 것을 축하드리겠습니다."

내가 칼라에게 말했습니다.

"입 닥쳐, 켈리!" 노인은 나에게 이렇게 호통을 치더니 칼라를 쳐다보며 물었습니다. "또 무슨 요식행위라도 더 있는 거요?"

"아무 것도 없어요." 그 여자가 대답했습니다. "혹시 경호 전문회사를 불러 호텔까지 모시고 가도록 부탁해 달라시면 몰라도." 이렇게 말한 여자는 검은 안경 뒤에서 나를 살짝 쳐다보고 회심의 미소를 짓는 것 같았습니다.

"켈리를 책망하진 마오." 노인이 말했습니다. "그 사람은 당신이나 나와는 달리 도박에는 영 소질이 없는 사람이니까. 그렇지만 싸움만은 아주 잘하지요, 최고죠."

"상대가 남자일 때에만 말이죠!" 내가 분해하면서 대답했습니다.

노인은 그 상자를 겨드랑이에 끼고——12만 1000달러 어치의 환상을 말이에요——사무실을 나섰습니다. 칼라도 같이 일어서서 나왔습니다. 고작 문간까지만 말입니다.

우리가 철문을 통해 바깥 응접실로 나오자 어떤 사람이 거기에 있었습니다. 조금 전에 칼라가 노인이 흥정을 끝낼 무렵 초인종이 울렸던 생각이 났습니다. 아무도 신경 쓰지 않았던 그 초인종 소리가 말입니다.

응접실에 있는 사람은 키가 2미터 가까이 되는 사람이었는데, 입고 있는 양복이 너무 커서 서커스단 천막같이 전혀 몸에 맞지 않아 보였습니다. 그가 입은 양복은 몸에 엉성하게 얹혀 있는 것 같았으며, 마치 철문 틈새로 새어들어온 바람에 나부끼는 것 같이 보였습니다. 머리는 완전히 벗겨져 있었습니다. 머리카락이 몇 가닥 남아 있었던 모양인데 그마저 면도칼로 박박 밀어 완전히 대머리였습니다. 게다가 커다란 철제 테를 두른 안경을 쓰고 있었는데, 렌즈가 너무 두꺼워서 두 눈이 무시무시하게 커보였습니다. 그래서 눈동자도 새까만 동전같이 크게 보였습니다.

"반 루턴 양이십니까?" 그 사람은 쉰 목소리로 이렇게 물었습니다. 목젖을 너무 많이, 너무 세게 얻어맞은 권투선수처럼 목이 쉬어 있었습니다.

"예, 그렇습니다." 칼라는 이렇게 대답하고 "잠깐만 기다려주시겠습니까?"라고 말했습니다.

그 순간 그 사람의 두꺼운 렌즈로 된 안경은 조지 론이 겨드랑이에 끼고 있는 상자에 초점이 맞춰졌습니다. 그러더니 그 뒤의 큰 눈이 더욱 크고 둥그래지는 것이었습니다. 그리고 드디어 "저것…… 저 상자!" 하더니 말했습니다. "저건 혹시 신디케이트에서 보내온 것 아닌가요?"

"이것 보세요, 그건 당신이 상관할 일이 아니잖아요?" 칼라가 말했습니다.

"잠깐만, 제발!" 그 사람은 문간까지 걸어가 우리가 못 나가게 가로막았습니다. "제 이름은 잰 스피벅입니다." 그는 '잰'을 '앤'에 가깝게 발음했습니다. 이어 계속 말했습니다. "나는 익명의 고객을 대신한 브로커입니다. 나는 저 상자를 흥정해 보려고 왔습니다."

"난 벌써 팔았어요." 칼라가 말했습니다.

"뭐라고요?" 그는 신음소리를 냈습니다. "어떻게 그럴 수가……."

"방금 론 씨에게 팔았습니다."

칼라는 노인을 가리키며 말했습니다.

스피벅은 마치 참을 수 없는 고통을 받고 있는 것처럼 그의 반짝반짝하는 머리를 좌우로 설레설레 저었습니다. "영감님, 아마 투기 목적으로 그것을 사신 것 같은데, 포장과 봉인이 고스란히 그대로 있는 걸 보니 '깜깜이'로 사신 모양이군요."

노인은 나를 보고 슬쩍 윙크를 했습니다. '그것 봐, 내가 서툰 도박꾼이 아니란 걸 이제 알겠지?" 하는 눈치였습니다.

"얼마를 주고 사셨는지요?" 스피벅이 물었습니다.

"글쎄, 내가 만약 그걸 가르쳐 주면 댁은 나를 장사를 잘못하는 사람으로 생각할 것 같아서." 노인이 대답했습니다.

"저는 영감님의 지성을 의심하지 않겠습니다. 그것을 산 것만으로도 영감님의 지성은 충분히 입증된 셈이니까요." 스피벅이 말했습니다. 그리고 혓바닥으로 천천히 아래위 입술을 핥으면서 계속 말했습니다. "저의 익명의 고객이 상당한 이익을 붙여 그것을 사들일 의사를 가지고 있습니다만."

"그래요? 댁의 그 고객은 아주 친절한 분이시군요."

노인이 말했습니다. 노인은 잔뜩 신이 나 있었습니다.

"얼마를 원하시는지요, 영감님?" 스피벅이 물었습니다.

"글쎄요, 난 얼마를 받아야 할지 생각해 본 적이 없소." 노인이 대답했습니다. "댁은 얼마를 생각하고 계신지요, 미스터……."

"스피벅입니다. 잰 스피벅입니다. 그런데 저는 말입니다. 영감님이 얼마를 주고 사셨는지 알기 전에는 얼마를 드리겠다고 할 수 없는데요."

"스피벅 씨, 그건 댁의 사정입니다." 노인이 말했습니다.

스피벅은 몸을 비비 꼬더니 "11만 5000달러면 어떨까요?"라고 말했습니다.

"우리 시내까지 택시를 타고 가야지?"

노인이 나를 보고 물었습니다.

"영감님, 저 사람하고 계속 흥정해 보세요." 내가 말했습니다. 나는 재미를 느끼고 있었습니다. 노인이 바가지 쓴 것을 되찾게 될 것 같아서 말입니다.

"그럼, 12만 달러면 어떻겠습니까?" 스피벅이 물었습니다.

"이거 계절에 비해 날씨가 너무 덥지? 그렇지?"

노인은 계속 딴전을 피웠습니다.

스피벅은 침을 한번 꿀꺽 삼키고 나서, "그럼 12만 5000달러 드리죠" 했습니다.

"반 루턴 양, 만나뵙게 돼서 큰 영광입니다." 노인이 말했습니다.

"댁의 시간을 너무 많이 뺏은 것 같습니다. 자, 가세, 켈리."

"13만 달러로 하죠."

스피벅은 간신히 목소리를 낮춰 이렇게 말했습니다.

나는 칼라와 에디가 서로 힐끗 보는 것을 보았습니다. 에디는 마치 자기의 가장 친한 친구한테 가슴을 찔린 것 같은 표정이었습니다. 스피벅이 30분만 일찍 왔어도 큰 횡재를 하는 건데 하고 후회하는 눈치였습니다.

"13만 5000달러요!" 스피벅은 마침내 소리쳤습니다. 그리고 나서 몸을 지탱하기 위해 문기둥을 붙잡는 것이었습니다. 그의 몸은 양복 속에서 스르르 쓰러지고 있는 것 같았습니다.

"미안합니다, 스피벅 씨." 노인이 말했습니다. "그래도 나는 팔 생각이 없습니다."

"영감님, 제발." 스피벅은 신음하듯 부탁했습니다. 두 손을 들고 손바닥을 바깥 쪽으로 내밀고 조지영감이 못 나가게 막아서는 것이었습니다. "선생님은 쓸데없이 이랬다저랬다 할 분이 아니라는 걸 압니다. 그러니까 제가 제시할 수 있는 최고 가격을 말씀드리겠습니다." 이렇게 말하고 난 그 사람은 툭 튀어나온 눈을 렌즈 뒤에서 이리저리 움직였다. 그리고 극적으로 속삭였습니다. "15만 달러 드리겠습니다."

바로 내 뒤에 서 있던 에디 모스틸에게서 고통스러운 신음소리가 들려 왔습니다. 칼라 반 루턴은 한 손을 뺨에 갖다 댔습니다. 도무지 믿어지지 않는다는 몸짓이었습니다.

"영감님이 혹시 제가 말로만 그러는 줄 아실까봐 제가 가진 걸 보여드리겠습니다." 스피벅은 이렇게 말하고는 윗도리 단추를 풀더니 안주머니에 손을 가져갔습니다. 그는 혼자서 레슬링을 하는 사람처럼 보였습니다. 이윽고 그는 가느다란 강철 쇠사슬로 허리춤에 매단 거대한 가죽 지갑을 꺼냈습니다. 그러더니 지갑을 열어 보였는데, 나는 일생 동안 그렇게 많은 현금을 본 적이 없었습니다. 그는 지갑에서 1000달러짜리를 수없이 꺼내 세기 시작했습니다.

"잠깐만, 스피벅 씨." 노인이 돈 세는 것을 막았습니다. 스피벅은 그동안 15장을 세었고, 빳빳한 1000달러짜리 1장이 그의 손가락 뒤에 놓여 있었습니다. 노인이 말했습니다. "난 좋다고도 싫다고도 말하지 않았습니다. 난 방금 이 다이아몬드를 구입했습니다. 아시겠죠?"

"영감님, 이렇게 빨리 그 많은 이익을 보게 해준 사람이 있었던가요?" 스피벅이 말했습니다.

"너무 빨라요." 노인이 대답했습니다.

"아니, 영감님, 제발!" 내가 말했습니다.

"아아 진정해, 켈리. 진정하란 말야. 사람이 다른 어떤 이유보다도 스스로 즐기기 위해 어떤 물건을 샀을 때는 그것을 잠시 가지고 음미할 시간을 가져야 한단 말야. 스피벅 씨, 음식을 음미하려는 사람은 마구 퍼먹지 않듯이, 쾌락을 찾아 즐기는 사람은 그 쾌락을 한꺼번에 덥석덥석 즐기는 게 아녜요. 한참 동안 음미하고 싶어하거든요."

"영감님, 이렇게 좋은 가격은 절대로 못 받을 겁니다." 내가 끼어들었습니다.

"닥쳐, 켈리." 노인은 기분이 좋아서 말했습니다. "우리 이렇게 합시다, 스피벅 씨. 내 이 물건을 가지고 좀 음미한 뒤에도 다시 댁의 말을 들어볼 생각이 날는지 모르겠습니다. 한번 나를 찾아와보세요."

"언제쯤 말씀입니까?" 스피벅이 물었습니다.

"지금은 말하기 힘들죠, 스피벅 씨. 그러나 내가 브랜스필드호텔에 묵고 있으니까 그곳으로 전화하세요. 내가 한참 음미하고 재미를 본 다음, 그 다음에 우리 다시 상담을 시작합시다." 노인은 이어 반 루턴 양을 향해, 말했습니다. "오늘 아주 재미있는 시간을 보냈습니다. 신세 많이 졌습니다." 그리고 나보고 "자, 이제 가세." 했습니다.

우리는 그곳을 나섰습니다. 노인은 그 봉인된 상자를 끼고 나왔습니다. 거의 쓰러질 것 같이 멍하니 서서 바라보는 사람을 남겨둔 채 말입니다.

조지영감이 얼마나 즐거워했는지는 아마 내가 설명 안 해도 충분히 상상하고도 남으실 겁니다. 택시를 타고 돌아가는 길에서도 노인은 줄곧 스피벅이 얼마나 낭패스러워했는지를 얘기하며 웃고 좋아했습니다. 스피벅은 이 상자를 너무나 간절히 사고 싶어하니까 아마 틀림없이 다시 찾아올 것이라고 장담했습니다. 그러니까 이걸 실컷 가지고 즐기다가 그 사람에게 다시 팔면 된다고 했습니다.

"그거 열어 보시렵니까, 영감님?"

나는 조지영감에게 물었습니다.

"글쎄, 결심을 못하겠는걸." 그는 대답했습니다. "그런데 이 다이아몬드 장사라는 건 정말 미친 짓 같은데, 켈리. 속에 뭣이 들었는지 알고 사는 것보다 모르고 살 때 값이 더 나가다니!"

"호텔에 도둑놈이 열 수 없는 좋은 금고라도 있었으면 좋겠는데요." 내가 말했습니다.

"혹시 내가 이걸 바보같은 호텔 직원에게 맡기리라 생각하는 건 아니겠지!" 조지영감이 말했습니다. "이건 내가 가지고 있을 거야."

"영감님, 제발……."

"켈리, 자네는 하루종일 형편없이 연약한 계집애같이 일만 방해했어!" 영감이 말했습니다. "내가 하는 대로 내버려 둬. 제발 재미 좀 보게."

나는 호텔에 돌아가서 조지영감이 그 상자를 어떻게 했는지 모르겠습니다. 영감은 나한테 쫓아오지 말라는 시늉을 하면서 혼자 자기 방으로 돌아갔습니다. 영감은 자기 방에 약 두어 시간 혼자 있었을 겁니다. 아마 낮잠을 잔 것 같았습니다. 나한테 전화를 걸고는 왜 그렇게 시간이 많이 지나도록 내버려 뒀느냐고 호통을 쳤으니까요. 전화를 걸고는 저녁 먹으러 나가자고 했습니다.

나는 영감님과 만나자 다이아몬드에 관해 물었습니다.

그는 아주 잘난 체하면서 말했습니다. "아무도 찾아내지 못할걸. 이 낡은 집의 쥐새끼들마저 찾아내진 못할걸세, 켈리."

우리는 저녁을 먹으러 가서 실컷 먹고 마셨습니다. 그런데 지나치게 많이 마셨습니다. 호텔에 돌아간 것은 밤 11시 반쯤 되어서였습니다. 조지영감은 자기 방에서 술을 한잔 더 하자고 했습니다. 영감은 자기 방 찬장에서 술병을 하나 꺼내더니 화장실에서 유리잔을 가져왔습니다. 술을 한두 모금 마셨을 때 전화벨이 울렸습니다. 내가 기억할 수 있는 한 그분은 전화에 대고 정확히 이렇게 말했습니다.

"여보세요……. 예, 내가 조지 론입니다……. 오, 안녕하시오! 그럼, 그럼요…… 아니, 괜찮아요. 아직도 나는 즐기고 있는걸요……. 물론이죠, 언제요? 오늘 저녁에요? 글쎄, 못 오실 이유는 없죠. 나로서도 기쁩니다……. 물론 여기 있고 말고요." 그리고 나서 영감은 전화를 끊었습니다. 그리고 말했습니다. "그 반 루턴이라는 여자가 날 보러 오겠대. 10분 내에 오겠대."

"그 여자가 영감님을 꼭 보고 싶어할 거라고 생각했어요." 내가 말했습니다. "영감님이 그 여자가 얻을 이익을 자그마치 3만 달러나 가로챘으니 말예요. 그 여자가 영감님한테 뭐라고 말하는지는 저도 알 것 같군요. '그 물건 가치를 매기는 데 약간 잘못이 있었다.' 이렇게 말할 겁니다. 그리고 영감님의 페어 플레이 정신에 호소해서 그걸 도로 받아가려 할 겁니다. 아마 선의의 표시로 영감님한테 약간의 웃돈을 얹어 주겠다고까지 할 겁니다. 그래서 도로 가져가서는 스피벅이란 사람을 만나 한탕하는 거죠."

영감은 머리를 흔들면서 말했습니다. "켈리, 자네는 사람들을 밤낮 의심하면서 어떻게 사람들과 그렇게 잘 사귀어 왔는지 모르겠어. 자, 이제 그만 방에 돌아가 잠이나 좀 자게."

"아녜요, 여기 있겠어요." 내가 말했습니다. "난 그 여자가 영감님을 감쪽같이 속여 넘기는 걸 그대로 놔둘 수가 없어요."

"글쎄 자네 방으로 돌아가란 말야! 아니면 여기 말고 다른 곳 어디라도 가 있으란 말야." 조지영감이 말했습니다. "난 재미 좀 보려고 하는데 자네는 자꾸 훼방만 놓고 있단 말야. 자네는 마치, 내가 뭐 어린애로 되돌아가기라도 한 것처럼 행동하는데 난 아직도 모든 것을 판단할 수 있는 사람이야. 자, 빨리 꺼지란 말야."

난 더이상 말씨름을 해봤자 소용없겠다고 생각했습니다. 그래서 "좋아요, 내 방에 가 있을 테니까 필요하면 부르세요" 하고는 그 방에서 나왔습니다.

그는 껄껄 웃고 내 어깨를 툭툭 치면서 말했습니다. "내가 예쁜 여자를 제대로 다루지 못한다면 오늘은 아주 슬픈 날이 될걸! 슬픈 날이 될걸세, 켈리."

그것이 영감님이 나에게 한 마지막 말이 되었습니다. 그것이 내가 그 양반이 살아 있는 동안 본 마지막 모습이었습니다. 나는 내 방에 가서 담배도 피우고 책도 읽었습니다. 나는 칼라가 가면 그 양반이 나를 부를 것으로 생각하고 기다렸습니다. 그러나 새벽 3시쯤 되니까 나는 더 이상 눈을 뜨고 있을 수가 없었습니다. 그래서 불을 끄고 잠자리에 들었습니다.

아침에 일어나 보니 거의 9시가 되었습니다. 조지영감 방에 전화를 걸었으나 받질 않았습니다. 나는 그 양반이 아래로 아침 식사를 하러 갔다고 생각했습니다. 나는 되도록 빨리 면도를 하고 옷을 입고는 엘리베이터를 향해 걸어갔습니다. 조금 전에 내 방과 조지영감님 방 사이에는 4개의 방이 더 있었다고 말씀드렸죠. 조지영감 방 앞을 지나려니까 방문이 열려 있었어요. 그래서 나는 청소부가 있으려니 하고 걸어들어가 보았습니다.

방에 들어가 보니 조지영감이 방바닥에 쓰러져 있었습니다. 머리 한쪽에 심한 상처가 나 있었고 흰 머리칼에는 온통 피가 범벅이 되어 있었습니다. 그분의 시체 바로 옆에는 벽난로 위에 놓여 있던 꽃병이

뒹굴고 있었습니다. 방 안을 샅샅이 뒤졌던지 방이 엉망진창이 돼 있었습니다.

　방 한복판 테이블 위에는 화장실에서 가져온 유리컵 2개가 놓여 있었고 간밤에 먹다 남은 위스키 병이 있었습니다. 간밤에 둘이서 같이 연 술병에는 석 잔 정도의 술만 남아 있는 것 같았습니다.

　경위님, 나는 그 노인을 사랑했습니다. 나는 방에 들어가자마자 그분이 누워 있는 꼴로 보아 죽었다는 걸 알았습니다. 그분의 손목을 잡고 맥을 짚어볼 필요도 없었습니다. 나는 속에서 화가 치미는 것이 느껴졌으며 이내 전신이 부들부들 떨렸습니다. 나는 그분이 어떻게 살해됐는지 쉽게 짐작이 갔습니다. 그 여자가 영감 곁에 밤새도록 앉아 같이 술을 마시며 다이아몬드를 돌려 달라고 입씨름을 벌이다가, 도저히 말을 듣지 않으니까 그 꽃병으로 영감의 머리를 내리친 다음 방 안을 샅샅이 뒤진 겁니다. 영감은 나이가 꽤 들었기에 술을 마시면 몸을 잘 가누지 못했습니다. 그 여자처럼 힘좋은 사람이 그저 혹 불기만 해도 쓰러질 정도였을 겁니다.

　나는 칼라에게 아무 말도 하지 않았습니다. 나는 방문을 걸어 잠그고 열쇠를 내 호주머니에 넣었습니다. 그리고 교환을 불러 살인 사건이 일어났으니 경찰에 신고하라고 했으며, 살인자는 지금 방 안에 갇혀 있다고 말했습니다.

　나는 전화를 끊고 칼라를 향해 쏘아붙였습니다. "밤새 훌륭히 해치웠군."

　"아니, 당신은…… 당신은 내가 이분을 죽였다고 생각하시는 거예요?" 칼라는 마치 내가 자기를 한 대 때리기라도 한 것 같은 목소리로 말했다. "난 방금 여기 도착했어요. 댁이 오기 불과 수초 전에요."

　"야, 시간이 참 빠르기도 하군!" 내가 말했습니다. "자정에서 아침 9시까지가 수초 동안으로 생각되다니." 그후 둘 사이에 왔다갔다 한 대화 내용은 더 이상 인용할 필요가 없습니다. 게다가 곧 많은 사람들이 몰려왔으니까요. 호텔 경비원, 순찰경관들, 마약단속반, 그리고 경위님의 부하들이 다 모여들었습니다. 그들은 계속 여러 가지 질문을 하더니, 뻔한 용의자는 놓아두고 나를 의심하기 시작했습니다. 아니, 반 루턴이라는 여자에게는 알리바이가 있다고요? 철저히 조사해 보면 알리바이가 깨질 겁니다. 너무나 뻔한 일 아닙니까? 내가 무엇 때문에 조지영감을 죽였겠어요? 아무도 찾지 못하는 다이아몬드를 뺏기 위해서? 나는 살인하지 않고도 살아갈 수 있는 사람입니다. 뿐만 아니라 조지영감은 나하고 가장 친한 사람이었습니다.

이상이 나의 진술서입니다. 나는 사실을 그대로 썼고, 사실만을 썼습니다.

켈리 코터

조지 론이 투숙하고 있던 브랜스필드호텔의 스위트룸은 이제 전처럼 새로운 손님을 기다릴 때와 같은 모습으로 바뀌어 있었다. 먼지가 말끔히 털리고, 깨끗하고 모든 것이 눈이 부실 정도로 잘 정돈돼 있었다. 파스칼 경위는 호텔에서 준 열쇠로 문을 열고 방 안에 들어갔다. 주위를 돌아보고 창문 가까이에 있는 별로 편해 보이지 않는 안락의자에 가서 앉았다. 그는 호주머니에 있던 접은 서류를 꺼내 펴보았다. 그것은 행간 여백 없이 타자를 친 얇은 타자 용지 몇장으로 된 것이었다. 켈리 코터의 진술서 묵지 사본이었다.

그는 조용히 그것을 읽어 내려갔다. 글자와 글자 사이에 숨겨진 어떤 뜻이라도 찾는 것처럼. 마침내 그는 한숨을 쉬고 다시 원래대로 접어 호주머니에 집어넣었다. 담뱃재가 떨어져 그의 청색 양복 앞쪽에 떨어졌지만 그는 그것을 무시해 버렸다. 이윽고 문을 두드리는 소리가 났다.

"들어오세요." 파스칼이 말했다.

칼라 반 루턴이 방에 들어섰다. 목 부위를 열어젖힌 블라우스에 약간 검은 빛이 도는 회색 개버딘옷을 입고 있었다. 모자를 쓰지 않고 있어서 창문에 스며드는 햇빛으로 어깨까지 내려오는 황금색 머리가 반짝거렸다. 전에 쓰고 있던 장난감 같은 색안경을 쓰지 않고 있었다. 처음 그 여자를 만났을 때 그 안경 때문에 몹시 신경이 쓰였던 파스칼은 그 여자가 왜 그런 안경을 쓰고 있었는지 알 수 있을 것 같았다. 두 눈이 매우 크고 푸른 색인데 어린 티가 나 약간 놀란 것 같은 느낌을 주었다. 처음 만났을 때의 그 냉정하고 유능해 보이던 인상은 사라져 있었다. 눈을 가렸던 그 안경이 없으니까 어딘지 모르게 여자답고 특별히 보호해줘야 할 필요성을 느끼게 하는 얼굴이었다.

"밑에서 이 방으로 올라가라고 해서 왔습니다." 칼라는 이렇게 말하고 방을 한바퀴 돌아보았다. 혹시 어저께 일어났던 폭력의 흔적이라도 남아 있을까 두려워하는 눈치였다.

"전부 치웠지요." 파스칼이 말했다. "이리와 앉으세요, 반 루턴양. 이렇게 와주셔서 고맙습니다."

칼라는 파스칼이 앉은 의자 맞은편에 있는 낡은 긴의자에 걸터앉았다. "켈리 코터는 어떻게 됐죠?" 그 여자는 앉자마자 물었다.

"내가 그 사람의 진술서를 여기 가지고 있죠." 파스칼은 호주머니를 두드리며 말했다. "우린 그 사람을 하루 저녁 재웠죠. 그러나 이제 석방하려고 합니다. 난 그 사람은 별로 의심하지 않고 있습니다. 그러나 그 사람을 체포한 것은 잘한 것 같습니다. 아시겠죠? 우리 경찰은 수사해 나가는 데 있어서 우선 일을 잘하는 것처럼 보여야 하니까요."

"정말 그렇게 생각하시는 건 아니겠죠?" 칼라가 말했다.

파스칼은 싱긋 웃고 나서 말했다. "아마 그럴지도 모르죠. 그러나 그 젊은이는 성미가 급한 사람이더군요. 증거도 무시하며 당신을 범인이라고 했어요. 그래서 우리가 말하는 이른바 냉각기가 필요했죠. 사리에 맞지는 않지만 요즘 널리 쓰이는 방법입니다."

"그럼 댁은 저에게서 모든 혐의를 거두셨다 이 말씀이신가요?"

칼라가 물었다.

"아직 완전히 그런 것은 아닙니다만." 파스칼이 유쾌한 목소리로 말했다. "나는 다만 코터가 당신을 여기서 보기 5분 전에 당신이 조지 론을 죽이지 않았다는 걸 알고 있을 뿐이죠. 난 또 당신이 저녁에 여기 오지 않았다는 걸 알고 있습니다. 그러니까 당신이 살인자라고 할 만한 어떤 다른 증거가 나타나지 않는 한 당신은 전적으로 자유로운 사람이지요."

이렇게 말한 파스칼은 칼라의 눈에 두려움이 서리는 것을 보고 호탕하게 웃었다. 그리고 "난 저질의 유머 감각을 가지고 있는 사람이라서"라고 말했다. 이어 그는 이마에 갑자기 주름을 잡더니 말을 이었다.

"그러나 난 이 사건에 대해 이해할 수 없는 것이 굉장히 많습니다, 반 루턴 양. 예를 들어, 어떤 사람이 속에 든 물건이 무엇인지도 모르고 12만 1000달러나 돈을 내고 사다니, 나로선 도저히 믿기 어렵습니다."

"조지 론같이 다이아몬드에 대해 아무 것도 모르는 사람인 경우에는 이상한 일입니다. 그러나 다이아몬드 업계에서는 '깜깜이'로 사는 건 보통 있는 일입니다. 매일 일어나는 일입니다." 칼라가 말했다.

"그러나 그 상자 속에 있는 물건 말입니다. 그걸 빨리 찾아냈으면 좋겠는데, 그게 아무런 가치도 없는 것일 수 있지 않습니까?"

파스칼이 말했다.

"아녜요, 그렇지 않아요." 칼라는 말했다. "신디케이트는 리스트에 있는 사람들에게만 물건을 배급하고 있습니다. 그리고 우리는 배급받을 때 그 속에 돌이 몇 개 있고 무게는 몇 캐럿이나 되는지 다 알게 됩니다. 제가 그 보따리를 배급받고 지불한 10만 달러는 공정가격이었습니다. 도박은 그 돌들을 잘라 가공한 다음 가격이 얼마나 나가느냐에 있는 겁니다."

"그럼, 처음부터 다시 한 번 얘기해 봅시다." 파스칼이 말했다. "당신이 어제 아침 조지 론을 만나러 온 이유가 뭐죠?"

칼라는 매니큐어를 칠한 자기 손톱을 잠시 내려다보더니 말했다. "저에게 친구가 하나 있어요, 스탠리 와이먼이라는 사람입니다. 그 사람은 전에 다이아몬드 수입상이었습니다. 그리고 우리 회사같이 신디케이트 리스트에 올라 있었습니다. 그런데 신디케이트와 무슨 문제가 생겨 신디케이트가 리스트에서 빼버렸습니다. 리스트에서 빠졌다는 것은 그 사람이 더 이상 다이아몬드 도매시장에 접근할 수 없다는 것을 뜻하는 것입니다."

"와이먼 씨와 신디케이트 사이에 일어난 문제가 무엇이었습니까?"

"정확히는 알 수 없습니다." 칼라가 말했다. "스탠리는 흥분을 잘 하는 편이고 성격이 과격한 사람입니다. 아마 신디케이트에서 보내온 물건에 대해 불평을 했거나, 신디케이트가 물건을 속였다고 비난했을지도 모르죠. 그래서 신디케이트에서 그 사람을 떼버린 겁니다."

"그래서 그 사람이 장사를 못하게 됐다는 거죠?"

칼라가 고개를 끄덕였다.

"그래서 파산했나요?"

"그 사람은 해외에 투자한 돈이 많습니다." 칼라가 말했다. "그 사람은 이 장사를 계속할 수 없게 되면 난처해집니다. 아시겠지만 영국에서는 돈을 가지고 나올 수가 없습니다. 그러니까 그 사람이 영국 상사들과 장사를 계속하지 않으면 그 사람의 해외 자산은 동결돼버리는 겁니다. 그렇게 되면 자기 돈이면서도 마음대로 할 수 없으니 파산한거나 다름없지요."

"당신이 조지 론을 방문한 얘기로 되돌아갑시다." 파스칼이 제안했다. "재정 얘기는 나하고는 거리가 먼 것이라서……."

"신디케이트에서 약 한 달 전에 경매가 있었습니다." 칼라가 말했다. "리스트에 올라 있는 사람들에게 다이아몬드를 얼마나 사고 싶은지 신청을 하라는 거였죠. 저는 그래서 10만 달러어치를 살 거라고 신청했습니다. 경위님, 아시겠어요? 계속 정기적으로 사지 않으면 리스트에서 빼버리니까요."

"아주 엄격한 독점기업인 것 같군요." 파스칼이 말했다.

"다이아몬드 장사는 항상 그랬습니다. 경위님, 어쨌든 하루는 스탠리가 저를 찾아와 이번 경매에서 다이아몬드를 살 거냐고 묻더군요. 제가 사겠다고 말했더니 그 사람은 제가 사게 되면 무조건 '깜깜이'로 10퍼센트를 더 붙여 주겠다고 하더군요. 그 사람은 다이아몬드 장사를 계속 활발히 해가기를 원했던 겁니다. 그래서 수개월 내에 신디케이트의 용서를 받아 다시 리스트에 올라보려고 노력했던 겁니다." 칼라는 그 가냘픈 어깨를 올리더니 말을 계속했다. "다이아몬드 시장이 현재는 별로 좋지 않거든요. 저도 상당한 분량의 재고가 쌓여 있습니다. 그러니까 당장 10퍼센트의 이익을 올린다는 건 좋은 조건으로 들리지 않을 수 없었습니다. 그래서 스탠리에게 그 물건을 주기로 동의했습니다."

"그런데요?"

"그런데 론 씨가 찾아온 겁니다. 론 씨는 저와 스탠리에게 가격의 10퍼센트를 붙여주겠다고 했습니다. 그런데 스탠리에게 연락을 할 수가 없었어요. 비행기로 시카고를 떠나 동부로 오고 있었으니까요. 그러나 다이아몬드 시장의 현황으로 보아 스탠리도 자기가 산 가격에 당장 10퍼센트를 붙여주겠다면 대단히 좋아할 거라는 생각이 들어 그 물건을 론 씨에게 판 겁니다."

"그런데 스탠리 와이먼은 좋아하지 않던가요?" 파스칼이 물었다.

칼라는 얼굴을 찡그리고 말했다. "그 사람이 펄펄 뛰며 화를 내는 거예요. 자기는 벌써 시카고의 보석상에게 내가 붙여주겠다는 10퍼센트의 이익보다 훨씬 더 높은 이익을 남기고 팔기로 약속했다는 거였어요. 그러면서 약속을 어겼다고 저를 비난했어요. 그 사람은 화가 머리끝까지 나서 야단법석이었어요. 저는 그 사람에게 몹시 미안한 생각이 들었어요. 특히 신디케이트에서 버림받은 뒤 많은 고생을 했다는 걸 알고 있었기 때문에 더욱 그랬죠. 그래서 저는 론 씨와 담판을 해서 그 다이아몬드를 다시 저한테 팔도록 설득할 작정이었습니다. 저는 그 양반이 만약 동의한다면 약간의 이익도 붙여주려고 했었죠."

파스칼은 이 말을 듣고 빙그레 웃었다. 켈리 코터의 말이 생각났기 때문이었다. 켈리 코터는 칼라가 원한 것은 바로 그것이었다고 예언했던 것이다. 비록 칼라의 동기에 대해서는 다른 해석을 붙이고 있었지만.

"그럼 당신은 그 물건을 도로 사서 잰 스피벅에게 팔 생각은 없었다는 게 확실합니까?" 파스칼이 물었다.

"물론이죠." 칼라는 분개한 어투로 대답했다.

"코터는 그렇게 말하던데요." 파스칼이 말했다.

"코터 씨는 처음부터 저를 이상하게 생각했어요." 칼라가 말했다.

"스피벅이란 사람은 도대체 누구입니까?"

"전혀 모르겠어요." 칼라가 말했다. "그 사람은 자기가 브로커라고 하더군요. 전 뉴욕에 있는 브로커는 다 알고 있다고 생각했는데 그 사람은 한 번도 본 적이 없습니다."

"그 사람은 왜 그 물건에 대해 그렇게 비싼 값을 내겠다고 했을까요?"

파스칼이 물었다.

"경위님, 전 남의 마음을 읽을 줄 아는 사람이 아닙니다. 다이아몬드 업계에는 괴짜들이 많다고 말씀드렸잖아요? 장사 자체가 환상에 많은 근거를 두고 이루어지고 있으니까요. 스피벅은 아마……."

"너무 심한 환상을 가진 사람이라 이겁니까?"

"그럴지도 모르죠." 칼라가 대답했다.

"만약 우리가 그 다이아몬드를 찾으면 알게 되겠죠." 파스칼이 말했다. "스피벅이 무얼 알고 있었을지도 모르고."

"그 사람이 무얼 알 리가 전혀 없습니다." 칼라가 말했다. "다이아몬드가 어떻게 매매되는지 설명해 드리죠. 신디케이트에서 다이아몬드 팔 것이 있다고 하면 나는 신디케이트에 어느 정도를 사겠다고 신청합니다. 신청할 때 어떤 종류를 원하는지를 명시합니다. 크링클이냐 셰이프냐, 마클이냐 블럭이냐, 아니면 플랫이냐를 말이에요. 이건 다이아몬드 업계에서 다이아몬드 원광을 분류하는 용어들이죠. 그러면 신디케이트는 돌의 숫자와 캐럿 수를 명시하고 다이아몬드를 포장해 보내 줍니다. 관세는 물지 않아도 됩니다. 가공하지 않은 것이기 때문이죠. 그러나 세관사람들이 물건은 일일이 다 점검합니다. 무게도 송장에 적혀 있는 대로인지 달아봅니다. 그리고 나서 다시 포장하고 봉인합니다. 론 씨가 나한테서 사간 대로 말입니다. 포장된 상자에는 정확히 신디케이트에서 명시한 대로 물건이 들어 있기 마련입니다. 그러니까 스피벅이 그에 대해 알 리가 없습니다. 또 알 수도 없고요."

"그러니까 당신 모르게 대관식용 보석과 같은 것을 보낼 수는 없을 거라 이 말이죠?" 파스칼이 물었다.

"명시된 무게의 원광이 아니면 세관에서 통과시키지 않습니다." 칼라가 말했다.

"그럼 더 이상 얘기할 여지도 없군." 파스칼이 말했다.

칼라는 경위의 얼굴을 똑바로 쳐다보면서 이렇게 말했다.

"그런데 한 가지 말씀드릴 게 있습니다, 경위님."

"그게 뭐죠?"

"만약에 그 상자가 이미 열렸다면, 그 다이아몬드를 찾아낼 방법이 없어진다는 겁니다. 가공된 다이아몬드는 식별이 가능하지만 다이아몬드 원광은……." 그 여자는 여기서 말을 끊고 어깨를 으쓱했다.

"그럼 그 다이아몬드를 시장에 갖다 팔아도 그것이 조지 론의 것인지 알 수 없다는 얘기인가요?"

"그렇습니다, 전혀 방법이 없습니다." 칼라가 말했다. "어떤 자가 만약 그것을 몽땅 다 한꺼번에 내다 팔면 혹 의심할 수는 있어도 그것을 증명할 수 있는 길은 없습니다."

"그럼 내 육감이 맞아떨어지길 바라야겠군요." 파스칼이 말했다.

"경위님의 육감이 뭔데요?"

"그 노인은 코터에게 자기가 보석을 감추어 두었는데 호텔에 사는 쥐새끼들도 찾을 수 없을 거라고 장담했다는 거예요. 나는 다른 사람이 그것을 찾아내기 전에 내가 쥐새끼보다 더 약다는 것을 입증하고 싶습니다."

"그렇지만 그 양반이 어디다 감췄겠어요? 그 방을 샅샅이 뒤졌어도 안 나왔잖아요?"

"천장에 있는 틈새들까지 말입니다!" 파스칼이 말했다. "보세요,

반 루턴 양. 노인은 그 보석들 때문에 죽은 거예요. 나는 아직도 살인자가 그 보석들을 찾아가지 못했다고 생각합니다. 나는 그 육감을 가지고 수사를 계속하든지, 아니면 기권해야 합니다. 살인자가 계속 그것을 찾다가 현장에서 우리한테 잡히지 않는 한 살인자는 이미 그 보석을 가지고 깨끗이 도망쳐버린 것으로 봐야 합니다. 내가 보는 한 그렇습니다."

"당신은 나보다 더 쉽게 기권하려 하는군요."

문간에서 어떤 사람이 이렇게 말했다.

파스칼이 고개를 홱 돌려 보았다. 거기에는 켈리 코터가 무서운 얼굴을 하고 서 있었다.

"어, 이거 누군가 했더니, 코터 씨!" 파스칼이 소리쳤다. "풀려났군요."

"나라면 앉아서 떠드는 것보다 더 나은 일을 할 수 있을 것 같은데요." 켈리 코터가 말했다.

진술서를 썼더니 중요한 증인이라며 경찰서 유치장에 가둬놓다니! 12명이나 되는 다른 죄수들과 함께 있으면서 화가 날 대로 난 켈리 코터는 아직도 분이 가시지 않아 씩씩거리고 있었다.

그는 들어서자마자 칼라를 힐끗 쳐다보며 말했다.

"흥, 여전히 경찰관들과 한 패가 돼 있군."

"당신이 만약 잠시라도 내가……." 칼라도 화가 나서 내뱉었다.

"난 24시간 동안 곰곰이 생각해봤단 말요." 켈리가 말했다. "그 노인은 당신과의 그 훌륭한 거래 때문에 죽었단 말요. 난 당신이 누구 편인지 모르겠소. 스피벅 편인지 당신 친구 와이먼 편인지, 아니면 당신 자신 편인지. 그러나 난 당신이 사건에 아주 깊이 관여됐다는 것만은 알고 있으니까."

"제발 그만……." 파스칼이 지친 듯이 말렸다. "싸움은 남 안 보는 데서 하고, 코터 씨, 좀 가르쳐 주쇼. 노인네가 물건을 어디다 감췄는지."

"아니 내가 그걸 알고 있었다면 당신네들이 내 방에 들어와서 내 양복과 짐들을 모조리 뒤지는 것을 그대로 보고만 있었을 것 같아요?"

켈리가 펄쩍 뛰었다.

"당신 스스로 그 물건을 어디다 숨겨 뒀다면 그럴 수도 있죠."

파스칼이 말했다.

"이거 보세요." 켈리가 말했다. "조지영감은 나와 아주 가까운 분이었어요. 그리고 난 다이아몬드를 원하지 않는 사람이에요. 그까짓 다이아몬드 가지고 뭘 한단 말요? 처음부터 그 거래라는 것이 사기였어요. 노인은 완전히 당한 겁니다."

"나도 알아요." 파스칼이 말했다. "저승에 간 돌리 오코너 때문에."

"우린 멋도 모르고 벌집에 뛰어들었던 거죠." 켈리가 말했다. "그리고 내 판단이 틀리지 않는다면 여기 있는 이 반 루턴 양이 여왕벌이었어요."

"벌은 벌이지만 종자가 다른 벌이었지." 파스칼이 말했다. "그래 노인이 그 보석들을 어디다 감췄으리라 생각하오, 코터 씨? 당신 말에 의하면 보석은 노인이 감춘 것 같은데."

"그 양반은 나한테 말해주지 않았단 말예요." 켈리가 말했다. "아마 그날, 반 루턴 양이 그 양반을 보러 왔을 때 그녀에게는 말해줬을 테지만."

"반 루턴 양은 그날 저녁에 오지 않았어요." 파스칼이 참을성 있게 말했다. "이분은 이튿날 아침 당신보다 고작 몇분 먼저 왔었단 말요."

"아니, 이 여자는 그 양반과 전화 통화를 했고, 자정 조금 전에 찾아오겠다는 약속까지 했었는데요." 켈리가 항의했다.

"그런 일 없었어요." 칼라가 날카롭게 말을 가로챘다. "나는 그 양반한테 전화걸지 않았어요. 난 그 양반과 당신이 다이아몬드를 가지고 우리 회사를 나간 뒤로는 그 양반을 본 일도 없고 전화한 적도 없었어요."

"그러니까 어저께 아침에 아무 예고도 없이 여기까지 왔었다 이거죠?" 파스칼이 부드럽게 물었다.

"그래요." 칼라가 대답했다. "프런트에 영감님이 계시냐고 물었더니 계시다고 했어요. 솔직히 말해서 나는 그분에게 내가 오는 것에 대비할 시간을 주고 싶지 않았어요. 나는……."

"그래, 계속하세요." 켈리가 독촉했다.

"난 그분이 준비되지 않은 상태에서 만나고 싶었거든요." 칼라가 반항하듯 말했다. "난 그분에게 미리 생각할 시간을 주지 않으면 그분을 설득시키기가 더 쉬울 거라고 생각했던 겁니다. 그건 보통들 쓰는 아주 건전한 상술이에요."

"그럼 어제 저녁 전화를 건 다음 여기 와서 그 양반하고 무슨 얘기를 했죠?" 켈리가 물었다.

"난 전화건 일이 없다니까요! 여기 온 적도 없었고!"

칼라가 소리쳤다. 화가 나서 목소리가 쉬어 있었다.

"암 그렇고 말고요." 켈리가 빈정댔다. "내가 그 전화 내용을 들었는걸! 당신하고 약속하는 것도 듣고!"

"잠깐만, 가만 있어 봐요." 파스칼이 조용한 말투로 입을 열었다. "내가 당신 진술서를 주의깊게 자세히 읽었는데, 코터 씨. 당신이 전화상으로 반 루턴 양의 목소리를 들었다고 말한 일이 없어요. 또 조지 론이 직접 반 루턴이 자기에게 전화를 걸어왔다고 말한 적도 없었어요." 그는 호주머니에 손을 넣어 코터의 진술서를 끄집어냈다. "그래 여기 있군. 그대로 인용하겠소. '내가 기억할 수 있는 한 그분은 이 전화에 대고 정확히 이렇게 말했습니다. "여보세요……. 예, 내가 조지 론입니다. 오, 안녕하시오! 그럼, 그럼요……. 아니, 괜찮아요, 아직도 나는 즐기고 있는걸요……. 물론이죠, 언제요? 오늘 저녁에요? 글쎄, 못 오실 이유는 없죠. 나로서도 기쁩니다……. 물론 여기 있고 말고요." 그리고 나서 영감은 전화를 끊었습니다. 그리고 말했습니다. "그 반 루턴이라는 여자가 나를 보러 오겠대. 10분 내에 오겠대."' 여기까지만 인용하겠소."

"그런데요." 켈리가 말했다.

"당신 진술서를 그대로 인용한 거예요." 파스칼이 말했다. "그에 따르면 그 양반은 반 루턴 양이 전화를 걸어왔다고는 말하지 않았단 말입니다. 당신 진술을 들어보면 다른 사람이 반 루턴 양을 대신해서 약속을 했을 가능성도 있다고 볼 수 있어요."

"그래서 어떻다는 겁니까?" 켈리가 말했다.

"그러니까 어떤 자가 노인이 다른 사람이면 만나주지 않겠지만 반 루턴 양이라면 만나주리라 생각했을 수 있어요. 가령 조 도크스라는 사람이 '제 이름은 조 도크스인데 칼라 반 루턴 양이 가면 만나주시겠습니까?' 하고 전화를 걸어왔을 수도 있는 거예요."

"그럼 경위님은 실제로 그런 전화가 걸려왔다 그런 뜻입니까?" 켈리가 물었다.

"그랬을 수 있죠."

파스칼은 담배 연기 사이로 켈리를 쳐다보며 대답했다.

"만약 코터 씨의 진술이 사실이라면 그랬을 수도 있다고 봐야겠죠. 나는 전화를 건 일이 없으니까요." 반 루턴이 말했다.

켈리는 잠깐 침묵을 지키고 있었다. 그는 자기가 칼라를 처음부터 계속 비난한 데 대해 좀 불안하게 생각했다. 따지고 보면 이 여자는 알리바이가 있지 않은가? 다음 순간 그는 "옳지!" 하고 손가락으로 딱 소리를 냈다. "스피벅이다!" 그는 말했다. "조지영감이 전화를 하면서 낮에 반 루턴 양의 사무실에서 산 보석을 음미하겠다는 말을 또 되풀이하는 것을 들은 생각이 납니다. 그 양반에게 전화건 사람은 스피벅이었어요."

"그럴지도 모르죠." 파스칼이 말했다.

"당신이 찾고 있는 살인자는 스피벅이에요." 켈리가 외쳤다.

"저런, 저런." 파스칼이 싱긋 웃으며 말했다. "당신은 어떻게 그렇게도 빨리 이랬다저랬다 합니까, 코터 씨?"

분노, 의심 그리고 살인범을 빨리 찾아 응분의 벌을 받게 하겠다는 간절한 열망에도 불구하고 켈리 코터는 정상적인 젊은이임에 틀림없었다. 그리고 정상적인 젊은이로서, 점잖은 옷차림과 사무적인 태도에도 불구하고 어딘지 여성다운 데가 있는 칼라 반 루턴에게 오래도록 아무 느낌도 안 가질 수는 없는 노릇이었다.

파스칼의 신문이 끝나자 켈리는 반 루턴과 함께 복도로 나갔다. 파스칼은 잠시 생각을 해봐야겠다고 말하면서 혼자 있기를 원했다. 결과에 대해 낙관할 수는 없다고 하면서.

복도로 나가자 켈리는 칼라에게 사과했다. "내가 처음부터 너무 성급하게 굴었나봐요." 그러면서 곧바로 자기 방으로 갈 것인지, 칼라를 엘리베이터까지 바래다 줄 것인지 결정하지 못한 채 망설이고 있었다.

"그래요, 당신은 너무 성급했어요." 칼라는 켈리의 말을 받았다.

"이해하시겠죠. 당신에게는 당신 업계에서 당연히 있을 수 있는 일로 생각되는 것도 나에게는 이상하게 보였으니까요."

"그랬을 거예요." 칼라가 말했다.

"내가 사과해야겠어요." 켈리가 말했다. "처음부터 공연히 당신에게 별별 죄를 다 뒤집어씌우고……. 나를 많이 원망하셨죠?"

칼라는 처음으로 켈리에게 미소를 보냈다.

"글쎄, 단 5분 동안에 그렇게 사람을 의심하는 분이 자기 자신을 다스릴 수 있을까 의아해했어요."

켈리는 얼굴을 붉혔다. "사람들은 어려운 일에 부닥치면 제각기 나쁜 면을 드러내게 되는 모양입니다. 내게 아무 나쁜 감정도 없으시다면 커피라도 한 잔, 아니면 그밖의 뭐라도 사게 해주시겠어요?"

"좋아요." 칼라가 초청에 응했다. "사실, 아침 식사도 하기 전에 파스칼 경위가 이곳에 오라고 호출을 했기 때문에……."

켈리는 칼라와 같이 엘리베이터로 걸어가기 시작하자 기분이 한결 나아졌다. 뉴욕이 결국 과거 12시간 동안 생각한 것 같이 그렇게 크고 친근감이 안 들고 폭력이 난무하기만 하는 도시는 아닌 것 같다는 생각이 들었다. "이 호텔 안에 식당이 있습니다만, 아니면 다른 식당으로 가시든지."

"여기도 괜찮아요." 칼라가 말했다.

엘리베이터에서 빠져나오자 켈리는 손을 칼라의 팔 밑으로 가져가 "이쪽으로" 하고 말했다.

그러나 두 사람이 두 발짝도 채 가기 전에 켈리가 전혀 모르는 사람이 길을 막고 섰다. 피부가 검은 어떤 사람이 흥분해서 검은 눈을 크게 뜨고 두 사람에게 접근해 왔다. "칼라!" 그는 로비에 있는 사람들이 다 들을 수 있을 정도의 큰소리로 외쳤다. 이어 털이 시커멓게 난 두 손으로 칼라의 어깨를 꽉 잡더니 한쪽으로 홱 돌아가는 칼라의 얼굴에 입술을 갖다 대고 되도록 입 가까이에 키스를 했다. "칼라, 난 걱정이 돼서 미칠 뻔했단 말야. 괜찮아? 마구 다루진 않았어?"

"제발 이러지 좀 말아요, 스탠리." 칼라는 자기 양 어깨를 꽉 쥔 그 사람에게서 빠져나오면서 말했다. "난 아무렇지도 않아요. 이분은 코터 씨예요, 스탠리. 이쪽은 와이먼 씨에요, 코터 씨."

그러나 그 사람은 켈리에 대해선 조금도 관심을 보이지 않았다. 켈리는 목 뒤에서 머리털이 곤두서는 것 같았다.

스탠리 와이먼은 이어 "오" 하더니 자기 윗옷 주머니에서 손수건을 꺼내 이마의 땀을 닦으면서 말했다. "난 당신이 내려오기만 기다렸소."

와이먼은 이어 말했다. "당장 당신하고 얘기를 좀 해야겠소. 어디로 갈까?" 그는 말할 때 유독 손을 많이 움직였다.

켈리는 그의 오른손 새끼손가락에 백금에 큰 다이아몬드를 박은 반지를 끼고 있는 것을 보았다.

"코터 씨가 방금 아침 식사를 같이 하자고 초청하셨어요."
칼라가 말했다.

"아, 좋아요." 와이먼이 소리쳤다. "좋아요, 물론 난 이 양반하고도 얘기하고 싶으니까. 일이 완전히 꼬여버려서 말예요."

켈리는 그가 조지 론이 살해된 것을 말하는 게 아니라 다이아몬드가 없어진 것을 두고 하는 말이라는 것을 알았다. "저기 계단 밑에 식당이 있어요." 그가 말했다.

"압니다." 와이먼이 대답했다.

와이먼은 칼라의 팔을 휘어잡고 그쪽으로 걸어가기 시작했다. 켈리는 할 수 없이 그 뒤를 따라갔다.

식당에 들어서자 와이먼은 웨이터를 큰소리로 부르더니 구석진 자리를 달라고 요구했다. 아무도 방해되는 사람이 없는 곳이어야 한다고 했다. 그는 칼라와 한쪽에 같이 앉고 켈리는 그들 맞은편에 자리를 잡았다. 그리고 자기가 칼라의 손을 잡고 있다는 것을 과시하려

했다.

"그동안 너무 고생 많았지, 당신?" 와이먼이 말했다. "그런데 무슨 뉴스라도 있어요? 경찰에서 물건은 찾았나요?"

"아직 못 찾았어요, 스탠리." 칼라가 말했다.

"아니, 그래 아직도 못 찾았대?" 와이먼이 소리쳤다. "그래 그 염소 같은 늙은이가 어디다 감췄길래!"

"그 늙은 염소는 말입니다." 켈리가 위험스럽게 느껴지는 조용한 목소리로 말했다. "나와 가장 가까운 분이었습니다, 와이먼 씨. 그리고 나는 그분을 죽인 자를 찾는 데 관심이 있는 사람입니다."

"저런, 저런." 와이먼이 말했다. "진심으로 조의를 표합니다. 그런데 나는 아주 엉망이 돼버렸습니다. 칼라가 그 물건을 나한테 주겠다고 해서 나는 그것을 다른 사람에게 팔기로 했는데……. 그 물건을 찾아야 돼요."

"사실을 잘못 알고 계시는 거 같은데요?" 켈리가 말했다. "그 물건은 찾는다 해도 조지 론 씨 것입니다. 그분의 유산에 속하는 거죠."

"그분에게 상속인이 있단 말이죠?" 와이먼이 또 물었다. "그럼 그 상속인들한테서 사면 되죠. 그런데 그분 상속인들은 누굽니까?"

"나도 모르겠어요." 켈리가 말했다. "그 양반은 가족이 없었으니까. 그리고 그 양반이 유언을 남겼는지도 나는 모르고요."

와이먼은 어쩔 줄 몰라 씩씩거렸다. 이어 "도대체 말도 안 된단 말야. 난 개인적으로 그 늙은이가 그 보석들을 감출 수 있었다고는 절대로 믿지 않아요. 그를 죽인 놈이 가져간 거야." 그리고 나서 그는 그의 검은 눈을 켈리에게 집중시키고 말했다. "그렇게 생각하지 않으세요, 코터 씨?"

"그럴 수도 있겠죠." 켈리가 말했다. "그런데 칼라, 아침 식사를 하시겠다고 하셨죠? 무엇을 드시겠어요?"

"아침 식사같은 건 나중에 해도 돼요." 와이먼이 소리쳤다. "난 몇 분밖에 시간이 없어요. 그런데 칼라, 그 거래가 잘못된 것이라는 것을 설명했소? 당신이 그걸 나한테 팔기로 이미 약속했었다는 것, 그 점을 똑똑히 해야 돼요. 법정에서 문제될 테니까. 알겠소?"

"스탠리, 난 다 설명했어요." 칼라가 말했다.

"좋아, 좋아. 이제 난 그 물건에 대해 정식으로 소유권 소송을 내겠소. 당신은 나한테 일이 어떻게 되어가는지 가르쳐줘야 해요. 당신은 물론 경찰 쪽에 서서 일이 어떻게 진행되는지 잘 알 테니까."

"난 경찰이 당신에게도 관심이 있을 것 같은 예감이 드는데요, 와이먼 씨."

켈리가 말했다.

"나한테요? 무엇 때문에요?" 와이먼이 대들듯 말했다.

"당신이 그 다이아몬드를 가지고 그렇게 야단법석을 떠니까 그렇죠." 켈리가 말했다. "노인을 죽인 사람이 그 다이아몬드를 애타게 가지고 싶어했다는 건 사실 아니오? 그러니까 당신도 용의자 중 1명으로 지목되는 것이 당연해요."

"말도 안 되는 소리요!" 와이먼은 소리질렀다. "칼라, 당신을 여기 두고 떠나긴 싫지만 그만 가봐야겠소. 그 고객들을 만나 달래야 하니까. 기회 있을 때마다 또 연락하겠소."

구석으로 밀려간 칼라는 자기 볼에 키스하는 와이먼을 물리칠 여유가 없었다. 와이먼은 키스를 끝내자 일어서서 켈리에게 갑자기 고개를 끄덕인 다음 총총걸음으로 식당을 나갔다.

"스탠리는 이상한 사람이에요." 칼라가 말했다. "그 사람은 사귀어봐야 알 수 있어요."

켈리는 대답을 하려고 입을 열다가 그만두었다. 그는 웨이터를 불러 "오렌지주스 하시겠어요?" 하고 칼라에게 물었다.

두 사람은 이어 아침 식사를 주문했다. 웨이터가 가고 나서 켈리가 물었다. "와이먼은 옛날부터 가족끼리 안 사람 같군요."

"우린 그러니까, 스탠리와 나는 비공식적으로 약혼한 사이예요."

칼라는 이렇게 말하면서 얼굴을 약간 붉혔다.

"아니, 정말입니까?" 켈리가 물었다.

"왜 싫으신가요, 코터 씨?"

"글쎄요, 그 사람이 당신을 사랑하고 있는 것은 사실이지만." 켈리가 대답했다. "특히 당신 이마 한복판에 그 달러 표시가 보이니까 말이죠. 또 당신과 결혼하면 헨드릭 반 루턴 주식회사의 재정적 배경을 갖게 되고, 신디케이트 리스트에도 다시 오르게 되고, 그래서 다시 업계에 복귀하게 될 테니까, 당신을 사랑하는 건 당연하죠."

"이거 보세요, 코터 씨." 칼라가 말했다. "우린 겨우 서로 소리지르며 싸우지 않는 사이가 됐나 했더니 또 시작이세요? 내 개인 생활은 내 문제예요. 제발 참견 마세요."

"예, 말씀대로 합죠." 켈리는 이렇게 말하고 깊은 한숨을 쉬었다. 그리고 물었다. "최근에 무슨 좋은 책이라도 읽으셨나요, 반 루턴 양?"

그때부터 아침 식사는 딱딱하고 격식을 갖춘 분위기에서 이루어졌다. 그러다가 켈리는 죽은 조지 론 영감 애기를 시작했다. 칼라는 조지영감 애기를 들은 적이 없었다. 그 애기라면 서로 해로울 일이 없는 것이다. 켈리로서도 자기가 그 영감에게 어떤 감정을 품고 있었는지, 또 그 영감을 죽인 자를 잡고 싶어하는 자기의 애절한 마음에 관해 하나도 숨길 것이 없었다. 애기를 하다 보니 칼라가 애기를 듣고 보이는 반응에 호감이 갔다. 보통 때는 감추려고 몹시 애쓰지만 실상은 흐뭇하고 따뜻한 마음을 가진 여자라는 것도 알게 되었다.

칼라도 또 자기 자신에 관해서 이런 얘기 저런 얘기를 털어놓았다. 2살 때부터 홀아비가 된 아버지 밑에서 자란 어린 시절, 한곳에 머물러 친구를 사귈 시간도 없이 전세계를 여행하며 다녀야 했던 소녀 시절, 기억할 수 있는 아주 어린 시절부터 배운 다이아몬드 장사일 등등.

다이아몬드 장사는 이상한 윤리를 가진 이상한 장사라는 것이었다. 어떤 사람이 그 물건을 본 일이 있든지 없든지 상대방의 말을 그대로 믿는다는 것이었다. 그 밖에 한 가지 또는 두 가지 문제에 대해서는 상대의 말을 그대로 신용하지만, 그후부터는 이리 떼 속에 끼어드는 것이나 마찬가지로 험악해지는 것이 다이아몬드 장사라는 것이었다. 다이아몬드 클럽에 가서 같은 장사꾼들을 만나면 서로 눈을 흘기고 역성들고 모욕적인 욕을 하면서 다이아몬드를 사고 판다는 것이었다. 그리고 일단 거래가 끝나 악수를 하고 나면 과연 장사를 잘했는지 다시 계산을 해보게 된다는 것이었다. 그것은 바가지를 씌우기도 하고 쓰기도 하는가 하면 파산에 직면하기도 하는 장사라는 것이었다.

"여자로서는 참 하기 힘든 장사로군요." 켈리가 말했다.

"성격까지 달라질 수 있죠." 칼라가 말했다. "끊임없이 남을 의심하게 만들죠, 그것은……."

"사람들이 큼직한 젖은 입술을 당신 뺨에 갖다 댈 때만 빼놓고 말이죠?" 켈리가 말했다. "그러면 당신은 그것이 사랑인 줄 알고,"

"우린 괜찮은 사이가 된 줄 알았는데." 칼라는 이렇게 말하고는 식탁을 밀고 자리에서 일어섰다. 그리고 말했다. "이제 그만 사무실에 가봐야겠어요. 일이 산더미같이 쌓여 있을 거예요. 에디 모스틸에게만 맡겨둘 순 없죠."

"가셔야 된다니 섭섭합니다." 켈리가 말했다. "다시 만나뵐 수 있을까요 ? "

"파스칼 경위가 우리와 용무가 끝났다고 생각할 순 없잖아요 ? "
칼라가 말했다.

"그럼 파스칼 경위에게 우리의 데이트를 부탁하란 말인가요 ? 아니
면 스탠리의 허락을 받아야 한단 말인가요 ? "

"안녕히 계세요, 코터 씨. "

그 여자는 인사를 했다.

식당에 혼자 남게 된 켈리는 자기가 당면한 문제들을 생각하기 시
작했다. 자기가 아는 한 조지 론 영감의 장례식을 준비하는 것은 자
기의 책임이었다. 그리고 생전에 영감이 자기는 이 세상에 단 혼자뿐
이라고 늘 얘기했었지만 혹시 가족이나 친척이 있는지도 찾아보아야
했다. 오클라호마에는 조지영감을 아는 사람들이 더러 있을 것이다.
또 조지영감이 기계를 판 석유회사에도 알려야만 했다. 오클라호마
시에는 조지영감과 자기의 일을 돌봐주는 변호사도 있었다.

켈리는 프런트에 가서 전보 용지를 열두어 장 집은 다음 방에 가서
전보문안을 작성하려고 엘리베이터를 탔다. 그는 조지영감 방 밖에
서서 약간 머뭇거렸다. 그런데 안에서 파스칼이 어떤 사람과 얘기하
는 소리가 들렸다. 그래서 그는 자기 방으로 곧장 가서 열쇠로 문을
열었다.

방 안이 엉망진창이 되어 있었다. 옷장과 벽장에 가지런히 넣어두
었던 옷들이 방 안에 온통 흩어져 있었다. 침대도 발기발기 찢겨 있
었다. 옷가방도 방 한복판에 놓여 있었으며, 활짝 열려 있었다. 옷가
방을 샅샅이 뒤진 것이었다. 그리고 옷장에 등을 기댄 채 부들부들
떨리는 다리를 받치기 위해 두 손으로 옷장 가장자리를 짚고 스탠리
와이먼이 서 있었다. 그의 얼굴은 분필같이 창백했다.

켈리는 문을 닫고 등을 문에 대고 섰다. "아니, 이게 무슨 일이

오?" 그는 말했다. "무엇 때문에 남의 방에 들어와⋯⋯."

"간단합니다." 와이먼이 말했다. "경찰이 이 방을 다 뒤진 뒤니까 당신은 이 방에 물건을 감추면 안전할 것으로 생각할 것 같았습니다. 경찰이 이 방을 다시 수색할 리는 없죠, 그렇죠? 내 일생이 그 물건을 찾아내는 데 달렸다는 걸 좀 이해해 주시오."

"당신 것이 아닌데도?"

"그건 기술적인 문제일 뿐이죠." 와이먼이 말했다. "나는 정당한 소유주에게서 그것을 사겠습니다."

"그 사람들이 팔 경우에만 살 수 있겠죠." 켈리가 말했다.

"사람은 다리에 도착할 때까진 다리를 건너지 않는 거 아닙니까?" 와이먼이 말했다. "이렇게 어질러 놓아서 죄송합니다." 그는 방을 가리키며 말했다. "이만 가봐야겠습니다."

"뭔가 잘못 생각하고 계시는 것 같은데." 켈리가 말했다. "당신은 여기서 나갈 수 없어요. 파스칼 경위가 당신하고 얘기하고 싶어할 걸!"

"아니, 제발." 와이먼은 숨을 가쁘게 쉬며 애원했다.

"미안하지만 그 양반과 얘기 좀 해야 될걸!" 켈리가 말했다. 그리고 문에서 비켜나 책상 옆 전화 있는 곳으로 걸어갔다. 그러면서 와이먼의 검은 눈이 문까지의 거리를 재는 것을 보았다. 그리하여 와이먼이 문까지 뛰기 시작했을 때는 벌써 그에 대한 대비가 되어 있었다. 그는 와이먼의 멱살을 붙들고 다시 방으로 끌고 들어오며 소리쳤다. "와이먼, 너는 여기 있어야 돼."

"당신이 뭣 때문에 나를 여기 잡아 두는 거요?" 와이먼은 소리쳤다. 그리고 오른팔을 힘껏 옆으로 흔들었다. 그 바람에 그의 손가락에 끼었던 다이아몬드 반지가 켈리의 뺨에 아픈 상처를 냈다. 켈리는 그에게 두 방을 먹였다. 첫 번째는 배를, 두 번째는 앞으로 쓰러지는 와이먼의 턱을 한 방 먹였다. 와이먼은 푹 고꾸라졌다.

켈리는 손수건으로 뺨을 닦으면서 수화기를 들어 조지 론의 방으로 전화를 걸었다.

켈리의 방으로 온 파스칼은 모자를 머리 뒤로 젖히고 담배 연기 너머로 와이먼을 내려다보았다. 와이먼은 간신히 일어나 안락의자에 앉아 있었다.

"자, 여기 당신이 찾는 살인자가 있습니다."

손수건을 피나는 뺨에 갖다 대며 켈리가 말했다.

"저런, 저런. 후보 제3호가 생겼군." 파스칼이 말했다. "당신은 아직 아무 증거도 없지 않소?"

"내 방을 보세요." 켈리가 말했다. "그 영감님이 살해된 뒤 그 방을 샅샅이 뒤진 것처럼 뒤졌습니다. 간단해요, 파스칼 경위님. 이 와이먼이란 놈이 다이아몬드를 차지하기 위해 조지영감을 죽인 거예요. 조지영감 방을 뒤졌지만 나오지 않았죠. 그래서 이놈은 영감이 혹시 내 방에 다이아몬드를 숨겼나 하고 내 방을 뒤진 거예요. 이놈은 인제 고백한 거나 다름없어요."

"아직은," 파스칼이 말했다. "그러나 자백할지 어디 두고 봅시다."

"그건 터무니없는 소리입니다!" 와이먼이 소리쳤다. "난 경찰이 벌이는 느릿느릿한 수사를 기다릴 수 없었을 뿐이에요. 난 그 보석들을 찾아내야 돼요! 그걸 사겠다는 사람이 있어서, 빨리 전달해야 되기 때문에."

"이것 봐." 켈리가 말했다. "넌 그 다이아몬드에 한 푼도 내지 않았잖아! 게다가 상당한 이익을 봤고, 딴데 가서 다이아몬드를 사다가 손님한테 주면 되잖아!"

"당신은 이해를 못하는군요." 와이먼이 말했다.

"그래, 난 도대체 알 수가 없다." 켈리가 쏘아붙였다. "넌 왜 꼭 그 보석만을 고집하는 거지? 넌 그 안에 다이아몬드가 들어 있다는 것만 알지 정확히 어떤 것이 들어 있는지도 모르잖아! 그런데도 왜 꼭 그것만을 가져가려고 조지영감까지 죽였냐 말야? 그리고 남의 방에까지 들어와 이렇게 잡힐 짓을 했냐 말야? 그래 그 물건이 뭐가 그렇게 특별하지, 와이먼?"

"특별한 것은 없습니다." 와이먼이 말했다. "다만 지금 나로선 그런 물건을 딴 데서 구할 수 없다는 것뿐이죠. 다른 수입상들은 벌써 다 거래 약속이 돼 있고 해서 난 그것을 사야만 한단 말입니다."

파스칼이 말했다.

"여보세요, 난 당신이 진실을 말하고 있다고 생각지 않아요, 와이먼 씨. 그 물건에는 뭔가 특별한 게 있단 말이요. 만약에 그렇지 않다면 왜 잰 스피벅이 그렇게 많은 돈을 내겠다고 했겠어요? 왜 론 씨가 그것 때문에 살해되기까지 했겠어요? 그리고 왜 당신이 그걸 찾기 위해 이런 모험까지 하겠어요?"

와이먼은 의자에서 꼿꼿이 일어나 앉았다. 고통스러운 듯 얼굴에 경련이 일었다. "아닙니다. 경위님, 그 물건에는 조금도 특별한 게 없습니다. 다만 그것이 내가 살 수 있는 유일한 물건이라는 것뿐이죠."

"그건 팔려고 내놓은 것이 아녜요. 조지영감이 이미 샀으니까." 켈리가 말했다. "그런데도 당신은 그것을 어떻게 해서든지 손에 넣으려 한 거야. 그걸 차지하려고 조지영감까지 살해한 거란 말야."

"아녜요, 천만에요. 아녜요!" 와이먼이 소리쳤다.

켈리는 파스칼을 향해 말했다. "경위님, 밖에 나가서 맥주라도 드시고 있으면 내가 이 친구 입을 열게 하겠습니다."

파스칼은 켈리의 제안을 무시해버렸다. "당신한테 분명히 말해두겠는데, 와이면." 그는 말했다. "조지 론은 그 물건을 차지하려는 자한테 살해되고 가해자는 그분의 방까지 샅샅이 뒤졌어요. 그런데 지금 당신이 코터 씨의 방을 뒤지다가 들키지 않았소? 그러니까 당신이 재판에 회부되면 배심원들은 추론을 해보고 당신을 살인죄로 단정하게 될 거요. 난 당신이 그 영감 죽은 시간에 알리바이가 없다는 걸 알고 있소. 내가 조사해 보았소. 난 이 사건과 관련된 사람들은 모조리 조사해 봤어요. 내가 만약 담당 검사라면 틀림없이 당신을 전기의자에 앉힐 자신이 있어요. 그러니까 내가 만약 당신 입장이라면 그렇게 모든 것을 감추고 있지는 않을 거요. 와이면 씨, 불행히도 죄 없는 사람이 가끔 죄를 뒤집어쓰는 경우도 있다는 걸 알아야 해요. 자, 이제 그 물건이 왜 그렇게 특별한지 말해 보시지."

"아무 특별한 점도 없습니다." 와이면이 떠듬떠듬 말했다. "아무 특별한 점도 없어요, 다만 그것은……."

"이제 생각나는데." 파스칼이 말했다. "전화걸 데가 몇 군데 있군요. 내가 당신을 여기 와이면 씨와 같이 있게 하겠습니다. 그렇게 되면 이 양반이 혹 입을 열지도 모르겠군. 그러면 나중에 나한테 모조리 말해주시죠, 코터 씨."

"물론이죠." 켈리는 눈에서 빛을 발하면서 말했다.

"잠깐만요." 와이면이 말했다. "경위님, 내가 만약 그 물건에 대해 아는 것을 말씀드리면, 내가 아무도 죽이지 않았다는 것이 확인되면, 그 얘기를 비밀에 부쳐주시겠습니까?"

"그건 약속할 수 없습니다." 파스칼이 말했다.

와이면은 켈리를 쳐다보았다. 그의 뺨에선 땀이 몇 방울 떨어졌다.

"그럼 내가 알고 있는 걸 말씀드리죠." 그는 말을 시작했다. "불행히도 그걸 얘기하면 내가 약간 부도덕한 사람같이 됩니다."

"살인도 부도덕한 것이니까." 파스칼이 말했다.

"난 살인에 대해선 아무것도 모릅니다." 와이먼이 말했다. "그런데 그 물건으로 말할 것 같으면 약간 특별한 점이 있죠."

"말해 봐요." 파스칼이 재촉했다.

"간단한 얘기입니다." 와이먼이 말했다. "신디케이트가 나를 리스트에서 빼버리자 나는 어려운 입장에 빠졌습니다. 나는 영국에 자금을 예치해 놓았습니다. 20만 달러에 가까운 돈이었죠. 영국에서는 돈을 국외로 가지고 나올 수 없습니다. 그러나 나는 별로 걱정하지 않았습니다. 내가 신디케이트와 거래를 계속하는 한, 난 그 돈을 신디케이트와의 거래에 이용할 수 있었기 때문이죠. 그런데 신디케이트에서 나를 리스트에서 빼버려서……." 그는 두 손을 흔들어 보였다.

"그래 당신은 돈은 많았지만 돈을 뽑아내올 수 없었다, 이거죠?" 파스칼이 말했다.

와이먼은 고개를 끄덕였다. "난 그 돈의 일부라도 여기로 가져올 수 있는 방도를 찾아야 했습니다. 그런데 한 가지 방법이 생각났습니다. 그전에 같이 거래를 했던 신디케이트 직원이 하나 있었습니다. 나는……에, 내가 신디케이트와 사이가 틀어진 것은 그 사람과의 거래 때문이었지만. 좌우간 나는 그 사람에게 접근했어요. 그러자 그 사람은 상당한 뇌물을 받고 나를 도와주겠다고 하더군요. 요컨대 우리는 이렇게 하기로 짠 거지요. 나는 런던에서 물건이 도착하는 대로 내게 팔도록 칼라에게 다짐을 받아놓았죠. 그 다음 나는 영국의 공개시장에서 다이아몬드를 산 겁니다. 그건 아슬아슬한 작업이었죠. 나는 공개시장에서, 다이아몬드 원광을 산 겁니다. 신디케이트에서 칼라에게 보내는 다이아몬드와 정확히 똑같은 무게지만 그보다 훨씬 질이 좋은 것을 산 겁니다. 아주 좋은 물건이었지요. 그래서 신디케이트에서 일하는 내 친구가 그것을 칼라에게 보내는 다이아몬드와 바꿔치기했던 겁니다."

"바꿔치기했다고요!" 파스칼이 소리쳤다.

"그렇죠. 우리는 칼라에게 보내는 상자 안에 든 원래 신디케이트에서 보내려고 한 물건과 그 시장에서 산 좋은 물건을 바꿔치기한 겁니다."

"그럼, 그 원래 칼라에게 보내려던 다이아몬드는 어쩌구요?"

와이먼은 두 손을 펴보이며 말했다. "영국에서 팔았죠. 정상적인 경로를 통해서 말입니다. 그러니까 아무도 사기당한 사람은 없는 거죠, 경위님. 신디케이트는 제대로 물건 값을 받았죠! 칼라도 받아야 할 돈을 받았고요. 다만 결과적으로 나는 내 돈 10만 달러를——경비는 빼고——이 나라로 들여온 겁니다."

"영국 정부를 감쪽같이 속여서 말이죠?" 파스칼이 말했다. "어찌되었든 지금 그건 내 문제가 아니오. 그런데 당신이 산 그 좋은 물건은 여전히 미국 세관을 통해 들여왔어야 했을 텐데. 어떻게 그걸 들여왔죠?"

"계획이 멋들어진 점이 바로 거기에 있는 겁니다." 와이먼이 말했다. "세관 직원이 조사하는 것은 그 내용물이 다이아몬드 원광이라는 것, 그리고 그것이 송장에 명시된 대로의 무게냐 하는 것뿐입니다. 세관 직원이 전문가가 아닌 이상 그 물건이 원래 칼라가 받게 될 물건보다 2배나 더 비싼 것이라는 것을 알 리가 없습니다. 아시겠죠? 세관 직원이 그걸 보고 이상을 발견한다면 재수가 없어도 억세게 없는 경우에나 있을 수 있는 일이죠. 물론 세관 직원은 아무 흠도 발견하지 못했죠. 물건이 아무 탈 없이 제대로 도착했으니까요."

"난 아직도 무슨 소린지 알 수가 없군." 켈리가 말했다.

"난 칼라로부터 그 물건을 11만 달러에 사기로 되어 있었어요. 칼라는 나한테 그 물건을 처분할 때까지 시간적 여유를 주기로 했던 겁니다. 실제로 그 물건은 2배나 되는 가치가 있는 것이었으니까요."

"그러니까 당신 말대로 당신 돈 10만 달러를 이 나라로 가지고 들어오는 한 방법이었다 이거군." 파스칼이 말했다.

"바로 그겁니다." 와이먼이 말했다. "물론 칼라는 그걸 모르고 있었죠. 그래서 그 여자는 론 씨에게 그것을 팔면서 나한테 10퍼센트의 이익을 남겨 주기로 했을 때 나한테 인심 쓰는 걸로만 알고 있었던 거죠. 그러나 그 여자는 그걸 팔아버림으로써 나한테 이익은커녕 9만 달러의 손해를 끼친 거였죠. 이제 왜 내가 그 물건을 찾아야 하는지 아시겠죠?"

"9만 달러라, 사람을 죽일 만한 완벽한 동기가 될 것 같군요." 켈리가 말했다.

"그렇지 않아요!" 와이먼이 두 손을 흔들면서 말했다. "난 그저 물건만 원했을 뿐예요."

그 순간 침대 머리맡의 전화가 울렸다. 켈리가 파스칼을 쳐다보자 파스칼은 전화를 받으라고 눈짓을 했다. 그래서 켈리는 침대까지 걸어가 수화기를 들었다. "여보세요."

"켈리?" 칼라의 목소리였다. 켈리의 가슴에서 심장의 박동 소리가 빨라졌다. 칼라가 그의 이름을 아주 자연스럽게 불렀던 것이다.

"안녕하세요?" 그는 응답했다. "살다 보니 이런 즐거운 일도 다 있군요!"

"이봐요, 켈리." 칼라가 말했다. "난 지금 위기에 처해 있어요. 파스칼 경위를 찾아 론 씨의 방으로 전화를 걸었더니 받지도 않고 아무도 그분의 행방을 아는 사람이 없어요."

"그분은 여기 있어요." 켈리가 말했다. "바꿔 줄까요?"

"시간이 없어요." 칼라가 말했다. 목소리가 나지막하고 긴장돼 있다. "난 지금 사무실에 혼자 있어요. 에디 모스틸은 심부름으로 외출하고 없고요. 그런데 초인종이 막 울려서 철문으로 내다보니까 스피벅이 와 있잖아요?"

"스피벅이라고!"

"그 사람을 놓쳐서는 안되잖아요?" 칼라가 말했다. "다시는 찾을 수 없을지도 모르니까, 켈리. 그런데 조금 무서워요. 저 사람이 만약 나에게……."

"칼라." 켈리가 말했다. "우리가 지금 곧 갈게요. 그 친구를 들어오게 해요. 자꾸 얘기를 시키고 있어요. 그 친구가 무슨 얘기를 해도 다 들어주는 척하란 말예요. 시간만 끌고 있으면 돼요. 15분 내로 거기에 도착할 테니까. 알았죠?"

"알았어요, 켈리."

"그 친구 말을 거역하진 말아요. 하자는 대로 해요. 그리고 말을 자꾸 시켜요."

"알았어요." 칼라는 말을 더듬기 시작했다. "또 초인종이 울리는데……. 내가……."

"들어오게 해요." 켈리가 말했다. "곧 갈 테니까."

비오는 날 오후, 뉴욕 시내에서는 경찰차가 사이렌을 울려도 마음대로 빨리 달릴 수가 없다. 파스칼과 켈리는 와이먼을 사이에 두고 차 뒷좌석에 앉아 있었다. 운전사는 사이렌을 계속 오란하게 울렸지만 빨리 달릴 수가 없었다. 켈리는 조바심이 나서 죽을 지경이었다. 그러나 파스칼은 와이먼에 대한 신문을 계속했다.

"스피벅은 누구죠?" 파스칼은 10번째 묻고 있었다.

"계속 말했잖아요? 누군지 모른다구요." 와이먼이 말했다.

"혹시 런던에서 온 당신 공모자는 아닐까? 그 물건을 당신보다 먼저 사려고 서두르는 것이 아닐까요?"

"내 친구 이름은 스피벅이 아녜요!" 와이먼이 말했다.

"그까짓 이름은 대수로울 게 없어요." 파스칼은 말했다. "당신 친구는 키가 2미터쯤 되고 머리가 달걀같이 홀딱 벗겨진 사람 아닙니까?"

"자브리스키는 키가 작고 뚱뚱합니다." 와이먼이 대답했다.

"그래, 그 사람 이름이 자브리스키란 말이죠?"

"예, 그래요."

"어쩌면 스피벅이 그 사람의 대리인인지도 모르죠."

"모르겠어요." 와이먼이 말했다. "난 도무지 모르겠다고요."

"차에서 내려 걸어가는 게 빠를 것 같군요." 켈리가 말했다.

"조심해요!" 파스칼이 말했다. "그 스피벅이란 자가 그 물건의 진짜 가치를 알고 있는 것이 틀림없어. 그렇지 않으면 그런 비싼 값을 내겠다고 할 리가 없어요. 그래 그자가 어떻게 그것을 알고 있지, 와이먼?"

"모르겠어요."

"한 가지 가능성밖엔 없소. 당신 친구 자브리스키가 당신을 배반하고 있는 거요."

"제발 그만하세요. 몇번이나 얘기했어요."

와이먼은 울먹였다.

켈리가 차 문을 열었다. "난 여기서부터 걸어서 가겠어요."

파스칼은 한숨을 쉬었다. "좋아요, 정 그러겠다면." 그는 자동차 운전사에게 말했다. "근처 어디다 자동차를 세워 놓고 2209호실로 올라오게. 자네도 필요할지 모르니까."

켈리는 보도에서 파스칼과 와이먼 앞에 서서 길을 인도했다. 빌딩 로비에 들어서자 그들은 다같이 엘리베이터에 올라탔다. 파스칼은 엘리베이터 운전자에게 경찰 배지를 내보이며, 지시했다. "신호와 관계없이 곧장 22층까지 올라가죠."

엘리베이터는 뱃속이 뒤집힐 정도의 속도로 쏜살같이 올라갔다.

22층에 이르자 켈리가 제일 먼저 복도에 내렸다. 그는 복도를 뛰어 2209호실로 달려갔다. 응접실의 바깥문은 열려 있었다. 응접실에는 아무도 없었다. 안쪽 사무실로 통하는 철문도 열려 있었다. 켈리가 들어가 보았더니 에디 모스틸은 없었다.

칼라의 개인 사무실로 들어가는 문도 열려 있었다. 칼라의 사무실 역시 비어 있었는데, 텅 빈 사무실을 보니 너무나 깔끔해서 소름이 끼칠 정도였다. 정밀한 저울이 유리 뚜껑으로 덮여 있었고, 칼라의 책상은 깨끗한 베이지색 덮개로 덮여 있었으며, 다이아몬드를 감정하는 확대경과 다이아몬드 포장지들도 그대로 가지런히 놓여 있었다. 칼라의 책상 뒤에 있는 의자는 약간 뒤로 밀려 있었다. 그리고 고객이 왔을 때 앉는 의자도 그대로 제자리에 놓여 있었다. 은제 재떨이에는 담배 꽁초가 있었다. 입에 무는 곳에 구멍이 뚫린 터키제 담배였다. 스피벅이 피우다 버린 거라고 켈리는 생각했다.

켈리는 "칼라!" 하고 불러봤으나 불러봐야 아무 소용없다는 절망적인 생각이 들었다.

금고는 닫혀 있었다. 사무실에 있던 사람들이 하루 일을 끝내고 모두 퇴근한 것 같은 느낌을 주었다. 다만 칼라와 스피벅이 빠져나갔을 3개의 문만이 열려 있어 으스스한 느낌이 들었다.

파스칼은 사무실을 둘러보며 조용히 서 있었다.

"여기 없잖아!" 와이먼이 소리쳤다. "칼라는 사무실을 나가면서 저 철문을 열어두는 법이 없단 말입니다. 그렇게 하면 보험계약에 위배되거든요."

"제발 떠들지 말고 입 좀 닥쳐!" 켈리가 소리쳤다. 그리고 파스칼 쪽으로 몸을 돌리고 물었다. "그래 어떻게 하실 참이죠?"

"무슨 좋은 생각이라도 있소?"

파스칼은 담배를 꺼내려고 호주머니에 손을 넣으면서 말했다.

그 순간 바깥 사무실에서 음조가 맞지 않는 높은 휘파람 노래 소리가 들려오더니 갑자기 끊겼다. 이어 "칼라!" 하고 부르는 소리가 났다. 칼라의 조수인 에디 모스틸이었다. 에디 모스틸은 자기 사무실을 통해 재빨리 들어와 사람들이 서 있는 것을 보았다. "무슨 일이죠? 칼라는 어디 있죠?"

"칼라가 전화로 스피벅이 여기 와 있다고 했어요." 켈리가 말했다. "그래서 그 친구를 들어오게 한 다음 우리가 여기 올 때까지 붙들고 있으라고 했었소. 우리는 방금 도착했는데 와보니 사무실이 이 꼴이 돼있군요. 문이 열려 있는데다 아무도 없고 말이오."

"스피벅이라고요?" 에디는 째지는 소리로 말했다. "형사님, 아무래도 수상합니다."

"당신 말이 옳소." 파스칼이 말했다. "그런데 난 형사가 아니고 경위란 말일세."

"난 이것만 가지고 얘기하는 게 아녜요." 에디 모스틸이 말했다.

"약 1시간 전에 전화가 왔었어요. 밴더빌트호텔에 묵고 있는 존 퀸시 애덤스 4세라는 사람이라면서 다이아몬드를 좀 사고 싶으니 칼라가 가지고 있는 것들을 보여 달라고 했어요. 그래서 칼라는 내게 물건을 주면서 호텔로 가져가 보라고 했지요." 이렇게 말한 그는 호주머니에서 다이아몬드 포장지에 싸인 6개의 다이아몬드를 꺼내 보였다. "왜 댁이 처음 오신 날도 이것들을 보셨죠, 코터 씨? 내가 이것들을 가지고 호텔까지 갔더니 호텔에는 존 퀸시 애덤스 4세라는 사람이 투숙한 일이 없다는 거예요. 그래서 다시 돌아왔죠."

"칼라는 당신이 밖에 심부름 나가고 없다고 하더라구요."

켈리가 말했다.

"아마 나를 여기서 빼내기 위한 수작이었던 것 같아요." 에디가 말했다. "아마 처음부터 그 스피벅이란 놈의 농간이었을 거예요. 그래 그놈은 칼라를 어떻게 했을까요, 형사님?"

"경위라니까." 파스칼은 자기의 계급칭호가 이 세상에서 가장 중요하기나 한 것처럼 다시 이렇게 고쳐줬다. 이어 바깥 방에서 발걸음 소리가 들려오자 그의 눈이 반짝였다. 그것은 경찰차 운전사였다.

"그래 차는 어떻게 했지, 머피? 브롱크스에 주차시키고 왔나?" 파스칼이 물었다.

"아래층에서 약간의 소동이 벌어지고 있던데요." 머피가 말했다. "어떤 사람이 화물용 엘리베이터 밑으로 떨어져 죽었어요."

켈리는 숨이 막히는 것 같았다. "여자였나요?" 그는 대뜸 이렇게 물었으나 자기 목소리도 알아 들을 수 없는 상태였다.

"아뇨." 머피가 대답했다. "사람들이 그 사람 몸을 뒤져 신분증을 찾아내 그 사람이 누군지를 밝혀내지만 않았어도 거기서 더이상 지체하지는 않았을 겁니다. 그 사람의 이름이 왜 아까 자동차 안에서 말씀하시던 잰 스피벅이라던데요."

"그래, 그 사람 죽었던가?" 파스칼이 물었다.

"완전히 햄버거가 돼 있던걸요." 머피가 말했다. "꽤 높은 데서 떨어졌던 것 같아요. 지하실 바닥에 떨어져 형체도 별로 남아 있지 않았어요."

"아니 뭣들 하는 거예요? 거기 서 있기만 하고."

켈리가 소리쳤다.

"스피벅은 칼라를 여기서 데리고 나갔단 말예요. 그래 그놈이 그 여자를 어떻게 했지?"

"이봐, 좀 침착하라고, 이 사람아." 파스칼이 말했다. "그 친구가 화물용 엘리베이터에서 떨어져 죽었다면 그 여자를 별로 멀리 데려가진 못했을 거요." 파스칼은 머피에게 명령했다. "이 빌딩의 22층을 모조리 뒤지라고. 그리고 이 건물을 포위하고 꼭대기부터 맨 아래층까지 모조리 수색하라고."

"그러려면 한 달은 걸리겠군!" 켈리가 화가 나서 소리쳤다.

"그렇지 한 달이나 걸릴 테지." 파스칼은 유순하게 대꾸했다. 이어 그는 에디 모스틸에게 돌아섰다. 그의 유순한 태도는 갑자기 사라졌다. "그래 당신 애기가 사실이라는 걸 내가 어떻게 믿지?" 그는 물었다. "그리고 퀸시 애덤스 4세가 있었다는 걸 내가 어떻게 믿지?"

에디는 멈칫했다. "그런 사람은 없었어요, 방금 말했잖아요! 여하튼 칼라는 전화를 받고 그런 사람이 전화를 걸어왔다고 했어요, 그리고 나한테 이 다이아몬드를 갖다 보이라고 했어요, 그 여자한테 물어보세요."

"나도 물어보고 싶어." 파스칼이 말했다. "내가 만일 그 여자에게 지금 당장 그것을 물어볼 수 있다면 내 주급을 몽땅 내놓겠소."

그로부터 4시간이 지나자 켈리는 도저히 참을 수 없을 정도로 신경이 날카로워졌다. 파스칼도 약간 지쳐 보였고 눈이 퀭하게 들어가 있었다. 그동안 빌딩 전체를 샅샅이 뒤져 보았다. 청소함이나 물건 넣어 두는 곳같은 구석진 곳도 모조리 들여다보았다. 빌딩에서 일하는 용역회사원들도 하나도 빼놓지 않고 다 신문해 보았다. 그러나 결과는 제로였다.

저녁이 되자 사람들은 빌딩에서 빠져나가기 시작했다. 다만 빌딩 유지와 관리에 필요한 최소한의 인원과 파출부, 저녁 늦게 일하는 회사원들 그리고 헨드릭 반 루턴 주식회사 안의 몇몇 사람들만 남아 있었다. 헨드릭 반 루턴 주식회사에는 파스칼, 켈리, 그리고 쉴새없이 들락날락하는 파스칼의 부하들이 있었다. 에디 모스틸은 사람들에게 줄 커피와 샌드위치를 사러 나가고 없었다. 와이먼은 약식 절차를 통해 체포되어 시경찰 유치장에 수감되었다.

현재로서는 오직 한 가지 결론만이 있을 수 있었다. 파스칼이 그 결론을 내렸다. "그 여자는 이 건물에 없어요." 그는 말했다. "죽었든 살았든 건물 내에는 없소. 스피벅이 그 여자를 건물 밖으로 데리고 나가지 않은 것은 확실해요. 스피벅은 혼자서 건물에서 떨어져 죽은 겁니다. 그러나 잘못해서 떨어져 죽은 게 아니에요. 누군가가 떠민 거예요. 그러니까 칼라는 자기 의사로 건물에서 나가 자신만이 아는 이유로 숨어 있지 않는 한……."

"그럴 리가 없어요!" 켈리가 그의 말을 가로챘다.

"그렇다면 이 사건에는 또다른 사람이 개입돼 있는 거요. 또다른 사람이 개입됐다면 그 사람이 조지 론을 살해했고, 스피벅도 죽였고, 칼라가 없어진 것도 아마 그자 탓일 거요. 와이먼은 아냐. 와이먼은 이 두 번째 사건이 벌어졌을 때 우리와 같이 있었으니까."

"그럼 에디는요?" 켈리가 물었다.

파스칼은 자기 앞에 있는 메모 종이들을 앞으로 잡아당겼다. 그는 칼라의 베이지색 책상에 앉아 있었다.

"에드워드 모스틸이라." 그는 중얼거렸다. "이스트 39번 거리 604번지. 주당 80달러를 받고 있고. 그는 이 회사에서 급사부터 시작하여 칼라의 조수가 되었다. 스피벅이 도착했을 때 그는 밖에 심부름 나가 있었다. 그것은 칼라에게서도 들은 얘기였다. 그러니까 존 퀸시 애덤스에 관한 얘기와 어느 정도 들어맞는다. 그런데 켈리, 다음과 같은 경우를 생각해 봐요.

에디는 스피벅이 도착했을 때 여기 없었다. 우리는 칼라에게서 전화를 받은 지 꼭 14분 만에 여기 도착했다. 만약에 에디가 스피벅을 바로 뒤쫓아 여기에 돌아왔다면 잠깐 동안에 상당히 많은 일을 했어야 했다. 칼라와 스피벅의 만남을 깨버리고, 이 사무실에서 둘을 끌고 나가 스피벅을 엘리베이터 구멍으로 떨어뜨리면서 그동안 칼라를 보호했어야만 했다. 그 다음 그는 칼라를 어딘가에 숨기거나, 아니면 죽여서 그 시체를 어딘가에 감춘 뒤, 버젓이 아무 일도 없었던 것처럼 이 사무실로 되돌아와야 했다.

그런데 이 모든 일을 약 16분이라는 시간에 해치웠단 말이오. 그 친구는 우리가 도착한 직후 여기로 돌아왔으니까. 그래 그 친구가 어떻게 그런 일을 그렇게 빨리 할 수 있었는지 한번 생각해 보시오, 켈리."

"그럴 것 같지 않은데요." 켈리가 시인했다. "그렇다면 우리가 아직 모르는 제3자를 찾아야 한다는 결론이 나오는군요."

"내가 관심을 두고 있는 사람이 둘 있어요." 파스칼이 말했다. "이제 그 사람들에 대해 알아봐야겠어요. 하나는 런던의 신디케이트 사무실에서 일하는 와이먼의 친구 자브리스키요. 그 사람도 그 물건의 진짜 가치를 알고 있기 때문에 아마 그것을 손에 넣기 위해 무슨 짓이라도 할 가능성이 있소. 또 하나는 그 물건을 그대로 통관시켜 준 세관원이오. 그 사람이 그것을 통관시켜 준 데는 조금도 하자가 없어요. 캐럿 수도 송장에 적힌 대로였고, 세금을 물 필요도 없는 것이었으니까. 그러나 그 사람이 만약 다이아몬드에 대해 좀 아는 사람이었다면 그것이 어떤 물건인지 알고 흥미를 가졌을 거요. 그 사람들에 관해 알아보고 수사하는 것은 오래 걸리는 일이겠지만, 그래도 착수해볼 만한 가치가 있단 말이오. 우리가 다행히 자브리스키라는 자가 런던에 없다는 것을 확인할 수만 있다면 그 사람은 필경 여기 뉴욕에와 있을 거요."

파스칼은 머리를 흔들면서 말했다. "만약 내 예감이 맞는다면 나는 산타 클로스에 대한 믿음이 다시 소생할 거요."

그로부터 2시간이 지났지만 칼라의 종적은 여전히 알 수 없었고 파스칼의 산타 클로스에 대한 믿음은 조금도 더 굳건해지지 않았다. 런던에 국제전화를 걸어 알아보았더니 자브리스키는 그의 사무실에서 일하고 있었다. 파스칼과 통화한 신디게이트 직원은 자브리스키가 그런 식으로 한탕친 것을 가르쳐줘 고맙다고 했다. 그러나 그것은 파스칼의 수사에는 아무런 도움도 되지 못했다.

세관에서도 각종 기록을 열심히 조사한 결과 칼라 반 루턴에게 온 그 물건을 통관시켜준 세관원은 폴 C. 허블이라는 사람이었다고 알려왔다. 파스칼은 허블이 가족과 함께 뉴저지 주 마운틴레이크스에서 휴가를 보내고 있다는 말을 듣고 일말의 희망을 가졌다. 그러나 그 휴양지로 전화를 해보았더니 허블은 한밤중에 잠을 깨웠다고 화를 내며 자기는 그날 하루 종일 집안 식구들과 같이 있었다고 주장했다. 파스칼은 그의 그 주장을 사실인지 확인해보기로 했지만, 그래 봤자 사실로 드러날 것이 뻔하다고 생각했다.

그러니 어떻게 한담! 수사는 완전히 벽에 부닥치고 말았다.

새벽 4시였다. 무덥고 축축한 날씨였다. 켈리 코터는 거의 신경쇠약에 걸릴 정도로 피곤했지만 잠을 이룰 수가 없었다. 그는 브랜스필드호텔의 자기방 침대 위에 누워 있었지만, 두 눈을 크게 뜨고 천장만 쳐다보고 있었다. 1시간 전부터 칼라 반 루턴은 자기와는 아무 상관도 없는 여자요, 한낱 어려움에 빠진 여느 여자에 불과하다고 자신을 설득하려고 무진 애를 썼다. 그러나 그 여자는 이미 그 이상의 존재로 자기 머리에 박혀 있었으며, 그것을 부인하려고 해봤자 아무런 소용도 없었다.

켈리는 파스칼이 모든 일을 느긋하게 처리하는 사람이기는 하지만 지극히 철저한 경찰관이라는 것을 알고 있었다. 그가 인간으로서 할 수 있는 일은 다하고 있다는 것도 알고 있다. 또한 뉴욕 시의 전경찰관에게 칼라라는 여자를 찾으라는 명령이 내려져 있으며, 최고의 경계태세가 선포되어 있다는 것도 알고 있다.

그러면 칼라는 왜 납치되었을까, 아니 왜 납치되어 살해되었을까?

살해되었을 가능성도 생각해야 했다. 그 여자도 스피벅과 마찬가지로 죽어서 어디엔가 누워 있을지도 모르는 일이다. 그렇지만 왜? 그 여자는 다이아몬드를 가지고 있는 것도 아닌데. 혹시 스피벅 자신이 그 여자를 처치해버리고, 자기는 우연히 사고로 죽었을 그럴 가능성은 없을까? 또 살인자가 실제로는 이미 죽어 시체실에 가 있을 가능성은 없을까? 스피벅이 칼라를 실제로 숨겨 뒀다면 어디다 숨겼을까? 숨겼다면 빌딩 내에 숨길 수밖에 없었을 것이다. 도저히 빌딩 밖으로 데리고 나가 숨길 시간이 없었으니까. 밖에 숨겼다면 빌딩에는 왜 돌아왔을까? 그러나 여하튼 칼라가 빌딩 내에 없는 것만은 확실했다. 파스칼의 부하들이 그렇게 확신하고 있으니까.

켈리의 머릿속에서는 이런 일들이 자꾸 맴돌고, 또다시 되새겨지고 있었다. 켈리는 자기가 조지영감과 함께 칼라의 사무실을 처음 방문했을 때로 되돌아가 보았다. 둘이서 다이아몬드를 사가지고 호텔로 돌아왔을 때를 생각해보고, 또 조지영감의 말을 빌린다면 '이 집 쥐 새끼들도 찾지 못할 곳'에 다이아몬드를 숨겼던 2시간 동안을 되돌아보고, 또 같이 한 저녁 식사를 생각해보기도 하고, 조지영감이 받은 전화를 생각해보기도 했다. 그 다음부터 정말 일이 벌어지기 시작한 것이었다. 조지영감은 칼라가 온다고 했었고, 칼라는 전화한 일이 절대 없었다고 했다.

켈리는 머리맡의 전등불을 켰다. 그리고 책상까지 가서 자신의 진술서 사본을 꺼내 보았다. 그는 그중 일부를 다시 한번 읽어 보았다. "'여보세요……. 예, 내가 조지 론입니다……. 오, 안녕하시오, 그럼, 그럼요……. 아니, 괜찮아요. 아직도 나는 즐기고 있는걸요…… 물론이죠, 언제요? 오늘 저녁에요? 글쎄, 못 오실 이유는 없죠. 나로서도 기쁩니다……. 물론 여기 있고 말고요.' 그리고 나서 영감은 전화를 끊었습니다. 그리고 말했습니다. '그 반 루턴이라는 여자가 날 보러 오겠대. 10분 내에 오겠대. '"

켈리는 눈 가장자리가 벌개지고 뜨거워져 자기의 그 진술서를 다시
한번 읽었다. 조지영감이 자신이 알고 있는 어떤 사람한테서 전화가
와 받은 것만은 확실했다. 그러니까 그것이 만약 칼라가 아니었다면
스피벅, 그도 아니면 에디 모스틸이었을 것이다. 칼라를 뺀다면 그들
이야말로 다이아몬드 거래를 알고 있는 유일한 사람들이었다. 그런데
그것이 만약 스피벅이었다면……. 스피벅이 칼라 대신 약속을 하기
위해 전화를 건 것이었다면 영감은 필경 왜 당신이 전화를 걸었느냐
고 물었을 것이다. 당연히 의심을 했을 것이다. 그러나 그것이 만일
에디 모스틸, 즉 칼라의 조수였다면 조지영감은 당연한 것으로 여겼
을 것이다. 조지영감이 전화를 걸어온 상대를 알고 있었던 것만은 확
실했다. 그의 말투나 말소리로 보아 확실했다. 그때까지 아무도 에디
에게 당신이 조지영감한테 전화했었느냐고 물을 생각을 해보지 않았
다. 그러나 설사 에디가 전화를 했다 치더라도 칼라 몰래 한 것이 확
실했다. 칼라는 여러 번 되풀이해서 자기는 전화건 일이 없다고 말했
으니까. 그러니까 만약 전화건 사람이 에디였다면 에디에게 수상한
점이 틀림없이 있을 것이다.

이렇게까지 생각한 켈리는 뒤통수에서 머리카락이 곤두서는 것 같
이 느껴졌다. 파스칼은 그의 수사계획에서 에디를 빼놓고 있었다. 최
소한 그에게는 그렇게 보였다. 그런데 그 전화를 한 사람이 에디였다
면——켈리에게는 자신의 진술서 그 부분을 읽으면 읽을수록 전화한
것이 에디인 것 같이 생각되었다——에디가 사건에 깊숙이 개입하고
있는 것이 확실했다.

켈리는 즉시 수화기를 들고 경찰서 살인반을 불렀다……. 파스칼
은 자리에 없었다. 어디 있는지 모른다고 했다. 파스칼의 집 전화번
호를 가르쳐 달라고 했더니 가르쳐주지 않았다. 그들은 파스칼에게

연락해서 전화를 걸도록 하겠다고 했다. 10분 후에 그들은 켈리에게 전화를 걸어 파스칼은 집에도 없고, 그의 부인도 그가 있는 곳을 모른다고 전했다.

켈리는 전화번호부를 꺼냈다. 에디 모스틸은 전화번호부에 등재돼 있지 않았다. 그 순간 켈리는 파스칼이 에디 모스틸의 거취를 세밀히 분석하면서 외우던 에디의 주소가 생각났다. '에디 모스틸, 이스트 39번 거리 604번지.' 그에게는 그 주소가 뚜렷하게 생각났다. 켈리는 즉시 옷을 입기 시작했다. 에디에 관한 의심이 머릿속에서 부글부글 끓고 있었다. 도저히 파스칼을 기다릴 시간적 여유가 없었다. 만약 에디가 개입됐다면 그는 칼라가 어디 있는지 알고 있을 것이다. 칼라는 그때까지 15시간이나 실종되었는데 어떤 상태에 있는지는 아무도 모르고 있었다. 만약 에디에게서 칼라의 행방을 알아낼 수 있다면 단 5분이라도 지체할 수 없었다.

이른 아침이라 택시를 타고 주택지구까지 가는 데는 시간이 오래 걸리지 않았다. 켈리가 이스트 39번 거리 604번지 맞은편에 가 택시에서 내렸을 때는 이미 날이 훤히 밝아 있었다. 켈리에게는 어떻게 해서든 에디가 알고 있는 것을 불도록 하자는 것 외에는 뾰족한 계획이 없었다.

건물은 갈색이었고 아침의 희미한 햇빛을 받아 음침한 느낌을 주었다. 켈리는 길을 건너 건물 현관에 들어섰다. 에디 모스틸의 이름이 놋쇠로 된 명패에 적혀 있었다. 켈리는 그 위의 단추를 누르고, 누른 채 계속 있었다. 거의 즉시 목소리가 들려왔다.

"누구시오? 무슨 일이오?"

"에디? 당신이지?" 켈리는 스피커에 대고 소리질렀다.

"누구요?" 에디의 째지는 목소리가 통화장치로 흘러나왔다.

"나 켈리 코터요."

"아!" 문을 여는 소리가 났다. 켈리는 문의 손잡이를 비틀어 열고 안으로 들어갔다. 계단에는 불이 희미하게 켜져 있었다. 3층에 올라가니 불이 한결 밝게 켜져 있었다. 켈리가 위를 쳐다보니 에디가 서 있었다. 그의 지푸라기색 머리가 위에서 내리쬐는 전등불을 받아 반짝이고 있었다.

켈리는 계단을 올라가 에디가 서 있는 곳에 다다랐다. 에디는 목욕 가운을 걸치고 있었으나 안에는 바지와 셔츠를 입고 있었다. 만약 자고 있었다면 그런 옷차림을 하고 있지 않았을 것이다.

"들어오시죠." 에디가 말했다. 나직한 목소리였다. 분명히 옆방 사람들을 의식해서 조심하는 눈치였다.

켈리가 들어서 보니 방 하나짜리 아주 작은 아파트였다. 유쾌한 장소는 못되었다. 침대 겸용의 긴의자가 있었고 그 위에는 해진 덮개가 씌워져 있었다. 그 덮개는 에디가 누워 있었기 때문인지 쭈글쭈글 구겨져 있었으며, 침대 옆 조그마한 사이드 테이블 위에 있는 재떨이에는 담배꽁초들이 넘치고 있었다. 방 안에는 스프링이 다 불거진 오래된 안락의자가 하나 놓여 있었다. 여기저기 홈이 난 사무용 책상과 청색 덮개가 다 해진 카드놀이용 램프가 있었으며, 책상 위에는 다이아몬드에 관한 책이 몇 권 놓여 있었고, 신문들이 의자와 침대 근처에 여기저기 흩어져 있었다. 아파트 안은 아직 캄캄했기 때문에 카드놀이용 램프에는 불이 켜져 있었다.

"무슨 일이 일어났나요?" 에디는 문을 닫으면서 물었다. "왜 전화하시지 그랬어요? 칼라는 아직 못 찾았나요?"

"그래요." 켈리가 대답했다. 그 순간 그는 책상 위에 칼라의 사진이 걸려 있는 것을 처음으로 발견했다. 다이아몬드 업계의 매혹적인 여자라 해서 어떤 잡지가 표지에 냈던 것을 오려 붙인 것이었다. 그 사진에서도 칼라는 켈리가 처음 만났을 때 그렇게 눈에 거슬려 하던 그 우스꽝스러운 모양의 검은 안경을 쓰고 있었다.

"앉으시죠." 에디는 말했다. 켈리는 푹 들어간 안락의자에 앉았다. 에디는 침대 끝에 걸터앉았다.

"그래요, 아직 칼라는 못 찾았어요." 켈리가 말했다. "그 때문에 내가 여기 온 거예요."

"글쎄요, 내가 할 수 있는 일이 있다면야." 에디가 말했다. "난 짧은바지를 입고 뛰어다니던 어린 시절부터 그 사람의 아버지 심부름을 했죠. 그때부터 알아왔는데 칼라를 위한 일이라면 무슨 일인들 못하겠습니까?"

"그럼 왜 그 여자가 어디 있는지 말하지 않소?"

켈리는 아주 냉정한 목소리로 물었다.

"무슨 말씀을! 코터 씨, 내가 만약 알고 있다면……."

"난 혼자서 생각해냈어요." 켈리가 말했다. "론영감님이 살해되던 날 저녁 그 영감님에게 전화한 것은 당신이었죠?"

"이거 보세요, 코터 씨, 무슨 그런 터무니없는 소리를……."

"에디, 당신이 그 양반에게 전화했어. 그리고 칼라가 그 양반을 만나고 싶어한다고 말했어. 그러나 칼라가 만나고 싶어한 것이 아니었지. 그 양반을 보고 싶어한 것은 당신이었어. 그리고 브랜스필드호텔에 온 것도 당신이었고, 당신이 만약 그 거짓 전화를 왜 걸었는지 설명하지 못하는 한, 그리고 그 노인을 죽이고 그분의 방을 뒤진 것이 당신이 아니라는 것을 입증하지 못하는 한, 당신은 정말 어려운 입장에 빠질 줄 아쇼." 켈리는 대화라도 하는 것처럼 말했다.

에디는 고개를 떨구었다. 어깨는 축 처지고 약간 떠는 것 같았다. 그리고 얼굴을 다시 들었을 때 보니 놀랍게도 두 눈에 눈물이 고여 있었고, 그 눈물이 뺨으로 흘러내리고 있었다.

"당신은 와서는 안될 곳에 온 거요, 코터." 에디가 말했다. "난 당신한테는 아무런 감정도 없어요. 아무 악감도 없단 말요."

그 순간 켈리는 그의 손에 총이 들려 있는 것을 보았다. 에디는 그의 가운 속 호주머니에서 총을 꺼내들고 있었다.

"그러니까 결국 당신이었군, 에디." 켈리가 그 총을 내려다보면서 말했다. 켈리는 너무나 숨을 죽이고 앉아 있었기 때문에 허리가 아파왔다.

"난 이걸 사용해본 적이 없소." 에디가 말했다. "아마 소리가 굉장히 요란할 거요."

가죽 의자는 아주 푹 들어가 있었다. 거기서 재빨리 일어서자면 두 손으로 의자를 꽉 누르고 힘을 줘야 했다. 그러자면 에디에게 방아쇠를 당길 수 있는 시간의 여유를 너무 많이 주게 된다.

"참 이상한 일이란 말야." 에디는 목이 막혀 잘 안 나오는 목소리로 말했다. "눈덩이같아, 자꾸 커진단 말야. 난 노인을 죽일 생각은 없었소. 난 이튿날 그 양반이 죽었다는 말을 들었을 때까지 그 양반을 죽인 줄도 모르고 있었소. 난 방을 뒤지는 동안 그 양반을 때려눕혀 저항하지 못하게 하려 했을 뿐이었는데. 그런데 그 양반이 죽었고, 이젠 스피벅까지 죽다니!"

"스피벅도 당신이 죽였단 말요?"

켈리는 말소리를 되도록 자연스럽게 하려고 애쓰면서 물었다.

"아뇨, 그러나 거기에 개입돼 있었죠." 에디가 말했다.

"칼라는 어디 있소?" 켈리가 말했다. "이제 게임은 끝난 거요, 에디. 당신은 아무리 먼 곳으로 도망친다 해도 잡히고 말 거요."

"천만에. 우리가 그 다이아몬드를 손에 넣는 한은." 에디가 말했다. "우리가 그 다이아몬드를 손에 넣기만 하면 어디든지 갈 수 있죠, 범인 인도가 되지 않는 곳으로. 우린 돈이 있으니까 그런 곳으로 갈 수 있단 말요."

"우리라고?" 켈리가 놀란 듯이 물었다.

"물론이지." 에디가 말했다. "내가 안전하게 생각한 것은 그 때문이었소. 파스칼 경위는 내가 한 짓으로는 생각지 않고 있었고, 그럴 시간이 없었다고 생각했으니까. 그런데 그 친구가 그만 스피벅을 죽이고 칼라까지 데리고 가버렸단 말이오."

"그 친구란 누구요, 에디?"

에디는 놀라는 표정을 지었다. "아니 난 당신이 이미 다 알고 있는 줄 알았는데!" 에디는 말했다. "허블 말이오, 그 세관원. 그 사람말고 누가 있겠소? 당신은 이해해 줘야 해요, 코터 씨."

"그래요, 나는 이해하고 싶소."

켈리가 말했다. 자기 앞에서 눈물을 흘리면서 총을 들고 있는 그 사람에게는 어딘지 모르게 이상한 면이 있었다. 그래서 그는 생각했다. 시간만 끌자. 시간만 끌면 균형이 이쪽으로 기울 수 있는 기회가 온다.

"늘 갖기를 원하고, 항상 자기 앞에 놓고 보면서도, 한 번도 자기 것으로 만들어 보지 못하는 것이 얼마나 서글픈 일인지!"

에디가 말했다.

"그래 당신이 원한 것이 뭐였소, 에디?"

"칼라였죠!" 에디가 속삭이듯이 고백했다. "나는 매일 그 여자를 보면서 그 여자의 따스한 체온을 느꼈죠. 그런데도 그 여자는 실제로는 수백만 킬로미터는 떨어져 있었던 거요. 그런데 바로 내 옆에, 바로 내 손아귀에는 그 거리를 좁혀줄 수 있는 물건이 있었어요, 코터 씨. 다이아몬드가 있었죠. 나는 여러 해 동안 다이아몬드를 손에 쥐어 일확천금을 할 수 있는 기회가 있었죠. 그러나 감히 그럴 수가 없었어요. 그랬다간 그 보험회사 친구들이 유치장에 처넣을 테니까. 그러나 나는 항상 언젠가는 기회가 오리라고 생각하고 있었죠."

"그래 그 기회가 오던가요, 에디?"

"지난 주에 왔었죠. 그 허블이란 사람이 나를 찾아 왔더군요. 아마 그 사람도 내 신세와 같았을 거예요. 숱한 보석들이 매일같이 자기 손을 거쳐가지만 한 번도 자기 것이 되진 못하니까요. 당신 그 물건에 대해 알고 있죠? 와이먼한테서 들었겠죠?"

"알고 있소."

"그런데 허블도 그것을 알아차렸어요. 캐럿 수는 송장에 표시된 대로였지만, 그 질로 보아 표시된 가격의 2배가 된다는 것을 그가 안 것입니다. 그런데도 그는 그것을 그대로 통과시켰어요. 그것을 통과시키는 데에는 아무런 위험도 없었죠. 그 사람은 그것이 다이아몬드 원광이고, 무게가 표시된 대로인지를 확인만 하면 되었으니까요. 그 사람은 그 물건에 뭔가 수상한 점이 있으며, 잘하면 한몫 챙기겠다고 생각한 거죠. 그래서 그는 나를 찾아왔습니다. 만약 내가 정직하고 떳떳한 척하면 그는 그걸 신고해서 상금을 타먹을 작정이었죠. 반면 내가 정직하게 굴지 않으면 나와 함께 한탕칠 수 있다고 생각했던 거예요." 여기까지 말한 에디의 목소리에 울음이 섞이기 시작했다. "나는 정직하지 못했던 거죠."

켈리는 그의 손에 들린 총을 쳐다보았다. 에디는 그것을 들고 켈리를 겨냥하고 있었지만 그의 손은 떨고 있었다. 켈리는 손가락 하나 꼼짝하지 않고 있었다.

"난 앞으로 어떻게 해야 할지를 재빨리 궁리했어요." 에디가 말했다. "난 칼라가 벌써 오래전에 그 물건을 스탠리 와이먼에게 주겠다고 약속한 것을 알고 있었죠. 나는 와이먼이 자기 돈을 이 나라로 들여오는 데 칼라를 이용하고 있다는 것도 알고 있었죠. 나는 와이먼이 칼라를 속여 자기 사리를 취하고 있다는 것을 핑계삼아 내 자신을 정당화하려고 했었죠. 나는 칼라를 위해서라면 무슨 일이라도 할 셈이었죠."

"그래서? 계속하쇼, 에디!"

"허블과 나는 모든 것을 빈틈없이 계획했었죠." 에디는 계속했다. "절대로 폭력은 안 쓰기로, 절대로 안 쓰기로 말입니다. 우리는 와이먼이 물건을 인수한 다음 그를 찾아가 우리는 당신이 무슨 짓을 했는지 안다고 할 참이었죠."

"그 친구를 협박해서 9만 달러를 뺏으려는 거였군."

켈리가 말했다.

"물론이죠. 그 친구는 그것 때문에 감옥에 갈 수도 있으니까요. 게다가 칼라하고도 끝장나고요. 그리고 다이아몬드 장사도 다시는 못 해먹게 될 거고요. 그러니까 그 친구는 빠져나갈 구멍이 없었어요. 그런데 그 친구는 그 물건을 인수하지 못한 거예요. 론 씨, 당신하고 론 씨가 사버렸기 때문에. 그래서 나는 거의 미칠 것만 같았어요. 우리는 어떻게 해서든 그 물건을 도로 찾아 와이먼에게 돌려줘야만 했어요. 그래야만 와이먼의 덜미를 잡을 수 있었죠. 내가 그날 저녁 론 씨를 만나러 간 것은 그 때문이었죠."

이 말을 듣자 켈리의 턱 근육이 실룩거렸다. "그래서 영감이 물건을 내놓지 않으니까 그 은제 꽃병으로 그를 내리쳤다, 이거지?" 그가 반문했다.

"나는 그 양반에게 이익을 보게 해주겠다고 했어요." 에디가 말했다. "그분을 해칠 생각은 없었어요. 그분이 말을 듣지 않아서 나는 방을 뒤지는 동안 조용히 있게 하기 위해 꽃병으로 한대 쳤을 뿐입니다. 내가 떠날 때까지 그분은 살아 있었죠. 그렇게 많이 다친 줄은 몰랐어요. 아마 나중에 돌아가신 것 같아요. 워낙 늙으셔서!" 에디는 머리를 설레설레 저으면서 말했다. "그 양반 다이아몬드를 어디다 감췄을까요?"

"스피벅은 어디서 끼어든 거요?" 퀠리가 물었다.

에디는 조지 론을 죽인 그 악몽에서 생각을 돌리는 것 같았다. "코터 씨, 나쁜 짓이 일단 시작되면 저마다 한몫 끼려고 덤벼드는 것 같습니다. 스탠리 와이먼은 런던에서 다이아몬드를 바꿔치기하기 위해 자브리스키라는 자를 매수했죠. 그러나 자브리스키는 뇌물을 받고도 나름대로의 계획을 꾸몄죠. 그는 여기서 와이먼보다 돈을 더 내겠다고 해서 그 물건을 차지하려고 스피벅을 고용했던 겁니다. 그는 와이먼이 의심을 사게 될까봐 가격을 지나치게 많이 부를 수 없으리라는 걸 알고 있었죠. 그러나 스피벅은 미친 척하고 가격을 많이 올릴 수 있었던 겁니다. 스피벅은 15만 달러나 17만 5천 달러를 불러도 여전히 상당한 이익을 볼 수 있었으니까요. 그러나 와이먼은 그렇게 많이 부를 수 없었지요. 칼라가 이상하다고 의심하게 될까봐."

"그건 그렇고, 오늘 스피벅이 칼라를 만나러 갔을 때는 어떻게 된 거요?"

에디는 깊은 한숨을 쉬더니 말을 계속했다. "난 허블을 만나 어떻게 해야 할지를 의논하려고 사무실을 나갔었죠. 존 퀸시 애덤스 4세라고 하면서 가짜 전화를 건 것은 허블이었죠. 나는 그 가짜 애덤스에게 다이아몬드를 보이겠다면서 밖으로 나갔던 거죠. 그런데 내가 엘리베이터를 기다리고 있자니 엘리베이터가 올라오더니 스피벅이 내리는 거였어요. 나는 걱정이 됐어요. 그래서 무슨 일이 일어나지나 않나 해서 사무실로 돌아가보았죠. 칼라가 그 사람을 들어오게 했을 때 나는 사무실 내의 말소리를 들리게 하는 장치를 틀었어요."

에디는 마른 입술에 침을 묻히고 나서 계속했다. "스피벅은 전날 저녁에 론영감님을 만나러 브랜스필드호텔에 갔었다고 하더군요. 그는 내가 그 양반 방으로 올라가는 것을 보았대요. 후에 살인 사건이 일어났다고 하자 그 사람은 내가 그분을 죽인 줄 알았던 겁니다. 칼라가 나와 공모해서 죽였다고 생각한 거죠. 그래서 그는 칼라에게 다이아몬드를 내놓으라고 하더군요. 그는 칼라가 그걸 가지고 있다고 생각한 겁니다."

"그랬겠군." 켈리가 말했다.

"허블은 빌딩 로비의 공중전화 부스에서 나를 기다리고 있었죠. 내가 혹시 무슨 일로 내려가지 못할 경우 전화하라고 거기서 기다린 거죠. 나는 그 사람에게 전화를 걸어 스피벅에 관해 얘기했어요. 그랬더니 그 사람이 올라왔어요. 난 이 총을 가지고 있었죠. 항상 사무실에 두고 있었으니까. 허블도 총을 가지고 있었죠. 그래서 허블은 칼라와 스피벅을 데리고 나갔죠. 아마 밖에 나가 엘리베이터 통로로 그를 밀어 떨어뜨린 것 같아요. 그리고는 칼라를 어디론지 데리고 간 거예요. 그후로 그 사람한테서 영 소식이 없어요. 난 몰라요, 그 사람이 어디……"

"그 마지막 부분이 좀 틀렸으니 정정해 드려야겠군."

방 깊은 구석에서 쉰 목소리가 들려왔다.

에디는 머리를 홱 돌렸다. 그때까지 기회만 노리고 있던 켈리는 그 목소리가 누구인지 생각할 겨를도 없이 총을 뺏으려고 에디에게 덤벼들었다. 에디의 손에서 총이 떨어지자 그는 그것을 집으려고 했다.

"아하, 안 돼요, 코터 씨!" 쉰 목소리가 말했다. "그건 아주 위험한 행동이에요."

그 순간 그 목소리, 목젖 있는 데를 너무 많이 얻어맞은 권투선수가 내는 듯한 그 목소리의 주인공이 눈앞에 나타났다. 켈리는 머리를 들어보았다. 헐렁한 옷, 박박 벗겨진 머리, 두꺼운 안경 속에서 번쩍이는 눈. 스피벅이었다. 이미 죽어 시체가 냉동실에 있는 것으로 알았던 잰 스피벅이었다! 전혀 믿을 수 없는 순간이었다. 켈리는 스피벅의 긴 손가락들 사이의 넓적코와 같은 총구멍에 눈을 고정시키고 서서히 일어섰다. 카드놀이용 램프에서 비치는 불이 에디의 손에서 떨어진 권총 주위에 노란 원을 그리고 있었다. 스피벅이 자꾸 다가오자 그의 안경 렌즈에 불빛이 반사돼 크게 확대되어 보이던 그 두 눈동자가 보이지 않게 됐다.

"보시다시피 말입니다." 스피벅이 말했다. "계획에 약간의 차질이 생겼습니다. 나를 처치해 버리려던 허블 씨가 말하자면 나한테 당했으니 말입니다. 그 사람은 나와 반 루턴 양을 사람들 눈에 띄지 않게 화물용 엘리베이터로 데리고 나가려 했습니다. 그러나 그 사람은 침착하지 못했죠, 몹시 침착하지 못한 사람이었어요. 범죄를 저질러보지 못했던 사람이라 조심할 줄 몰랐죠. 그래서 나는 기회를 노려 그의 총을 빼앗았죠. 엘리베이터가 올라오자 나는 엘리베이터 운전자에게 위층에서 부르니까 더 위로 올라가보라고 했죠. 나는 엘리베이터가 올라가기 전에 문틈에 내 구두 끝을 끼워 문이 닫히지 않게 해놓았죠. 그리고 엘리베이터가 올라가자 허블을 밀어 처치해 버렸소. 그 사람이 나를 처치한 것이 아니라 내가 그 사람을 처치해 버린 겁니다. 그리고 나서 내 지갑과 신분증을 그 밑으로 집어던진 겁니다. 아시겠죠? 내 말을 믿어주셔야 합니다." 그의 입 한쪽이 일그러졌다. 이어 말을 계속했다. "반 루턴 양은 그때부터 아무 반항 없이 나를 따라 왔습니다. 그 아가씨는 내가 그냥 물러설 사람이 아니라는 것을 안 거죠. 물론 나는 그냥 물러설 사람이 아닙니다. 그걸 아셔야 합니다, 코터 씨!"

"나는 당신이 그러리라 믿습니다." 켈리가 천천히 말했다.

"그럼 다이아몬드는 어디 있죠?" 스피벅이 물었다.

"모르겠어요." 켈리가 대답했다. "사실입니다. 어디 있는지 정말 모르겠어요."

스피벅은 그의 반짝이는 대머리를 끄덕이며 말했다. "나도 그 말을 믿을 수 있을 것 같소. 그러니까 우리 셋이 여기를 떠나 다른 곳으로 가는 겁니다. 어디 가서 셋이 조용히 앉아 당신의 그 죽은 친구의 마음을 분석해서 다이아몬드를 어디다 숨겼는지 알아내는 겁니다. 코터 씨, 당신은 그 죽은 사람의 마음이 어떻게 움직였는지 알 테니까 꼭 그 신비에 대한 해답을 알아낼 수 있을 겁니다."

"아마 그분은 호텔 안에 감췄을 겁니다." 켈리가 말했다. 그는 등에 식은 땀이 흐르는 것을 느꼈다. "경찰이라고 해서 전혀 오류가 없으란 법은 없으니까요."

"그러나 나는 오류를 범하는 법이 없는 사람이란 말이오." 스피벅이 내뱉었다. "난 호텔을 다 뒤졌어요. 호텔에는 다이아몬드가 없었어요. 아시겠죠?" 스피벅의 입이 다시 일그러졌다. 그리고 말을 계속했다.

"난 여기 이 조그만 친구가 론 씨를 방문하고 호텔을 나서는 것을 보았어요. 이 사람은 그때 다이아몬드를 가지고 있지 않았어요. 가지고 있었다면 내 눈에 띄지 않았을 리가 없죠. 그래서 나는 론 씨를 보러 갔던 겁니다. 그 양반은 이 조그만 사람한테 얻어맞고 쓰러졌다가 다시 일어나고 있었죠. 그리고 나를 보았어요. 재수가 없었던 거죠. 물론 나는 그 영감을 죽일 수밖에 없었으니까."

"그래, 너였구나!" 에디가 말했다. 그는 이빨을 떨며 말을 이었다. "난 죽이지 않았어요. 난 죽이지 않았단 말이요. 코터 씨 들으셨죠?"

"그렇다고 당신한테 크게 이로울 것은 없는 것 같소."
켈리가 말했다.

"당신의 그 명석한 머리가 부럽소." 스피벅이 말했다. "자, 우리 어디 가서 론 씨가 다이아몬드를 어디다 감췄는지나 생각해 봅시다. 어디다 감췄는지 알아낸 다음에는······."

"우리를 죽여버리겠다 이 말이죠?" 켈리가 조용히 말했다.

"맞아요, 전적으로 맞는 얘기요."

"그렇게 하고 무사하진 못할걸." 에디가 쏘아붙였다.

"아, 그래요? 그러나 난 무사할 거요." 스피벅이 말했다. "이것 봐, 나 잰 스피벅은 죽은 사람이란 말야. 경찰이 당신 시체를 발견하게 되면 그들은 당신 친구 허블이 죽인 줄 알 거야. 그리고 그 사람을 찾기 시작할 거란 말야. 수색은 여러 해 걸릴지 모르지. 경찰은 끈질기니까. 그러나 결국 찾지 못하고 말 거야. 그들은 나를 찾지 않을 거야. 나는 죽은 사람이니까."

'아주 빈틈없는 범죄, 철저하게 빈틈없는 범죄로구나.' 켈리는 이렇게 생각했다. 켈리는 늙은이가 된 파스칼이 손자들을 데리고 자기가 경찰에서 해결하지 못한 큰 사건에 대해 얘기해주는 바보스러운 장면을 머릿속에 떠올렸다. 다섯 사람을 살해하고 거액의 다이아몬드를 가지고 지구상에서 모습을 감춘 자가 있었다고 옛이야기를 하는 파스칼 영감을 머리에 떠올렸다. 그것은 결코 기분 좋은 환상이 아니었다.

"자, 이제 여길 떠나 오랜 시간 방해받지 않을 곳으로 가잔 말야." 스피벅이 말했다. "두 분, 앞에 서서 계단을 내려가시지."

"한 가지 알고 싶은 게 있는데요." 켈리가 말했다. "당신은 어떻게 우리가 여기 있는 줄 알았죠?"

"당신을 호텔서부터 여기까지 쫓아왔죠." 스피벅이 대답했다. "난 당신이 다이아몬드 있는 곳으로 가는 줄 알고……. 자, 빨리 갑시다!" 도리없이 명령에 따를 수밖에 없었다. 켈리는 불빛이 그 커 보이는 검은 눈동자를 가리지 않는 곳으로 옮겨가 있었다. 그의 눈동자를 들여다보니 조금이라도 이상한 행동을 하면 목숨은 없는 줄 알라는 경고가 엿보였다. 모든 것이 지나치게 빨리 진행되지 않는다면 기회가 올지도 모른다는 생각이 들기도 했다.

켈리는 다리가 휘청거려 잘 일어서지 못하는 에디를 도와야 했다. 문간에 이르자 에디는 걸음을 멈추고 기둥에 기대고 섰다.

"배탈이 났나 봅니다." 에디가 말했다. "저 뒤 화장실에 좀 갔다 와야겠는데요."

다음 순간 그것은 너무나 빨리 일어나서 켈리로서도 그를 구할 기회가 없었다. 체구가 조그마한 에디는 화장실로 가는 것 같이 뒤쪽으로 가는 척하더니 곧바로 넓적코와 같은 총구를 향해 스피벅의 손을 덮쳤다.

"코터 씨!" 에디는 스피벅의 손을 덮치면서 소리쳤다.

켈리는 그때서야 에디가 무슨 짓을 하고 있는지를 알았다. 켈리는 스피벅을 향해 돌진해 갔지만 이미 너무 늦었다. 스피벅의 권총 3발이 에디의 몸에 맞고 폭음을 냈다. 켈리는 재빨리 스피벅의 한쪽 팔과 손목을 잡고 무릎에 그 팔을 올려놓고 불쏘시개 꺾듯이 꺾었다. 이어 주먹으로 입을 몇번씩 되풀이해서 갈기자 스피벅은 땅바닥에 쓰러지면서 고통스러운 비명을 질렀다. 그 소리마저 이내 그치고 말았다.

"에디!"

켈리는 그 조그마한 사람 옆에 무릎을 꿇었다. 에디는 고통을 참지 못해 허리를 구부리고 누워 있었다. 선혈이 무서운 속도로 옷을 적시고 있었다.

"이 미친 사람아, 왜 그따위 짓을……." 켈리는 울부짖었다. "꼼짝 말고 있어요. 이놈을 묶어놓은 다음 의사를 데려올 테니까."

"소, 소용없어요." 에디가 속삭였다. "나, 나는 다 생각하고 있었어요. 나는 칼라를 위해 더 이상 일할 수 없을 거고, 그 여자가 날 믿을 리가 없을 테니. 내가 노인에게 한 짓 때문에 난 잡혀갈 거고,

그러니 그 여자를 찾아 말이나 전해 주세요. 나는 그녀를 위해서라면 무슨 짓이라도 하려고 했었다고. 꼭 그렇게만 전해 주세요. 꼭요, 코터 씨.”

“전하고 말고, 에디. 나를 믿어요.” 켈리가 말했다.

에디는 눈을 감고 속삭였다. “노인이 다이아몬드를 어디 두었는지 알 수만 있었다면.” 그는 기침을 콜록콜록 하더니 숨을 거뒀다.

파스칼과 그의 부하들에게 넘겨지자 스피벅은 완전히 침착성을 잃고 말았다. 더 이상 궤변을 늘어놓아도 소용없다는 걸 안 그는 순순히 모든 것을 불었다. 먼저 그는 칼라가 브루클린의 한 아파트에 억류되어 있다는 사실을 자백했다. 켈리와 파스칼은 경찰차를 타고 칼라를 찾아 그곳으로 갔다. 차 안에서 파스칼은 자기가 그동안 무엇을 하고 있었는지 켈리에게 얘기했다.

“우리는 미스터리소설에 나오는 형사들만큼 영리하지 못할지도 모르죠.” 파스칼은 담배 한 모금을 가슴 깊이 들이마시면서 말했다. “그렇지만 철저하지 못하면 우리는 아무것도 아니죠. 그 허블이라는 친구는 알리바이가 있는 것 같았어요. 내가 그 친구한테 전화했던 것 기억하죠? 그래도 난 마운틴레이크스까지 가서 그 친구하고 직접 얘기해보기로 했죠. 당신이 에디에 대해 생각이 미쳐서 나를 찾았을 때 내가 없었던 것은 그 때문이었죠.”

“난 경위님께서 나를 속이는 줄 알았어요.” 켈리가 말했다.

“확인하고 있었죠. 끊임없이 확인하고 있었던 겁니다.” 파스칼이 말했다. “그런데 그 허블이라는 친구는 당신 친구 에디처럼 진짜 아마추어더군요. 그 친구는 한탕칠 기회가 보이니까 가족들을 몽땅 다 끌어들인 거요. 자기 부인, 동생, 제수들까지 모조리. 처음 그 친구한테 전화걸었을 때 전화를 받은 것은 그 친구의 동생이었어요. 그들은 허블이 없는 동안 전화가 오면 동생이 전화를 받고 허블인 척하기로 미리 짜놓았던 거예요."

파스칼은 다 피운 담배를 창문 밖으로 내던지고 새 담배에 불을 붙였다. "직접 가보니 가족들의 입을 열게 하기는 어렵지 않더군요. 모두들 겁에 질려 있었어요. 동생은 특히 허블이 없어진 것을 알고 혹시 가족들을 버리고 도망친 게 아닌가 걱정하더군요. 그래서 그들은 사실을 전부 털어놓았습니다. 나는 에디 모스틸을 잡으러 가는 길이었는데 자동차 전화로 당신이 스피벅을 잡았다는 연락이 오더군요."

"에디가 만약 영웅이 될 작정을 하지 않았다면 무슨 일이 생겼을지 생각만 해도 소름이 끼칩니다." 켈리가 말했다. "경위님, 이 친구 차를 좀더 빨리 몰지 못하나요?"

그들은 스피벅이 얘기한 바로 그곳에서 칼라를 발견했다. 칼라는 스피벅이 얻어놓은 아파트 침대 위에 꽁꽁 묶여 있었다. 손과 다리가 꽁꽁 묶여 있을 뿐 아니라, 그 예쁜 입까지도 커다란 테이프로 봉해져 있었다.

칼라는 풀려나자 약간 히스테릭하게 행동했다. 그리고 그녀는 켈리가 충격에서 회복되지 않으면 하고 바랄 정도로 켈리에게 꼭 매달려 있었다. 칼라의 진술은 스피벅이 한 얘기를 확인해 주었다. 스피벅이 허블에게서 총을 뺏고 엘리베이터 통로로 조용히 밀어 떨어뜨리는 것을 보았다고 했다. 그리고 스피벅은 이미 제정신이 아니어서 자기가 만약 도망치려 했다면 서슴없이 죽여버렸을 것이라고 말했다. 스피벅은 칼라를 자기 아파트로 데려가서 여러 시간 동안 족치며 다이아몬드 있는 데를 대라고 고문하다시피했다. 그러나 칼라는 전혀 모르는 사실이었다.

"그 사람이 켈리나 다른 사람들의 입을 열게 하는 데 나를 써먹을 수 있다고 생각하지 않았다면 나를 죽여버렸을 거예요."

칼라는 말했다.

세 사람은 경찰차 뒷자리에 칼라를 사이에 두고 탔다. 칼라의 왼쪽 손은 켈리의 오른쪽 손에 꽉 잡혀 있었다. 두 사람은 서로 개인적인 얘기는 한마디도 하지 않았다. 그러나 켈리의 손 안에 든 칼라의 손가락의 느낌으로 보아 켈리는 상당한 진전이 이루어졌음을 알 수 있었다.

"그런데 도대체 그 다이아몬드들은 어디 있지요?" 칼라가 파스칼에게 이렇게 묻는 소리가 들렸다.

"스피벅이 그 문제에 대해선 좋은 생각을 가지고 있었어요." 파스칼이 대답했다. "그 친구는 코터 씨, 당신과 같이 그 노인의 마음을 분석해보려고 했었죠. 나도 지금껏 48시간이나 그러한 분석을 하고 있었어요. 그래서 그럴싸한 해답을 얻었어요."

"어떤 해답요?" 켈리와 칼라가 동시에 물었다.

"조지 론은 괴짜였죠. 그랬다고 생각지 않아요, 코터 씨?"

"틀림없는 괴짜였죠." 켈리가 대답했다.

"그는 호텔 금고에 다이아몬드를 맡길 사람이 아니었어요. 또 은행에 가서 은행 금고에 맡기기엔 너무 늦었었고요. 그 양반 방에서 은행 금고열쇠 같은 것은 발견되지 않았죠. 그래서 나는 그 양반이 우리 보통사람들이 생각할 수 있는 곳에 그것을 숨겨놓지는 않았다는 결론을 내렸죠."

"그럼 어디라고 생각하세요?" 켈리가 물었다.

"내 판단이 옳은지 곧 알게 될 거요." 파스칼이 말했다. "우린 지금 거기로 가고 있는 중이니까."

켈리는 처음으로 창문을 통해 지금 자기네가 어디 있는지 알아보기 위해 밖을 내다보았다. 낯선 곳이었다. "어디로 가고 있는 거죠?" 그는 파스칼에게 물었다.

"공동묘지로." 파스칼이 대답했다.

"공동묘지라고요!"

"우린 모든 것을 다 확인한다고 내가 말했지 않소?" 파스칼이 말했다. "난 돌리 오코너에 관한 얘기도 알아봤어요. 그랬더니 뉴욕 시에 돌리 오코너의 사망증명이 아직 있고, 그 여자의 매장확인서가 브루클린에 있는 것을 발견했어요."

"돌리 오코너가 여기 묻혔다고요?" 켈리가 물었다. 이어 공동묘지 철문이 눈앞에 나타났다.

"그런데 나는 돌리 오코너의 무덤에 대해 이상한 예감을 가지고 있어요." 파스칼이 고개를 끄덕이면서 말했다. "왜, 당신이 진술서에서 노인이 돌리 오코너의 장례를 아주 잘 지내주었다고 말했다고 썼죠? 그런데 노인은 그 장례를 정말 호화롭게 지내주었어요. 하나의 능을 만들었더군요."

공동묘지 관리사무소는 그들을 기다리고 있었음이 분명했다. 정문에서 관리사무소 직원 하나가 자동차에 올라 타더니 돌리 오코너, 조지 론 영감이 생전에 사랑했던 유일한 여인이 영원히 잠들어 누워 있는 곳으로 그들을 데리고 갔다. 거대한 대리석 무덤이었고, 무덤 속으로 통하는 작은 문이 있었다. 관리사무소 직원은 그 문의 자물쇠를 열고 문을 열었다. 무덤 위에는 소박하게 깎은 대리석판이 세워져 있었다. 주위에는 싱싱한 생화의 달콤한 냄새가 감돌고 있었다.

그들은 그곳에 서서 무덤을 쳐다보았다. 파스칼은 조용히 모자를 벗었다. 켈리가 그를 만난 뒤 처음으로 보는 행동이었다.

"코터 씨, 그날 당신은 노인이 2시간 정도 낮잠을 잤다고 생각했었죠? 난 그 시간에 노인이 여기 와서 이 꽃들을 갖다놓았다고 생각해요. 그리고 나는……."

파스칼은 말을 다 끝내지 않고 꽃 앞에 무릎을 꿇고 앉았다. 이어 그는 일어섰는데 두 손에는 세관 봉인이 그대로 붙어 있는 구두상자

만한 상자가 들려 있었다.

"우리의 그 다이아몬드에 목마른 친구들은 한 명도 여기 와 볼 생각을 못했던 거요. 그들은 조지 론이라는 사람을 몰랐으니까." 파스칼은 유난히 부드러운 말투로 이야기했다. "그 양반은 돌리 오코너에게 다이아몬드를 약속했었죠. 40년이나 늦었지만 노인은 그 약속을 기어코 지킨 겁니다."

파스칼은 그 상자를 두 손으로 이리저리 돌리면서 말했다. 벌써 세 사람을 죽게 했고, 스피벅이 자신의 죄값을 치르게 되면 네 번째 사람을 죽게 할 그 이상한 상자를.

"사랑은 이상한 거야." 파스칼이 혼잣말처럼 중얼거렸다. "아주 빨리 생기기도 하지만 진실한 것일 때는 오래 지속되는 것이 사랑이니까."

켈리는 칼라를 쳐다보았다. 그 여자의 눈에도 파스칼의 그 말에 동의한다고 씌어 있었다.

뛰어난 아이디어 독자적 추론의 명편

　미스터리소설도 현대에 이르러서는 여러 가지 장르가 있어 저마다 자신의 기호에 따라 좋아하는 작가와 좋아하는 작품을 선택하게 되었는데, 전후에 등장한 해리 케멜먼의 작품은 본격 미스터리소설 팬에게도 매우 반가운 것이라 하겠다.

　해리 케멜먼(Harry Kemelman, 1908~)은 미국 보스턴 출생으로, 2개의 대학에서 미술석사와 문학석사 학위를 받았다. 교단에 섰는가 하면, 전쟁을 하는 동안과 전쟁이 끝난 뒤에는 공무원으로도 재직했고 자신이 직접 영업을 한 경험도 있는 듯하다.

　이상의 짧은 이력을 알면 그러한 경험이 아주 적은 수효이긴 하지만 하나하나 주옥 같은 그의 소설 속에 반영되어 있음을 알 수 있다. 해리 케멜먼은 《금요일, 랍비는 늦잠을 잤다(Friday the Rabbi Slept Late, 1964)》라는 아주 색다른 장편을 발표했다.

　'랍비'란 유대교의 율법학자를 말하는 것으로, 데이비드 스몰이라는 랍비가 사건을 해결하는데, 그 뒤로 《토요일, 랍비는 배가 고팠다(Saturday the Rabbi Went Hungry, 1966)》, 《일요일, 랍비는 집에 있었다〈Sunday the Rabbi Stayed Home, 1969〉》, 《월요일, 랍비는 여행을 떠났다〈Monday the Rabbi Took Off, 1972〉》, 《화요일, 랍비는 크게 노했다〈Tuesday the Rabbi Saw Red, 1974〉》, 《수요일, 랍비는 흠뻑 물에 젖었다〈Wednesday the Rabbi Got Wet, 1976〉》, 《목요일, 랍비는 외출했다〈Thursday the Rabbi Walked Out, 1978〉》는 식으로 '랍비 시리즈'를 여유 있게 써 나갔다.

《지붕 위의 바이올린》이나 《안네의 일기》를 통해 유대인의 풍속이며 습관을 보고 이국 취미를 느낀 우리로서는 미스터리소설이 유대교 시나고그 모임에서 시작되는 것 자체가 눈이 휘둥그레질만큼 놀라운 일인데, 이것은 작가가 매사추세츠에서 보고 익힌 견문이다.

《9마일은 너무 멀다》는 랍비 시리즈를 기준으로 하여 말하자면 토요일과 일요일 사이, 곧 1967년에 간행된 단편집이다.

작가 자신의 머리글 말고도 8개의 단편이 실려 있는데, 1947년에 〈9마일은 너무 멀다〉를 〈엘러리 퀸즈 미스터리 매거진(EQMM)〉에 발표한 뒤 맨 끝 작품 〈사다리 위의 카메라맨〉이 완성되기까지 20년이 걸렸다. 랍비 시리즈와 마찬가지로 대범하며 여유 있는 집필 태도라고 이야기할 수밖에 없다.

이 책의 머리글에 따르면, 해리 케멜먼이 교실에서 상급 영작문을 가르칠 때 '말이란 진공 속에 있는 것이 아니라 여러 가지 함축성을 갖는다'는 한 가지 예로써 교탁 위에 있는 신문의 표제 '9마일이나 되는 길을 걷는 것은 쉽지 않다. 그리고 빗속이라면 더욱 힘들다'는 문장을 칠판에 쓰고 학생에게 무슨 말이든 의견을 말하도록 해보았다.

학생들은 이것을 교사가 만들어 놓은 함정이 아닌가 의심하여 거의 대답하려 하지 않았다. 그러자 교사 자신이 오히려 그 문장 속에 완전히 빠져 버려, 이윽고 이 문장에서 이야기를 만들게 되었다. 결국 자신 있는 작품으로 완성하는 데 14년이나 걸렸다고 한다. 그 사이에 여러 번 고쳐쓰다가 14년 만에 단숨에 만든 소설은 이미 전혀 추고할 필요가 없었다.

해리 케멜먼은 자랑스럽게 다음과 같이 말하고 있다.

'이따금 작가는 이야기 한 편을 써내는 데 얼마나 걸리느냐는 질문을 받게 된다. 여기에는 하나의 답이 있다. 그것은 하루에 끝날지도 모르고 14년이 걸릴지도 모르나, 어느 쪽으로 보는가 하는 것은 사람들이 저마다 갖고 있는 견해에 달려 있다.'

이 머리글의 한 구절을 읽으면 토머스 에디슨이 쓴 발명 순간의 회상기를 읽었을 때와 똑같은 전율이 느껴진다.

'9마일이나……' 하는 단어로 이루어진 문장을 저 혼자 해석하고 독파하여 열차 살인사건의 진상을 푸는 것은 니콜라스 웰트(애칭 닉)라는 페어필드 스노든 기금 명예 영어영문학 교수이다.

맨 첫번째 작품에서 11개의 단어로 된 문장을 자상하게 해석해 가는 닉의 어조는 경쾌하고 똑똑하여 읽다 보면 저절로 가슴이 뛴다.

그것은 해리 케멜먼보다 약 1세기 전에 태어난 에드거 앨런 포가 만들어낸 오귀스트 뒤뺑, 그리고 그 대를 이은 코난 도일의 셜록 홈즈 이후 등장한 명탐정들의 두뇌의 반짝임이 나타나는 장면의 산뜻한 풍모를 명배우처럼 보여주고 있는 것이다.

본격 미스터리소설을 좋아하여 명탐정의 천재에 결코 반감을 느끼지 않는 독자라면, 아마도 이 한 권은 싫증나지 않는 감미로운 책이라고 고마워할 게 틀림없다.

〈9마일은 너무 멀다〉 이하 8편의 작품은 대학 법학부 교수를 그만두고 지금은 군검사로 있는 '나'의 수기 형식으로 되어 있다. 이것도 결국 셜록 홈즈에게 왓슨 박사와 같은 존재이다.

다만 셜록 홈즈는 자신이 직접 수사하는 데 비해 닉의 경우는 간접 입장이다.

친한 친구인 군검사에게서 자료를 듣고 사건의 진상을 통찰한다. 이것은 미스터리소설 해결자의 성격에 따라 '안락의자 탐정', '침대 탐정', 또는 '구석의 노인'이라고 부르는 일련의 계열에 속한다고 보아도 좋을 것이다.

해리 케멜먼은 닉이라는 인물을 창안, 총명하고도 정확한 분석으로 훌륭하게 어려운 문제에 도전해 감으로써 독자들로 하여금 더할 나위 없는 본격 미스터리소설의 맛을 제대로 느끼게 해 주었다.

〈살인의 소리〉의 저자 도널드 E. 웨스트레이크는 어떤 문학형식이라도 완벽하게 소화해낸다. 그는 범죄소설과 일반소설, 그리고 논픽션과 수많은 단편소설을 썼다.

1968년에 익살의 요소를 최소한으로 억제한 희극 미스터리 〈신이 마크를 구했다〉로 매년 우수한 미스터리소설가에게 주는 에드거상을 수상했다. 또한 그는 리처드 스탁이라는 필명으로 전문 도둑인 파커라는 반영웅적인 주인공을 창조해냈고, 터커 코라는 필명으로 미첼 토빈이라는 불명예 퇴직한 뉴욕경찰관을 주인공으로 한 5권의 심리 미스터리를 썼다. 그의 단편소설 중 〈살인의 소리〉는 에이브러햄 레빈 형사를 묘사한 여섯 이야기 중 하나로 레빈은 브루클린 제43번 구역의 이상하리만치 동정심 많은 경찰관이다. 그에 대한 여섯 개의 이야기는 모두 1984년판 《레빈》이라는 단편집에 수록되어 있다.

〈다이아몬드 살인〉을 쓴 휴 펜티코스트는 60여 년에 걸쳐 100권이 넘는 장편소설과 수백권의 단편소설을 펴낸 다양한 문학경력의 소유자다. 1920년대에 통속잡지에 발표한 것으로 글쓰기를 시작하여,

1936년에는 우표수집을 모티프로 한 그의 첫 장편 미스터리 《빨간 전쟁(토머스 M. 존슨과의 공저)》을 펴냈다. 그의 긴 문학여정에서 그는 수십 명의 아마추어 탐정과 프로 탐정을 창조해냈는데, 그중 하나가 〈다이아몬드 살인〉의 주인공인 뉴욕경찰 특수살인반의 파스칼 경위이다. 파스칼 경위는 장편소설 《부자만이 젊어서 죽는다(1964)》와 단편집 《특수살인반 파스칼 경위의 경험(1954)》에 수록된 서로 다른 두 편의 단편소설에도 나온다.